广东哲学社会科学成果文库
Guangdong Achievements Library
of Philosophy and Social Sciences

明清之际岭南诗坛研究

MINGQING ZHI JI LINGNAN SHITAN YANJIU

李婵娟 著

中山大学出版社
SUN YAT-SEN UNIVERSITY PRESS

·广州·

版权所有 翻印必究

图书在版编目（CIP）数据

明清之际岭南诗坛研究 /李婵娟著. —广州：中山大学出版社，2021.12
（广东哲学社会科学成果文库）
ISBN 978-7-306-07352-5

Ⅰ.①明… Ⅱ.①李… Ⅲ.①诗歌研究—广东—明清时代 Ⅳ.①I207.22

中国版本图书馆 CIP 数据核字（2021）第 249719 号

MINGQING ZHI JI LINGNAN SHITAN YANJIU

| 出 版 人：王天琪
| 策划编辑：金继伟
| 责任编辑：罗雪梅
| 封面设计：曾　斌
| 责任校对：张陈卉子
| 责任技编：靳晓虹
| 出版发行：中山大学出版社
| 电　　话：编辑部 020-84110283，84113349，84111997，84110779，84110776
|　　　　　 发行部 020-84111998，84111981，84111160
| 地　　址：广州市新港西路 135 号
| 邮　　编：510275　传　　真：020-84036565
| 网　　址：http://www.zsup.com.cn　E-mail：zdcbs@mail.sysu.edu.cn
| 印 刷 者：佛山家联印刷有限公司
| 规　　格：787mm×1092mm　1/16　16.5 印张　300 千字
| 版次印次：2021 年 12 月第 1 版　2021 年 12 月第 1 次印刷
| 定　　价：78.00 元

如发现本书因印装质量影响阅读，请与出版社发行部联系调换

《广东哲学社会科学成果文库》
出版说明

  《广东哲学社会科学成果文库》经广东省哲学社会科学规划领导小组批准设立，旨在集中推出反映当前我省哲学社会科学研究前沿水平的创新成果，鼓励广大学者打造更多的精品力作，推动我省哲学社会科学进一步繁荣发展。它经过学科专家组严格评审，从我省社会科学研究者承担的、结项等级"良好"或以上且尚未公开出版的国家哲学社会科学基金项目研究成果，以及广东省哲学社会科学规划项目研究成果中遴选产生。广东省哲学社会科学规划领导小组办公室按照"统一标识、统一封面、统一形式、统一标准"的总体要求组织出版。

广东省哲学社会科学规划领导小组办公室

2017年5月

云缝中射出的光芒 （代序）

吴承学

明代以来，岭南人开始产生一种比较强烈的乡邦文化意识。明代中期，邱濬在为岭南先贤余靖《武溪集》所写的序中说："予尝怪柳子厚谓岭南山川之气，独钟于物，不钟于人。"他对此耿耿于怀，觉得柳宗元认为岭南的山川神秀之气，只聚集在物产，而不及于人，颇有岭南无人之意。所以他列举了唐代的张九龄与宋代的余靖两位岭南所出的名人，予以辩驳。其实，柳宗元并没有这个意思。他在《送诗人廖有方序》提到交州出产许多珍宝，物产奇怪，草木也和外地不同。然后感慨说："吾尝怪阳德之炳耀，独发于纷葩瑰丽，而罕钟乎人。"交州大概在现在越南河内境内，距离岭南很远，而柳宗元也没有说交州的神秀之气"不钟于人"，而是说"罕钟乎人"，用词极有分寸。从写作修辞的角度，柳宗元"罕钟乎人"之意，只是为了揄扬交州诗人廖有方人才之可贵而已。总之，柳宗元所评论的对象，与岭南没有丝毫纠葛，他绝没有贬低岭南人才之意。以邱濬之博学，必不会误解柳宗元的话，他也不过借此话题，以表达对岭南文化的自信。而这种"自信"的背后，其实是一种认同焦虑，就是担心岭南文化受到其他地域文化的遮蔽与轻视。这也难怪，因为在中国文化版图中，明代以前岭南的确比较落后偏远，尤其是五岭之障，造成与文化中心地域某种程度的疏离甚至隔绝。好在流放于此地的历代名人，如韩愈、苏轼等诸多大家，使"潮州""惠州""海南"等这些地方广为海内外所熟知。明代以后，岭南文化有比较明显的发展，我们看现在的遗存文献，明代以后才大增，名家辈出，邱濬所表达的，正是当时一种逐渐自觉的岭南文化意识。

明清易代之际，岭南因为特殊的地理位置，成为海内外众多文人、志士所向往、聚集和关注之地。十八年间，永历政权艰难地辗转于岭南、西南两地。作为反清复明的重要阵地，岭南地区集聚了大批遗民诗人。他们亲历易代的沧桑巨变，其思想在悲怆与反思中淬炼，其情感在苦闷与伤痛中煎熬，其诗歌贯注了天地正气。当时，许多岭南诗人是抗清斗争的参与者或目击者，很多诗人多次出外游历，与岭外诗人建立了深厚的友谊，他们以岭南之雄直，吸收中原之厚重、秦晋之坚韧、江浙之灵动、湘鄂之凛冽，广取博采，熔铸出与中原、江南相提并论的雄奇诗风。深入分析岭南诗坛繁盛之原因，考察明清之际诗坛新格局的动态变迁，无疑也具有文学史上的学术意义。此前，学术界已有这方面的研究。我的导师黄海章先生在20世纪80年代就著有《明末广东抗清诗人评传》，介绍了屈大均、陈恭尹、陈子壮、陈邦彦等20多位广东诗人及其作品。近年来，学术界对明清之际岭南诗坛研究开始重视，但在深度和广度上仍有较大的拓展空间。

最近，李婵娟教授寄来《明清之际岭南诗坛研究》书稿，全书内容丰富，难以细说，我仅取书中对一个诗社、一位诗人和一本诗集的研究为例，管中窥豹，谈谈我的体会。

这本书重点研究明清之际三个岭南诗人集群，即"南园十二子""西园诗社""北田五子"。对诗人集群的成员组成、活动时间、生平交游、诗歌创作及地位影响进行考述。其中，对"西园诗社"遗民诗群研究最值得注意。清初顺、康年间活动于广东的"西园诗社"，由岭南著名诗人屈大均创立，前后存续近五十年。这不仅是清初岭南结社持续时间最长的一个诗社，在当时全国诗社的存续时间中，也算是较长的。"西园诗社"是清初岭南遗民诗社的典型代表，其意义远超过了一般的文学社团。西园诗社成员有二十多人，甚至吸引了朱彝尊、徐乾学、魏礼、张雏隐等一批外省诗人的关注与参与。该社继陈子壮南园诗社而起，具有很强的时代性和地域性。以往对其记载较为简略琐碎，且多矛盾错讹，影响了对其真切面貌及确切地位的认识。这本书以较为可靠的史料记载为基础，结合诗社成员的生平、作品，就诗社的成立缘起、创立和存续时间、活动开展等情况进行考察，同时对此前一些不确切的说法进行了辨析考订，还原了诗社大貌和成员面目，为进一步研究提供了史料支撑。清初岭南遗民诗群是一个既具地域个性，又与江西遗民诗群、江浙诗群联系密切的创作群体。作者力图揭示该诗群在心态上的趋同性：异常炽烈的民族情感与顽强不屈的救国精神，强烈的本土意识与对乡邦文化的热爱，避世心态与避祸心态的合一，传继天下道统、文化救国的坚定信念。

在诗人研究方面，这本书对陈子升的研究最有新意。陈子升是明末"南园十二子"之一，与王鸣雷、伍瑞隆并称"粤东三家"；又与陈恭尹、梁佩兰、程可则、王邦畿、王鸣雷、伍瑞隆并称为"粤东七子"。陈子升人生历程曲折，交游广泛，其诗歌创作数量可观，题材丰富，诗体兼备，诗风独特，是明清之际岭南较有影响的遗民诗人。他的《中洲草堂遗集》真实地反映了易代之际岭南的政治变幻、诗坛状况和汉族遗民文人在鼎革之际的复杂心态，具有丰富的文本意义。此外，他以诗歌作为生命之寄，转益多师，诗风多变，善于在吸取前人诗歌精华的基础上融会贯通，形成自己独特的诗歌特色；在诗学追求上，他主张恢复风雅之道，同时也主张在学习古人的基础上进行创新，既反对一味泥古，也不赞成无所本源的随意创新。陈子升诗歌的遗民情结与独特的诗风，对于研究明清岭南诗歌的发展演变具有独特的价值和意义。此前，学术界对于陈子升的研究比较薄弱，而这本书比较深入全面地研究了陈子升。

这本书对岭南学者的乡邦意识与明末清初岭南地域诗学观的建构也有很好的论述。在所有地域文化中，乡邦意识具有普遍性。岭南人的乡邦意识当然不始于明代，但明代以来更为强烈、更为自觉，这和岭南的创作和自我认同关系也很密切。屈大均《广东新语·诗语》追源溯流，勾勒粤诗的祖述谱系和发展线索，有意识地构建粤诗流变史。岭南诗人集群的形成和岭南诗风的成熟，预示着以地域性为主要特征的诗歌时代的到来。透过明清之际的岭南诗坛，可以清楚地看到乡邦意识在地域诗学观建构中的影响及表现。王隼《岭南三大家诗选》是一本有着强烈的岭南乡邦意识的诗歌总集。此前，学术界对此书颇多关注，但甚少涉及其编选过程及理论意义。李婵娟对《岭南三大家诗选》的成书始末、诗学背景和编纂旨趣都有较为深入的探究，她认为，这本书的编定确立了岭南三大家的地位，有力地扭转了岭南诗坛长期的沉寂局面，提高了岭南诗坛的整体影响。自清代以来，诗坛对岭南诗派特征有雄直近古之风的评价，如洪亮吉高度评价岭南诗"尚得古贤雄直气，岭南犹似胜江南"；陆鏊《问花楼诗话》谓"国朝谈诗者，风格遒上推岭南，采藻新丽推江左"。可见"雄直""遒上"是诗坛对于岭南诗风的普遍认同，这与岭南诗坛的自我认同是一致的。李婵娟认为，王隼在编选《岭南三大家诗选》时就突显其雄直和雅正的诗风，此诗选充分体现了王隼树立雅正诗歌范式、宣扬岭南诗学的编纂旨趣，也体现了岭南遗民文人借选诗以传继道统、以文救国的诗学理想。此诗选不但极大地促进了岭南诗派的发展，还引起了外地人士对岭南诗坛的关注，促进了岭南诗坛与全国诗坛的相互交流与融合。总之，该诗选体现了清初通达的宗唐观、地域观念与乡邦意识的觉醒，以及时代本位与选者本位合一的诗学标准，对清初乃至整个清代的诗歌选本，都有不可忽视的影响。这本书对《岭南三大家诗选》的叙述与阐释兼有较大的诗史和诗论史的双重意义。

总体而言，《明清之际岭南诗坛研究》在明清易代的历史时空和社会文化大视野下，对岭南诗坛进行整体的考察，力求真实、深入地呈现这一时期岭南诗人的心灵史，展示岭南诗坛崛起、繁兴的过程，探讨岭南诗坛与中原、江浙诗坛的相互联系与影响，揭示明清之际岭南诗坛风尚变迁及在诗史演进历程中的意义。可以说，这本书在前人研究基础上，较大地推进和拓展了这一领域的研究。

2004年，李婵娟从华中科技大学中文系考入中山大学随我读博士，她的学位论文是《清初古文三家年谱》，经过多次修订后，于2012年出版。《明清之际岭南诗坛研究》则是她多年来的研究成果。近二十年来，她的研究比较集中在明末清初这一时段，可谓执着。我理解她对这个领域的独钟之情。年轻时，我曾读到黄宗羲一段话："夫文章，天地之元气也。元气之在平时，昆仑旁薄，和声顺气，发自廊庙，而鬯浃于幽遐，无所见奇。迨夫厄运危时，天地闭塞，元气鼓荡而出，拥勇郁遏，坌愤激讦，而后至文生焉。"读了若受电然，为之一振，不禁拍案击节，一唱三叹。在天崩地裂、沧桑巨变之际，在巨大的生存压力之下，士人的正气与节操往往迸发出来。验之古今诗文，莫不如是。明清之际的岭南诗坛，就像从密云缝中射出的一道耀眼光芒，在岭南诗史和中国诗史上都有其重要而独特的光彩。我读了《明清之际岭南诗坛研究》，慢慢体味两三百年前，南粤这片故土上，先贤们在刀光剑影中用诗歌表现出来的黍离之悲与生命之寄，又一次想起黄宗羲所说的"厄运危时""至文生焉"的话来，不禁萌生一种莫名的感动。

2021年深秋于中山大学

目 录

绪 论 ·· 1

上编：明清之际岭南诗人集群研究

第一章 明清之际岭南遗民诗人集群的社会结构与群体心态 ········ 12
 第一节 岭南遗民诗群的社会结构 ································· 12
 第二节 岭南遗民诗群的群体心态 ································· 16

第二章 "南园十二子"诗人集群研究 ······························· 20
 第一节 "南园十二子"基本史实考辨 ··························· 20
 第二节 "南园十二子"生平考 ···································· 31
 第三节 "南园十二子"的结社活动与交游 ······················ 34
 第四节 "南园十二子"的诗歌创作与诗坛影响 ················ 46

第三章 "西园诗社"遗民诗群研究 ································· 81
 第一节 西园诗社成立缘起考 ······································ 81
 第二节 西园诗社成立时间考 ······································ 82
 第三节 西园诗社活动考 ··· 84
 第四节 西园诗社成员考 ··· 88
 第五节 西园诗人的诗歌创作与雄直诗风 ······················· 95

第四章 "北田五子"诗人集群研究 ······························· 113
 第一节 北田五子结社始末 ······································ 113
 第二节 北田五子社与明清之际遗民情怀 ····················· 115

第三节　北田五子的结社赋诗与遗民文人的生命价值 …………… 119
　　第四节　集体审美理想与典范遗民文学社团之建构 …………… 122

下编：明清之际岭南诗人诗作研究

第五章　爱国诗人邝露的诗论和诗作 ………………………………… 130
　　第一节　传奇人生 …………………………………………………… 130
　　第二节　论诗主情 …………………………………………………… 133
　　第三节　慷慨诗意 …………………………………………………… 138
　　第四节　《楚》《骚》之风 …………………………………………… 145

第六章　遗民诗人陈子升的遗民情怀与诗风 ………………………… 150
　　第一节　黍离之悲——沉郁的故国情怀 …………………………… 150
　　第二节　波澜独老——凄怆的遗民心态 …………………………… 154
　　第三节　生命之寄——转益多师的诗学追求 ……………………… 158

第七章　隐士代表薛始亨研究 ………………………………………… 164
　　第一节　薛始亨生平事迹考论 ……………………………………… 164
　　第二节　薛始亨的创作及其诗学批评 ……………………………… 174

第八章　岭南端士欧必元的诗歌创作与家国情怀 …………………… 184
　　第一节　仁义豪迈的君子人格 ……………………………………… 184
　　第二节　关注现实政局的经世情怀 ………………………………… 187
　　第三节　风物描摹中的家国情怀 …………………………………… 191

第九章　王邦畿、王隼父子的诗歌创作与家学传承 ………………… 195
　　第一节　"留得孤魂归侍帝"——别样的政治伦理图景 ………… 195
　　第二节　"古风妻似友""父子自相知"——易代境况下的家庭文化
　　　　　　………………………………………………………………… 199
　　第三节　"诗是吾家事"——文学世家的家学传承 ……………… 203

第十章　王邦畿《岭南三大家诗选》的编选背景及编纂旨趣 ………… 209
　　第一节　成书始末及编者的选学观 ………………………… 209
　　第二节　编选背景及编纂旨趣 ……………………………… 213

余论　乡邦意识与明末清初岭南地域诗学观之建构 ……………… 221
　　第一节　乡邦意识与岭南地方诗派之繁兴 ………………… 221
　　第二节　乡贤崇拜与岭南地域诗学传统之编纂 …………… 225
　　第三节　探寻经典大传统与地域小传统的完美契合 ……… 229
　　第四节　在地域传统与诗学时尚的离合间游走 …………… 235

参考文献 ……………………………………………………………… 241

后　记 ………………………………………………………………… 251

绪　　论

明清易代之际，岭南之地涌现出空前繁盛的诗人群体。当时声名卓著的社团有"西园诗社""北田五子""诃林净社""浮丘诗社"等，成员以明遗民居多，诗作也体现出鲜明的遗民特色，引起世人的颇多关注。屈大均在为岭南遗民黄俊升诗集作序时曾真切感叹："今天下善为诗者多隐居之士，盖隐居之士能自有其性情，而不使其性情为人所有。"① 他所说的隐居之士当特指明遗民。清代学者洪亮吉评价陈恭尹诗集时说："尚得古贤雄直气，岭南犹似胜江南。"② 近代学者汪辟疆也指出："岭南诗派，肇自曲江……迄于明清，邝露、陈恭尹、屈大均、梁佩兰、黎遂球诸家，先后继起，沉雄清丽，蔚为正声。"③ 他所称赞的岭南明清诗人，除梁佩兰外均为明遗民。由上足见明遗民诗人群体对明清之际岭南诗坛的贡献。清代广东著名学者温汝能更将岭南诗歌体现出的不为流俗所动、忠贞不阿的气节誉为"广东之风"。他说："粤东居岭海之间，会日月之交，阳气之所极。阳则刚，而极必发。故民生其间者，类皆忠贞而文明，不肯屈辱以阿世，习而成风。故其发于诗歌，往往瑰奇雄伟，凌轹今古，以开辟成一家言。其次者，亦温厚和平，兢兢先正典型，不为淫邪佻荡之音，以与世推移。是则广东之风也。"④ 那么，"广东之风"的内涵究竟若何？明清之际岭南诗人群体的集聚与繁兴又有着怎样的历史文化内涵？本书将以岭南明遗民为核心来探析这些问题，希望有助于正确认识和评价明清之际岭南诗坛的地位及价值。

一、广东之风——岭南地域文化环境之影响

任何创作者都会受到所处地域文化环境的熏陶，正如《文化模式》一

---

① 欧初、王贵忱：《屈大均全集》第三册，人民文学出版社1996年版，第79页。
② 汪辟疆：《汪辟疆说近代诗》，上海古籍出版社2001年版，第40页。
③ 汪辟疆：《汪辟疆说近代诗》，上海古籍出版社2001年版，第40页。
④ 温汝能：《粤东诗海》上册，中山大学出版社1999年版，第15页。

书所言:"个体生活的历史中,首要的就是对他所属的那个社群传统上手把手传下来的那些模式和准则的适应。落地伊始,社群的习俗便开始塑造他的经验和行为。"① 明清之际岭南遗民诗群的形成与岭南的地域文化环境密切相关。

地理环境是地域文化环境形成的重要背景。岭南主要包括现在的广东、广西、海南全境及湖南、江西的部分地区,地处我国南疆边陲,地理位置相对封闭,具有与中原显著不同的文化风俗。关于此点,黄尊生先生所论极为精当:"岭南僻处岭外,一方面是一个山国,又一方面是一个海国,而岭南人民就是一种山海野民,这种山海野民,一方面富于保守性,又一方面富于冒险进取性,以此民性,影响于民风,即有一种异样色彩。"② 他认为地理环境孕育了岭南文化的两大核心特质,即保守性与冒险进取性。诚然,保守性让岭南人完好地继承了本地的传统习俗及古风遗韵,冒险进取性又让岭南先民拥有了勇于开拓及大胆革新的精神。这是岭南特有的地域环境赋予岭南人的特殊文化,也是岭南诗人结社的重要文化背景。

岭南文化在发展的过程中还形成了另一种特殊的地域文化,即中原文化移植于岭南而产生的移民文化。从地理环境上看,岭南地处五岭之外,因南北阻隔,受中原文化浸染较少,故汉以后仍是烟瘴之地。地理上的边缘化使得岭南在唐宋以前一直远离中原正统文化的核心。而恰是这种边缘性的文化,"由于缺乏内核文化那种强大辐射传递力,所以变异性极强,对他种文化的移植有较大的宽容性"③。黄尊生先生认为:"岭南之所谓教化,完全起于一班羁人谪宦与孤臣遗老,而施被之于山陬海滨之野民。"④ 唐宋以来,一批批羁人谪宦与孤臣遗老逐渐将中原文化带入岭南之地,而谪宦遗老之文化本身所包含的正直耿介、忧患忠烈、"犬马恋主"的心态便成为岭南文化区别于其他地域文化的重要特征,这是岭南诗人集群形成的思想基础。

文学风俗是地域文化环境的重要表现。唐、宋以前岭南文献散佚,诗歌流传甚少,对全国诗坛影响甚微。唐代著名岭南诗人张九龄的出现,扭转了齐、梁以来"彩丽竞繁"的不良诗风,对当时诗坛影响较大,岭南诗学即由此繁兴。刘彬华《岭南群雅·序》云:"吾粤诗自曲江而下,明季三

---

① 露丝·本尼迪克:《文化模式》,生活·读书·新知三联书店1988年版,第5页。
② 黄尊生:《岭南民性与岭南文化》,民族文化出版社1941年版,第37-38页。
③ 叶春生:《岭南民俗文化》,广东高等教育出版社2011年版,第17页。
④ 黄尊生:《岭南民性与岭南文化》,民族文化出版社1941年版,第24页。

家以上，作者前后蜿蟺相望，炜哉盛矣。"① 随着诗学地位的提升，岭南逐渐形成了重诗的风气。温汝能说："粤自曲江以来，文献已开。荐绅解组归，往往不事家人产业，唯赋诗修岁时会。至于今日，廊庙之英，山林之彦，类能文章，娴吟咏。"② 这里所说的"岁时会"，大抵是指每年分别"修春禊"与"修秋禊"的习俗。所谓"修禊"本来是春种秋收的原始仪式，而乡民在举行这一仪式时都要作诗以庆贺，可见，岭南重诗的风气不仅流及文士，在民间也十分盛行。清代广州谭莹等人曾著有《庚申修禊集》，收集了庚申年广州名士在长寿寺、杏林庄、诃林光孝寺、赏雨楼、柳堂等地修春禊时的诗文作品，清代岭南诗风之盛由此即可见一斑。重诗的风气直接促成了明清之际岭南诗人的繁盛与集结。

地域文风是构成地域文化环境的重要因素。由于张九龄在岭南诗学史上占有重要地位，"曲江流风"很自然地成为历代岭南诗人尤其是明清诗人一致的诗学理想。他们将张九龄"继承汉魏的传统，而又参以楚辞的表现手法，崇尚高古的格调"③ 的诗风美誉为"曲江流风"，并孜孜以求。第一次明确提出"曲江流风"的是明清之际岭南遗民诗人薛始亨。他说："洪、永、成、弘以迄于今，天下之诗凡数变矣。独吾粤犹奉先正典型……彬彬乎曲江流风，于斯为盛。"④ 屈大均也说："吾粤诗始曲江，以正始元音先开风气，千余年以来，作者彬彬，家三唐而户汉魏，皆谨守曲江规矩，无敢以新声野体而伤大雅，与天下之为袁、徐，为钟、谭，为宋、元者俱变。"⑤ 屈大均所谓"曲江规矩"，其内涵与薛始亨的"曲江流风"是一致的。此外，清人韩海在《郭蕊亭诗集·序》中指出："吾粤诗多以唐为宗，宋以下概束高阁。远自南园五先生开其源，近则屈、梁、陈三大家树之帜。粤人士从之，翕然如水之赴壑。"⑥ 此处所说的"以唐为宗"，亦当指崇尚张九龄以来的盛唐诗风。明清时期的岭南文人不仅在自我的诗歌创作中践行着对"曲江流风"的效仿与坚守，还通过雅集、结社等文学活动积极号召恢复汉魏盛唐诗歌高古雅正的格调，如明清时期的南园诗社、西园诗社、北田五

---

① 刘彬华：《岭南群雅》，见《续修四库全书》集部第1693册，上海古籍出版社2001年版，第97页。
② 温汝能：《粤东诗海》上册，中山大学出版社1999年版，第14页。
③ 陈永正：《岭南诗派略论》，见左鹏军《岭南学》第一辑，中山大学出版社2007年版，第3页。
④ 陈子升：《中洲草堂遗集》，见《丛书集成续编》第151册，新文丰出版公司1988年版，第272页。
⑤ 欧初、王贵忱：《屈大均全集》第三册，人民文学出版社1996年版，第43页。
⑥ 陈永正：《岭南诗派略论》，见左鹏军《岭南学》第一辑，中山大学出版社2007年版，第3页。

子社等均以恢复兴寄传统、崇尚汉魏盛唐雅正之风为理论旗帜。可见，以"曲江流风"为尚的岭南诗风的形成经历了从对乡邦先贤诗风的无意识膜拜到自觉效仿再到集体传承的过程，而诗人集群的形成无疑强化了这种集体传承。

政治环境在一定程度上也会影响特定时期的地域文化环境。一般来说，文化群的集结与活跃程度是地域政治兴衰的最直接反映。明清易代之际，永历政权辗转岭南、西南两地长达十八年，岭南作为明遗民反清复明的重要阵地，其间的政治斗争此伏彼起。这种特殊的政治环境势必孕育出特殊的遗民文化。另外，早在宋元之际，在广东新会的崖门曾发生过著名的宋元海战。虽然宋军在海战中全军败亡，南宋朝廷也随之覆灭，但海战勇士们面对外族入侵拼死抵抗，义无反顾地为争取民族生存和自尊而英勇献身的"崖山精神"和十万军民投海不屈的悲壮故事一直激励和鼓舞着岭南士民。可以说，明清之际岭南的遗民文化也是对海战志士们在绝境中所表现出来的民族气节、知其不可为而为之的勇气和爱国精神的承传与延伸。明清之际岭南遗民陈恭尹、何绛等曾多次前往崖门游览、凭吊，以寄托悲壮慷慨的爱国之情。如陈恭尹《崖门谒三忠祠》诗云："山木萧萧风又吹，两崖波浪至今悲。一声望帝啼荒殿，十载愁人拜古祠。海水有门分上下，江山无地限华夷。停舟我亦艰难日，畏向苍苔读旧碑。"① 苏曼殊《燕子龛诗话》评曰："风人之旨，无限爱国。此诗缠绵悱恻，读之令我黯然。"② 陈伯陶《胜朝粤东遗民录》序云："盖明季吾粤风俗以殉死为荣，降附为耻，国亡之后，遂相率而不仕不试以自全其大节，其相勷以忠义亦有可称者……吾粤人心之正，其敦尚节义，浸成风俗者，实为他行省所未尝有也。"③ 在敦尚民族气节、耻事外族的遗民文化的激励下，岭南遗民诗人凝聚成强大的遗民团队。其中，屈大均、陈恭尹、梁佩、王邦畿、陶璜等典范更是赢得了世人的赞誉。邓之诚先生曾赞扬陈恭尹、陶璜等"北田五子""遥与宁都易堂九子，声应气求"④。岭南遗民诗人集群的异军突起对明清之际诗坛影响深远。众多江南名士如龚鼎孳、朱彝尊、王士禛、徐乾学等纷纷来游岭南，与岭南遗民诗人诗酒酬唱，显然是受到了岭南遗民精神之感召。

---

① 陈恭尹：《独漉堂诗集》，见《四库禁毁书丛刊》集部第183册，北京出版社2000年版，第391页。
② 钱仲联：《清诗纪事》，江苏古籍出版社1987年版，第894页。
③ 周骏富：《清代传记丛刊》第70册，台湾明文书局1985年版，第13页。
④ 邓之诚：《清诗纪事初编》，见周骏富《清代传记丛刊》第20册，台湾明文书局1986年版，第324页。

二、时尚思潮——岭南理学新派与经世思想之推动

　　有明二百余年，岭南诗人的结社活动异常活跃，这在很大程度上是受到理学思想的推动。宋元时期，北方文人结社成风，岭南却未见有结社记录。至明初岭南始有南园五子社。孙蕡、王佐、黄哲、李德、赵介五位诗人在广州南园结社雅集，并筑抗风轩以延接名士，"开有明岭南风雅之先"（屈大均《广东新语·宫语》）。当时的南园诗社就受到了理学思想的影响。黄尊生先生指出，"南园五子"中，孙蕡便是理学家，承宋人之旧，究天人性命之理、濂洛关闽之学；李德本是经生，晚年亦以理学为归宿，潜心伊洛，"可见在南园诗社里头，理学气味之重"①。南园五子社之后，岭南诗坛一度陷入沉寂。其间虽有顺德陶园诗社、东莞凤台诗社、广州越山诗社的雅集活动，但在当时诗坛并未产生大的影响。直至岭南大儒陈献章创立岭南理学新派——江门学派，其门下弟子尊师交友，结社成风，岭南诗坛格局自此才得以扭转，在明清之际地域文学中大放异彩。从某种角度来看，明清岭南诗坛的繁兴与理学"岭南学派"的发展是一致的。

　　以陈献章及其弟子为核心的"江门学派"及其理学新思想对岭南诗界产生的影响至为深远。首先，陈献章的思想观点极大地推动了明代岭南人才学术之发展。他一反儒家"修身、齐家、治国、平天下"的宗旨，提倡"以自然为宗"的修养目标和为学宗旨，追求一种物我两忘、超越生死、超越社会功利的自由精神状态。同时，他主张革新程朱理学，突破"天理"统御万物之观点，提出以"我心"为本，要求学者从传统理学中解放出来，建立和实现个人价值，开明代心学思潮之先河。这些振聋发聩的观点在当时颇受推崇。张诩《白沙先生行状》记载，其时四方学者致礼于门，陈献章"自朝至夕，与门人宾友讲学论天下古今事"②，"自此粤士大夫多以理学兴起，肩摩履接，彬彬乎有邹鲁之风"③。康有为说："白沙为广东第一人。……广东学术之正，人才之盛，皆出白沙。"④ 此言洵为至论。其次，陈献章的诗文创作也体现出"以自然为宗"的审美理想。他的诗大多切近自然，不受成法约束。王夫之说其作品"能以风韵写天真，使读之者如脱

---

① 黄尊生：《岭南民性与岭南文化》，民族文化出版社1941年版，第29页。
② 孙通海：《陈献章集》下册，中华书局1987年版，第870页。
③ 屈大均：《广东新语》，中华书局1985年版，第8页。
④ 吴熙钊、邓中好校点：《南海康先生口说》，中山大学出版社1985年版，第76页。

钩游杜蘅之沚"①。俞长城《题陈白沙文稿》亦云："今诵其集，潇洒有度，顾盼生姿，腐风为之一洗。"② 孙立先生认为，陈献章"强调性情，主张率情为之，追求自得与风韵的理论主张，与贴近自然，清巧而富有韵致的诗风，恰恰代表了岭南文化的一些特征"，"他的诗论……对形成岭南诗论体系起了举足轻重的作用。"③ 最后，陈献章的弟子，尤其是黄佐、湛若水二人对明清之际岭南诗坛的发展功不可没。关于黄佐对明代岭南诗坛的影响，四库馆臣给予了充分的肯定："（黄佐）在明人之中，学问最有根柢……岭南自南园五子以后，风雅中坠，至佐始力为提倡，如梁有誉、黎民表等皆其弟子。广中文学复盛，论者谓佐有功焉。"④ 继南园五子之后，重振岭南诗坛的是黎民表、吴旦、李时行、梁有誉、欧大任五人，时称"南园后五子"。他们均出于黄佐之门，其中李时行为湛若水弟子。在黄佐及南园后五子的带动下，明代岭南诗社林立，蔚为大观。其时岭南各诗家虽个性不一，风格多样，但几乎无一不受陈献章理学新派思想之熏陶，作诗大多崇尚自然，讲求风韵，呈现出鲜明的岭南地方色彩。

明清易代之际，空谈心性、于事无补的理学思想已不再适应时代需求。清初学者提出"儒者之学，明体适用之学也"⑤，倡导"道不虚谈，学贵实效"⑥ 的学风，强调经世致用。如朱之瑜说："学问之道，贵在实行"，"圣贤之学，俱在践履"⑦。张履祥说："学者固不可不读书，然不可流而为学究，固须留心世务。"⑧ 顾炎武强调："君子之为学，以明道也，以救世也，徒以诗文而已，所谓'雕虫篆刻'，亦何益哉！"⑨ 在经世思想的推动下，明清之际诗人的雅集活动呈现出新的面貌，即文学活动与政治活动紧密相连。对此，吴承学先生曾明确指出："晚明时期文人社团最为活跃……当时的文人社团……都是文学创作兼政治活动于一身的团体。"⑩ 此点在岭南明遗民诗人的社集中尤为突出。首先，很多岭南遗民诗人本身也是反清志士。据

---

① 王夫之：《姜斋诗话》，见丁福保辑录《清诗话》，中华书局1963年版，第20页。
② 孙通海：《陈献章集》下册，中华书局1987年版，第919页。
③ 孙立：《"广东第一人"——陈献章与明清岭南诗论初探》，载《广东社会科学》1993年第2期。
④ 《四库全书总目》卷一百七十二，中华书局1965年版，第1503页。
⑤ 李颙：《二曲集》卷十四，中华书局1996年版，第120页。
⑥ 李颙：《二曲集》卷七，中华书局1996年版，第54页。
⑦ 朱之瑜：《朱舜水集》卷十，中华书局1996年版，第369页。
⑧ 张履祥：《杨园先生全集》卷四十一，中华书局2002年版，第1136页。
⑨ 顾炎武：《顾亭林诗文集》卷五，中华书局1983年版，第98页。
⑩ 吴承学、曹虹、蒋寅：《一个期待关注的学术领域——明清诗文研究三人谈》，载《文学遗产》1999年第4期。

不完全统计，明清之际在广东举兵或参加桂王、绍武政权的遗民诗人有张家珍、邝日晋、陈子升、黎遂球、屈士燝、屈士煌、罗宾王等数十人。陈伯陶在《胜朝粤东遗民录》中曾言："明之亡也，桂王西奔，吾粤倡义为牵缀之师，同志响应，其败者沉身殉族，濒九死而不悔，其存者间关奔走，亦至万不可为而后遁居穷山，或混迹方外以终，余若一介草茅，抗节高蹈者复所在而有，视宋之亡加烈焉。"① 其次，岭南遗民诗人的社集活动也与反清的政治活动密切相关。如陈子壮在明崇祯时与黎遂球、陈子升、欧主遇等岭南诗人再结南园诗社，时称"南园十二子"。他们在诗酒酬唱的同时还积极投身抗清斗争，陈子壮、黎遂球等甚至壮烈殉国。北田五子社的重要成员陈恭尹在其父陈邦彦抗清殉难之后，曾多次流走闽浙之地，希望团结各地抗清势力，伺机再起。清顺治十五年（1658），他还与社友何绛出新会崖门，渡铜鼓洋，至海外寻访明遗臣，期望有所行动。再如屈大均创立的西园诗社，"虽不废文人雅趣，但从翁山所习'捭阖、阴谋、剑术、舆地之学'来看，该社的活动也绝非限于文学而已"②。屈大均还积极游走于齐鲁、吴越之间，密谋抗清活动。孔定芳先生认为他曾与魏耕、祁忠敏及祁氏门人一起参与了顺治十六年（1659）"己亥之役"的规划③，并指出他与陈恭尹在三藩之乱中也曾亲与其事，左右其间，出谋划策④。可见，明清之际岭南遗民诗人们孜孜以求于经世之学，并努力将所学运用于救世实践。黄尊生先生也说："士大夫平时则谈理学，国破之时则讲复仇……这是一体之两面。"⑤ 值得指出的是，岭南遗民诗人群体在抗清最前沿的身体力行与其他地域遗民诗人的"口诛笔伐"及"退避书斋"有着明显的区别。

此外，受经世致用思想的影响，岭南遗民诗人群体在诗歌内容的选择和诗社雅集活动的主题取向上表现出崇高的民族大义和民族气节。他们强调诗歌的实用性，用诗歌来记录历史，甚至将创作看作"诛逆胡""讨贼徒"的一种特殊方式。屈大均说："士君子生当乱世，有志纂修，当先纪亡而后纪存。不能以《春秋》纪之，当以《诗》纪之。"⑥ 在屈大均及其他岭南遗民诗人的诗作中，揭露清军暴行，颂扬抗清英烈，寄托故国哀思的内

---

① 周骏富：《清代传记丛刊》第 20 册，台湾明文书局 1985 年版，第 6 页。
② 何宗美：《明末清初文人结社研究》，南开大学出版社 2003 年版，第 319 页。
③ 孔定芳：《清初遗民社会——满汉异质文化整合视野下的历史考察》，湖北人民出版社 2009 年版，第 102 页。
④ 孔定芳：《清初遗民社会——满汉异质文化整合视野下的历史考察》，湖北人民出版社 2009 年版，第 291 页。
⑤ 黄尊生：《岭南民性与岭南文化》，民族文化出版社 1941 年版，第 31 页。
⑥ 欧初、王贵忱：《屈大均全集》第三册，人民文学出版社 1996 年版，第 279 页。

容比比皆是。而对故国的缅怀与遗民情绪的抒发也是他们社集活动的重要主题。如陈子升《崇祯皇帝御琴歌·自序》记录了西园诗社的一次社集："道人屈大均自山东回,言济南李攀龙之后,其家藏百琴,中一琴名'翔凤',乃烈皇帝所常弹者。甲申三月,七弦无故自断,遂兆国变。中官私携此琴,流迁于此。又朱秀才彝尊曾言有杨正经者善琴,烈皇帝召见,官以太常,赐以一琴。自国变后,结庐与琴偕隐,作《西方》《风木》二操,怀思先帝。其人今尚存云。壬寅中秋,二三同志集于西郊,闻道人之言,并述杨太常之事,咸唏嘘感慨。谓宜作歌以识之,臣陈子升含毫稽首,长歌先成。"① 此次社集是一场别开生面的诗人雅会:社集以极不寻常的御琴为中心议题,与会者即兴以《崇祯皇帝御琴歌》为题各赋诗一首,以歌代哭,抒发亡国之痛、故国之思。这种相互砥砺的社集活动似乎蕴含着防患于未然、以备一旦之用的遗民式期许,这可能又是岭南遗民诗人集群致力于经世致用之学的另一层意味。

三、生命效仿——遗民先贤生存智慧及本地结社文化之熏陶

易代之际,家国之悲和相似的心理体验造就了遗民们的心曲相通,使他们更易于产生"理解之同情",因此他们大多心仪于历史上之遗民,自觉推崇与效仿遗民先贤的生存智慧及生活方式。这种共同的价值认同与生命效仿正是明清之际岭南遗民诗人得以集聚的重要原因。

遗民先贤们的生活方式及忠贞气节对岭南明遗民产生了深远的影响。如伯夷、叔齐式的"首阳采薇""义不食周粟",在岭南明遗民界成了一种身份象喻和符号标记;屈原、"商山四皓"、宋遗民郑思肖的耿介气节也成为岭南明遗民的楷模。明清之际岭南遗民常以前代典范遗民的生存方式为范例,多选择隐居山林、躬耕自养的生活方式,不结交清吏,拒绝与清政府发生任何联系。如屈大均、陈恭尹、陈子升、陶璜、何绛、王邦畿等人在恢复无望之际,或避居山林,或遁入空门以示对抗清政府。"北田五子"之一的梁梿,"闭关北田,结庐池西,曰'寒塘悬榻',以限来者……县令胶西张其策高其行,欲见不可得,迹其在甘溪,单车就焉,梿夷旷自如……"② 在评论他人时,岭南明遗民也常以先辈遗民作比,并以是否坚守忠烈气节作为评判的重要标准。如《胜朝粤东遗民录》卷一《潘峒嵝》云

---

① 陈子升:《中洲草堂遗集》,见《丛书集成续编》第151册,新文丰出版公司1988年版,第310页。

② 周骏富:《清代传记丛刊》第70册,台湾明文书局1985年版,第172-173页。

潘氏兄弟四人遭国变偕隐不出,"有司表其闾曰'一门四皓',世称之曰'四潘翁'"。屈大均更"叹以为四翁高节,汉四皓所不及云"①。陈恭尹晚年为避祸计,多与清朝权贵交游,遗民岑徵讽之,云:"可怜一代夷齐志,却认侯门作首阳。"② 梁㻞亦骂之,曰:"向与公言,何事而仆仆走城市为也。"③ 即使在诗文的创作中,岭南明遗民也继承和发扬了前代遗民将"忠义之气托于文字"④的精神。屈大均就明确以"诗法少陵,文法所南"相标榜,在文学创作中追求"以诗为史"和"以心为史"⑤,并竭力为当代遗民立传,弘扬遗民精神。

  正因气节操守、政治抱负和学术志趣声气相投,岭南明遗民们极易结社聚合。结社甚至成为明清之际岭南遗民的基本生存方式。他们大多以师友传承、家族血缘或乡邦地缘为纽带,聚合形成一个离异于主流社会、远离政治权力中心的群体。与一般的社会团体不同,这一群体的形成更像是遗民们在孤寂中的集体安慰。孔定芳先生也认为:"以遗民社集来说,经常被忽略的一点是遗民集结对于遗民的心理影响。从人的需要理论看,在清初急剧变动的时局下,遗民在心灵上不免感到空虚、失落,因而更需要安全感,所以他们的聚合不妨视为安全的慰藉。"⑥ 特别是对于直接或间接参与过抗清斗争、备受避世与避祸双重煎熬的岭南明遗民来说,相互间的安慰与激励尤为重要。结社不仅为明遗民提供了一个抒发故国之思、亡国之痛的场所,更是他们同仇敌忾、相互砥砺、彼此支撑的精神支柱。

  岭南自明初以来就有结社之传统。明清之际岭南遗民诗人群体的雅集活动正是对本地结社文化的传承与发扬。首先,明清之际的很多遗民诗社均在结社宗旨或社名上延续先前已有的诗社。如南园诗社是岭南结社史上历史最悠久的诗社。最初在明初由"南园五子"创办;明中期嘉靖年间,欧大任、梁有誉、黎民表、吴旦和李时行再结南园诗社,史称"南园后五子";明崇祯末年,陈子壮与陈子升、黎遂球、欧主遇等三结南园诗社,时称"南园十二子"。历代的南园诗社均推崇雄直诗风,在岭南诗坛影响甚大。清顺治初年,南园诗社因重要成员殉国、归隐、出家、去世而解散,西园诗社继之而起,成为清初岭南最有影响的遗民社团。其次,明清时期

---

① 周骏富:《清代传记丛刊》第 70 册,台湾明文书局 1985 年版,第 129-130 页。
② 周骏富:《清代传记丛刊》第 70 册,台湾明文书局 1985 年版,第 53 页。
③ 周骏富:《清代传记丛刊》第 70 册,台湾明文书局 1985 年版,第 173 页。
④ 郑思肖:《郑思肖集》,上海古籍出版社 1991 年版,第 316 页。
⑤ 殷初、王贵忱:《屈大均全集》第三册,人民文学出版社 1996 年版,第 320 页
⑥ 孔定芳:《清初遗民社会——满汉异质文化整合视野下的历史考察》,湖北人民出版社 2009 年版,第 99 页。

的很多诗社在结社宗旨及结社思想上也承袭了前代社团。如西园诗社重要诗人陈子升是南园诗人陈子壮之弟且本身即为南园诗社成员，西园诗人陈恭尹、屈大均分别为南园诗社重要诗友陈邦彦之子及门生。因此，从南园诗社到西园诗社，二者在思想上是一脉相承的。何宗美先生认为岭南遗民以殉死为荣、降附为耻之风俗的形成，"南园、西园二社实起到了推波助澜的积极作用"①。此外，诃林净社也是岭南诗人重要的会聚之所。明中叶诗人梁有誉、黎民表、欧大任等在广州光孝寺结"诃林净社"以继南园遗风。明天启年间，顺德梁元柱以疏劾魏忠贤罢归，与陈子壮、黎遂球、赵焞夫、欧必元、李云龙、梁梦阳、戴柱、梁木公重开诃林净社②，其思想也与南园诗社一脉相承。覃召文先生甚至认为诃林净社、南园诗社大部分成员一致，估计是同一帮人在不同地点所结的社团③。清初，愿光禅师又与梁佩兰、周大樽等重挂"诃林净社"的大旗，结社吟诗。当时社员虽不全是遗民，但诗人们假山水之乐，实则关注天下兴亡，其诗歌崇尚及文化人格与遗民诗人群有着共同的特征。其他如浮丘诗社、东皋诗社等活跃于清初的岭南文学社团也有前后相继的历史，在此不再细述。诗社的世代承传在一定程度上保持了岭南诗人群独有的审美理想与文化内涵，也是岭南遗民诗社区别于其他地域文学社团的最为特别之处。

　　总体而言，明清之际岭南遗民诗人集群的形成是岭南文化在特定的历史时期和特殊的文化环境中经受涤荡的产物，除了地理文化环境、各种时代思潮及结社传统等历史文化因素之外，其中也蕴含着繁复的政治意味和深刻的民族精魂。深入探究明清之际岭南遗民诗人群体性集结的历史文化成因，在翻捡历史的过程中，不仅有助于深刻体悟那种悲怆的爱国激情，且对于重新认识中华民族自强不息、宁折不屈的民族气节，推动当前的精神文明建设，激励新一代中国人自强于世界民族之林等无疑有着不可否认的现实意义。

---

① 何宗美：《明末清初文人结社研究》，南开大学出版社2003年版，第346页。
② 周骏富：《清代传记丛刊》第70册，台湾明文书局1985年版，第124页。
③ 覃召文：《岭南禅文化》，广东人民出版社1996年版，第36页。

上编：明清之际岭南诗人集群研究

第一章 明清之际岭南遗民诗人集群的社会结构与群体心态

岭南遗民诗群是明清之际诗坛上一个非常重要的创作集群。陈伯陶《胜朝粤东遗民录》收得岭南遗民二百九十余人，其中能诗者甚众，特别是屈大均、陈恭尹等人在明清之际诗坛影响较大。这是颇值得关注的。岭南遗民诗群相对独立，极富岭南地域个性，正如《胜朝粤东遗民录·序》所云："盖明季吾粤风俗以殉死为荣，降附为耻，国亡之后，遂相率而不仕不试以自全其大节，其相勖以忠义亦有可称者……桂王所以延其残祚者，实维吾粤诸臣之力……故贰臣传中，吾粤士大夫乃无一人……吾粤人心之正，其敦尚节义，浸成风俗者，实为他行省所未尝有也。"[①] 同时，该诗群的活动范围并不限于岭南一地。岭南重要遗民诗人屈大均、陈恭尹曾多次奔走于江西、湖南、江浙、安徽之地；岭南遗民诗群的社集活动也吸引了大量外籍诗人的关注与参与；此外，大量外籍遗民诗僧曾长期流寓岭南。因此，岭南遗民诗群是一个既具地域个性，又与江西遗民诗群、江浙诗群联系密切的创作群体。本章在探析明清之际岭南遗民诗群的社会结构及群体心态时，除展现岭南遗民诗群的地域个性外，也将展示其与其他地域遗民诗群的联系与交往，揭示其对清初明清之际诗坛的贡献。

第一节 岭南遗民诗群的社会结构

明清之际岭南遗民诗群的生存方式呈现多样化的特点。张兵《清初遗民诗创作的社会文化环境与遗民诗群的地域分布》一文将遗民分为六种类型，即苦隐型、僧道型、农隐型、医商型、处馆讲学型、云游入幕型[②]，这种分类较为全面。以此考察岭南遗民，则其生存方式主要表现为苦隐、僧道、云游入幕、处馆讲学四种，农隐型和医商型较为少见。岭南由于偏安

---

① 周骏富：《清代传记丛刊》第70册，台湾明文书局1985年版，第13页。
② 张兵：《清初遗民诗创作的社会文化环境与遗民诗群的地域分布》，载《西北师范大学学报》1999年第4期。

一隅，长期与中原文化阻隔，形成了相对保守的习性，故岭南遗民诗人以苦隐型居多。其次则为僧道型。明清之际岭南遗民或为避祸，或为抗拒清政府，多选择遁入空门。以函昰、今释（金堡）等为主要代表的包括"道""函""今""古"四辈共一百余名诗僧活跃于岭南之地，与岭南名士密切交往，创作出诗文集近百种之多，并形成了诃林净社、浮丘诗社、海幢派等影响较大的诗僧社团。再次，出外云游的岭南遗民也较多。典型的有屈大均、陈恭尹、张穆等，其云游目的也非常明确，"就直接而显性的动机而言，游是一种图谋恢复的行为，借着游以观察地理形胜、阴结豪杰；就隐性的内在心理而言，游仿佛是一种遗民式的神圣仪式"①。关于此点，后文将重点论述。另外，还有少数岭南遗民以处馆讲学为生，如梁无技晚年曾主粤秀书院讲席。当然，由于时局动荡，特殊的生存考验迫使部分岭南遗民多次改变其生存方式，兼属多重类型。如屈大均一生忽释忽儒，兼属云游入幕型、僧道型、苦隐型三种类型，陈恭尹、王隼、张穆、薛始亨等遗民也先后在云游入幕、僧道及苦隐等多种生存方式中抉择。

明清之际岭南遗民多样化的生存方式直接影响了遗民诗群的结构形态。苦隐型遗民趋向封闭保守，出外游历者则颇具开放性，僧道型遗民在遁入空门之前大多有过云游的经历。因此，岭南遗民诗群的社会结构总体呈现出封闭性与开放性并存的多元化格局。从结构组成而言，明清之际岭南遗民诗群以本地遗民为主，包括少量寓居岭南的外籍遗民；同时，来游岭南且与岭南遗民交往密切的外籍遗民及当时尚未出仕的岭南名士对该诗群的结构也有一定的影响。从组建方式看，则主要以血缘、地缘乃至师承关系为基础。从活动范围看，大致可分为隐居家园与游居他乡两类。

岭南遗民诗群网络的中心人物是屈大均和陈恭尹。二人因不同的生存方式与人生轨迹成为这一群体不同类型遗民的代表。屈大均一生兼有逃禅、云游入幕、苦隐等多重生存体验；陈恭尹在明亡后曾游历福建、江西、浙江、江苏一带，从事秘密反清活动，失败后隐居终老。二者相较，屈大均外出云游经历较多，对外界的影响较大；陈恭尹多隐居乡野，与本地遗民的联系较为密切。此外，陈子壮、黎遂球、邝露、王邦畿、陈子升、陶璜、何绛、张穆、梁无技诸人则是岭南遗民诗群中主要的本地籍成员。陈子壮字集生，号秋涛，谥文忠。广东南海人。清顺治四年（1647）起义抗清，以身殉国。黎遂球，字美周，广东番禺人。明天启七年（1627）举人，有"牡丹诗状元"之誉。南明隆武朝官兵部职方司主事，提督广东兵援赣州，

---

① 孔定芳：《清初遗民社会——满汉异质文化整合视野下的历史考察》，湖北人民出版社2009年版，第55页。

城破殉难。邝露,字湛若,广东南海人。工诗词,精骈文,擅书法。南明唐王时任中书舍人,永历四年(1650)清兵入侵广东,邝露拒不降清,抱琴绝食而死。此三人为明清之际南园诗社、诃林净社的重要成员,且三人均在清初广州城陷时殉难,其对明清之际岭南遗民诗群的影响主要表现在精神感召上,尤其是陈子壮,更是明清之际岭南遗民诗群的精神领袖。王邦畿,字诚籥,又字说作,广东番禺人。明唐王绍武中官御史。后永历帝都于肇庆,邦畿往从之。永历帝西奔后出家为僧,号今吼。他与屈大均同为明清之际岭南重要的遗民社团——西园诗社的创始人,并与程可则、方殿元及陈恭尹等并称"岭南七子",对当时诗坛影响很大。陈子升(1614—1692),字乔生,号中洲,广东南海人。陈子壮之弟。明亡后曾受戒于函昰。在明清之际的遗民社团中较为活跃,曾参与过南园诗社、西园诗社、浮丘诗社等社集。伍元薇评曰:"(陈子升乔生)鼎革后目睹沧桑,寄迹菰芦,以寓其麦秀黍离之感,其人品自不可及。"① 陶璜(1637—1689),字苦子,号握山,广东番禺人。明诸生。诗功颇深,人称近柳宗元。何绛(1627—1712),字不偕,号孟门,广东顺德人。曾与陈恭尹渡铜鼓洋,访明遗臣,以图反清复明,无果而归。晚年归乡,隐迹北田。陶璜、何绛与陈恭尹、梁琏及何绛兄何衡晚年寓居北田,并以文章节概重于时,时称"北田五子"。张穆(1607—1687),字尔启,号穆之,又号铁桥,广东东莞人。少从黎遂球、邝露诸人游,并与屈大均、陈恭尹、陈子升等人交往密切,亦为西园诗社成员。海内诸名士对之评价甚高,"秀水朱彝尊赠诗云:'莫道雄心今老去,犹能结客少年场。'归安韩纯玉题其画马诗云:'壮心烈士悲暮年,永日披图发长叹。'"② 梁无技,字王顾,号南樵。广东番禺人。明贡生。诗赋均工,"一时入粤名流,如朱彝尊、王士禛、赵执信诸人,皆推重之"③。参与过西园诗社、湖心诗社的社集活动。可见,岭南遗民在明亡后大多有过直接或间接的抗清义举,且诗群内部交往密切,以屈大均、陈恭尹为中坚人物,以结社吟诗作为交游的主要手段。

当时尚未出仕的岭南名士多与岭南遗民结交,他们也是影响岭南遗民诗群结构的重要群体。其主要人物有梁佩兰、程可则、方殿元等。梁佩兰(1630—1705),字芝五,号药亭,广东南海人。少时从学于陈邦彦,与屈大均、陈恭尹交好,时称"岭南三大家"。梁佩兰虽一生汲汲于功名,但他在

---

① 陈子升:《中洲草堂遗集》,见《丛书集成续编》第151册,新文丰出版公司1988年版,第436页。
② 周骏富:《清代传记丛刊》第70册,台湾明文书局1985年版,第219–220页。
③ 温汝能:《粤东诗海》上册,中山大学出版社1999年版,第1195页。

出仕之前与遗民交往密切，并先后成为诃林净社、西园诗社、浮丘诗社、东皋诗社、兰湖诗社等多个明清之际岭南诗社的核心人物，也是影响岭南遗民诗群的重要人物。《清史列传》曾评曰："时岭海文社数百人，推梁佩兰执牛耳。"① 程可则（1627—1676），字周量，小字佛壮，广东南海人。少与薛始亨、屈大均同受业于陈邦彦。明亡，礼函昰为僧，法名今一，号万间。清顺治初被迫应试，一举抡元，初授内阁中书，累晋兵部职方司郎中，出为桂林知府。卒于官。其"集中尤多感怀身世之作，格调不高，而颇负时名"②，"其音和以舒，其志廉以远"③。为"海内八大家"之一。方殿元，字蒙章，号九谷。广东番禺人。康熙三年（1664）进士，初任江宁知县，以忧去，后官郏城知县。侨寓苏州。曾参与重修兰湖诗社，为"岭南七子"之一。温汝能评曰："国初方蒙章《九谷集》亦多乐府，然深情一往，弦外有音，多寄托之作，非剽窃者比。"④ 可见，这些岭南名士与遗民诗人交往密切，虽然政治理想不同，但其诗歌崇尚和文化人格与遗民诗群有着共同的特征。

随着岭南遗民诗群活动范围的拓展，其影响逐渐辐射到浙江、江西等地区，这也促进了不同地域之间诗歌创作的相互影响。如江南诗人龚鼎孳、朱彝尊、王士禛、徐乾学等来游岭南，与岭南遗民诗人诗酒往来，集中多酬唱之作。尤为重要的是，一些外籍遗民在与岭南遗民的诗酒唱和中相互激励，抒发遗民怀抱，彰显遗民精神。如江西遗民魏礼、曾灿、彭士望多次来游岭南，与陈恭尹、张穆、王邦畿等交好。"彭士望、魏世效至粤，俱以不得见（梁）琏为恨，士望称琏以为高士。"⑤ 王邦畿逝世后，"（魏）礼以诗悼之云：'生年六十老柴荆，州府从来绝送迎。留得孤魂归侍帝，近闻一子竟为僧。诗名只博坟前草，笔札惟余纸上情。他日重寻鬼驿寓，夜潮空打尉陀城'"⑥。此外，寓居韶关丹霞寺长达十六年的浙江遗民诗僧金堡、长期流寓东莞的陕西遗民郭青霞等外籍遗民不仅与岭南本地遗民联系密切，甚至也成为岭南遗民诗群中的特殊成员，这些均对岭南遗民诗群的结构态势产生影响。

---

① 王钟翰：《清史列传》第 18 册，中华书局 1987 年版，第 5836 页。
② 温汝能：《粤东诗海》下册，中山大学出版社 1999 年版，第 1036 页。
③ 温汝能：《粤东诗海》下册，中山大学出版社 1999 年版，第 1037 页。
④ 温汝能：《粤东诗海》下册，中山大学出版社 1999 年版，第 21 页。
⑤ 周骏富：《清代传记丛刊》第 70 册，台湾明文书局 1985 年版，第 173 页。
⑥ 谢正光、范金民：《明遗民录汇辑》，南京大学出版社 1995 年版，第 87 页。

第二节　岭南遗民诗群的群体心态

　　岭南遗民诗群在社会结构上呈现出明显的地域个性，在心理取向上则呈现出群体一致性。其中，最具趋同性的心态就是异常炽烈的民族情感与顽强不屈的救国精神。自清顺治三年（1646）南明桂王朱由榔在肇庆称帝至康熙十六年（1677）尚之信降清的三十多年内，岭南的反清活动此伏彼起，连绵不绝，遗民诗群则是岭南抗清队伍中极为重要的一支力量。何宗美曾将岭南遗民诗人参与抗清斗争的形式归纳为起兵、策反、联络及效力于南明政权四种形式①。不同的政治活动形式展现出的是岭南遗民强烈排满、希冀力挽狂澜的一致心态，其中最值得关注的是岭南遗民的频繁出游。国破家亡的动荡时代，因为"亡国"与"无家"，云游、漂泊往往是遗民最自然的一种生存方式，甚至成为遗民群体孜孜以求的一种风尚。岭南遗民尤其醉心于此。如屈大均曾"为飘然远游之举，先后游览庐山、罗浮山……复东出榆关，周览辽东西名胜……其后，流连于齐鲁吴越间，交王士禛、朱彝尊、杜濬、钱谦益诸名家"②，陈恭尹"自赣出九江，顺流至苏杭，复往返于杭州、宁国间……与何绛出崖门，渡铜鼓洋……登南岳、泛洞庭，顺流江汉之间，寓芜湖"③。正如吴梅村所云："不涉山川、历关徼，不足以发其飞扬沉郁、牢落激楚之气。"④岭南遗民在借云游来稀释、宣泄心底的郁闷与苦痛的同时，还借诗文表露自己的真实心态。"《翁山文外》卷一系列性的长篇游记，自述其游踪其详。诸篇有连续性：谒孝陵（《孝陵恭谒记》），由南京渡江，经安徽、河南至陕西（《宗周游记》），由代州赴京师（《自代东入京记》《自代北入京记》等），俨然一次凭吊故国之旅。"⑤此外，岭南遗民借出游积极为复明事业而奔走，表现出抗清复明的热切期望。屈大均积极游走于齐、鲁、吴、越之间，其目的就是密谋抗清活动。孔定芳先生认为屈大均曾与魏耕、祁忠敏及祁氏门人一起参与了顺治十六年（1659）"己亥之役"的规划⑥。温肃先生认为陈恭尹也参与了此役的策划，

---

　① 何宗美：《明末清初文人结社研究》，南开大学出版社2003年版，第345页。
　② 温汝能：《粤东诗海》下册，中山大学出版社1999年版，第1859页。
　③ 温汝能：《粤东诗海》下册，中山大学出版社1999年版，第1201页。
　④ 杜登春：《尺五楼诗集》，清康熙十九年（1680）刻本。
　⑤ 赵园：《游走与播迁——关于明清之际一种文化现象的分析》，载《东南学术》2003年第2期。
　⑥ 孔定芳：《清初遗民社会——满汉异质文化整合视野下的历史考察》，湖北人民出版社2009年版，第102页。

他说:"(陈恭尹)己亥抵湘潭,游衡岳,出湖口,泛舟彭蠡。出池州,寓芜湖。七日谒世子,上奏记言事,与张玄著(即张煌言)、张书绅、朱子成参谋。"① 还有学者指出屈大均、陈恭尹在"三藩之乱"中也曾亲与其事,左右其间,出谋划策②。另外,何绛"清顺治三年(1646)闻张名振起事抗清,遂疾趋南京,至则事败,乃已。顺治十五年,与陈恭尹同渡铜鼓洋,访遗臣于海外"③。张穆亦曾逾岭北游,思欲立功边塞。正所谓"一息尚存犹道路,千秋所恃在江湖"④,岭南遗民借"游"以稽查军事形胜,靠"结客"而联络义士、阴结豪杰,正是期于一旦之用。虽然由于政局的不可挽回,反清理想之不可实现,云游并未能成为岭南遗民诗人聊慰终生的生存方式,但其积极反清的姿态与努力展现了岭南遗民诗群忠烈的遗民气节与誓死抗清的群体心态。在危难之际敢于挺身而出,正是岭南遗民诗群不同于其他地域遗民诗群的最显著的心态之一。

  岭南遗民诗群云游的地理范围,除了当时大多遗民足迹常至的明陵圣庙等具有故国意蕴的古迹之外,还包括岭南本地独特的历史古迹,最具代表性的有广州越王台、新会崖门三忠祠、广西苍梧兴陵等地。越王台为南越王赵佗所建。汉吕后时,赵佗曾自立为南越武帝,汉文帝时又统一于汉。崖门山是南宋抗元的最后据点,曾发生过著名的宋元海战,三忠祠就是为纪念抗元英雄文天祥、陆秀夫和张世杰所建的祠堂。广西苍梧则是南明永历帝朱由榔之父朱常瀛病逝之地,后永历帝嫡母王氏亦葬于此,史称"兴陵"。岭南遗民诗人多借游览、凭吊这些浓缩着时代悲剧的历史古迹来抒发朝代兴亡之感,寄托悲壮慷慨的爱国之情。如陈子升《越王台》诗云:"君不见越台百尺雄城阙,辇路传游百花发。黄屋晴连汉塞云,青山晓挂秦时月。龙川霸气日苍凉,横海楼船更渺茫。北风吹散南枝鸟,惟见平沙牧马场。"⑤ 潘飞声《在山泉诗话》评曰:"《中洲集》伤怀故国,感愤时事,篇中有血,自不可磨灭。"⑥ 此外,陈恭尹《春日登粤王台》,屈大均《春日登粤王台作》,何绛、陈恭尹《崖门谒三忠祠》,陈子升《苍梧扈驾谒兴陵》

---

  ① 温肃:《陈独漉先生年谱》,见《北京图书馆藏珍本年谱丛刊》第81册,北京图书出版社1999年版,第365页。

  ② 孔定芳:《清初遗民社会——满汉异质文化整合视野下的历史考察》,湖北人民出版社2009年版,第291页。

  ③ 温汝能:《粤东诗海》下册,中山大学出版社1999年版,第1077页。

  ④ 万寿祺:《隰西草堂诗集》,见《续修四库全书》第1394册,上海古籍出版社2001年版,第210页。

  ⑤ 陈子升:《中洲草堂遗集》,见《丛书集成续编》第151册,新文丰出版公司1988年版,第307页。

  ⑥ 钱仲联:《清诗纪事》,江苏古籍出版社1987年版,第533页。

等诗均吊古伤今,表达了沉重压抑的亡国之恨。可见,充分发掘本土的历史文化资源,借凭吊本地的历史遗迹以作新亭之泣,是岭南遗民诗人的又一独特群体心态。而这点充分展现了岭南遗民诗人强烈的本土意识与对乡邦文化的热爱。

由于岭南遗民诗人或直接或间接参与过抗清斗争,故生存处境最为恶劣。在清统治者重点追捕、仇家构陷、奸人出卖、贪利之徒告讦等险恶处境面前,他们的人身安全受到前所未有的威胁。在充满血腥的世界里,他们只能选择逃走他乡或避居山野。如清顺治四年(1647)陈邦彦抗清殉国之后,陈恭尹易服逃至南海之弼唐,投奔庞嘉鳌,后匿于湛粹家复壁中才得以逃脱追捕。同年屈大均则避乱于草野之中。清顺治七年(1650)广州再次沦陷,庚寅惨案爆发。屈大均为避乱,于番禺雷峰山海云寺出家为僧,陈恭尹则筑几楼于西樵之寒瀑洞,屈士煌避居西樵,王邦畿、薛始亨则避于顺德龙江。清康熙十七年(1678),陈恭尹还因曾为尚之信延揽而下狱,次年才出狱。险恶的政治局势与颠沛流离的人生境遇使得岭南遗民诗人呈现出另一明显的群体心态,即避世心态与避祸心态的合一,这与一般历史时期隐士躬耕自足的闲适心态迥然不同。而与同时代其他地域遗民相比,其避祸的意识则更为浓烈。

此外,传继天下道统、以文化救国则是岭南遗民诗人后期的普遍心态。孔定芳所论颇为明切:"到复明绝望之后,遗民们便不复以'一姓之兴亡'为念,转而以民族文化的存亡继绝为承当。"① 陈恭尹、陈子升、何绛、陶璜、梁无技等伏处草野者晚年或著述以明志,或授徒以俟来日,其目的与心态毋庸多言。而逃禅入道的岭南遗民,其真实心境则颇值得玩味。为躲避清朝残酷的剃发令,明清之际遗民诗人多混迹缁流、黄冠,僧舍及道观遂成为抗节自全者的政治避难所。岭南遗民诗群则以逃禅者居多。可以说,岭南士大夫的僧侣化,是明清易代之际突出的悲剧性现象。当然,遁入空门的岭南遗民诗人并非真心佞佛,逃禅是其在特定历史背景下最为无奈的一种选择。这也是当时大多遗民的无奈选择。归庄《送笻在禅师之余姚序》就一针见血地指出:"二十余年来,天下奇伟磊落之才,节义感慨之士,往往托于空门,亦有居家而髡缁者,岂真乐从异教哉,不得已也!"② 从出家因缘上说,遗民僧相当于"政治和尚",他们不可能真正拥有出家人的清静无为、四大皆空的心境,反而是在自我身份的认知矛盾与文化归属的极端困惑之中痛苦挣扎。屈大均由儒逃禅,由禅归儒,最后崇儒辟佛的生命曲

---

① 孔定芳:《明清易代与明遗民的心理氛围》,载《历史档案》2004 年第 4 期。
② 归庄:《归庄集》,上海古籍出版社 1984 年版,第 240 页。

线就是这一群体复杂心态的真实反映。对士大夫在乱世中的命运，屈大均尝慨乎言之："嗟夫！圣人不作，大道失而求诸禅；忠臣孝子无多，大义失而求诸僧；《春秋》已亡，褒贬失而求诸《诗》。以禅为道，道之不幸也；以僧为忠臣孝子，士大夫之不幸也；以《诗》为《春秋》，史之不幸也。"① 对自己的僧人身份，屈大均也疑虑重重，他说："今之世，吾不患夫天下之亡，而患夫逸民之道不存。吾党二三子者，身遭变乱，不幸而秉夷齐之节，亦既有年于兹矣。然吾忧其所学不固而失足于二氏，流为方术之微，则道统失，治统因之而亦失。"② 遁入佛门的同时却忧虑"失足于二氏（即佛、道二教）"，其矛盾心态正是遗民诗僧对自身文化归属的深刻反思。归儒之后，屈氏又作了一篇《归儒说》，认为释氏之门乃忠贞之误区，作为一个过来人，他希望迷途者知返，还"臣"本来面目。正如蔡鸿生先生所言："归儒既是伦理归宿又是政治归宿。"③ 屈氏的自我表白不仅是号召归正于儒的劝世良言，更是岭南诗人传继天下道统、文化救国的坚定信念的集中体现。即使是岭南遗民诗群中的特殊群体，如以天然和尚（函昰）、剩人（函可）及澹归大师（金堡）为代表的岭南高僧也并非"跳出三界外，不在是非中"的消极遁世者，而是"以忠孝作佛事"、亦儒亦禅的故臣庄士，甚至他们临终偈也表现出明显的遗民特色。④ 可见，尽管随着时局的变化，岭南遗民诗群的心态前后变化很大，生活方式也不尽一致，但无论如何，他们忠贞的遗民气节及复兴民族的责任感始终未曾泯灭。

---

① 欧初、王贵忱：《屈大均全集》第四册，人民文学出版社1996年版，第318页。
② 欧初、王贵忱：《屈大均全集》第二册，人民文学出版社1996年版，第394页
③ 蔡鸿生：《清初岭南佛门事略》，广东高等教育出版社1997年版，第80页。
④ 蔡鸿生：《清初岭南佛门事略》，广东高等教育出版社1997年版，第65－69页。

第二章 "南园十二子" 诗人集群研究

南园诗社是岭南诗坛上历时最长、影响最大的诗社。明初，岭南诗人孙蕡、王佐与十多位诗友在广州南园抗风轩结社，是为南园诗社之始。当时，孙蕡、王佐、赵介、李德、黄哲五人成就最高，被称为"南园五子"。明嘉靖年间，欧大任、梁有誉、黎民表、吴旦、李时行等人重开南园诗社，人称"南园后五子"。明清之际，继"南园五子"及"南园后五子"之后，以陈子壮为首的一批广东文士再结南园诗社。他们直接传承了自"南园五子"以来的诗学传统，以复兴南粤诗坛为己任，活跃于明后期崇祯年间的岭南诗坛，后人称之为"南园后劲"，又称"南园十二子"。他们一扫当时靡曼之音而开雄直新风，岭南诗风为之一振。"南园十二子"因此成为明清之际岭南诗坛上非常重要的一个诗人集群。

第一节 "南园十二子" 基本史实考辨

关于"南园十二子"的结社情况，历来语焉不详且说法不一。特别是对于"南园十二子"的具体成员及其结社时间，目前学界存在着几种不同的说法。此外，关于岭南硕儒陈邦彦是否参与过"南园十二子"的社集活动，也有待进一步考证。本节旨在通过对史料的梳理和辨析，围绕"南园十二子"的成员构成、结社时间等基本问题进行考辨，以期厘清其结社的史实真相。

一、"南园十二子"成员考

屈大均《广东新语·诗社》称："广州南园诗社，始自国初五先生……诃林净社，始自陈宗伯子壮，而宗伯复修南园旧社，与广州名流十有二人唱和。"[①] 文中明确提到了以陈子壮为首的十二位明末诗人重修南园诗社的

---

① 屈大均：《广东新语·诗社》，中华书局1985年版，第355页。

文学活动。屈大均的说法在当时影响较大，惜没有提及"南园十二子"的具体姓名。

"南园十二子"究竟是哪十二位文人？就笔者目力所见，主要有两种不同的说法。

欧主遇《自耕轩集》载《忆南园八子》诗，具列陈文忠子壮、僧智海通岸、黎君选邦城、区启图怀瑞、黎美周遂球、黄逢永圣年、徐木之菜、从兄欧子建必元八人，此与《忆南园八子》诗序中所列的见存者区叔永怀年、黄季恒、陈乔生子升及欧主遇本人四人合共十二人。此为"南园十二子"的第一种说法。

《陈文忠公行状》云："公既归，辟云淙别墅于城北白云山中，寄情诗酒，复修南园旧社。一时诸名流区启图名怀瑞，曾息庵名道唯，高见庵名赍明，黄石佣名圣年，黎洞石名邦城，谢雪航名长文，苏裕宗名兴裔，梁纪石名佑逵，区叔永名怀年，黎美周名遂球，及公季弟子升，共十二人，称南园后劲。"① 此处提及的"南园十二子"的具体成员与上文欧主遇的说法有很大出入。除了陈子壮、陈子升、区怀瑞、区怀年、黎遂球、黎邦城、黄圣年七人与欧主遇所提及的"南园十二子"成员相同之外，曾道唯、高赍明、谢长文、苏兴裔、梁佑逵五人均与欧主遇的说法不同。更为重要的是，《陈文忠公行状》中所提及的"南园十二子"竟然连欧主遇的姓名也未曾出现。此为"南园十二子"的第二种说法。

罗元焕《粤台征雅录》云："南园后劲，《峤雅》初编，皆明季时事也。陈秋涛，名子壮，字集生，南海人。……崇祯中，以礼部右侍郎抗疏罢归，辟云淙别墅于城北白云山中。日肆吟咏，尝集长少名流区启图、曾息庵、高见庵、黄石佣、黎洞石、谢雪航、苏裕宗、梁纪石、陈中洲、区叔永、黎美周共十二人，复修南园旧社。又开社诃林。有诗序见光孝寺志。"② 其后文对十二人的名籍也做了简要的介绍，他此处所提及的"南园十二子"与上述《陈文忠公行状》所提及的完全一致。此后，汪宗衍《艺文丛谈》亦遵从此种说法："子壮与黎遂球、区怀瑞、区怀年、曾道唯、高赍明、黎邦城、谢长文、苏兴裔、梁佑逵、陈子升等十二人重开南园诗社，时称'南园后劲'。其后与会者有徐菜、欧必元、黄季恒、欧主遇、僧通岸等，

---

① 陈子壮：《礼部存稿》卷首附《陈文忠公行状》，见《丛书集成续编》第120册，上海书店出版社1994年，第5页。

② 罗元焕：《粤台征雅录》，商务印书馆1939年版，第32页。

一时诗学称盛。"①

那么,欧主遇究竟是否为"南园十二子"成员?其《自耕轩诗集》中《忆南园八子》诗序与《陈文忠公行状》、罗元焕《粤台征雅录》及汪宗衍《艺文丛谈》中所提及的南园十二子,又到底孰是孰非?

考吴道镕《广东文征作者考》"区怀瑞"条谓:"怀瑞与弟怀年并负才名,与李云龙、罗宾王、欧必元、邝露诸人相唱和。又与陈子壮兄弟、黎遂球、欧主遇十二人修复南园诗社。"在"欧主遇"条亦称:"与陈子壮、黎遂球、黄圣年等十二人修复南园诗社。"可见吴道镕肯定了欧主遇是"南园十二子"之一。陈伯陶《胜朝粤东遗民录》卷二《欧主遇》传亦云:"崇祯己卯,主遇与陈子壮、子升兄弟及从兄必元、区怀瑞、怀年兄弟、黎遂球、黎邦瑊、黄圣年、黄季恒、徐棻、僧通岸等十二人,修复南园旧社,期不常会,会日有歌妓侑酒。后吴越江楚闽中诸名流亦来入社,遂极时彦之盛。"②也肯定了欧主遇是"南园十二子"之一。

另《胜朝粤东遗民录》卷一《陈子升》传云:"(子升)与薛始亨缔社于仙湖,复与子壮、黎遂球、区怀瑞、怀年兄弟、黎邦瑊、黄圣年、徐棻、欧必元、欧主遇、黄季恒、僧通岸等十二人修复南园诗社。"③卷三《黎邦瑊》传云:"子壮修复南园旧社,邦瑊与焉。"④卷三《区怀瑞》传云:"陈子壮、子升、黎遂球、欧主遇等十二人修复南园诗社,怀瑞及弟怀年与焉。"⑤该书屡次提及"南园十二子"的成员,其说法均与欧主遇《自耕轩诗集》中《忆南园八子》诗序的说法相一致。此外,《胜朝粤东遗民录》卷二《梁佑逵》传云:"陈子壮等十二人修复南园诗社,佑逵与焉。"⑥卷二《高赉明》传云:"时陈子壮以礼部侍郎抗疏归,与黎遂球等十二人复修南

---

① 汪宗衍:《明清之际广东书画家》,见汪宗衍《艺文丛谈》,中华书局香港分局1978年版,第24页。
② 陈伯陶:《胜朝粤东遗民录》卷二《欧主遇》传,见周骏富《清代传记丛刊》第70册,台湾明文书局1985年版,第160页。
③ 陈伯陶:《胜朝粤东遗民录》卷一《陈子升》传,见周骏富《清代传记丛刊》第70册,台湾明文书局1985年版,第35-36页。
④ 陈伯陶:《胜朝粤东遗民录》卷三《黎邦瑊》传,见周骏富《清代传记丛刊》第70册,台湾明文书局1985年版,第306页。
⑤ 陈伯陶:《胜朝粤东遗民录》卷三《区怀瑞》传,见周骏富《清代传记丛刊》第70册,台湾明文书局1985年版,第309页。
⑥ 陈伯陶:《胜朝粤东遗民录》卷二《梁佑逵》传,见周骏富《清代传记丛刊》第70册,台湾明文书局1985年版,第155页。

园诗社，赟明与焉。"① 又明确指出梁佑逵、高赟明是后来南园社集的参与者，而非最初之"南园十二子"。

此外，《胜朝粤东遗民录》卷二《欧主遇》传记后有陈伯陶按语称："《粤台征雅录》称修复南园旧社十二人……而无主遇，所载诸人又与主遇《自耕堂集》所称互异。然主遇身与社事，其言当不谬，疑后续入社者多，故《粤台征雅录》记载不同。"② 他认为较之《粤台征雅录》，欧主遇《自耕堂集》的说法当更为可信，并且指出《粤台征雅录》之所以有不同记载，可能是因为载入了后来入社者的姓名。陈永正《岭南诗歌研究》关于"南园十二子"的说法也与欧主遇及《胜朝粤东遗民录》的说法一致。

另民国李健儿《陈子壮年谱》"崇祯十一年"条云："公既辟云淙别墅，寄情诗酒，徜徉于山水之间。先是，公尝修禊南园。期不常会。……至是公与弟升、门人黎遂球、友人欧主遇、僧通岸等，十二人复修南园旧社，世号南园十二子。其后吴越江楚闽中诸名流，亦来入社。"③ 该年谱后附"南园十二子"为：陈子壮、陈子升、欧必元、黎遂球、欧主遇、区怀瑞、区怀年、黄圣年、黄季恒、黎邦瑊、徐棻、僧通岸。其成员姓名也与欧主遇说法相一致。其后还有李健儿按语称："按公《行状》，复修南园旧社十二人，不列欧必元、欧主遇、黄季恒、徐棻、僧通岸，而附入曾道唯、高赟明、谢长文、苏兴裔、梁佑逵以足之。考道唯字息庵，兴裔字裕宗，皆南海人，长文字雪航，番禺人，赟明字见庵，佑逵字纪石，皆顺德人。此五人不见主遇《忆南园旧社诸子》诗中。主遇与公交厚，公弟子升又从之游，身在其间，岂有舛误？《自耕堂集》，除所忆八人外，复索存者子升、怀年、季恒，三子相和，历历十二人可数，当据是为定。至曾、苏诸子，其后加入者也。"④ 他更是明确提出"南园十二子"的说法应以欧主遇所说为准，同时认为曾道唯、苏兴裔等其他诗人是后加入诗社的成员。此种判断与陈伯陶的观点一致。

笔者认为，结合欧主遇与陈子壮、陈子升兄弟的深厚交情考虑，欧主遇《自耕轩诗集》中《忆南园八子》诗序的记载较令人信服，陈伯陶《胜朝粤东遗民录》与李健儿《陈子壮年谱》的考证亦较为精当。"南园十二子"的组成人员应确定为二陈（子壮、子升）、二黎（遂球、邦瑊）、二欧

---

① 陈伯陶：《胜朝粤东遗民录》卷二《高赟明》传，见周骏富《清代传记丛刊》第70册，台湾明文书局1985年版，第152页。
② 陈伯陶：《胜朝粤东遗民录》卷二《欧主遇》传，见周骏富《清代传记丛刊》第70册，台湾明文书局1985年版，第163页。
③ 李健儿：《陈子壮年谱》，见《广东文物》卷七，上海书店出版社1990年版，第527页。
④ 李健儿：《陈子壮年谱》，见《广东文物》卷七，上海书店出版社1990年版，第529–530页。

（主遇、必元）、二区（怀瑞、怀年）、二黄（圣年、季恒）、徐棻及僧通岸。至于《陈文忠公行状》及罗元焕《粤台征雅录》载入了其他人员，也是情有可原。除了陈伯陶与李健儿所说的"曾、苏诸子，其后加入者"这一原因外，究其根本原因在于《南园花信诗》的流传。

史载明崇祯十三年（1640），黎遂球在北京会试后返粤，路过扬州，正值扬州名士郑超宗（元勋）"影园"中黄牡丹盛开，因而大集江南北同盟之人为诗酒会。遂球即席成黄牡丹七律十首，由钱谦益评定第一，时号"黄牡丹状元"，这在当时是一件闻名遐迩的雅事。次年黎遂球归广州，以夺状元之黄牡丹诗示南园诗社诸人，陈子壮欣然首和之，其后和者日众。其中和成十首者共八人，除陈子壮、黎邦瑊、区怀年三位南园诗人之外，还有曾道唯、高赍明、谢长文、苏兴裔、梁佑逵五位诗人，这是陈子壮重开南园诗社以后的一次极有影响的诗歌活动。后八位诗人的和诗和黎遂球之诗被编成《南园花信诗》一卷，刊印成书。可能就是因为《南园花信诗》的流传，后人才误将此五人混列于"南园十二子"之中。此点特加说明。

另据欧主遇《忆南园八子》诗序云"先是，吴、越、江、浙、闽中来入社多名流，而期不常会"可知，当时南园诗社影响极大。随着南园诗社的发展，南园雅集也不再局限于十二位诗人之中，且与会者也不全是广东籍诗人。曾道唯、高赍明、谢长文、苏兴裔、梁佑逵五人，应是后来加入南园社集的活跃诗人。但正如李健儿所说："南园后劲诸子，无论先后参与，凡非著忠烈，即隐居，或投入缁流，光明皎洁，综观前后诸先生皆完人也。"①

由上可知，曾道唯、高赍明、谢长文、苏兴裔、梁佑逵五人曾被误列入"南园十二子"之中。因他们曾参与南园诗社的雅集活动，且与"南园十二子"渊源较深，故将其生平一一列举如下。

曾道唯，字符鲁，一字息庵，南海人。明神宗万历三十八年（1610）进士，授刑部主事，转郎中奉差，江南审决，浙江恤刑多所平反，升常镇兵备道。明思宗崇祯七年（1634），历升湖广左参政，晋都察院左都御史，以父九十在堂，陈情终养。卒年七十六。有《介石斋》诸集。清黄登《岭南五朝诗选》卷四有传。《粤台征雅录》称修复南园旧社十二人，其中提及曾道唯，疑为后续入社者。

高赍明，字孟良，一字康山，号见庵，顺德人。天启壬戌（1622）进士。授新喻令，以卓异著，调安福，治盗有功，力护安神书院。后擢陕西

---

① 李健儿：《陈子壮年谱》，见《广东文物》卷七，上海书店出版社1990年版，第529-530页。

道御史。旋以建言谪，归里。"时陈子壮以礼部侍郎抗疏归，与黎遂球等十二人复修南园诗社，赟明与焉。"① 生平淡薄自甘，居家不置田宅，惟购书史。李成栋复为明，迎桂王都肇庆，赟明奔行在，以李元胤荐，复官御史。后不知所终。清陈伯陶编《胜朝粤东遗民录》卷二有传。今诗文无考。

谢长文，字伯子，号花城，番禺人。明思宗崇祯四年（1631）贡生。素有文名，与同里黎遂球相契。"陈子壮、子升兄弟与遂球开南园社，长文与焉。"② 尝和黎遂球黄牡丹诗十章，收入《南园花信诗》。崇祯八年（1635）任惠州府训导，历平远县、博罗县教谕。由教职升浈阳知县。广州拥立，授户部主事，历仕户部员外郎。明亡，不复出。晚年事释函昰于雷峰，名今悟，字了闲。长文诗，五律尤工，梁善长尝称其诗中有画。著有《乙巳诗稿》《雪航稿》《秋水稿》《谢伯子游草》。清李福泰修同治《番禺县志》卷一一、清陈伯陶《胜朝粤东遗民录》卷一有传。

苏兴裔，字裕宗，南海人。事见明张乔《莲香集》卷二。《粤台征雅录》称修复南园旧社十二人，其中提及苏兴裔，疑为后续入社者。

梁佑逯，字渐子，顺德人。明崇祯已卯（1639）举人。十五岁通春秋传，工古文词，与黎遂球互相诗友。曾参与南园诗社雅集。尤精史学，寝食古事，综异同，别流派，持论精审。雅不乐时趋，庚辰（1640）南宫试竣，不俟榜发即命驾归，归而嗜古益工。同里陈邦彦极推重之。后亦弃儒为僧，名喆乔。著有《史眉绮园集》《蕉桐集》《代耕篇》。清陈伯陶《胜朝粤东遗民录》卷二有传。

二、南园重建时间考

关于陈子壮重建南园诗社的时间，目前学界分歧较大，主要的说法有明崇祯十一年（1638）、崇祯十二年（1639）与崇祯三年（1630）三个时间点。要完全了解南园十二子的结社情况，有必要对其结社时间进行认真考辨。

大多数人较为认可的一种说法是：陈子壮重建南园诗社是在明崇祯十二年。上文所引《陈文忠公行状》、欧主遇《自耕轩诗集》中《忆南园八子》诗序及陈伯陶《胜朝粤东遗民录》均记载陈子壮等十二人重建南园诗社是在明崇祯十二年花朝。汪宗衍《艺文丛谈》亦提及此事："陈子壮……

---

① 陈伯陶：《胜朝粤东遗民录》卷二，见周骏富《清代传记丛刊》第70册，台湾明文书局1985年版，第152页。

② 史澄：《（光绪）广州府志》卷一百二十，清光绪五年刊本。

生平喜提倡风雅。崇祯十二年二月,巡按葛徵奇与南海令蒋棻重修三大忠祠、南园,刊行《南园五子诗选》,子壮与黎遂球……十二人重开南园诗社,时称'南园后劲'。"① 此则材料提供了一条重要信息,即明崇祯十二年,巡按葛徵奇重修了三大忠祠及南园,这为陈子壮重修南园诗社提供了重要契机。另黎遂球《南园花信小引》序文曰:"南园为国初五先生觞咏处,其后以祀宋大忠三公。顷直指葛公来按粤,鸠工饬之。遂球因与吾师宗伯陈公邀诸公复为南园诗社。"② 文中亦提及巡按葛徵奇重修三忠祠及南园后,陈子壮才与黎遂球等人重修南园诗社。

可见,要弄清陈子壮重修南园诗社的时间,就有必要考证三忠祠及南园的重修时间。据《广东通志》卷十八"巡按御史"③ 条可知,葛徵奇,浙江海宁人,进士。崇祯十年(1637)上任,崇祯十二年(1639)由他人接任。考同书卷二十一"南海知县"④ 条可知,蒋棻,江苏常熟人,进士,崇祯十年上任,崇祯十二年由他人接任。另现存有葛徵奇编选的《南园前五先生诗》五卷,该书卷前附有葛徵奇及陈子壮撰写的序,均交代了葛徵奇重修南园、编印《南园前五先生诗》之始末。葛徵奇《重订五先生诗集旧叙》曰:"五先生皆粤产,而其至性至事有难淹没弗传者,则五先生之诗不足尽五先生,而五先生之品之集自足以尽粤诗也。俯仰沉湎,向北邙山下索问,南园主人今安在耶?会余代匦于役,时黎孝廉遂球诗名藉甚,得古本而进之,读未竟,不禁击节三叹,如陟罗浮、蹑星岩、登禺峡而思一坐卧其下也。旧刻漫灭不可识,复手订而命诸梨枣以付南海蒋公棻,距嘉靖乙丑之刻已七十余载矣。不敢谬加诠次,悉从其旧志不朽也。因属蒋公叙之以行。崇祯十一年戊寅长至日按粤使者虎林葛徵奇漫书。"⑤ 该序比较清楚地交代了重刻南园五先生诗集的缘起,并明确交代了南园五先生诗集的重刻时间为崇祯十一年(1638)。另陈子壮《重刻南园五先生诗旧序》云:"葛公代兴风雅……因下访山中,目余不佞可与言也者,则以诗道在粤,较

---

① 汪宗衍:《明清之际广东书画家》,见汪宗衍《艺文丛谈》,中华书局香港分局1978年版,第24页。
② 黎遂球:《南园花信诗》,清同治九年(1870)南海陈氏樵山草堂刻本。
③ 阮元修:《(道光)广东通志》卷十八《职官表》,见《续修四库全书》史部第669册,第337页。
④ 阮元修:《(道光)广东通志》卷二十一《职官表》,见《续修四库全书》史部第669册,第373页。
⑤ 葛徵奇:《南园前五先生诗》五卷,见《四库全书存目丛书》集部第375册,齐鲁书社1997年版,第2-3页。

五先生稿刻于南园而命之序。"① 李珺朗《重刻南园五先生诗序》云："……按院葛公徵奇又继谭、王、曹、陈四公，旁搜古本，乃得于黎公遂球家，因属南海令蒋公棻付之剞劂而陈公子壮为之序。"② 由上引序文可知，明崇祯十一年（1638），按粤使者葛徵奇修葺三大忠祠，认为"有五先生不可无南园，有南园不可无五先生"③，于黎遂球处寻得南园五先生诗集古本，因该本损失较为严重，遂令人重订五先生诗集，梓行于世，并请陈子壮作序。另李健儿《陈子壮年谱》云："至十一年戊寅，公始盛倡南园旧社。"④ 认为陈子壮复修南园诗社也在此年。

笔者认为，由上文考证仅可确定重刻南园五先生诗集是在明崇祯十一年，陈子壮重修南园诗社的时间当在其后，但其时间是否在同一年，则无法确定。因欧主遇是"南园十二子"的重要成员，故本书暂且遵从其《忆南园八子》诗序中的记载，将陈子壮重建南园诗社的时间定在明崇祯十二年（1639）花朝。

此外，笔者看到还有另外一种说法，即将陈子壮重修南园诗社的时间定在明崇祯三年（1630）⑤。该观点认为明崇祯元年（1628）至崇祯四年（1631）间，陈子壮因父丧南归丁忧，身在广州，并于期间即崇祯三年修复南园诗社。考《陈子壮年谱》"崇祯元年"条云："熙昌先生于八月初八日申刻卒于广州仙湖街之三益堂。十月十九日得家报，二十六日上疏请恤赠。"⑥ "崇祯二年"条云："公居父丧。……十二月十一日卜葬熙昌先生于沙贝乡金钗岭。"⑦ "崇祯三年"条云："公居忧哀毁，服阕不入官。"⑧ "崇祯四年"条云："公以资深，起詹事府少詹，兼翰林院侍读学士。"⑨ 可知，明崇祯元年至崇祯四年间，陈子壮确实丁忧在家。此时期重修南园，在时间上的确是有保障的。那么，南园结社的时间是否可以提前至明崇祯初

---

① 葛徵奇：《南园前五先生诗》五卷，见《四库全书存目丛书》集部第375册，齐鲁书社1997年版，第3页。
② 葛徵奇：《南园前五先生诗》五卷，见《四库全书存目丛书》集部第375册，齐鲁书社1997年版，第4页。
③ 葛徵奇：《南园前五先生诗》五卷，见《四库全书存目丛书》集部第375册，齐鲁书社1997年版，第2页。
④ 李健儿：《陈子壮年谱》，见《广东文物》卷七，上海书店出版社1990年版，第529页。
⑤ 详见屈雅君《明末女诗人张乔与南园诗社的关系考》，豆瓣网，https://www.douban.com/group/topic/18922204/。
⑥ 李健儿：《陈子壮年谱》，见《广东文物》卷七，上海书店出版社1990年版，第521页。
⑦ 李健儿：《陈子壮年谱》，见《广东文物》卷七，上海书店出版社1990年版，第522页。
⑧ 李健儿：《陈子壮年谱》，见《广东文物》卷七，上海书店出版社1990年版，第522页。
⑨ 李健儿：《陈子壮年谱》，见《广东文物》卷七，上海书店出版社1990年版，第522页。

年呢？

　　考《陈子壮年谱》"崇祯十一年"条云："先是，公尝修禊南园。期不常会。会日，有歌妓侑觞。名校书张乔，歌舞妙一时，能为小诗，亦从容侍座。"① 由其文意可知，在明崇祯十一年重建南园诗社之前，陈子壮也曾经修禊南园，并与友人不定期地进行雅集活动，且张乔亦曾参与雅集。该年谱文后按语云："文忠公修禊南园，乔每侍笔墨。与番禺彭孟阳相昵。孟阳本名日贞，号稳心道人，与黎遂球、梁朝钟、王邦畿等辈游，常出入南园诗社，以文艺相角逐。……公尝于南园五先生抗风轩，集名流十有二人开社。乔每侍公，弄笔墨赋诗。"② 此处认为"南园十二子"结社时，张乔也曾参与雅集。但该年谱又说："乔生万历乙卯三月十六日酉时，殁崇祯癸酉七月二十五日午时，年十九。……癸酉属崇祯六年，文忠公在京师。至十一年戊寅，公始盛倡南园旧社，岁月相去已远。然则乔之侍觞于南园，常在崇祯四年辛未之际，公方服阕，与弟子升及欧必元等修禊之时也。"③ 此处又明确指出张乔参与南园诗人的雅集当在崇祯初年之际。关于张乔与南园诗人的交往，屈大均《庞祖如以张乔美人画兰见赠诗以答之》诗序亦云："友人庞子祖如有张乔美人画兰一幅，上有陈文忠公桐君所题诗。诗曰：'谷风吹我襟，起坐弹鸣琴。难将公子意，写入美人心。'公尝于南园五先生抗风轩集名流十有二人开社，乔每侍公，弄笔墨赋诗。"④ 从文意知，屈大均也认为"南园十二子"结社时，张乔曾参与其中。综合上述引文可知，明崇祯初年，陈子壮丁忧在家期间，曾与弟陈子升、欧必元等人修禊南园，当时广州名校书张乔常侍笔墨。但对此段时间的雅集，"南园十二子"的重要成员并未过多谈及。如欧主遇《自耕轩诗集》中《忆南园八子》诗序一文及黎遂球《南园花信诗》序这两种重要文献在谈及南园结社时均未提及此时期的雅集活动半字。据笔者猜测，可能当时的南园雅集只是诗人们随意的日常聚会，并没有正式提出结社，其时也尚无"南园十二子"之说。因当时的雅集活动持续时间不长，并随着明崇祯四年陈子壮的进京而解散，故其影响不大。但此段南园雅集确有其事，特记录于此。然而需要说明的是，后人常将明崇祯初年的南园雅集与此后崇祯十二年"南园十二子"的结社混为一谈，故史料多有舛误，且往往是真假信息掺杂，尤其

---

① 李健儿：《陈子壮年谱》，见《广东文物》卷七，上海书店出版社1990年版，第527页。
② 李健儿：《陈子壮年谱》，见《广东文物》卷七，上海书店出版社1990年版，第527－528页。
③ 李健儿：《陈子壮年谱》，见《广东文物》卷七，上海书店出版社1990年版，第528－529页。
④ 屈大均：《翁山诗外》卷九，见欧初、王贵忱《屈大均全集》第二册，人民文学出版社1996年版，第682页。

要认真分辨。

由此，另有一事与南园诗人有关，特此提及。广州艺术博物院收藏了一幅《南园诸子送黎美周北上诗卷》，全卷为纸本材质，纵31.5厘米、横574厘米。此诗卷是极之珍贵的明末岭南文献，卷上载有"南园十二子"中多人的墨迹。除卷首外，卷中共有十二人的送别之语及题诗，后有黎遂球致安仲的书札三通。卷中题赋者均是明末岭南之忠烈名贤，如陈子壮、陈子升、张乔（女）、欧主遇、黄圣年、谢长文、朱学熙、徐棻、李云龙、冯祖辉等。此诗卷为黎遂球于明崇祯六年癸酉（1633）公车北上赴京城科考时，南园诸友及当时的一些岭南文士为其送行之作。从卷首与卷中之纸质看，并不一样，知二者非出于同时。关于此诗卷，之前学界一直有个疑惑：黎遂球北上是崇祯六年癸酉（1633），会试时间为甲戌（1634）二月，这是陈子壮重开南园诗社之前的事，为何诗卷又有"南园诸子"之称？根据汪宗衍先生的解释："崇祯六年（1633）美周北上时南园当未修复，今称为南园者，殆以卷中诸老多南园中人，遂以名之。"① 此说有一定道理，再联系上文之考证，陈子壮在明崇祯初年（崇祯三、四年间）曾有过修禊南园之举，因此这里出现"南园诸子"之说就更为合理了。

三、陈邦彦与南园社集

陈子壮重建的南园诗社是明末岭南重要的诗社，由各种史料可知，当时参与南园雅集活动的人员众多，其在当时的影响不容忽视。其中值得一提的是，关于当时的岭南硕儒陈邦彦是否参与过南园诗社的活动，亦有必要进行考辨和说明。

有学者认为陈邦彦参与过南园诗社的活动。持此观点的代表学者有二。一是岭南学者陈泽泓。他在《广府文化》一书中提出："明末政乱国危，广府诗坛涌现出一大批优秀的爱国诗人，他们在为挽救民族危亡勇赴国难的同时，以诗言志，留下了一批思想性、艺术性都达到相当高度的作品。崇祯年间十二位诗人重组南园诗社，世称'南园十二子'，是广府诗坛的佼佼者。十二子中，最为杰出的是被誉为'粤中屈原'的南海人邝露、'粤中李白'的番禺人黎遂球和'粤中杜甫'的顺德人陈邦彦，后人称之为'岭南前三大家'（区别于清初'岭南三大家'）。"② 认为陈邦彦是"南园十二子"成员。二是当代学者何宗美。他在《明末清初文人结社研究》中说："陈伯

---

① 饶展雄：《也谈广州南园诗社》，见《史志文稿》，广东人民出版社1990年版，第68页。
② 陈泽泓：《广府文化》，广东人民出版社2007年版，第312页。

陶《胜朝粤东遗民录》卷一'陈子升'条谓其兄陈子壮'与同里黎遂球、陈邦彦、欧必元以文章声气遥应复社',则陈邦彦亦参加了南园诗社的活动。"①

笔者认为,以上观点值得商榷。作为岭南硕儒,陈邦彦在当时文坛确有一定影响。朱彝尊《静志居诗话》云:"岩野僻居岭南,与黎美周、欧子建、陈乔生以文章声气遥应复社,卒之杀身成仁。……君子诵其诗而悲之。"② 谢国桢《明清之际党社运动考》亦指出:"广东地方虽然僻远,但文化极为昌明。在崇祯间,陈子壮、黎遂球、陈邦彦、欧必元等人,以文章声气与江南复社相应和。"③ 可见陈邦彦与陈子壮、黎遂球、陈子升等人交好,但并没有史料明确指出陈邦彦参与过南园诗社的活动。

另《陈岩野先生全集》前附何耀光序云:"文忠开社云淙,公虽未尝参与,盖抱负不在此,而其诗教,卒开三家四子面目,世称'锦岩诗派',此为吾粤诗史一大关键也。"④ 认为陈邦彦并没有参与南园社集,原因是他的抱负并不在此。陈融的《读岭南人诗绝句》也提到,陈子壮开社,陈邦彦未曾参与,盖抱负不在此⑤。笔者认为,陈邦彦不参与结社活动,除了他的抱负不在此之外,可能还和他的职业有关。陈邦彦是岭南硕儒,他长期在顺德授徒,估计难以随时离开,且当时顺德到广州等地交通不便。陈邦彦门人薛始亨在《赠兵部尚书陈岩野先生传》中曾记载:"(先生)文行藉甚,一时治《易》《诗》,教授尝数百人。后先出其门者数千人。论制义、决科甲,无先达后进,必翕然倾心。先生售无疑,顾久之未售,先生年四十余矣。是时陈文忠公子壮以秩宗抗疏南归,气节文章望隆海内,见先生文而异之。延致于家,使诸子受业焉。先生亦重其人,为执弟子礼,其游如父子,然相得甚欢也。"⑥ 从这段文字可知,陈邦彦与陈子壮相交于明崇祯十四年(1641),在此之前二人并没有交集。关于此事,李健儿《陈子壮年谱》"崇祯十四年"条也记载甚详:"先是公弟子升与顺德陈邦彦友善。邦彦尚为诸生,以文行负重名,年近四十,无所遇。一日子升介见公。公与语,惊异之,曰:'邦彦奇男子也。'与订为兄弟,馆之于邸内硕肤堂,使

---

① 何宗美:《明末清初文人结社研究》,南开大学出版社2003年版,第346页。
② 陈田:《明诗纪事》卷七,见周骏富《明代传记丛刊》学林类11,台湾明文书局1991年版,第548页。
③ 谢国桢:《明清之际党社运动考》,中华书局1982年版,第196页。
④ 陈邦彦:《陈岩野先生全集》,香港何氏至乐楼影印1977年版,第1页。
⑤ 陈融:《读岭南人诗绝句》上册,香港1965年誊印本,第152-153页。
⑥ 薛始亨:《蒯缑馆十一草》,见《丛书集成续编》第126册,上海书店出版社1994年版,第736页。

海上延上图二子。"① 可见，明崇祯十四年之前，陈邦彦与陈子壮尚不相识，且其时陈邦彦在顺德锦岩授徒，没有时间和精力来广州参与南园诗社的结社活动。明崇祯十四年二人订交之后，陈邦彦虽曾在陈子壮硕肤堂授徒，但其将精力依然主要投入于授徒之业。且明崇祯十四年九月，区怀瑞离开家乡，北上任北直隶平山知县。明崇祯十五年，黎遂球亦离开家乡，赴京会试。同年，欧必元卒。由于诗社主要成员相继离开及去世，雅集活动受到很大影响，南园诗社日渐衰退。加上当时李自成叛乱愈演愈烈，社会动荡不安，陈邦彦志向也并不在诗歌，其参与聚会的可能性也更小。笔者搜寻陈邦彦文集及现有史料，并没有看到他参与诗社活动的相关记载。因此，笔者认为，不能将陈邦彦误作南园诗社的成员。

虽然陈邦彦并非正式的南园诗社的成员，但他与南园诗人关系密切，对明清之际岭南诗坛的发展起到了重要的推动作用。陈永正在《岭南诗歌研究》中提道："明末诗人、烈士陈邦彦曾在顺德大良锦岩岗下授徒讲学，其诗师法杜甫，笔力老健。明末清初最杰出的几位诗人，都曾亲灸其门。'岭南三大家'中，陈恭尹为其子，自是渊源家学，屈大均、梁佩兰亦从游日久。还有号称'四子'的薛始亨、何绛、罗大宾、程可则，亦锦岩门下。'三家'、'四子'，被称为'锦岩诗派'。陈邦彦讲学，经史之外，还传习捭阖、阴阳、剑术、舆地之学，以大义教育门人，故锦岩一门多节烈英伟之士。"② 陈邦彦对明清之际岭南诗坛的贡献不容忽视。

第二节 "南园十二子"生平考

由上文考证可知，明崇祯十二年（1639）花朝，陈子壮集弟陈子升、黎遂球、黎邦瑊、欧主遇、欧必元、区怀瑞、区怀年、黄圣年、黄季恒、徐棻及僧通岸等十二人重修南园诗社，岭南诗坛为之一振。本节将对此十二位南园诗人的生平做详细考证。

陈子壮（1596—1647），字集生，号秋涛，谥文忠。广东南海沙贝村（今属广州市白云区石井镇沙贝村）人。明末抗清官员，与陈邦彦、张家玉合称"岭南三忠"。明神宗万历四十七年（1619）进士，廷对第三，授翰林院编修。明熹宗天启四年（1624），典浙江乡试，发策刺阉竖，魏忠贤削子壮及其父给事中熙昌籍。明思宗崇祯初，起故官，历官至礼部右侍郎，充经筵讲官。每召见，辄称旨。旋以言宗室事，唐王上疏诋之，下之狱，减

---

① 李健儿：《陈子壮年谱》，见《广东文物》卷七，上海书店出版社1990年版，第530页。
② 陈永正：《岭南诗歌研究》，中山大学出版社2008年版，第151页。

死放归。后唐王立福建，召为相，竟以宿憾而不行。遭国变，于广州修南园结诗社。永明王立于肇庆，授子壮东阁大学士兼兵部尚书，督广东、福建、江西、湖广军务。会大兵入广州，唐王弟聿被执死，子壮止不行。清顺治四年（1647）春，与陈邦彦、张家玉、王兴、赖其肖等先后起兵，驻五羊驿，为大兵击败，走还九江。九月，大兵克高明，被执至广州，不降，被戮，子壮母自缢。永明王赠子壮番禺侯，谥文忠，荫子上图锦衣卫指挥使。清朝褒典，追谥忠简。有《南宫集》《秋痕集》《云淙集》《练要堂稿》。现存有《陈文忠公遗集》。清道光《广东通志》卷二八三、清张廷玉等《明史》卷二七八有传。

陈子升（1614—1692），字乔生，号中洲，南海人。子壮弟。年十五应童子试，补诸生。与黎遂球、陈邦彦等以文章声气遥应江南复社。明福王弘光帝立，以明经举第一。明唐王隆武改元，赴闽，授中书科舍人。使粤而闽陷，遂归里。明桂王永历帝立，复往奔之，拜吏科给事中，迁兵科给事中。清兵攻袭肇庆，永历帝西奔，子升追之不及，久之乃归。晚入庐山归宗寺，受戒于函昰。归后杜门不出，未几而卒。著有《中洲草堂遗集》。清陈伯陶编《胜朝粤东遗民录》卷一有传。

黎遂球（1602—1646），字美周，番禺人。五、六岁能读书，九岁能文工诗，人称绝代才子。明熹宗天启七年（1627）举人。明思宗崇祯元年（1628），赴试过金陵，会影园集赋黄牡丹诗，即席成十首，钱谦益置第一，人称"牡丹状元"。时边疆多事，诏举经济名儒，礼部侍郎陈子壮首以遂球荐，以母老未就。崇祯十七年（1644），清军陷北京，遂球闻变痛哭，誓死报国。福王立，征拜兵部职方司主事，监督广东兵赴赣。乃罄其家产，冶铁铳五百函，并火器药弩之属，以资军用。城破，遂球下城，督健卒数百人奋呼巷战，胁中三矢，与其弟遂琪，仆卢从赞、梁阿义、陈广金等三十余人同日战死。追赠兵部尚书，谥忠愍。著有《莲须阁集》二十六卷。事见集中所附查继佐撰传，又清屈大均《皇明四朝成仁录》卷九、清道光《广东通志》卷二八五有传。

黎邦瑊（？—1644），字君选，号洞石，从化人。祖父黎贯，字一卿，正德丁丑进士，官陕西道御史，嘉靖时以争大礼下狱，褫为民。从父民表，字惟敬，官至河南布政司参议，南园后五子之一也。邦瑊由天启恩贡生官兴业教谕，以世多难，淡于仕进，告归。少承家学，工诗能文，善隶草、竹石、山水。明亡，以忧愤卒。著有《洞石稿》。清陈伯陶编《胜朝粤东遗民录》卷二有传。

欧主遇，字嘉可，号壶公，顺德人。质敏博学，笃于孝友。十赴秋闱不售，明熹宗天启七年（1627）中副榜，贡太学，祭酒孔贞运赏异之。一时荐绅多属以文，问字者屡满户外。子壮曾命弟子升从主遇游，致书言以师友代父兄，极为推重。主遇乐善好施，明桂王永历二年（1648）大饥，倡赈，存活数百家，人戴其德。晚年荐秘书，以病辞免。优游林壑，绝迹公门。著有《自耕轩集》《西游草》《北游草》及《醉吟草》。清陈伯陶编《胜朝粤东遗民录》卷二有传。

欧必元（1573—1642），字子建，顺德人。欧大任从孙，欧主遇从兄。十五岁为诸生，试辄第一。明思宗崇祯间贡生。年已六十，以时事多艰，慨然诣粤省巡抚，上书条陈急务，善之而不能用。当时缙绅称之为"岭南端士"。尝与修府县志乘，颇餍士论。晚年遨游山水，兴至落笔千言立就。著有《勾漏草》《罗浮草》《溪上草》《瑑玉斋稿》等。清郭汝诚咸丰《顺德县志》卷二四有传。现存清刊本《欧子建集》。

区怀瑞，字启图，高明人。父大相，明万历己丑进士，历官至中允，有《海目先生集》。怀瑞少负大才，赋《秋雁诗》，大为相国赵志皋所赏。时李云龙、罗宾王、欧必元、邝露诸人俱以诗鸣，怀瑞与相倡和。明熹宗天启七年（1627）中举人。历当阳、平山两县知县。明末，与黎遂球、邝露等奔走国事，后遇害。著有《琅玕巢稿》四卷、《玉阳稿》八卷，以及《趋庭》《游燕》《游滁》《南帆》等。辑粤先辈之诗为《峤雅》一书。清于学修康熙二十九年刊本《高明县志》卷一三、清陈伯陶编《胜朝粤东遗民录》卷三有传。今存明天启、崇祯间刊《琅玕巢稿》及明崇祯间刊《玉阳稿》。

区怀年，字叔永，高明人。大相仲子。少聪颖，十岁能文，与兄怀瑞齐名。明熹宗天启元年（1621）贡生，任太学考质判。明思宗崇祯九年（1636）入都候选，以内艰回籍。归卧云石，学赤松游，日以赓和撰述为事。怀年尝作《望西樵诗》及《游西樵记》，人竞传之。尝与屈大均为雅约社。晚博综内典，一时缁素多就质疑，称为天童先生。著有《玄超堂藏稿》《击筑吟》《楚亭乡稿》《石洞游稿》《一啸集》诸集。清光绪《高明县志》卷一三、清陈伯陶编《胜朝粤东遗民录》卷三有传。现存清康熙年间刻本《玄超堂藏稿》。

黄圣年，字逢永，号石佣，又号大药山人，顺德龙山人，明神宗万历四十六年（1618）举人。授湖广当阳教谕。以足疾归。卒年六十二。生平好学能文，与其兄圣期少受庭训，著述甚富，尤工书法。有《墙东草》《壬游草》《薜蕊斋》等集。清温汝能《粤东诗海》卷四五有传。

黄季恒，不详其名籍本末。陈子升《中洲草堂遗集》有《赠黄季恒》诗云："秋江枫落雁声繁，去岁同君深夜论。醉倚蟻蠓浮北极，梦惊蝴蝶化南园。临文每叹风云事,作赋能忘笔札恩。不见柴桑故人久,几回烟水限桃源。"其作品今不传。

徐棻,字木之,后改名荣,南海人。明思宗崇祯诸生。事见明崇祯《肇庆府志》卷四十八。现存诗二首。

僧通岸(1566—1647),字觉道,一字智海。憨山大师书记。后居诃林。工诗。著有《栖云庵集》,今无考。事见清温汝能《粤东诗海》卷九十八。现存诗二十多首。

第三节 "南园十二子"的结社活动与交游

明崇祯十二年(1639),巡按葛徵奇重修三大忠祠及南园,刊行《南园五子诗选》,陈子壮遂与陈子升、欧主遇等十二人重开南园诗社。其后,广东文人曾道唯、高赍明、谢长文、苏兴裔、梁佑逯、薛始亨等人也加入并参与诗社活动。由于其时正值天下大乱,清军屡屡进逼,明朝政权岌岌可危。南园诗社的社事活动虽时行时辍,但诗人们诗酒酬唱,抒发爱国激情,意气慷慨悲壮,岭南诗风为之一振。此一时期,南园十二子的核心人物是陈子壮。明亡后,南园诗社成员多投身于南明永历朝之抗清事业。清顺治三年(1646),诗社重要成员黎遂球殉难。次年,诗社领袖陈子壮起义抗清,以身殉国,诗社活动受到极大打击。其后陈子壮弟陈子升继任诗社领袖,成为当时诗社核心人物。但随着大明政权的覆亡,诗社成员或逝世,或归隐山林,或出家为僧,南园诗社也逐渐消散。

由于明末政局动荡,岭南诗人的社集场地难以固定,诗社活动的参与人员也经常处于变化之中,因此即便是同一批诗人,在不同地方进行的诗歌雅集活动,其诗社名称也多有不同,使得岭南诗人的结社活动显得较为随意;加上现存史料缺乏,很难准确地区分每一次的聚会是否属于南园诗社的社集活动,因此,对于南园十二子的确切的社集活动终止时间,目前难以判定。在南园十二子内部的交游活动的考述中,我们暂且以几次比较有影响或参与人数较多的社集活动为重点。

一、结社之前的早期集会活动

早在南园诸子正式结社之前,南园诗人就多有雅集活动。陈子壮、黎遂球一直是南园雅集活动的核心人物,因陈子壮大部分时间是在京城任职,故明末南园诗社的许多社集活动都是围绕着黎遂球而展开。特别是黎遂球的几次上京应考,南园诗社成员都有集体的送行之作。现藏于广州市艺术博物院的《南园诸子送黎美周北上诗卷》,就是由历次岭南诗人的送行诗手迹辑录而成。从诗卷中可以了解到当时南园诗人们集会为黎遂球送行的情景。

据证,黎遂球一生前后四次上京参加会试,分别在明崇祯元年(1628)、崇祯七年(1634)、崇祯十年(1637)和崇祯十三年(1640)①。而黎遂球离开家乡出发赴京的时间则分别为明天启七年(1627)、崇祯六年(1633)、崇祯九年(1636)及崇祯十二年(1639)。黎遂球历次出行大都有南园诗社的社友为其作诗送行。其中规模较大的一次是在明崇祯六年(1633),黎遂球北上应试时,南园诗人陈子升等十位诗友共聚广州为他饯行。是年春,海盗泊广州城下,黎遂球因次年要上京会试,恐路为盗阻,遂于二月即离开广州。离别前,南园诸子于东林僧舍送别。席上,各人赋诗相赠。②从《南园诸子送黎美周北上诗卷》来看,当时为黎遂球送行题诗的诗人有陈子壮、陈子升、张乔、欧主遇、黄圣年、徐棻、谢长文、顾卦、李云龙、冯祖辉十人。其中陈子壮、陈子升、欧主遇、黄圣年、徐棻五位诗人均为南园十二子成员,谢长文、李云龙为后期加入南园诗社活动的成员。黎遂球是当时较有影响的诗人,诗友们在诗中表达了对他的美好祝愿。如欧主遇《送黎美国会试》诗云:"竹房芝阁数相从,先出长林四百峰。夹道看花金腰袅,群仙分露玉芙蓉。尊开夜月飘霜满,帆带春山点翠重。裁就万言书早上,不虚词赋擅雕龙。"③徐棻《送黎遂球公车北上》诗云:"王春日日送征骖,别思桃花千尺潭。莲社乍违羊石北,杏园遥指凤城南。行边驷马文俱五,握里天人策已三。去住示忘诸有在,试将消息问瞿昙。"④

此处需特别说明的是,当时南园诗社虽没有正式成立,但陈子壮自明崇祯初年因丁忧回归岭南后,曾与南园诗社的主要成员修禊南园,有过诗会活动;且诸人之间在此前即有过密切交往,此次集体送行亦为他们诗酒交往之明证。故此次活动可视为南园诗社的早期活动之一。另外,汪宗衍先生指出,当时陈子壮正在京中任职,不在广东,其送行诗当为后来黎遂球至京中拜访时补作⑤。因当时参与人数较多,且后来诸人诗歌均借《南园

---

① 李焕真:《岭南书画考析——李焕真美术文集》,岭南美术出版社2006年版,第147页。
② 详见童宇《〈南园诸子送黎美周北上诗卷〉成卷考论》,载《美术学报》2011年第3期,第41-49页。
③ 欧主遇:《自耕轩诗集》,见罗学鹏《广东文献》四集,清嘉庆春晖堂刻同治二年(1863)印本。
④ 陈永正:《全粤诗》第20册,岭南美术出版社2017年版,第479页。
⑤ 详见汪宗衍《艺林丛录》第四编,商务印书馆香港分馆1964年版,第275-276页。

诸子送黎美周北上诗卷》得以流传下来，故其影响较为深远。此次活动之前，南园诸子之间已有密切交往。其中几次参与人数相对较多，且在当时影响较大的活动，有史可考者如下。

明天启五年（1625），陕西道御史梁元柱因弹劾魏忠贤削籍归，于广州粤秀（一作越秀）山麓建"偶然堂"。"每花晨月夕，招邀朋旧饮酒赋诗。"① 明天启五年，梁元柱与邝露、黎遂球、李云龙、欧必元、黎邦瑊、梁继善、赵焞夫等结诃林净社，推陈子壮为社长，常诗酒雅集。梁元柱《偶然堂遗集》卷二有《偶然堂成用韵答陈秋涛亲家》一诗，黎遂球《迦陵集·七言律诗》收有《花朝梁木公招待家大人，同欧子建、赵裕子、戴安仲、邝湛若诸公社集诃林千佛塔赋》二首、《答梁木公入社论诗之作》，均为诃林社集之作。这其中有很多诗人后来都成为南园诗社的主要社员。黎邦瑊《诃林社集赋得王园晚斋》一诗亦当作于社集活动之时，诗云："暝色苍茫古化城，同来结夏恰初晴。衣披蕉石云犹润，杖引莲峰气飒清。残照到碑看往迹，曲池流水杂经声。漉巾到处宁辞醉，不觉东林月又生。"② 从诗中流露出的情绪来看，此时期诗人们生活较为稳定，心态也较为雍容娴静。

明天启六年（1626），陈子壮兄陈顺虎在广州城东建有东皋别业，陈子壮与黎遂球、黄圣年、黎邦瑊、徐棻、欧主遇等常饮宴其间，纵论时弊，唱酬甚密。其时参与聚会的还有张萱及何吾驺等。陈子壮《陈文忠公遗集》卷二有《初归饮顺虎家兄东皋别业》《东皋和欧嘉可》等诗，表现了当时诗人间的交往。黎遂球亦曾作《题陈顺虎东皋二首》描绘东皋别业优美的景色。其《浣清堂》诗云："秋光濯须眉，春翠浮杯酒。况复挥麈谈，玉柄如人手。"③ 其《玉带桥》诗云："曾眠宝带桥，醉弄太湖月。今日坐长虹，清寒彻毛发。"④ 另黎遂球《题陈顺虎东皋诸景》及黄圣年《陈顺虎郊园》诗当作于宴集陈顺虎东皋别业之时。

明崇祯元年（1628）四月，袁崇焕重新被起用为辽蓟总督，出关督师，陈子壮招集诸文士于广州诃林净社社集，为之饯行。诃林寺即广州光孝寺，因院内有诃子树而得名。当时在释通炯的倡议下，陈子壮、黎密（黎遂球

---

① 温汝能：《粤东诗海》卷四十五，中山大学出版社1999年版，第867页。
② 顾光、何淙：《光孝寺志》，见《岭南古寺志丛刊》卷十二，广东教育出版社2015年版，第164页。
③ 黎遂球：《莲须阁集》，见《四库禁毁书丛刊》集部第183册，北京出版社2000年版，第99页。
④ 黎遂球：《莲须阁集》，见《四库禁毁书丛刊》集部第183册，北京出版社2000年版，第99页。

之父）等人捐资重修诃林禅堂，落成后复为诃林净社，诸名士多在此吟诗作赋。当时诃林寺不仅是文人雅士聚集唱和之地，还是粤东名士议论时政、抒发政风的较为重要的场所。此次聚会诗人们为同乡袁崇焕再次被委以重任而庆贺，也期待他能再次为祖国收复失地。陈子壮因与袁崇焕是同榜进士，二人交情不浅。集会时由赵焞夫作图，陈子壮题引首"肤功雅奏"，诸人题诗于图后，遂成《袁崇焕督辽饯别图卷咏》，该卷册现藏于广东省博物馆。"肤功"，即肤公，语出《诗经·小雅·六月》"薄伐狁，以奏肤公"之句，"肤"，大也，"公"乃功也，故"肤功雅奏"可理解为大功告成之意。可见，粤东名士对袁崇焕寄予了很大希望。如陈子壮诗云："此去中兴麟阁待，燕然新勒更何辞。"① 欧必元云："书从淝水征安石，碑树淮西表晋公。"② 当时题诗者十九人，其中除了后来南园十二子中的陈子壮、欧必元、区怀年、释通岸、徐荥等诗人以外，还有邝露、戴柱、释通炯等人。如欧必元亦作同题诗二首。值得一提的是，释通岸为明末名僧憨山大师的弟子，他秉承憨山大师积极参与世俗的理念，关心国家大事，期盼袁崇焕能早日胜利归来。

同年，明崇祯帝重新起用陈子壮，并升左春坊右谕德兼翰林院侍讲。六月，陈子壮着戎装赴召。诸友人均作诗送之。欧主遇作《送陈秋涛太史还朝》诗云："载笔中朝第一流，宫衣摇曳返瀛洲。气连牛斗双龙剑，手辟云霄五凤楼。锁闼玉堂官并美，西京东观秘全抽。朝昏莛露千珠重，来往仙槎八月浮。使命光分沧海日，宦情闲对白云秋。偶归径许求羊入，此去书成班马俦。听履早趋鸳鹭序，离筵为典鹔鹴裘。知君黄阁赓歌地，作相还家尚黑头。"③ 区怀年作《送陈集生太史报命还都》，诗中有云："烽烟满目连青塞，剑佩生香动紫微。引见预知承顾问，九重渊穆正宵衣。"④ 对其充满期待。区怀瑞亦作《送陈集生太史还朝》二首。

明崇祯四年（1631），欧必元六十大寿，黎遂球作诗以祝。其《莲须阁集》卷七有《赠欧子建先生六十初度二首》，诗云："千秋原在许谁分，岂谓龙头未致云。南阮客来频典褐，北山人去解移文。身长廪量侔儒粟，膝下兰生驿耳筋。四十万言知已诵，汉门金马倘相闻。（其一）君年三十我生时，三十年来事事知。张耳有金尝结客，孔融当坐可呼儿。儒冠渐腐囊因

---

① 陈子壮：《陈文忠公遗集》卷六，见《丛书集成续编》第149册，上海书店出版社1994年版，第81页。
② 陈永正：《全粤诗》第18册，岭南美术出版社2017年版，第599页。
③ 欧主遇：《自耕轩诗集》，见罗学鹏《广东文献》四集，清嘉庆春晖堂刻同治二年（1863）印本。
④ 区怀年：《玄超堂藏稿》，清康熙年间刻本，广东省立中山图书馆藏。

涩，文价终昂货莫欺。十分百年才过六，且凭欢伯未须疑。（其二）"① 从诗歌内容看，二人的交往十分密切。是年，陈子升、黎遂球、陈邦彦、欧必元等人诗酒酬唱甚多，其诗文日进，在岭南诗坛影响日益扩大，以文章声气遥应复社。②

明崇祯九年（1636），黎遂球、欧主遇与诸人社集广州东皋。黎遂球作有《东皋修禊诗》，其诗题注云："丙子三月三日集同社诸公即席赋。"诗云："黄鸟既鸣，曲池既波。载阴载阳，以景春和。春亦我春，有酒旨多。我友既集，即集逶迤。芳树被席，迁坐凭阿。何以称体，溪谷婆娑。何以称心，嘉言咏歌。既赏清音，亦就舞娥。蹲尊翼翠，交乐且酡。属我不述，来者知何。"③ 欧主遇亦作有《三月三日社集东皋》诗，诗云："我皇九载，永和期合。蔼蔼时彦，晋人可作。东园之树，秾华未落。于以晤言，曲水为乐。有鸟和鸣，茂林集止。春酒既载，春服以试。薄言采兰，于水之涘。歌以写心，祓禊匪戏。"④ 从其诗歌内容来看，此次宴集，春和景明，诸人诗酒酬唱，气氛非常融洽。此外，黎遂球诗集中还有《东皋同诸先生上人社集分赋，得素馨花灯》一诗，亦作于东皋诗社社集之时。东皋诗社的很多成员同时是后来南园诗社的成员。

二、"南园十二子"的正式结社

明崇祯十年（1637），陈子壮以抗疏得罪，除名放归广州，在广州白云山辟云淙书院，集杜甫诗句在门外自书一联："天下何曾有山水，老夫不出长蓬蒿。"自此闲居山中，寄情诗酒，徜徉于山水之间。友人区怀瑞作《陈集生太史解组辄此相慰》一诗以示安慰："朝辞蓬阁远天居，犹带炉烟卧草庐。万石归来双彩袖，五云深处一床书。踏花屡引仙人骥，对酒应焚学士鱼。待有行藏随梦卜，喜无魂磊可消除。"⑤ 陈子壮因其一直以来对岭南文化事业的大力扶持及其在政坛上的影响力，成为当时岭南诗坛上举足轻重的人物。而陈子壮的回乡，则为南园诗人的再次聚集提供了契机。

明崇祯十一年（1638）正月初一日，陈子升至广州访黎遂球。此次见面当是二人相交之始。黎遂球作有《新年喜陈乔生见过》诗，诗云："风雨新

---

① 黎遂球：《莲须阁集》卷七，见《四库禁毁书丛刊》集部第 183 册，北京出版社 2000 年版，第 90 页。
② 李健儿：《陈子壮年谱》，见《广东文物》卷七，上海书店出版社 1990 年版，第 522 页。
③ 陈永正：《全粤诗》第 18 册，岭南美术出版社 2016 年版，第 351 页。
④ 温汝能：《粤东诗海》卷四十五，中山大学出版社 1999 年版，第 962 页。
⑤ 陈永正：《全粤诗》第 18 册，岭南美术出版社 2016 年版，第 167 页。

年茗气和，瓶花深护待人过。楼随柳色看邻远，坐即桃笙拥袂多。禅案有情凭笔墨，名流何事不江河。长斋拟学黄庭帖，到处临池好赎鹅。"① 陈子升亦作《戊寅小岁和黎美周诗》，诗云："声华街鼓急相闻，烛跋西园至夜分。作赋不曾逢武帝，弹琴犹复看文君。常时歌对吴闿月，奇服香连楚泽云。何处新知最相乐，颉颃狂燕隔帘纹。"② 表达了结识新友人的喜悦之情。同年正月十五日，陈子壮为弟陈子升诗集作序，序末署有"崇祯戊寅上元日兄子壮撰"③ 语。自此，在兄长陈子壮的带动下，陈子升也渐渐融入岭南诗坛。

明崇祯十一年（1638），广东巡抚葛徵奇重修南园三大忠祠，南海知县蒋棻重刻《南园前五先生诗》，陈子壮为之作序，黎遂球作《三大忠祠赋》以赞斯役。该文收入《莲须阁集》卷二中。早在明崇祯初年陈子壮丁忧在家时，曾与弟陈子升、欧必元等人修禊南园，然期不常会。当时广州名校书张乔常侍笔墨。明崇祯四年（1631），陈子壮进京后社事随即解散，其时影响不大。此次广东巡抚重修南园三大忠祠，并重刻《南园前五先生诗》，在当时社会影响较大，也成为南园十二子重新结社的直接推动力。

明崇祯十二年（1639）二月十五日（花朝节），陈子壮与黎遂球、陈子升、欧主遇、欧必元、区怀瑞、区怀年、黄圣年、黄季恒、黎邦瑊、徐棻、释通岸等十二人复修南园诗社，世称"南园十二子"。欧主遇《自耕轩诗集》中《忆南园八子》诗序对此事有明确记载："盖自南园五先生结社南园在大忠祠内，风雅攸存久矣。崇祯己卯花朝，陈文忠公主盟修复，四美并会，六诗振响。仰挹五先生风流韵事，为十二人，气谊孔洽，唱和代兴，展时彦之盛已。"④ 这是岭南诗坛上的一大盛事。其后，吴越江楚闽中等外籍诸名流亦来入社。对于此事，《胜朝粤东遗民录》卷二《欧主遇》传亦记载云："崇祯己卯（1639），主遇与陈子壮、子升兄弟及从兄必元、区怀瑞、怀年兄弟、黎遂球、黎邦瑊、黄圣年、黄季恒、徐棻、僧通岸等十二人，修复南园旧社，期不常会，会日有歌妓侑酒。后吴越江楚闽中诸名流亦来

---

① 黎遂球：《莲须阁集》，见《四库禁毁书丛刊》集部第183册，北京出版社2000年版，第88页。
② 陈子升：《中洲草堂遗集》，见《丛书集成续编》第151册，上海书店出版社1994年版，第344页。
③ 陈子升：《中洲草堂遗集》卷首，见《丛书集成续编》第151册，上海书店出版社1994年版，第271页。
④ 欧主遇：《自耕轩诗集》，见罗学鹏《广东文献》四集，中山大学图书馆藏。

入社，遂极时彦之盛。"① 由此可知，当时南园十二子的社集影响较大。黎遂球在一次社集时所作的《三月三日同诸公社集南园禊袚即席限韵》诗中曾歌咏当年盛景曰："如此临文共可传，气清应信永和年。流觞接席凭虚槛，曲水依城系画船。晴散暖香花作雨，节当寒食柳如烟。谁言禊事兰亭胜，得似明妆醉谪仙。"② 诗歌描绘了南园周边的景色：曲水流觞，画船依城；柳烟轻笼，落花片片。诗人们在如此美丽的春日宴集，诗兴盎然，其乐融融。

据李健儿《陈子壮年谱》"崇祯十二年"条记载，陈子壮居广州期间，其弟子黎遂球师事其甚谨，"师弟二人，往往于花朝月夜，杯酒之余，论及时事，辄唏嘘流涕"③。可见师生二人意趣相投，均关注家国政事，拥有一颗赤诚之心。黎遂球《酧云淙邀瀑亭》诗题注云："同陈秋涛老师作"，当作于二人酬唱往来之时。其诗云："斗酒故人趣，牵衣坐岩苔。悬泉与云落，写景潆尊罍。万翠忽欲动，态合如始开。山中千岁流，到海生尘埃。仙人太古弦，挥弹听徘徊。餐花痛饮酒，以此名千杯。愚谷当可移，娲石留天隈。翼翆称经营，飞练凭剪裁。"④ 自此，南园十二子以陈子壮、黎遂球师生二人为核心，交往日益密切，影响也日渐扩大。

此后，南园诗人之间的文学活动更加频繁。明崇祯十二年（1639）夏，区怀年请黎遂球为其诗集作序。黎遂球《莲须阁集》卷十八收有《区叔永诗集·序》一文，其文曰："叔永胸怀澹远，曾再游金陵，入燕市，登眺多感，归乃为园掩关三余自足，花竹禽鱼之与处，丝肉半臂之与调笑，有闲情无杂虑，其为诗乃一变而精洁细腻，得之性者深而出之意者称，亦其才使然也……四言高古典雅，不徒饰也；五言古之冲融澹宕，体物赋象；七言古之艳丽轻逸，百态俱出也。五律之出入王孟，原本太史而工巧神致几过之也。七律之明秀疏落而五七绝句之丰神幽异，泠然而善也。……叔永诗前后凡若干卷，于崇祯己卯之夏属予合而定之，既而为序。于时为七月七日。"⑤ 对区怀年的诗歌赞誉有加。

---

① 陈伯陶：《胜朝粤东遗民录》，见周骏富《清代传记丛刊》第70册，台湾明文书局1985年版，第160页。
② 黎遂球：《莲须阁集》，见《四库禁毁书丛刊》集部第183册，北京出版社2000年版，第92页。
③ 李健儿：《陈子壮年谱》，见《广东文物》卷七，上海书店出版社1990年版，第530页。
④ 黎遂球：《莲须阁集》，见《四库禁毁书丛刊》集部第183册，北京出版社2000年版，第60页。
⑤ 黎遂球：《莲须阁集》，见《四库禁毁书丛刊》集部第183册，北京出版社2000年版，第246－247页。

此外，南园诗人常常社集酬唱，留下了很多优秀的诗篇。如欧必元《九日同社中诸子登粤秀山宴集》《花朝社中赏花》、区怀年《南园社中赠陈集生太史》《秋杪集南园》《元夕曾息庵藩伯招集南园智上人在坐》、黎遂球《三月三日同诸公社集南园禊袚即席限韵》《端溪采砚歌南园社集，同陈秋涛、区启图诸公作》、黎遂球《春望篇·同陈秋涛、黄逢永诸公社集南园作》、区怀年《春望篇》等诗均作于南园雅集之时。另明崇祯十三年（1640），陈子升作《东皋》《云漴》二赋，请区怀瑞为其作序。陈子升《中洲草堂遗集》卷末附《旧刻〈东皋〉〈云漴〉赋序》对此记载甚详。①

三、黄牡丹和诗推动的社集高潮

明崇祯十三年（1640）夏，黎遂球北上应举进士，取道扬州。适逢扬州郑元勋影园大集江南北同盟之人为诗酒会，黎遂球与之。时影园中黄牡丹盛开，在座者各赋黄牡丹七律诗十首，糊名，送虞山钱谦益评定，黎遂球被推为第一。郑元勋镂金罍为赠，并选女乐歌吹迎于红桥，一时传为盛事。遂球时号黄牡丹状元，声名大振。清代学者钮琇《觚剩》卷一《言觚·牡丹状元》云："崇祯戊辰，扬州郑元勋集四方才士于影园，赋黄牡丹诗，推虞山钱宗伯为骚坛盟主，品题群咏，最者赍以金罍。番禺孝廉黎遂球下第南还，亦与斯会，即席成七律十章，宗伯评置第一，时号'牡丹状元'。其诗有'月华蘸露扶仙掌，粉汗更衣染御香'；又曰'燕衔落蕊成金屋，凤蚀残钗化宝胎'，皆丽句也。"② 明崇祯十四年（1641）正月十五日，黎遂球归至广州③，受到岭南乡人的热烈欢迎。梁梅《莲须阁黄牡丹诗事歌》云："声华藉甚江南北，乘兴飘然返乡国。"④ 檀萃《楚庭稗珠录》也记载云："乡人争艳其事，制锦衣一袭，联画舫数十，郊迎者几千人。"⑤ 在众人的簇拥下，黎遂球"被锦袍，坐画舫，选珠娘之丽者，排列两行，如天女之拥神仙"⑥。

---

① 陈子升：《中洲草堂遗集》卷末附《旧刻〈东皋〉〈云漴〉赋序》，见《丛书集成续编》第151册，上海书店1994年版，第426页。
② 钮琇：《觚剩》续编卷一，上海古籍出版社1986年版，第176页。
③ 黎遂球：《莲须阁集》卷十三《寄凌澹河年兄书》云："都门别后从瓜步京口之间留滞者数月，今年灯夕方归五羊。"《四库禁毁书丛刊》集部第183册，第161页。
④ 梁梅：《莲须阁黄牡丹诗事歌》，见阮元《学海堂集》卷十四，广州启秀山房道光五年（1825）刻本。
⑤ 檀萃：《楚庭稗珠录》，广东人民出版社1982年版，第56页。
⑥ 袁枚：《随园诗话》，广陵古籍出版社1998年版，第104页。

在南园诗社的社集活动中，黎遂球以夺状元之黄牡丹诗示诗社诸人。子壮首和之，其后和者日众，和成十首者为陈子壮、曾道唯、高赍明、谢长文、黎邦瑊、区怀年、苏兴裔、梁佑逵八人，合黎遂球之诗编成《南园花信诗》一卷，刊印成书。黎遂球为作《南园花信小引》。其文曰："遂球北行，逾岁还。至扬州憩郑子超宗影园为黄牡丹会，谬辱夜珠明月之赏，所赋十律。归质之同社，于是陈宗伯师忻然为和如数，题曰'南园花信'。既而，粤诗人和章日盛，爰录诸公之成十首者。宗伯师先成，为首；次则方伯曾先生息庵，侍御高先生见庵，家明府叔洞石广文、谢子伯子、同人区子叔永、苏子裕宗、梁子渐子为一卷，付之剞劂，且报超宗，以识粤社一时之盛。"① 此外，在岭南的牡丹唱和诗中，凡是迟至或不足十首而未能进入《南园花信诗》的诗作，则专辑付梓。"或未及属和或和而未成十首者不入是卷，其有成十首而不入是卷者，则以和自杀青之后，嗣另汇补入，以识粤社一时之盛"②。

此次黄牡丹和诗事件，是南园诗社活动史上的一个高潮，也是联结南园与影园、岭南诗坛与江南诗坛的一个重要契机。其影响正如黎遂球《南园花信小引》所说："庶粤东无牡丹而有牡丹，黄牡丹无南园而有南园，影园无粤社诗而有粤社诗，均快事也。"③ 香山名士何吾驺也异常兴奋。是年七月初五日，黎遂球生日，何吾驺特地致书祝贺："牡丹状元是千百年一状元，非比三年帖括，更以吴越才望同归。……庄诵十首真是英敏绝伦，而沉酣痛快、感慨万千。"④ 并赐黎遂球以汉玉觥。黎遂球《莲须阁集》卷十三《谢何相公》题注云："七月五日贱生惠汉玉觥。"其文曰："何意重承老师阁下弘推肺腑之恩，忘其蓬历之贱，赐之至宝，赍以手书，颂白圭之诗，俯执惟有加敬。"⑤ 对于此事，当代学者朱丽霞教授在《一个文化事件与一场文学运动———"黄牡丹状元"事件的文学史意义》一文中指出："作为文化符号的牡丹状元，无意中将江南与岭南的诗坛衔接起来……从此，江南在诗坛上不再无视岭南，黎遂球成为岭南诗坛崛起的奠基者。他们以千里之外的扬州牡丹为媒介遥接岭南前贤———南园诗社。"⑥ 其观点是较为

---

① 黎遂球：《南园花信诗》，清同治九年（1870）南海陈氏樵山草堂刻本。
② 黎遂球：《南园花信诗》，清同治九年（1870）南海陈氏樵山草堂刻本。
③ 黎遂球：《南园花信诗》，清同治九年（1870）南海陈氏樵山草堂刻本。
④ 黎遂球：《南园花信诗》，清同治九年（1870）南海陈氏樵山草堂刻本。
⑤ 黎遂球：《莲须阁集》卷十三《谢何相公》，见《四库禁毁书丛刊》集部第183册，北京出版社2000年版，第162页。
⑥ 朱丽霞：《一个文化事件与一场文学运动———"黄牡丹状元"事件的文学史意义》，载《河南大学学报》2017年第2期。

中肯的。

《南园花信诗》收录的诗人除陈子壮、黎邦瑊、区怀年及黎遂球四位南园诗人之外，还有受南园诗社影响而热心参与诗社活动的诗侣，如黎遂球文中所提及的曾道唯、高赍明、谢长文、苏兴裔、梁佑逵五人，他们应是后来加入南园诗社的社友，在诗社后期的社集活动中非常活跃。

四、南园诗社的衰退

"黄牡丹状元"事件的发生及《南园花信诗》的结集是南园诗社活动的一个高峰，此后，随着国势的衰微与政治的动荡，诗社成员流动较大，社集活动亦时断时续，南园诗社日渐衰退。

明崇祯十四年正月，李自成攻破洛阳，杀福王朱常洵。二月，张献忠破襄阳，杀襄王朱翊铭。之后消息传到岭南，南园诗人在南园社集时以时事为主题，有感而作。黎遂球《莲须阁集》卷三有《闻寇陷襄洛·社集同区启图作》一诗，即作于此时。诗云："守文列圣德，驱胡高皇功。明运宜无疆，我后承丰隆。过臣亶焦劳，济蹇谁匪躬。金瓯缺辽左，饷额勤输供。遂以困闾间，焉谋备年凶。适郊逢硕鼠，捍网怜飞鸿。中原多悍寇，懦将愁频攻。驰驱十余载，躏躁如乘风。荆襄江上流，洛阳天下中。宋辙有覆监，汉都忧其终。近闻亦倾陷，官民泥刀锋。星陨亡上将，藩决哀大宗。狂生识其故，伊昔神凭丛。抚降但养虎，凶服嗟临戎。请剑谒斩佞，伏蒲乌为忠。朝堂难战胜，臧否疑府宫。父书赵括惭，负荆廉颇雄。以此思古人，忾敌将何从。殷忧已叠警，我后惟天聪。河清洗甲兵，酌酒趣群公。"① 表达了对国事的忧虑与关心。区怀瑞亦作《寇毁中都二首》，诗云："羽卫园陵外，千秋松桧阴。积薪元不戒，急燧远相侵。瘗玉涂山古，沉珠淮水深。九重哀痛诏，倾听独何心。（其一）举世忧江左，无人念故丰。近畿蛇豕突，大地鬼神恫。火浣龙衣在，云栖藻井空。徒闻饬原庙，月出上皇宫。（其二）"② 战事的发生打破了家国的安宁，南园诗社的社集活动笼罩上一层悲伤的色彩，这种气氛与之前的诗酒风流完全不同。诗人们的创作题材也由之前表现文人雅趣和闲适生活变为对现实战事的关注及对家国命运的担心与忧虑，开始呈现出一种慷慨激越的雄直之气。

同年九月，区怀瑞离开家乡，北上任北直隶平山知县。临行前，黎遂

---

① 黎遂球：《莲须阁集》卷十三《谢何相公》，见《四库禁毁书丛刊》集部第183册，北京出版社2000年版，第162页。
② 陈永正：《全粤诗》第18册，岭南美术出版社2016年版，第176页。

球作山水小幅以赠。明崇祯十五年（1642）三月禊日（上巳日），黎遂球为陈子升制义稿作序。陈子升《中洲草堂遗集》卷末附《陈乔生制义稿序》有"崇祯壬午禊日年通家社盟弟黎遂球题"语。同年，黎遂球离开家乡，赴京会试。是年欧必元卒。南园社集活动受到一定影响。明崇祯十六年，区怀瑞、区怀年刻成其父区大相之诗集，陈子壮为作《区太史集·序》云："区海目先生以太史名粤也，其诗特盛……余不佞与先生二子游好，以为与于斯文者，得表其墓。今汇先生集而刻之，乃属为之序云。"① 明崇祯十七年（1643）三月，李自成陷北京，明崇祯帝殉社稷。陈子壮在广州禺山书院开学社，闻变，率黎遂球等缙绅千余人为位于广州光孝寺，成服哭临。是年，黎邦瑊闻国变，以忧卒。清温汝能《粤东诗海》收录有黎邦瑊《镇海楼同诸子作》诗一首，诗云："频年京国思君梦，此日危楼得共登。暑气半消青嶂里，襟期偏洽白云层。海潮飞雨侵瑶席，涧道流霞断古藤。拼醉不愁明月去，松门深夜有禅灯。"② 区怀年亦作有《秋夜陪诸公宿镇海楼》一诗，诗云："北城轩盖动高秋，万井疏烟暝不收。木落远村微见水，山空凉月正当楼。清砧漫续蛩声袅，丽藻闲舒客思悠。松露满栏沾几席，梦魂容易到沧州。"③ 从诗意及诗歌情感来看，二诗当是国变之后南园诗人共登镇海楼时而作。特别是黎邦瑊之诗，很可能是其临死前不久所作。

　　明崇祯十七年，弘光帝立于南京，陈子壮捐资倡义，首助饷银一千两。十月，弘光政权起用陈子壮，任礼部尚书。次月陈子壮戎装赴南京。次年五月，清兵破南京，执弘光帝。六月，隆武帝立，起用陈子壮为礼部尚书，遣官敦请赴闽。八月，陈子壮由广州戎装赴闽，其弟陈子升等诸人随行。是年，区怀瑞亦前往闽中。黎遂球有书信与之，其《致区启图书》云："有人从闽中来，知主上已登极，改元隆武矣。当此涣蹇之时而早正大位以一人心，此诚急策，况乎神圣英武好学好问，祥瑞在先，应运而起，且我辈前已誓庙，共矢精白，岂得复有观望乎？"④ 鼓励他不要有所顾虑，在国家危亡时刻应该勇敢地支持隆武帝。隆武二年（1646）四月，清兵围赣，帝授黎遂球兵部职方司主事，提督两广水陆义师应援赣州的南明军队。后清兵陷赣州，黎遂球率数百义兵与之巷战，身中三箭，壮烈殉国。同年，清兵陷广州，陈子壮率众浴血奋战，于次年（永历元年）被执殉国。清顺治三

---

① 区大相：《区太史诗集》卷首，见伍崇曜《粤十三家集》，清道光二十年南海伍氏诗雪轩刻本。
② 温汝能：《粤东诗海》卷三十七，中山大学出版社1999年版，第695页。
③ 区怀年：《玄超堂藏稿》，清康熙年间刻本，广东省立中山图书馆藏。
④ 黎遂球：《莲须阁集》卷十四《致区启图书》，见《四库禁毁书丛刊》集部第183册，北京出版社2001年版，第188页。

年（1646）陈子升离开广州城南故居，于奔走流离中手录近体诗寄业师欧主遇。其《旧刻城南诗集·自序》云："予自丙戌岁别城南故居，丁亥岁奔走流离，几不自全。伏处江村中，犹手录近体诗一通寄业师欧壶公先生。"①

这时期，因为政治局势动荡不定，南园诗社的核心成员陈子壮、黎遂球多忧心国事，四方奔走，乃至最后以身殉国，陈子升亦伏处草野，故诗社活动暂告停歇。从薛始亨《南枝堂稿》所收诗歌可知，明永历二年（1648）暮春三月，薛始亨到广州参与南园诗社的社集活动。其《暮春羊城社集（戊子）》诗云："南园春草遍池塘，客里邀欢一举觞。上巳风流传曲水，建安词赋擅清漳。江云莫辨三株树，驿路难寻五色羊。谁道海滨邹鲁地，咏归还有舞雩狂。"②诗中流露出动荡之际长歌当哭的无奈与抑郁难言的酸楚。薛集中另有《南园》诗一首，亦当作于此时。其诗云："草深方躅泯，席冷古弦张。谁念沿洄者，罥然叹汪洋。"③隐隐流露出动荡之际理想难以实现的慨叹。这是目前所能考证的最后一次南园社集活动。可惜当时参与社集的南园诗人已无法考证。

后来，黎遂球之子黎延祖重游南园，忆及南园诗社的种种往事，有感而发，作《南园故址》诗云："古祠仍旧在东隅，一读残碑却起予。五典旧闻从舜代，三仁终古见殷墟。鱼须学士悲埋骨，马革忠魂痛绝裾。空有行人知往事，暮云芳草共踟蹰。"④同时，他不无伤心地说："南园为国初赵御史介、孙典籍蕡、王给事佐、李长史德、黄待制哲五先生结社地，后为祠，祀文、陆、张三大忠，有司岁时祀之。崇祯戊寅，直指介凫葛公捐俸重修，先忠愍公与陈文忠公暨诸名公唱和于此，继五先生风雅。变迁以来，祠属丘墟，人骑箕尾，祀典虽存，望城东而奠祝。偶一过焉，唏嘘怆怀，有感乎五先生之流风余韵，三大忠之日月精忠，陈文忠与先忠愍之文章节义，皆不愧于天地，其庶几有起而继之者乎。聊成短章，以志恫焉。"⑤后清乾隆年间檀萃撰《楚庭稗珠录》，也肯定了南园后劲承继先人之功，并感叹南园的兴衰与明朝的命运紧密相连，他说："文忠际涉末流，乃纠后进敷藻继声，虽诸人文采不少概见，而争迪前人光，亦足以作南园之后劲矣。数楹老屋，或兴或废，与有明一代相终始，亦奇矣哉！"⑥

---

① 陈子升：《旧刻城南诗集·自序》，见《中洲草堂遗集》卷末附，转引自《丛书集成续编》第151册，上海书店出版社1994年版，第427页。
② 薛始亨：《南枝堂稿》，香港何氏至乐楼影印本。
③ 薛始亨：《南枝堂稿》，香港何氏至乐楼影印本。
④ 温汝能：《粤东诗海》卷六十一，中山大学出版社1999年版，第1141页。
⑤ 陈永正：《全粤诗》第20册，岭南美术出版社2016年版，第345页。
⑥ 檀萃：《楚庭稗珠录》，广东人民出版社1982年版，第51页。

第四节 "南园十二子"的诗歌创作与诗坛影响

南园十二子的诗歌创作基本上沿袭了南园前五子及南园后五子所秉持的"标举唐音""重视风骨"的诗学理想。因受晚明及明清易代之际政治形势的影响，他们的诗歌内容更为丰富，时代特色更为鲜明，地域书写开始突显，诗歌中的"雄直"之气日渐形成，对岭南诗派的形成和发展具有重要意义。

一、酬唱赠答

作为明末清初较有影响的诗人群体，南园十二子交游广泛，他们的诗集中亦以酬唱赠答类的诗歌为多。此类诗表现了南园十二子对亲友或关爱，或怀念，或劝勉，或慰藉的真情实感，甚至充满了对人生的思考及对现实的关注，充分展现了明清之际儒士真诚、坦率的情感及关心家国的博大胸怀。

首先，酬唱赠答可以直接地反映出南园诗人们的人际交往情况，还有的唱和诗为研究诗人们的生平事迹提供了可靠的资料，具有史学价值。如陈子壮自小与同里黎遂球友善，这份友情一直延续终生。二人既是兴趣相投的诗友，在政治生涯中也相互砥砺。特别是在明清易代的动荡局势中，二人赤诚相待，均表现出坦荡忠贞的儒士风范。陈子壮即用诗歌记载了二人深厚的友谊。其《黎美周过别》诗云："芳岁即我与，其如津路长。非多乡里贤，落落滞京疆。新木流好音，处处谐春阳。独持径寸姿，延辉照匡床。玉蕤杂坐次，金徽泛而张。大雅只清越，皇风谁为扬。醑酒兴三复，遐矣莫终忘。"①《送黎美周》诗云："莫讶番禺桂，高秋自一枝。试看金腰褭，恰对玉葳蕤。国士悬书贵，交游秘帐奇。吹嘘何足问，先入汉庭知。"②又如《送黎遂球公车北上》诗云："易遣春风客思劳，花枝连日亚香槽。少年逢矢知谁敌，艳妇兰舟信所操。金谷从分锦步障，琵琶肯试郁轮袍，一竿投赠任公子，东第如今许钓鳌。"③诗中充满对黎遂球的欣赏与勉励之情。

---

① 陈子壮：《陈文忠公遗集》卷七，见《丛书集成续编》第 149 册，上海书店出版社 1994 年版，第 88 页。
② 陈子壮：《陈文忠公遗集》卷六，见《丛书集成续编》第 149 册，上海书店出版社 1994 年版，第 77 页。
③ 陈永正：《全粤诗》第 17 册，岭南美术出版社 2014 年版，第 333 页。

黎遂球的应酬诗大部分是参加各种集会活动时创作的。这使其诗歌带上了明显的应社痕迹。此类诗歌充分体现了黎遂球与友人结社交往、诗酒风流的情况，是了解此时期文人集会结社的重要史料，也是当时文人间人际关系的诗意化呈现。如《二月十七日社集赵裕子云槎同诸公赋》描述了一次与社友集会赋诗的情形："故人寻白社，先雨到玄关。为爱楼中坐，能看城外山。春惊前日半，晚踏落花还。诗就仍相觅，榕阴路一湾。"① 其中"为爱楼中坐，能看城外山""晚踏落花还"等诗句体现了诗人雍容闲雅的生活及平和安宁的心态。另《三月三日同诸公社集南园禊祓即席限韵》也描绘了一场春日里的诗社活动：春日放晴，花香柳绿，诗人与朋友们把酒唱和，就像昔日兰亭集会一样，其乐融融。《东皋同诸先生上人社集分赋得素馨花灯》一诗也是诗人参与社集时所作，从中可以窥见当时文人与僧人间密切的交往酬唱。还有些酬唱诗是黎遂球出游或参与友人雅集时所作，旨在交流情感，切磋诗艺，陶写性灵。如《自淮扬舟还竹圃，李文中邀同陈大士、杨维斗、艾千子、顾孝侯、吴次尾诸子酌牡丹花前，拈得娇字》《邓玄度先生招饮镜园留赠》《小春同家君选叔谢伯子、陈中行海上泛舟赴香山相公之招分赋得真字》《中秋同诸子移尊过顾子建先生竹素山房分赋》等诗，记录了友朋间的文学交往与诗艺切磋，呈现出当时文人士大夫的日常生活，也为研究黎遂球及其友人的行迹提供了一定的线索。

南园十二子的酬唱赠答诗还有很多均交代了较为明确的地点、事件及创作原因，不仅为研究诗人们的生平事迹提供了可靠的资料，也为研究其酬赠对象的生平行踪提供了很重要的线索，具有史料借鉴意义。如欧主遇《忆南园八子》组诗就是典型的代表。这八首诗是分别为昔日的八位诗社好友而作。作诗时，八位诗友均已逝世。诗人思忆往事，感慨颇多，因而用情极深，令人动容。诗前有序云："一纪以来，天地横溃，城郭都非。或惨烈尽忠，或仓卒触刃，或忧愤病陨。伤我朋旧，零落为多，所仅存者，区叔永、黄季恒、陈乔生及予四人。又鸿冥云远，鹿走林幽，罕获良晤，感变怆怀，咏言纪往。于是成兹八章，用扬节义骚雅之美。长歌当哭，寄三子属和焉。先是，吴越江楚闽中来入社，多名流，而期不常会。会日有歌妓侑酒，而美名不尽称。且烽烟阻绝，破亡之后，存殁弗得并闻也。予齿老矣，怀忠义之同心，恨死生之乖隔，乃抒身世积愫以表亲友始终云。"②

---

① 黎遂球：《莲须阁集》卷六，见《四库禁毁书丛刊》集部第 183 册，北京出版社 2000 年版，第 84 页。
② 欧主遇：《自耕轩诗集》，见罗学鹏《广东文献》四集，清嘉庆春晖堂刻同治二年（1863）印本。

这段序文言简意赅，将作诗之缘起娓娓道来，展示了昔日南园诗社之盛，与今日友朋逝去、诗社无存的残酷现实形成鲜明对比，平实的文字中蕴含着诗人对昔日欢乐社集的怀念及对死难社友的深切哀悼，血泪满纸，读之令人悲戚。八首诗在形式上也颇有新意。每首诗前均附有对所赠诗友的生平简介，同时在诗前为每位诗友撰写一小段评语，以评点其人生功绩，彰显其品格精神。如评价陈子壮云："词林师臣，以忠谏黜狱，遭乱捐躯，丕振纲常，独留节烈之气"①；评价黎遂球云："文人烈士，请缨殉城，实自天性，故忠义为多"②；评价区怀瑞云："少为贵公子而博文善治，卒有余忠，是为晚成大器"③；评价黎邦瑊云："大雅传家，淡于宦情，养拙以酒，有竹林风致"④……生平、评语与诗作内容相互呼应，展现了八位诗友不凡的人生，彰显了其品格精神，也表达了诗人对好友的深重思念。这种借用史传体的写法，表现了诗人以诗记史、以诗记人的良苦用心。这八首诗也成为后人研究南园十二子的重要材料。

其次，南园十二子的酬唱赠答诗中送别诗所占比重较大，这些送别诗多以壮别的形式出现。如陈子壮《送孙青宕归宁波》诗云："乡心一夜渺难挥，明月刀头兴欲飞。北阙犹须长策入，南天不是倦游归。"⑤ 在对友人恋恋不舍的同时勉励他对国家前途有所策划，鼓励与鞭策之情由衷而发。《送练任鸿中丞出狱赴戍》诗云："剑气微茫贯索开，南征一夕尽余杯。天生七尺疆场用，春意平分雨露来。好事定添流寓传，故人教筑望乡台。可怜百二秦关险，不比梁园竹数栽。"⑥ 这首诗同样也写出了诗人为友人即将奔赴疆场而产生的悲壮与豪情，催人奋进。陈子壮的送别诗大多豪情万丈、酣畅淋漓，充满对友人的期望与鼓励，体现了他乐观积极的人生态度。

再如黎遂球《送李烟客出塞二首》诗云："万里欲何之，行营望将旗。我正怜烟客，人疑是药师。谈兵奋犀戟，骑马策杨枝。为试登楼啸，胡雏

---

① 欧主遇：《自耕轩诗集》，见罗学鹏《广东文献》四集，清嘉庆春晖堂刻同治二年（1863）印本。
② 欧主遇：《自耕轩诗集》，见罗学鹏《广东文献》四集，清嘉庆春晖堂刻同治二年（1863）印本。
③ 欧主遇：《自耕轩诗集》，见罗学鹏《广东文献》四集，清嘉庆春晖堂刻同治二年（1863）印本。
④ 欧主遇：《自耕轩诗集》，见罗学鹏《广东文献》四集，清嘉庆春晖堂刻同治二年（1863）印本。
⑤ 陈子壮：《陈文忠公遗集》卷二，见《丛书集成续编》第149册，上海书店出版社1994年版，第51页。
⑥ 陈子壮：《陈文忠公遗集》卷八，见《丛书集成续编》第149册，上海书店出版社1994年版，第105页。

满地悲。(其一)丈夫宁惜别,一路笑桃花。下水流澌劲,临关怒木芽。春情违蛱蝶,酒态在琵琶。莫动将归思,风前有暮笳。(其二)"① 李云龙,字烟客,东莞人。崇祯元年(1628),李云龙慷慨请缨,北行万里入辽,赴袁崇焕幕中。黎遂球平日关心东北边事,对忠心耿耿镇守边疆、阻击满洲贵族入侵的袁崇焕非常崇敬,也为好友李云龙敢于奔赴塞外、入其幕中协助运筹谋划而骄傲,遂为之赋诗送行。"我正怜烟客,人疑是药师。"以唐代名将李靖(字药师)相比,简单的两句诗中充满了诗人对友人的称美与勉励之意。"谈兵奋犦戟,骑马策杨枝。"这两句诗想象李云龙在军营中运筹帷幄、大展抱负的场景,风趣横生,意气昂扬。"为试登楼啸,胡雏满地悲。"此二句借用了晋代刘琨登楼长啸、吹笳退敌的典故。可见,诗人希望朋友李云龙能如李靖、刘琨一样,为抵制外敌做出贡献。一片深情,溢于言表。

  再次,南园十二子的酬唱赠答诗充分展现了自我丰富的内心世界与对人生及社会的深沉思考。有些酬唱诗展现了诗人的高雅情怀和高尚品质。如陈子壮《种桄榔以一株分黄士明少宰园中辄惠佳韵敬答》(其二)诗云:"绿野娱清尚,奇葩不用饶。青春闲种树,天籁已闻韶。幸可存微植,多因赏劲条。孤根随地稳,百丈任风摇。"② 借桄榔树表现了诗人不为外物所惧、独立无畏的耿介胸怀。难怪伍元薇跋陈子壮诗集云:"先生诗,轮囷兀臬,古色苍然,望而知为端人杰士。"③ 另陈子壮《黄逢永过访同赋》诗云:"归田今日遂平子,学圃由来分小人。半亩花开不改色,三城客散几经春。怀湘却厌骚音盛,反鲁胡忧雅道沦。蒋径实寻羊仲旧,翟门虚拟雀罗新。"④ 此诗当作于陈子壮因得罪魏忠贤罢官归里之后。"半亩花开不改色"隐隐喻示着诗人刚直不阿的品质。

  还有些酬唱诗生动地展现了诗人的独特心志。如陈子壮《黄逢永过访同赋》诗中"蒋径实寻羊仲旧,翟门虚拟雀罗新"二句则借用汉代蒋诩辞官回乡,于院中辟三径与求仲、羊仲来往的典故及翟公门庭盛衰之典实,抒发了自己归隐之际的心境和对现实的慨叹。黎遂球《送人游西湖》一诗

---

① 黎遂球:《莲须阁集》卷五,见《四库禁毁书丛刊》集部第183册,北京出版社2000年版,第78页。
② 陈子壮:《陈文忠公遗集》卷三,见《丛书集成续编》第149册,上海书店出版社1994年版,第60页。
③ 陈子壮:《陈文忠公遗集》卷末《跋》,见《丛书集成续编》第149册,上海书店出版社1994年版,第142页。
④ 陈子壮:《陈文忠公遗集》卷二,见《丛书集成续编》第149册,上海书店出版社1994年版,第48页。

则描绘了八月西湖的美景,体现了诗人随遇而安的心境。区怀瑞《答张鹿垣》诗云:"筮仕得残旬,举世所唾弃。启居不遑恤,吾以遂吾志。闾左方黯惨,饷输更枯瘁。惊烽尽鸟窜,谍迹时麇至。金汤惟所画,经纬赅而备。图牒寓素心,索之在梦寐。三载枕一戈,千秋犹傲吏。晨登仲宣台,徒有昔人意。永兹兰苣言,宛其相位置。旷览晰古今,劳生耻忧悸。逝将赓郢歌,庶或附声气。"① 这首给朋友张鹿垣的赠答诗直抒胸臆,较为诚挚地述说了自己任职当阳以来的生活状况,抒写了自己仰慕王粲、愿以文章著述为不朽的夙愿。"启居不遑恤,吾以遂吾志""逝将赓郢歌,庶或附声气"等诗句表现了诗人虽不满于现状,但仍奋力实现自己人生价值的积极心态。黄圣年《答子明人日作》诗云:"几度青阳雨,都霑紫陌尘。最怜春作客,空惜日为人。漂泊曾谁问,莺花只自亲。今朝落梅处,定有翠眉颦。"② 则借眼前之景表达羁旅行役之愁与颠沛流离之苦。

另外,区怀瑞的《将赴荆西孙伯观陆叔度载酒话别》一诗写得别有趣味:"秋色满天地,离愁感四海。人生萍梗踪,况乃在兰苣。平居寨撷意,梦寐或千载。思为竹素功,安知陵谷改。一落尘鞅间,误作荆榛宰。国计急诛求,民命忧痡瘵。别路指夕氛,友声赠朝采。入林旧嵇阮,结驷新元恺。鸿雁忽分翔,蒹葭宛而在。拟报明月珠,江波起芳汇。"③ 此诗当为区怀瑞赴任当阳县令前与朋友分别时而作。诗歌以写景开头,渲染出一种冷落深秋的离别之感。区怀瑞一生对官场名利极为厌倦、淡泊,即便在诗中也毫不讳言,曾多次表达此种心态:"生平厌嚣杂,开径远尘轨。洗耳田舍谋,因之枕秋水。"(《初至玉阳》其二)"昔我友四方,古道交相勖。论撰砥世波,图书尚盈束。"(《答黄逢永》其二)诗人的本志是想著书立说,但"思为竹素功,安知陵谷改",在"国计急诛求,民命忧痡瘵"的动荡之际,为了国计民生,诗人甘愿进入官场之中,"一落尘鞅间,误作荆榛宰",希望能为国家献力、为百姓谋福。诗歌最后以写景结尾,通过"鸿雁""蒹葭"等意象表达了送别双方绵长的不舍之意。此诗写景、言志、抒情等相互交织,既体现出朋友间的赠别之情,又描绘出客观时局,同时也表达了诗人的心志,内涵丰富,充分展现了诗人对国家的一片赤诚。

明末朝政动荡不安,南园十二子的生活阅历也极其丰富,他们也借酬唱赠答诗表达对人生和社会的深刻体悟。如陈子壮在一些与朋友的唱和对答诗中就非常坦诚地表达了自己对政治人生及社会的深沉思考与独到见解。

---

① 陈永正:《全粤诗》第 18 册,岭南美术出版社 2016 年版,第 188 - 189 页。
② 陈永正:《全粤诗》第 17 册,岭南美术出版社 2014 年版,第 166 - 167 页。
③ 陈永正:《全粤诗》第 18 册,岭南美术出版社 2016 年版,第 174 页。

其《答区启图闲居见存之作》诗云:"将无萧瑟托闲居,剩有诙谐误禁庐。世事浑如千日酒,男儿何必五车书。清斋药臼新调鹤,散发荷衣旧钓鱼。不是美人相忆句,音尘容易到阶除。"① 其中"世事浑如千日酒,男儿何必五车书"两句诗用反语,暗喻世事混乱,有识之士无用武之地,读再多书也是枉然,还不如归隐养鹤钓鱼,闲散一生。字里行间隐隐透露出诗人对倒行逆施的社会现实的愤慨。另《宋御史大夫黄吏部各出上陵诗见示次韵和之》诗说:"塞上旌旗连太白,边城砧杵断流黄。"② 意指战乱频仍,战死者甚多,家人浆洗的征衣无从寄达,月光也只能空照流黄帷帐。后一句诗取意于沈佺期的《独不见》,语意却更为凄恻,表现了陈子壮对战死者及其家人的同情。

最后,南园十二子的酬唱赠答诗最具有价值的是他们在诗中融入了对明末时政的关注与愤慨。如陈子壮《答欧子建》诗云:"多年散木成劳薪,每羡文园卧病身。龙泉太阿知我者,历落欹崎可笑人。宗国亦忧漆室女,高天乃吊湘累臣。无端重下苍生涕,不愿君王问鬼神。"③ 明神宗晚年腐朽昏聩,朝廷混乱,国运日下,诗人对此极度痛心,在与知心好友欧必元的酬答之中,借诗篇表达了自己对民生凋敝的忧虑及对朝政的愤慨。开篇"多年散木成劳薪,每羡文园卧病身"两句用一种激愤的语气表述自己才华不得施展,却一生奔波劳碌,相比之下,悠闲卧病的司马相如是多么令人羡慕。颈联及尾联分别用"漆室女"及屈原、贾谊来自况,表现了自己忧国忧民的心情,同时也表达了希望统治者能关心民间疾苦的美好愿望。

再如陈子壮《答曾霖寰民部白下见寄》诗云:"马足经时失,今看骨转高。气清郎署月,声起大江涛。谁共青绫被,犹分金错刀。途穷知阮恸,效拙见潘毛。龙蠖惟公等,乾坤听此曹。余生湘吊屈,处士晋称陶。鸡肋怜朱绂,蛾眉妒锦袍。千夫元诺诺,群口但嚣嚣。来往愁讥凤,攀援耻学猱。邱中多细响,天末切刁骚。"④ 对小人得志、君子道消的社会现状进行了描绘和批判,大胆地表达了对当前政坛上阉党把持朝政、排挤和打压良臣的黑暗现实的愤慨。

---

① 陈子壮:《陈文忠公遗集》卷三,见《丛书集成续编》第149册,上海书店出版社1994年版,第55页。
② 陈子壮:《陈文忠公遗集》卷八,见《丛书集成续编》第149册,上海书店出版社1994年版,第101页。
③ 陈子壮:《陈文忠公遗集》卷二,见《丛书集成续编》第149册,上海书店出版社1994年版,第50页。
④ 陈子壮:《陈文忠公遗集》卷三,见《丛书集成续编》第149册,上海书店出版社1994年版,第60页。

黎遂球也有一些诗借为友人赠别表达对社会和国事的关心。如《陆将军行赠震湖都护》诗云："陆将军,环走边庭如己屋。醉卧每枕死□头,长啸能呼战鬼哭。往时赤脚向朝鲜,剑气直射须眉前。相君敛容深借问,尺书夜降清□天。归向辽阳气犹热,叛兵怒号弓寸折。掀髯上马突入营,拍鞍大骂教无说。掉舌如刀不畏人,天生虎力能捍身。世人尽议袁毛事,可怜双眼看曾真。将帅交摧相印解,当时重足群相戒。丈夫血愿洒沙场,安肯囚冠坐疲惫。唉然太息还乡里,扁舟老挟贤公子。秃袖重为海外游,歌舞筵前认君是。夜听琵琶如听筑,把酒低头看髀肉。何人再得将军笑,直使□雏向山哭。"① 此诗用歌行体,将记人叙事、抒发感慨融为一体,展现了陆将军英勇善战却因受袁崇焕事件牵连,不得不去官归隐的苍凉人生,表达了诗人对政治昏聩的愤懑。"何人再得将军笑,直使□雏向山哭。"袁崇焕屈死后,他的许多部属也受到牵连,致使边塞无人,国防虚空,思及此,黎遂球十分痛心。全诗真气流宕,情感真挚,内容充实而生动。

欧主遇有些酬唱诗也融入了对现实的关注与国家政治的关心。如《送区启图入都》诗云："君不见宣王北伐振周室,自将王旅命师律。卿士虎臣佐中兴,文兼武事惟尹吉。又不见邺侯谒帝灵武时,衣袍紫白动相随。收复两京有长策,天下无寇早为期。我皇圣武洛阳起,缵绪金陵咏丰芑。愿得熊罴不二心,言驾六飞西北指。君家簪笏旧盈门,君为二邑利盘根。欲成国史传先业,欲请长缨灭祲氛。据鞍矍铄谁为右,报国世恩恩复厚。击楫中流先着鞭,誓告同仇吾敢后。"② 甲申(1644)之变后,史可法、马士英等在南京拥立福王朱由崧为帝。次年乙酉,区怀瑞被起用,将赴南京,欧主遇作诗以送。欧主遇以辅助周宣王中兴周朝的太师尹吉甫及辅佐唐肃宗平定安史之乱、收复两京的邺侯李泌来比拟区怀瑞,希望他能施展才华,为朝廷效力。"击楫中流先着鞭,誓告同仇吾敢后。"最后两句也表达了诗人愿意为国效力的壮志与激情。

另外,黄圣年也在唱和诗中融入了自己对现实的关注与思考。如《赋得秋闺月和家兄》诗云："长空一片月,飞向画楼前。影共寒衣薄,愁将破镜悬。凄清看枕簟,明白梦关边。莫是征夫苦,秋风急上弦。"③ 表达了战事及冰冷纷乱的社会现实所带来的淡淡的伤感。另《钱塘饮张梦得斋中》

---

① 黎遂球:《莲须阁集》卷上,见《四库禁毁书丛刊》集部第183册,北京出版社2000年版,第70页。
② 欧主遇:《自耕轩诗集》,见罗学鹏《广东文献》四集,清嘉庆春晖堂刻同治二年(1863)印本。
③ 陈永正:《全粤诗》第17册,岭南美术出版社2014年版,第166页。

诗云:"聚首堪悲碣石天,空囊还著远游篇。书生忧国真无赖,倦客寻僧却有缘。万里山河孤笑外,五年烽火醉吟边。忽听急管催兰舸,愁绝西湖几瓣莲。"① 表达了政治抱负的落空、对国家命运的担忧及战火纷扰的伤感与无奈。

二、咏物抒怀

咏物诗是以客观世界的物象为歌咏对象的诗体。中国古代第一篇完整且成熟的咏物诗是屈原的《橘颂》,自此托物言志、借物抒怀便成为诗歌中较为常见的表现主题。正如刘熙载所说:"咏物隐然只是咏怀,盖个中有我也。"(《艺概》)南园十二子的咏物诗较多,其表现形式极其丰富,大多带有浓厚的感情色彩,从中亦可看出诗人的审美理想。

南园十二子的咏物诗多选用中国传统诗词中较为常见且有着特定内涵的植物来进行吟咏。如在黎遂球的诗中,竹的意象比比皆是。如"杯间耳热犹看剑,竹下衫寒独掩门"(《舟泊章门寄题万茂先溉园》);"竹岸水阑闲一立,绕人双燕傍晴归"(《春园八首》);"梧井叶鸣童自扫,竹林香静鸟深眠"(《邓玄度先生招饮镜园留赠》);"竹枝乍按松喉合,草色浑宜比翼观"(《席上赋得绿鹦鹉同钱牧斋宗伯》)。竹的映衬,为诗人的生活增添了些许清幽、安谧的韵味。此外,杏花、水仙、雪等也成为黎遂球吟咏的对象。如"千树上林香带旭,数枝横店色如秋"(《咏杏花》)写出了杏花生动的意态,"金屋瑶台韵不孤,水衣莲曳雪为肤"(《奉和家大人同饮欧子建、苏季文、谢伯子、庞尔珍赏赵裕子水仙花有赋》)描摹了水仙花的冰清玉洁,"四方屏幛开云母,七尺珊瑚立水晶"(《豫章舟中同黄虞六咏雪四首》)写出了雪的晶莹剔透。

竹、水仙、雪因其所具有的孤直、冰清玉洁、晶莹无瑕等特征深受黎遂球的喜爱。同样,菊、莲、松柏等植物亦因其丰富的意蕴,成为历代君子贤士钟爱的植物,也颇受南园诗人的喜爱,在他们的诗作中比比皆是。在此类咏物诗中,诗人专注于突出竹、菊、莲、松柏等中心物象的某种抽象品德,而对事物的声色形态的描绘着墨不多,这显然是传承了屈原《橘颂》"比德体"的创作主旨。如陈子壮的咏物诗大多展现出植物意象所蕴含的感人至深的人格力量,借咏物来抒发对光明磊落、志行高洁之士的赞美。其中最突出的是组诗《对菊绝句》。陈子壮的《对菊绝句》共十首,继承了

---

① 陈永正:《全粤诗》第17册,岭南美术出版社2014年版,第169页。

传统的香草美人之喻，以菊来比拟志行高洁的君子。如其三诗云："浮名三十脱乌纱，双鬓生成合插花。春去秋来浑未改，终知输尔傲霜华。"① 诗歌以菊花的不畏严寒、坚毅傲霜来比喻君子高尚的品节，也象征着诗人自己纵使时令变迁，依然不改其志的傲岸品质。其八诗云："耸壑凌云百丈涛，登台为尔首重搔。寻常莫漫欺篱落，佳色分明绝世高。"② 同样赞美菊花绝世独立的高洁品质。再如《咏白莲十首》其五诗云："曲沼流风泛玉台，水晶盘递藕丝来。西池送到昆流种，实爱凌冬和雪开。"③ 赞美传说中凌冬而茂的白莲，表现诗人对这种坚毅品格的赞美与向往。其九诗云："暗粉斜香湛澹浮，月华双美木兰舟。同心却笑相如妇，一脸啼痕写白头。"④ 用拟人手法对白莲的形貌做了具体细致的描绘，突出了白莲冰清玉洁之美。再如其《柏》诗有云："双柏槎牙立，看成龙虎姿。香枝或见掇，苦干定谁移。"⑤ 用龙虎之姿来比拟柏树的坚韧品质，同时赞美了柏树坚定不移的品性。

  南园十二子的咏物诗中，最有价值的是那些托物咏怀言志、有所兴寄的诗歌。此类诗歌充满寄托，内涵更为丰富，不同于一般的咏物写景之作。其中，陈子壮的咏物兴寄诗很有特色。如其《黄鹄篇》诗云："黄鹄浴其羽，矫绝凌青苍。黄鹄志四海，飞飞归故乡。故乡得相见，四海徒相望。燕识主人心，胡为恋屋梁。精卫思填海，空水日已扬。金石有变迁，沧桑岂足量。不见蜉蝣子，楚楚明衣裳。恶木非我阴，覆车非我粮。闵彼事区区，引缴欲奚伤。"⑥ 这是一首拟乐府诗，诗人以黄鹄自喻，表达了自己的远大抱负及不畏艰险、甘于为国牺牲的精神。但志在四海的黄鹄抱负不得施展，只能"飞飞归故乡""四海徒相望"。"精卫思填海，空水日已扬""不见蜉蝣子，楚楚明衣裳"，时局的纷乱令人愤慨，理想的难以实现、现实的重重阻碍均令诗人惆怅伤感。诗歌写得情真意切，有楚辞遗风。宋人

---

① 陈子壮：《陈文忠公遗集》卷三，见《丛书集成续编》第 149 册，上海书店出版社 1994 年版，第 55 页。
② 陈子壮：《陈文忠公遗集》卷三，见《丛书集成续编》第 149 册，上海书店出版社 1994 年版，第 56 页。
③ 陈子壮：《陈文忠公遗集》卷五，见《丛书集成续编》第 149 册，上海书店出版社 1994 年版，第 71 页。
④ 陈子壮：《陈文忠公遗集》卷五，见《丛书集成续编》第 149 册，上海书店出版社 1994 年版，第 72 页。
⑤ 陈子壮：《陈文忠公遗集》卷七，见《丛书集成续编》第 149 册，上海书店出版社 1994 年版，第 98 页。
⑥ 陈子壮：《陈文忠公遗集》卷二，见《丛书集成续编》第 149 册，上海书店出版社 1994 年版，第 48 页。

胡舜陟曾云，"贤人君子，多去朝廷，故以黄鹄哀鸣比之"①，若联系陈子壮一生忠介耿直，仕途上却屡受挫折的政治遭遇来读此诗，即能悟出诗中自有深意。

还有一些咏物诗表现了陈子壮对现实的不满以及理想抱负的幻灭。如《对菊绝句》其五诗云："归来草色破霜痕，花落苔深自扫门。独有秋光不相负，繁英依旧绕篱根。"② 表面上是写菊，实际上是有感于自己失官归家后的门庭冷落，慨叹人情冷暖，讽刺世人的趋炎附势。《对菊绝句》其十诗云："曾入名园更可怜，篱花矜护害天然。萧骚好自舒情性，万朵千枝亚野烟。"③ 也以此寄寓自己的怀抱。再如《梅花》诗二首云："暖屋周遭静掩扉，故园蜂蝶到应稀。好风窗纸须吹碎，得任梅花作雪飞。（其一）自是佳人不可期，况随病骨强支离。今朝看着沉吟醉，年尾年头总未知。（其二）"④ 前诗借花喻人，以梅花被风吹散四处飘零的落寞场景来比喻自身在官场的身不由己和壮志难酬；后诗中的"强支离"暗示着事物的零散破碎和不完整，借梅花的凄凉境况来比喻自身漂泊流落、怀才不遇的悲凉与哀怨。还有的诗借咏物以抒发怀才不遇之感。如《咏狱中柏》诗云："盘桓炊灶下，萧疏卧影西。园中草不苗，足尔据蓬藜。"⑤ 慨叹狱中柏树因受环境所限，不能昂扬生长直拂云端，而是局促在一片蓬藜之中。诗人以狱中柏树来自喻，象征自己在官场中因受殊多羁绊难以施展才华，理想抱负亦无从实现，最终只能淹没在庸常之中的可悲境遇。

再如黎遂球的咏牡丹诗也充满寄托，充分显示了其创作才华，令他在扬州影园诗会中脱颖而出，夺得"黄牡丹状元"的桂冠。其《扬州同诸公社集郑超宗影园即席咏黄牡丹十首》（其八）诗云："谁写春容出塞看，胡沙漠漠照衿寒。扶来更学灵妃步，睡起羞为道士冠。琐骨传灯开五叶，鞠衣持茧献三盘。相思莫误朱成碧，烛泪盈盈蜡晕干。"⑥ 此诗通篇运用拟人

---

① 转引自钱谦益《读杜小笺》，见钱谦益《牧斋初学集》，上海古籍出版社1985年版，第2157页。
② 陈子壮：《陈文忠公遗集》卷三，见《丛书集成续编》第149册，上海书店出版社1994年版，第56页。
③ 陈子壮：《陈文忠公遗集》卷三，见《丛书集成续编》第149册，上海书店出版社1994年版，第56页。
④ 陈子壮：《陈文忠公遗集》卷十，见《丛书集成续编》第149册，上海书店出版社1994年版，第96页。
⑤ 陈子壮：《陈文忠公遗集》卷八，见《丛书集成续编》第149册，上海书店出版社1994年版，第106页。
⑥ 黎遂球：《莲须阁集》卷七，见《四库禁毁书丛刊》集部第183册，北京出版社2000年版，第94页。

手法，赋予了黄牡丹丰富的人格内涵，用典也极多，为黄牡丹花增添了深厚的文化意蕴，也充分展现了诗人丰富的想象力和创造力。首联用昭君出塞的典故，写出了这位貌冠后宫的女子背离家乡出塞和亲，面对胡沙大漠时的凄凉与幽怨。隐隐透露出作者又一次不第而归的悒郁心情，也有对当时国势不振而生发的忧国之思。

自盛唐以来，咏物诗的内涵日渐丰富。杜甫继承了托物以记时讽世的诗歌传统，如其《杜鹃行》就是借物伤感，有感于唐玄宗失位而作。借咏物来讽时事政治是杜甫诗歌"诗史"性质的鲜明体现，表现了他深沉的忧患意识。南园十二子也传承了杜甫借咏物来托讽时事的诗歌传统。如陈子壮《狱中杂咏》组诗十四首写于狱中，表现了陈子壮对黑暗现实的愤慨情绪与忠直气节。崇祯初，皇帝下诏援祖训，拟对郡王子孙堪任用者考验授职。陈子壮认为这会导致宗室子弟横行不法，遂抗疏反对。此事招致唐王忌恨，在崇祯帝面前极力诋毁，陈子壮遂下狱。《狱中杂咏》其七诗云："木脱天高永巷斜，朝喧乾鹊暮喧鸦。春来墙上寄生草，偏笑玄都旧种花。"① 此诗"言近旨远，颇有幽默感"②。前两句写诗人被关押狱中，前途未卜，心情异常沉重矛盾。"寄生草"喻指依附他人、随波逐流的小人。"玄都旧种花"借用刘禹锡重游玄都观时所作"种桃道士归何处？前度刘郎今又来"诗的典故来自喻，表现了诗人不仅屡遭奸人排挤陷害，还要遭受小人讥诮的委屈与愤懑的情绪。陈子壮不仅在诗中为自己所遭受的屈辱鸣不平，也把批判的矛头直指黑暗的现实，为众多遭受打压的贤士能臣叫屈。如《狱中杂咏》其六诗云："色味难分秒净天，百瓢同插洗冤泉。行歌乞食今何世？只当胡麻值一钱！"③ 黄海章先生指出："这是对当时黑白颠倒，许多知识分子无罪蒙冤的控诉。他们虽有才干，亦只好以行歌乞食为生，不过如胡麻之值一钱而已！"④《狱中杂咏》其十三诗云："瓶粟无多搅夜声，东方劳傍气楼明。而今硕鼠穿墉惯，三尺花猫黯自行。"⑤ 诗歌以老鼠比喻朝中小人，花猫比喻贤能之士，表现诗人为朝廷奸臣当道、正义不得伸张的混乱局势感到痛心。《狱中杂咏》其十诗云："江夏不怜狂处士，灞陵曾

---

① 陈子壮：《陈文忠公遗集》卷八，见《丛书集成续编》第149册，上海书店出版社1994年版，第102页。

② 陈永正：《岭南历代诗选》，广东人民出版社1985年版，第184页。

③ 陈子壮：《陈文忠公遗集》卷八，见《丛书集成续编》第149册，上海书店出版社1994年版，第102页。

④ 黄海章：《明末广东抗清诗人评传》，广东人民出版社1987年版，第35页。

⑤ 陈子壮：《陈文忠公遗集》卷八，见《丛书集成续编》第149册，上海书店出版社1994年版，第103页。

辱故将军。"① 祢衡以亢直为黄祖所杀，李广失官时打猎到灞陵驿亭，因夜行而被灞陵尉所辱。诗歌借用历史人物的不平遭遇来影射现实社会，"不胜其英雄末路之哀"②。这些诗以咏物来托讽时事，具有强烈的现实意义与诗史价值。再如《咏尘》诗云："支离满天地，点点度轮蹄。堠火传边近，烟花障陌低。陆生衣本素，楚客志须泥。沧海飞扬甚，无嗟浩劫迷。"③ 黄海章先生认为此诗"意在表现边尘紧迫，烽烟遍地"④。再如《北望台》诗云："台端夹双柳，冉冉为成阴。佳月能无碍，闲轩时独临。冠裳明主意，枹鼓故园心。俯仰堪天地，谁知此夜深。"⑤ 此诗描绘北望台月夜的景色。诗人其时在一片安详的故园，本应闲适之际，却听到远方军旅的枹鼓之声。夜深人静，俯仰天地间，诗人因民情不定而难以入眠。这首诗表现了当时边疆战事不断，尽管诗人赋闲在家，但国事仍萦绕于心，心情也因忧国忧民而沉郁。

借咏物托讽时事的诗作在黎遂球诗集中较为多见。如黎遂球咏黄牡丹诗（其十）云："天宝何因便改元，尚怜芳影秘泉温。不闻金鉴留丞相，多恐玉环蒙至尊。朱紫故宜当日贱，衣裳能得几时恩。扬州芍药看前事，功业纶扉并尔存。"⑥ 借咏牡丹来抒发对前朝史实的评价与感叹，表现了诗人的政治见解与现实关怀。另黎遂球《周蔚宗将军铁如意歌》诗云："将军示我铁如意，上有河图北斗八卦之方位，下铭忠肝义胆两行字。将军泪垂乃相示，双手击案头捣地。此物君知从何来，故督袁公良痛哉。军中持携不释手，将军帐下曾相陪。惊传□自蓟门度，督师驰保都门连营城下住。转战杀伤伪王子，□□如斗矢如雨。却别将军行军中，令执如意毋相从。忽然督师罪以谋逆磔西市，讹言蜂起多雷同。督师骨碎身无处，此物独存将军所。曾携入闽舟覆没，觅之即得如能语。英雄每讼督师冤，将军锓书数万言。会须将军杀□平辽后，绘容赐券入九阍，手持如意动至尊。"⑦ 诗人

---

① 陈子壮：《陈文忠公遗集》卷八，见《丛书集成续编》第 149 册，上海书店出版社 1994 年版，第 103 页。
② 黄海章：《明末广东抗清诗人评传》，广东人民出版社 1987 年版，第 35 页。
③ 陈子壮：《陈文忠公遗集》卷二，见《丛书集成续编》第 149 册，上海书店出版社 1994 年版，第 51–52 页。
④ 黄海章：《明末广东抗清诗人评传》，广东人民出版社 1987 年版，第 32 页。
⑤ 陈子壮：《陈文忠公遗集》卷六，见《丛书集成续编》第 149 册，上海书店出版社 1994 年版，第 82 页。
⑥ 黎遂球：《莲须阁集》卷七，见《四库禁毁书丛刊》集部第 183 册，北京出版社 2000 年版，第 94 页。
⑦ 黎遂球：《莲须阁集》卷四，见《四库禁毁书丛刊》集部第 183 册，北京出版社 2000 年版，第 76 页。

为有袁崇焕这样的同籍将军而自豪,此诗以袁崇焕生前所持铁如意为歌咏对象,表达了对袁崇焕蒙冤的同情与哀愤。袁崇焕镇守辽阳,曾立下赫赫战功,最终却蒙冤惨死。诗人为此深感不平,遂作诗以抒发激愤之情。袁崇焕惨死,其部将也被株连系狱,保疆卫国之师惨遭毁灭,这不仅是个人之不幸,而且是国家之大不幸。黎遂球深谙此理,因此多次为袁崇焕鸣冤,在《湖上同胡小范夜饮,座中听其家元戎敬仲与房都护占明盛谈往事》《送王子安还越兼寄梁非馨》《陆将军行》等诗中均有所表现。借咏物托讽时事的诗作体现了"诗史"之性质,足见诗人们的爱国之情及深沉的忧虑。

值得提出的是,南园十二子还有一些咏物诗,词采华美,却带有一丝西昆体的习气。其中以黎遂球的咏物诗最为突出。如其《竹》诗云:"窗纱烟纹破遥峰,粉枝摇落花须红。参差浓淡天玲珑,流泉浸声寒影中。美人停梭掷春思,井阑日午檐阴翠。归客潇湘枕上听,茗椀桃笙酣碧醉。"① 此诗精心选用"窗纱""烟纹""粉枝""天玲珑""檐阴翠""酣碧醉"等意象,词采精丽、意旨幽深,呈现出一种整饬、典丽的艺术特征,但思想稍嫌贫乏。另如黎遂球《咏木棉花》诗云:"烟雨天南睡海棠,烛龙移得照红妆。越王夜燕留千炬,织女春寒待七襄。绛影未消琼岛雪,苍枝偏老石门霜。君看荔苑同移植,多少奇材胜豫章。"② 诗歌同样音律和谐,喜用典故,对仗工整,惜缺乏真情实感。对于此类咏物诗,我们应客观看待。

三、纪游怀古

南园十二子爱好登山临水,所到之处均有诗歌流传。他们的山水纪游诗较为详细地记录了其一生的行迹,成为梳理南园诗人们一生行踪的重要资料。诗人们的纪游诗充满了对湖泊山川、寺院亭台的喜爱与敬畏,既表现了诗人赏心悦目的直觉快感,也体现了诗人的广阔胸襟及审美价值观,具有很强的感染力。总的来看,虽然南园十二子纪游写景之作数量不少,但纯粹写景的诗作不多,而是喜欢通过纪游写景来抒写心志或表达对社会现实的关注。

陈子壮喜欢在纪游诗中融入自己的生活感悟,或阐明自己的心志。如《春三日侍诸父泛舟桃花坞》其一诗云:"三十春光晓望初,仙城谁问武陵

---

① 黎遂球:《莲须阁集》卷四,见《四库禁毁书丛刊》集部第 183 册,北京出版社 2000 年版,第 77 页。
② 黎遂球:《莲须阁集》卷七,见《四库禁毁书丛刊》集部第 183 册,北京出版社 2000 年版,第 94–95 页。

渔。孤村潮上堪移舸，万树溪深拟结庐。醉色宜沾红雨乱，胜情真与锦茵舒。得随杖屦须行乐，回首元都事总虚。"① 桃花坞僻静、清幽的景色令人心情舒畅，诗人不由得发出万事虚幻、及时行乐的慨叹。其二诗云："欲作郊西即瀼西，红芳十里胜金堤。不知南汉千年苑，更入刘郎第几溪。负局客来怜犬吠，和歌谁伴乳莺啼。清时群从多游好，岂是秦人世外迷。"② 其中，"清时群从多游好，岂是秦人世外迷"表达了自己喜好友朋相从的热闹、不愿与世隔绝的生活态度。再如《南浦不泊》诗二首也抒写了自己的人生感悟。其一诗云："秋色何迢遥，沤轻舴艋摇。多为名姓累，遂畏友朋招。"其二诗云："霞鹜堪孤起，风独得并骄。南州纷在望，兴寄一长谣。"③ 诗作并没有对南浦的景色做过多描绘，而是以议论为主。前诗中"多为名姓累，遂畏友朋招"两句表现了诗人低调的处世态度，也交代了"不泊"的原因，起到了点题的作用。后诗"霞鹜堪孤起，风独得并骄"两句引用王勃《滕王阁序》"落霞与孤鹜齐飞"的名句，写出了南浦寂寥雅静的环境；后两句"南州纷在望，兴寄一长谣"则表达了诗人对未来的乐观期待与美好愿望。再如《题水月庵》诗云："亦知过去皆沤幻，莫话从头有葛藤。"④ 此诗当作于陈子壮出狱之后。过去的种种都已化为泡影，前路依旧充满荆棘葛藤，如今只能奋勇前进，表现出诗人在逆境中自我勉励的心情。

  南园十二子在漫游途中时常探访古迹，所至之地如庙、祠、楼、台等多有诗作，其中大多融入了独特的情感体验。如陈子壮《题绿珠祠》咏晋石崇歌伎绿珠事。诗云："逝水徒传金谷园，荒山谁识绿萝村。生辞故井难销艳，命薄高楼敢负恩。燕子频来多恋主，杜鹃啼断为招魂。凭君一和懊侬曲，自有人将孤笛翻。"⑤ 其中"燕子频来多恋主，杜鹃啼断为招魂"二句显然是借绿珠宁死不负石崇之事引申开来，融入了自己的情感，阐明了忠贞爱国之心迹，表现对故国故君的怀念。正如钱钟书先生所说："一首咏怀古迹的诗虽然跟直接感慨时事的诗两样，但是诗里的思想感情还会印上

---

① 陈子壮：《陈文忠公遗集》卷三，见《丛书集成续编》第 149 册，上海书店出版社 1994 年版，第 59 页。
② 陈子壮：《陈文忠公遗集》卷三，见《丛书集成续编》第 149 册，上海书店出版社 1994 年版，第 59 页。
③ 陈子壮：《陈文忠公遗集》卷八，见《丛书集成续编》第 149 册，上海书店出版社 1994 年版，第 111 页。
④ 陈子壮：《陈文忠公遗集》卷八，见《丛书集成续编》第 149 册，上海书店出版社 1994 年版，第 107 页。
⑤ 陈子壮：《陈文忠公遗集》卷二，见《丛书集成续编》第 149 册，上海书店出版社 1994 年版，第 53 页。

了作者身世的标记。"①

再如区怀瑞《登仲宣楼》云："石削玉阳平，楼簪百堞城。三秋屈子地，十载仲宣名。水绝蛟螭斗，云羣燕雀营。何当此横槊，退虏更论兵。"②仲宣楼，即今湖北省当阳市城楼，为纪念东汉末年诗人王粲在当阳作《登楼赋》而建，因王粲字仲宣故名，又名王粲楼。王粲为"建安七子"之一，投奔荆州刘表十五年未被重用，郁郁不得志，一腔愤懑化为《登楼赋》这一千古绝唱。《登楼赋》塑造了一位乱离人的形象，主要抒写作者生逢乱世、长期客居他乡、才能不得施展而产生思乡、怀国之情和怀才不遇之忧，表现了作者对动乱时局的忧虑和对国家和平统一的希望，也倾吐了自己渴望施展抱负、建功立业的心情。区怀瑞《登仲宣楼》诗当作于区怀瑞任当阳县令期间，诗歌借怀念王粲来抒写自己愿手持长矛，驱除鞑虏，为国立功的豪情壮志。此外，《杨将军忠勋祠》诗："水犀提一旅，气已冠三军。箭落沱江月，旗摧沮上云。有香紫旧垒，无碧葬孤坟。涕泣遗黎在，犹能悉战勋。"③ 也表达了诗人对报国英雄的崇敬与悼念。《谒严先生祠》一诗则表达了诗人对后汉初期的著名历史人物严光的敬仰之情。

区怀年还作有一首《冶城》，借怀古而讽今，构思奇特，蕴含了深重的亡国之悲："晓出西州道，遥见荒城陴。荒城久芜没，楼觐空逶迤。试问城者谁，云是阖闾儿。范铁俾神工，霜花动寒威。一朝按剑怒，齐越供鞭笞。爇盟走诸侯，謦欬风云驰。诸暨负薪人，艳艳当华姿。酣歌上苏台，嫔御失光仪。长夜何未央，般乐及水嬉。霸业日以坠，决裂不复支。属镂谢孤忠，茂苑游鹿麋。风流如可回，千秋挹鸱夷。"④ 这是一首典型的怀古诗。方虚谷曾说："怀古者，见古迹，思古人。其事无他，兴亡贤愚而已。"⑤ 冶城在今江苏省南京市。传因吴王夫差在今天南京朝天宫所在的冶山地区设冶炼作坊铸造兵器，冶城因其山被称为"冶山"而得名。明末时局动荡，区怀年在登临冶城之际，面对明朝大好河山即将易主、无力恢复的局势，不由得思接千载而愁肠百转，心有郁积而不得发，从而写下了这一吊古伤今的诗篇。全诗篇幅较长，每六句为一个层次。前六句紧扣"冶城"，交代了自己的游踪，描写了眼前无比萧瑟、苍凉的冶城。中间六句追怀昔日吴王阖闾英雄得志、叱咤风云的非凡气度。接下来六句写吴王被诸暨美女西

---

① 钱钟书：《宋诗选注·序》，生活·读书·新知三联书店2002年版，第5页。
② 陈永正：《全粤诗》第18册，岭南美术出版社2016年版，第185页。
③ 陈永正：《全粤诗》第18册，岭南美术出版社2016年版，第185页。
④ 陈永正：《全粤诗》第18册，岭南美术出版社2016年版，第57页。
⑤ 方回：《瀛奎律髓》卷三，上海古籍出版社1993年版，第24页。

施迷惑，终日行乐，无心国事的历史往事。最后六句写吴国最终灭亡，诗人为吴国忠臣伍子胥的悲惨结局而哀叹。史传伍子胥忠谋，吴王不听，渐被疏远，最后吴王赐之属镂剑，伍子胥自刎而死。诗歌有感于吴王阖闾曾建立霸业，可惜后代吴王夫差恃霸弃才，治国不慎，盛极一时之吴国风流瞬间消散，如今的冶城物是人非，荒凉一片。诗人为伍子胥的一腔忠君爱国之遗恨而叹惋。南宋范成大《题夫差庙》诗有云："梦见梧桐生后圃，眼看麋鹿上高台。千龄只有忠臣恨，化作涛江雪浪堆。"① 区怀年在其诗的基础上又翻出新意，逆向思考，假设吴国如果能够挽回风流霸业，那伍子胥就会成为万民敬仰的名臣。登临冶城，诗人面对满目疮痍之河山，并没有像其他诗人一样，一味去指责吴王的昏庸与失策，而是从伍子胥的角度去构思，假设吴国挽回风流之后的情景，实际上是以古鉴今，将自己对明朝命运的反思融入个人登临的意绪，曲折巧妙地抒发了深挚而强烈的爱国之情。最后两句隐隐透出对贤才得以重用的期待，从而丰富了诗歌的意境，提升了诗歌的格调，植入了诗人自己的"基因"，有别于一般的泛泛怀古之作。

从出家因缘上说，遗民僧相当于"政治和尚"，他们不可能真正拥有出家人的清静无为、四大皆空的心境，反而是在自我身份的认知矛盾与文化归属的极端困惑之中痛苦挣扎。僧通岸的两首怀古咏史诗就真实地反映了这一复杂心态。其一为《采石谒李祠题峨嵋亭》诗。诗云："江南雨过群峰青，沙边兰桨时一停。青莲居士不可见，千秋空有峨嵋亭。峨嵋山月还依旧，昔年曾照樽中酒。为问骑鲸飞上天，不知更落人间否。"② 此诗当作于诗人前往拜谒李白祠之时，表达了对一代诗豪的怀念之情。特别是最后两句诗，表现了对李白一生郁郁不得志、出处两难的人生境况的同情与思考。其二为《咏史》诗。诗云："楚国有和璧，秦王欲得之。偿以十五城，君臣徒自欺。壮哉蔺相如，奉使无游移。一介西入秦，怒发且裂眦。完璧竟先归，嬴政空尔为。屈身避廉颇，状若非男儿。智勇何其全，英风千载垂。"③ 诗歌描述了蔺相如完璧归赵及与廉颇将相和睦的故事，歌颂了蔺相如的机智勇敢与以国家利益为重、谦抑隐忍之风度。从这两首诗可以看出诗人亦曾有报国豪情，可惜时局不利，远大理想最终夭折，满腔热情与才能亦无从施展，诗人只能选择退避山林，遁入空门，独善其身。

南园十二子的纪游诗中还经常融入社会现实的内容。如陈子壮《薄涉

---

① 范成大：《范石湖集》，中华书局1962年版，第385页。
② 温汝能：《粤东诗海》卷九十八，中山大学出版社1999年版，第1842页。
③ 黄登：《岭南五朝诗选》卷十二，康熙三十九年刻本。

北固山登凌云亭有作》诗云："运挽渐今逼,井春靡昔繁。徐淮多沦薄,南北肆流奔。菰蒲蔽新田,牛羊啮古墦。"① 写出了登凌云台所见的惨淡景象,村野一片萧条,昔日的繁华不再,表现了国势衰微、百姓生活益发困苦的社会现实。另《翁叔朗馆葛岭之麓夜集有作》诗则表现了诗人对现实政治环境的忧虑。其诗云："河汉斜空影,关山故国思。子牟心倍苦,近阙有旌旗。"② 以古喻今,借身在江湖而心存魏阙的魏公子牟来自喻,表现陈子壮对城阙旌旗飘扬、战事逼近的局势的担忧。在游历途中,诗人往往在诗中记录下当时当地所见之事。如《晚泊》诗云："袅袅度芳洲,行行复残戍。青春云日酣,已卧西岩树。身愧波心鸟,放旷亦多虑。人生畴靡适,盗贼骇闻故。掠饷兵使船,轻将豸角侮。今我囊中净,要赎非所慕。奈触此恶氛,遂短江湖趣。安得仗廓清,篱竹溪村住。随力买渔舠,因风自来去。灵山及佳人,遭会日应数。"③ 记录了当地盗贼出没、掠夺百姓的史实,并表达了希望能肃清盗贼、还百姓安宁的美好愿望。再如陈子壮《重九后二日信州关蓬石明府邀酌一杯亭》诗云："堠烟迟塞雁,枫叶下沙鸥"(其一);"朔气知秋甚,军声出郡西。共将乡国念,萧瑟晚猿啼。"(其二)④ 抓住"堠烟""塞雁""沙鸥""军声""猿啼"等边塞之地特有的清冷意象,寥寥数笔即勾勒出边塞之地荒凉、萧瑟的景象,对边事的关心与国家前途的忧虑之情溢于字里行间。

黎遂球的山水纪游诗也具有现实关怀的特征,融入了诗人对民生功利的关注。如《河上怀徐巨源》诗云："黄河日落绕天长,风起云飞旧战场。野店短衣眠乱草,戍楼横笛向垂杨。千盘未觉羊肠苦,一醉频倾马乳香。更欲与君同仗剑,和吟新句坐流觞。"⑤ 这首诗不同于一般描绘山川景色的山水诗。诗开头两句即勾勒出一片风起云飞的战乱景象,接下来则细致地描绘了烽烟遍地、人民遭受苦难的情形。"野店短衣眠乱草,戍楼横笛向垂杨"描述了老百姓流离失所,寄宿于荒店乱草之间,戍边的笛声令人惆怅哀伤。诗人在黄河边上思念友人,并不是单纯地描绘黄河之上的自然景色,

---

① 陈子壮:《陈文忠公遗集》卷八,见《丛书集成续编》第149册,上海书店出版社1994年版,第109页。

② 陈子壮:《陈文忠公遗集》卷八,见《丛书集成续编》第149册,上海书店出版社1994年版,第111页。

③ 陈子壮:《陈文忠公遗集》卷四,见《丛书集成续编》第149册,上海书店出版社1994年版,第64-65页。

④ 陈子壮:《陈文忠公遗集》卷八,见《丛书集成续编》第149册,上海书店出版社1994年版,第111页。

⑤ 黎遂球:《莲须阁集》卷七,见《四库禁毁书丛刊》集部第183册,北京出版社2000年版,第93页。

还涉及战事及战争带给百姓的深重苦难,表达了诗人对民生的关怀。"更欲与君同仗剑,和吟新句坐流觞"表达了诗人希望能和好友一起仗剑天涯、剔除人间一切苦难,终有一天能曲水流觞、自由自在地饮酒赋诗的美好愿望。可见诗人在游历途中,在欣赏山水美景的同时,始终心系民生,心情也随之或喜或忧。

正是怀着这样的感情,诗人的山水诗具有了不同风貌。再如黎遂球《庚辰出都二首》诗:

盗贼绕山城,金钲昼夜鸣。经过逆旅舍,无复控缰迎。疲马失中食,随人逐暮程。村墟有来骑,临望互相惊。
古驿石桥边,迢绕草际天。庙昏吹鬼火,城晓冷人烟。乐计江南近,烽讹塞北传。看花怀士兴,空愧祖生鞭。①

前一首诗写由于战乱频仍,贼寇四起,村墟零落,村舍萧条,百姓日夜生活在一片惶恐之中。忽有兵骑前来,百姓难分福祸,互相惊顾。后一首诗写出了诗人在旅途中的所见所感,情感真实,让人如临其境。"庙昏吹鬼火,城晓冷人烟"写出了战乱后环境的幽深恐怖。"乐计江南近,烽讹塞北传"写出了旅行之人因塞上警报而起伏不定的心绪。最后两句诗云:"看花怀士兴,空愧祖生鞭。""祖生鞭"一语出自《世说新语·赏誉下》:"刘琨称祖车骑为朗诣,曰:'少为王敦所叹。'"南朝梁刘孝标注引《晋阳秋》:"刘琨与亲旧书曰:'吾枕戈待旦,志枭逆虏,常恐祖生先吾箸鞭耳!'"后因以"祖生鞭"为勉人努力进取的典故。诗人最后两句借用"祖生鞭"的典故抒发了自己报国无门、有愧先贤的无奈与惭愧,表达了诗人对国事的紧张与关注。另外,黎遂球在江南游历途中还作有一首《莫愁曲》,其诗云:"茸茸沙树烟,沙白高如山。青山摇水动,欢去几时还。山青有时绿,摇橹声相续。载梦过江来,听我莫愁曲。身是江南人,不见江南春。春风吹裙带,拂起落花尘。"② 此诗采用古乐府旧题,借古咏今,寄托遥深。诗歌前半部分主要写景,文字清新生动,后半部分则寓情于景,格调转入低沉。所托之情虽未明言,但若联系诗人所处的政治背景,能隐隐感受到一种家国之痛。陈永正先生评价云:"本诗也不是一般的情诗,当寄托着作者

---

① 黎遂球:《莲须阁集》卷五,见《四库禁毁书丛刊》集部第 183 册,北京出版社 2000 年版,第 82 页。
② 黎遂球:《莲须阁集》卷三,见《四库禁毁书丛刊》集部第 183 册,北京出版社 2000 年版,第 62 页。

的深意，是身世之感？是家国之恸？虽不能逐字逐句推寻，但从'身是江南人，不见江南春'二语中，已可窥知诗人所感甚大了。"①

国变后，区怀年的诗风发生很大变化，其纪游诗中的写景抒怀变得极为哀婉，家国之悲与暮年之感日渐浓郁。如《春暮有怀》："越井荒榛晏禊期，呼鸾人邈涨江湄。杜韦曲暗龙媒袅，王谢门更燕子疑。新水藕塘烟漠漠，断云兰泽雨丝丝。采芝歌罢东园老，迟眺云山怅黍离。"② 描摹一片江山零落、烟水迷蒙的景象，充满了故国黍离之悲。其他如"玉关回首夜，临望转凄然"（《关山月》）、"倦游伤短鬓，多病负韶年"（《初夏漫兴》）、"倚楫休回首，漓江更向西"（《雨中舟次望苍梧》）等诗句也不乏壮士暮年之叹与家国沦丧之悲，表现了无限伤感与哀痛。另《秋郊晚望》诗云："玉露凉侵白苎衣，早惊沙雁渐郊扉。戈铤风劲悲摇落，城郭秋阴怅式微。葭际远村渔火暗，水边孤寺梵钟稀。何人静扫烟氛色，痛饮黄龙夜猎归。"③ 明朝的命运牵动着诗人的心绪，虽然大势已去，满眼黯然，但诗人并没有彻底绝望。最后两句诗表现了诗人期望有人能力挽狂澜，扫除贼寇，收复疆土的美好愿望。

一般说来，对国事民生的关注，并不属于传统山水诗的题材范围，但在岭南诗人诗中，诗人不仅写出了自然景观的种种形态与意趣，而且在此基础上加入了对现实的关注及对百姓生活的同情，在原本超然于世外的自然景观上加入了现实关怀的元素，突破了传统山水诗的范式，扩大了山水诗的选材范围，使幽静淡远的山水诗具有了独特的雄直的特征。

四、反映社会现实

作为明清之际重要的岭南诗人群体，南园十二子的诗歌创作对当时岭南的诗风产生了不容忽视的影响。他们最重要的贡献是在国破家亡、生灵涂炭之际创作的关注现实、感慨时事、关心民生疾苦的诗作，其中不少作品以激越凄楚之情调描绘明末的社会状况，堪称"诗史"。特别是诗中表现的诗人忧心国事、悲怆激愤的炽烈真情与晚明之际公安派、竟陵派诗人的幽僻孤峭的思想情绪迥然有别，初步呈现出岭南诗歌高古、雄健的独特风格，对推动岭南诗派"雄直"诗风的形成有着积极意义。

明末社会动荡不安，内忧外患齐袭，国家处于风雨飘摇之中。诗人们

---

① 陈永正：《岭南历代诗选》，广东人民出版社1985年版，第193页。
② 区怀年：《玄超堂藏稿》，清康熙年间刻本，广东省立中山图书馆藏。
③ 区怀年：《玄超堂藏稿》，清康熙年间刻本，广东省立中山图书馆藏。

对社会现实的关注日渐升温，对时局中的一些政治弊端亦深恶痛绝，不吐不快。在南园十二子的诗集中，可以看到很多揭露与批判黑暗现实的诗作。南园十二子的重要领袖陈子壮一生忠义，无时无刻不在为民族百姓大业而费心思量，即便是身陷囹圄、蒙冤受屈，或者天倾地陷、神州陆沉，他也依然心存魏阙，对故国故君念念不已，在诗歌中一再吟咏感怀。翻开其诗集，其悲悯天下苍生之沉郁，其揭露权奸之沉痛，在在皆是，令人为之动容。此类诗是其诗集中最具有价值的部分，也最能体现岭南诗歌的雄直之气。

明天启年间，陈子壮与其父陈熙昌因双双得罪魏忠贤，同日被夺职后回到家乡广东。陈子壮闲居岭南期间，对魏阉专权乱政的丑恶行径难以忍受。他怀着满腔激愤，不顾生命危险，写下了长达620字的五言长诗，以揭露魏忠贤的种种罪恶。《秋日自遣遂成长篇》诗云："……瓜葛尽株蔓，四方走缇骑。诏狱剥群绅，有若游屠肆。出守满边津，体貌凌大吏。翼虎各负嵋，可怜鹰鼠辈。九列厚奴颜，三台率灶媚。尸祝流藩镇，茅土爵延世。不避劝进名，且援专征例。污淖太学傍，推崇配袥祭。筑怨归大工，沉冤激天地。辇毂千家裂，数里轰震异。煁烬朝天宫，虐焰乃益炽。司马发危言，弃之若敝屣。片语下纶扉，敷张代圣制。……"① 此诗前半部分回顾了自己仕途上的种种经历，后半部分痛快淋漓地抨击了阉党专权祸国、肆意妄为的种种罪行，写得触目惊心。作此诗时，正是魏忠贤气焰嚣张之时，陈子壮无所畏惧，仗义执言，将生死置之度外，表达了自己与权奸斗争到底的决心，充分体现了士大夫的铮铮铁骨和凛然正气。对于陈子壮的诗文创作，傅璇琮《中国诗学大辞典》评曰："子壮工诗文，其诗乃有岭南诗派流风余韵，长于近体，情声蕴藉，注重词藻，风格高华，因一生多舛，时亦流露出悲怆之气。"②

黎遂球是南园十二子中最有影响的诗人。明崇祯元年（1628），黎遂球第一次进京参加会试。此次应试虽未能如愿，但在京城的所见所闻让他对朝廷时局有了进一步了解。诗人把自己对黑暗政治的思考鞭挞及拳拳爱国之心倾注于笔端，创作了《戊辰长安感述》组诗，情感表达极为诚挚。如其五诗云："盈庭诸论惯相持，曲直三朝未可知。讥刺互操南史笔，织罗偏入党人碑。焚香喜见新枚卜，振翰应怀旧羽仪。近日正资谋野画，愿捐成

---

① 陈子壮：《陈文忠公遗集》卷五，见《丛书集成续编》第149册，上海书店出版社1994年版，第74页。
② 傅璇琮、许逸民等：《中国诗学大辞典》，浙江教育出版社1999年版，第559页。

见答清时。"① 诗人描述了国家危亡之际朝臣结党、排除异己的混乱政局，希望他们能以国家大局为重，放下门户之见，齐心协力，共克时艰。其七诗云："辽阳征戍惜频年，金粟输来尽赐边。关塞坐令貔虎踞，腥膻宁禁犬羊连。听鼙又见思良将，授钺终期缚左贤。阃内已看无掣肘，骠骁应誓扫狼烟。"② 诗人"慨叹国家频年为边事而输尽金钱粟米，然而良将已亡，御侮无术，坐令关塞为虎狼所踞，边烽日急，希望再有良将出来，扫除满洲贵族，保障国家的安全，语意至为诚挚"③。

  黎遂球性格忠直刚烈，性情直率，在政治时事诗中往往倾注强烈的爱憎之情，读之令人不得不为之震撼。再如《古侠士磨剑歌》诗云："十年磨一剑，锈血看成字。字似仇人名，难堪醉时视。旧仇剑边鬼，新仇眼中泪。倚啸复悲歌，啮断长虹气。不得语公孙，阿世斯其志。"④ 这首诗与一般常见的拟古之作大不相同，诗歌充满豪情侠气，"壮怀激越，当有深仇大恨在焉，疑为阉党魏忠贤等而发"⑤。陈伯玑云："美周近体艳丽，五言拟古诸作，高于今人。"⑥ 对其评价甚高。黎遂球笔锋犀利，对现实的鞭挞不仅停留在权臣身上，还将批判的锋芒指向了最高统治者。《湖上同胡小范夜饮，座中听其家元戎敬仲与房都护占明盛谈往事》诗有云："坐中髯客复何为？犴狴曾同袁督师。令箭初飞缒城出，腰橐牵来只让骑。罪案相寻连内阁，壮士何妨委沟壑。煅炼严刑死不招，督师磔肉如花落……"⑦ 诗歌表达了对英雄袁崇焕的钦慕之情，抒发了错杀良将、国破家亡的悲慨，也毫不留情地对皇帝的昏庸残暴进行了严厉的指责，可谓酣畅淋漓、大快人心。难怪黎遂球友人万茂先云："美周思以才灵，学以才化，识以才通，语以才妙。读其诗，觉有灵光异采在目光离合间。"⑧

  在家国危亡之际，南园诗人们创作了很多时事诗，表现了对民生疾苦的关注。这些诗畅快中有沉郁，最能体现诗人的爱国情怀，具有较高的艺

---

  ① 黎遂球：《莲须阁集》卷七，见《四库禁毁书丛刊》集部第 183 册，北京出版社 2000 年版，第 89 页。
  ② 黎遂球：《莲须阁集》卷七，见《四库禁毁书丛刊》集部第 183 册，北京出版社 2000 年版，第 89 页。
  ③ 黄海章：《明末广东抗清诗人评传》，广东人民出版社 1987 年版，第 68 页。
  ④ 黎遂球：《莲须阁集》卷三，见《四库禁毁书丛刊》集部第 183 册，北京出版社 2000 年版，第 55 页。
  ⑤ 陈永正：《岭南历代诗选》，广东人民出版社 1985 年版，第 185 页。
  ⑥ 温汝能：《粤东诗海》卷四十六，中山大学出版社 1999 年版，第 873 页。
  ⑦ 黎遂球：《莲须阁集》卷四，见《四库禁毁书丛刊》集部第 183 册，北京出版社 2000 年版，第 75 页。
  ⑧ 温汝能：《粤东诗海》卷四十六，中山大学出版社 1999 年版，第 873 页。

术价值。如崇祯初年，陈子壮赋闲在岭南期间，对国事民瘼依旧念念不忘。诗人有感于满目疮痍的社会现实，作了《欲将》一诗以表达济世泽民的理想。其诗云："海国春无旱，连春旱不任。举天云汉咏，匝地桔槔心。繁露皆儿戏，重溟有盗侵。欲将双泪眼，洒作一朝霖。"① 诗歌开篇写出了原本不应有春旱的海国却连年春旱，令百姓苦不堪言。"举天云汉咏，匝地桔槔心。"颔联具体描绘出灾民们呼天抢地、运水御旱的场景。"繁露皆儿戏，重溟有盗侵。"颈联二句是说百姓们一方面求雨不得，另一方面还要应付海盗的侵扰，表现了民不聊生的残酷现实。"欲将双泪眼，洒作一朝霖"表现诗人体恤民瘼，愿与百姓同甘共苦的恳切之情。黄海章先生说："'欲将双泪眼，洒作一朝霖。'虽然是一种幻想，其实是表示他对人民生活的关心。"② 全诗言辞平实，情感炽烈，充分体现了一位爱国者的高尚情操。

再如黎遂球《拟古杂诗三首》（其二）："醉卧仰视天，天星亦胡然。卷舌能食人，一卷百祸连。壮士血如漆，气热吞九边。大地吹黄沙，白骨为尘烟。鬼伯舐复厌，心苦肉不甜。生年只满百，见此良忧煎。不如且行乐，乐意谁能宣。陌上多游魂，纷来缠竹弦。"③ 明朝末年北方边患深重，诗歌深刻披露了社会动乱对百姓造成的苦难，表现了诗人对天下苍生的同情及自我的痛苦心情。另如《河上怀徐巨源》没有正面描写战争，而是通过对"野店短衣眠乱草，戍楼横笛向垂杨"④ 这一战后萧条、荒凉的场景的描绘了来反映边患对百姓生活的影响，所见所闻，令人触目惊心。

另如区怀瑞《端州江涨三首》："峡束低云黯不开，云中奔浪压山来。愁心只似江湍长，剧雨尤风日几回。（其一）黔漓千里下鱼儿，候取天边掣电时。来日江流添几尺，月前已有罟师知。（其二）百日霢霖未有晴，蛟鼍吹浪拍江城。溃堤一夜千家哭，宛似嗷嗷鸿雁声。（其三）"⑤ 第一首诗具体描绘了雨前的景象及百姓的担忧，第二首诗主要写雨水到来时百姓的举动，第三首诗着重呈现雨水连天、江水高涨、百姓叫苦不迭的悲惨情状。"溃堤一夜千家哭，宛似嗷嗷鸿雁声"形象地表现了江水溃堤给百姓带来的深重灾难，诗人对百姓的深切同情溢于言表。再如《午日端州即事》："大堤日

---

① 陈子壮：《陈文忠公遗集》卷六，见《丛书集成续编》第149册，第82页。
② 黄海章：《明末广东抗清诗人评传》，广东人民出版社1987年版，第34页。
③ 黎遂球：《莲须阁集》卷三，见《四库禁毁书丛刊》集部第183册，北京出版社2000年版，第52页。
④ 黎遂球：《莲须阁集》卷七，见《四库禁毁书丛刊》集部第183册，北京出版社2000年版，第93页。
⑤ 陈永正：《全粤诗》第18册，岭南美术出版社2016年版，第208页。

日捍江波，泛宅无心听棹歌。纵有女郎闲采拾，汨罗江上怨情多。"① 同样也表现了江水高涨给百姓带来的苦楚。

在南园十二子的诗集中，还有一些诗歌表现了诗人们捐躯报国的英雄气概及壮志未酬的激愤。研读这些诗作，可以深切地感悟到岭南诗人们的慷慨悲情。

崇祯初年，陈子壮复官，但因上疏言事得罪权贵，下狱关了五个月。在狱中，他意兴萧然，创作《乙亥除夕》诉说自己的苦境与苦情："身外风云从变换，静中鱼鸟好飞沉。……又报江南路多阻，得归无怨入春深。"② 世事变幻无穷，自己身系狱中，没有自由，只能如鱼鸟般任其浮沉。诗人虽身在狱中，然而对国家大事依然关心，当时不仅北地紧张，江南也颇多阻碍。如能回归故乡，即使春深花落，亦无所怨。诗歌表现了当时江南江北紧张的局势，也流露出一种感伤颓唐的情调。另《奉和陆观察座师枉赠二首》诗云："何缘空谷下钧天，音乐元来韵绛筵。点瑟春风归已晚，邕桐余爨赏犹先。经趋颜色三城曜，坐散氤氲万井烟。晞发不须吟泽畔，沧波闲上钓鱼船。（其一）当年国士起微名，学得邯郸数武行。射虎有心锋蚤折，雕虫虽习技何成休将棋局山中覆，若问风波世外平。信是无闻拌老大，菟裘今倚尉佗城。（其二）"③ 此二诗同样作于赋闲岭南期间。诗人表面上寄情山水，晞发垂钓、逍遥自在，但实际上并未淡忘国事。"射虎有心锋蚤折，雕虫虽习技何成"点明自己受到权阉排挤，无法报效朝廷，颇感无奈。"信是无闻拌老大，菟裘今倚尉佗城"二句用反语，流露出英雄无用武之地的悲凉与激愤。

陈田在《明诗纪事》中称："粤东诗派，自南园五子以逮黄才伯、梁公实、黎瑶石、欧桢伯、区海目，皆讲风格，未及靡曼。至美周醉心六朝、初唐，乃为轻艳之词，歌行短曲，风致嫣然，然时有壮健之篇，此其超迈之性，不汩没于绮语冶词者也。生为词伯，死作鬼雄，岂不伟欤。"④ 黎遂球早年的诗作尚有西昆体习气，词采华美。但作为一位心系家国的诗人，黎遂球并不局限于个人世界，也没有沉醉于对绮艳文风的追求，其作品亦多为雄健豪迈之篇，如《结客少年场行》表现了诗人慷慨激昂的英雄主义

---

① 陈永正：《全粤诗》第 18 册，岭南美术出版社 2016 年版，第 209 页。
② 陈子壮：《陈文忠公遗集》卷八，见《丛书集成续编》第 149 册，上海书店出版社 1994 年版，第 103 页。
③ 陈子壮：《陈文忠公遗集》卷五，见《丛书集成续编》第 149 册，上海书店出版社 1994 年版，上海书店出版社 1994 年版，第 72 页。
④ 陈田：《明诗纪事》，见周骏富《明代传记丛刊》第 15 册，台湾明文书局 1991 年版，第 538 页。

气概及舍生取义的豪情壮志。《广东新语》云美周五古最佳，如《古侠士磨剑歌》《结客少年场》诸作，"其困守虔州临危时，击剑扣弦，高吟绝命。有云：'壮士血如漆，气热吞九边。大地吹黄沙，白骨为尘烟。鬼伯舐复厌，心苦肉不甜。'一时将士闻之，皆为之祖裼争先，淋漓饮血，壮气腾涌，视死如归。以视李都尉兵尽矢穷，委身降敌，韦韝椎结，对子卿泣下沾襟，相去何啻天壤哉。"① 对于他临终前所作的诗，陈永正评价说："本诗竟逼肖孟郊苦心孤诣之作，有如《寒地百姓吟》的悲怆激越的呼号，有如《苦寒吟》的严酷阴惨的气氛，读之令人气结不舒。"②

黎遂球其诗其人，均可称岭南诗人之楷模。清顺治二年（1645），清军攻克了南京，南明唐王于五月间在福建称隆武帝，黎遂球被任命为兵部职方司主事，提督两广水陆义师支援赣州的南明军队。后因所统率的水师被清军战败，黎遂球只能率陆地的义兵抵达赣州，与各路援军固守御敌。翌年五月，清军攻入城区，他率数百义兵与之巷战，身中三箭，壮烈殉国。遂球得年四十五，卒赠兵部尚书，谥忠愍。《广东新语》记载的黎遂球在世变之际、临危之时"不失英雄"之本色行为，突出地展现了他的英雄人格与烈士情怀。《岭南书法丛谭》评价说："世称牡丹状元之番禺黎遂球，其文采风流，固已一时无两。其督师战死，更属旷代同钦。"③

黎遂球还在诗中表达了自己杀敌报国的英雄壮志。如《督师度岭经飞来寺留题壁上》诗云："提兵又过飞来寺，报国深惭似去年。但得文华人物在，人间何地不神仙。"④ 该诗题序云："时奉命援虔，提督诸军，同吏部龚建木参将、弟遂琪游击、甥刘师雄星驰度岭。"此诗作于诗人领兵出师途中，表达了誓死保卫国家的决心。"他明知前途是崎岖艰险的，然而他抱着'鞠躬尽瘁，死而后已'的精神，这是令人钦佩的。"⑤

在明朝政权风雨飘摇之际，欧主遇有感于当时国事，将满怀忧愤诉于笔端，正如黄海章先生所云："怆怀君国，一托之以诗。"⑥ 欧主遇的政治时事诗充分展现了诗人的忧国情怀。如《不寐》组诗四首，其一诗云："平生忧用老，此夕老逢忧。烽烟迷帝座，戈甲指髦头。吴魏争延汉，东西统附

---

① 屈大均：《广东新语》卷十二，中华书局1985年版，第349页。
② 陈永正：《岭南历代诗选》，广东人民出版社1985年版，第256页。
③ 麦华三：《岭南书法丛谭》，见张桂光《岭南书论：近五十年广东书法论文集》（上），黑龙江人民出版社2002年版，第155页。
④ 此诗康熙本无，据清康熙三十三年陈恭尹选黎延祖校刊本《番禺黎氏存诗汇选·黎遂球》道光本卷一○补。
⑤ 黄海章：《明末广东抗清诗人评传》，广东人民出版社1987年版，第69页。
⑥ 黄海章：《明末广东抗清诗人评传》，广东人民出版社1987年版，第213页。

周。不须推甲子，吾志在春秋。"① 平生因忧伤而老，谁知老后又添忧。诗歌开篇就定下了忧伤的情感基调。"烽烟迷帝座，戈甲指髦头"两句勾勒出在国家危亡之际，朝臣们不思团结，反而同室操戈、互相倾轧的画面，读之令人心痛。明隆武二年（1646），清兵南下，赣州城被攻破，司礼王坤胁迫永历帝赴梧州。十一月，苏观生在广州拥立绍武帝。其后，永历政权和绍武政权为争所谓的正统地位而大动干戈，互相攻伐，矛盾重重。欧主遇有感于此种纷乱局面，遂作此诗。"不须推甲子，吾志在春秋"表达了诗人的美好愿望。诗人希望明朝的各种政治力量能够团结起来一致抵抗外侮，防止"兄弟阋墙"悲剧的发生。其二诗有云："凄风轻败絮，淫雨重悬旌。用拙干戈世，怀忠草莽情。"② 描述了国家动荡不安、战火四起的纷乱政局，表现诗人无法力挽狂澜，徒有忧国之心的落寞。其三诗云："悲歌忧社稷，永夜思悠哉。虎豹关谁守，龙螭兆不来。几人沉屈水，何处凿颜坏。暂借卧游得，翻忘邻笛哀。"③ 明代政权土崩瓦解，山河破碎，诗人眼看国土沦丧，却无力回天，只能悲歌长叹，终夜难眠。虎豹关，指南京城。龙螭兆，指得到贤人辅助的征兆。《史记·齐太公世家》载："西伯将出猎，卜之，曰：'所获非龙非螭，非虎非罴，所获霸王之辅。'于是周西伯猎，果遇太公于渭之阳。""虎豹关谁守，龙彲兆不来。"此二句指当时朝廷既无守关之良将，又无辅政之贤臣，表现了诗人对国事的忧虑。然而现如今当权者都忙着争权夺利，有几人真正愿意去为国家而献身？又有几人能效仿颜阖凿培而遁，不受名利引诱？痛苦中诗人只好隐居山林，以免勾起怀旧之情。诗歌写得情真意切，悲苦之意溢于言表。尽管如此，在混乱动荡的局势之下，诗人内心仍然抱存一丝希望，其四诗云："陆沉人事急，旦暮望王师。数起头难栉，孤眠枕屡欹。龙鳞扳不得，鹤胫断何之。万里曾游此，茫茫入梦时。"④ 烽烟四起，政权旁落，百姓性命堪忧。虽然明朝大势已去，时局似无法挽回，但诗人仍期待着奇迹出现，可见其对国家的一片赤诚与忠心。

区怀瑞在诗歌中还记录了他在任官期间与百姓生死与共的亲身经历。

---

① 欧主遇：《自耕轩诗集》，见罗学鹏《广东文献》四集，清嘉庆春晖堂刻同治二年（1863）印本。
② 欧主遇：《自耕轩诗集》，见罗学鹏《广东文献》四集，清嘉庆春晖堂刻同治二年（1863）印本。
③ 欧主遇：《自耕轩诗集》，见罗学鹏《广东文献》四集，清嘉庆春晖堂刻同治二年（1863）印本。
④ 欧主遇：《自耕轩诗集》，见罗学鹏《广东文献》四集，清嘉庆春晖堂刻同治二年（1863）印本。

区怀瑞在"任当阳县令时,县邑残破不堪,莅位后设义仓,兴学校,招集逃亡,民得稍安,有政声"①。作为一位父母官,他无时无刻不在关注百姓的疾苦。《初至玉阳二首》就表现了他上任伊始对民情的体察。如其二诗云:"生平厌嚣杂,开径远尘轨。洗耳田舍谋,因之枕秋水。今来弹丸邑,乃仅三家市。赤手披荆榛,极目伤兰芷。下车访遗老,无复旧冠履。去者惊风鹤,留者忧蛇豕。登陴再三叹,时寄漫悲喜。盘桓以居贞,鼎颠而出否。卫文大帛冠,齐公亦衣紫。民物属维新,请于先甲始。休息在靡争,当使疮痍起。"②诗中"赤手披荆榛""下车访遗老""登陴再三叹"等句子就形象地描绘出一位忧国忧民的地方官悲悯苍生、探访民情的高大形象。作为一位胸怀天下的官员,在明末动荡纷乱的时局面前,区怀瑞时刻情牵百姓,夜不能寐,正如《宿玉阳城西楼》诗云:"降割固无象,攘抢复荆路。鸺鹠千万声,洒血从三户。汉广不可泳,投鞭途焉度。狼烽络绎至,羽檄纵横鹜。保此人如斗,疮痍未成聚。壁垒信改观,设险非其故。重闬虽有托,被野谁能护……檐露警铜镳,堞月迟余步。遥夜陟屺思,登楼讵遑赋。"③再如《再宿城西楼》诗所云:"挥戈感天地,刺石厉悁怯。枕戟在炎夏,寒序遂经涉。橹盾久托栖,霜露或霑浃。寇烽夕千里,想作云梦猎。莽莽虎豺忧,振之若秋叶。明发慰自兹,一月而三捷。"诗题注云:"时以寇难,城守一宿累月。"④此诗表现诗人战乱时为保卫城民安危,与士兵终宿守城、忠于职守的形象。另如《雨夜待寇信》:"岋屼孤城夜,凄迷风雨心。轻师侦未返,重地寇能深。远火多飙举,高畬遂陆沉。吹筇知未散,横槊愧长吟。"⑤《遣谍》:"壁上传来信,真符乃不如。事危知目动,心急是言徐。露积三年后,风惊百战余。古人善用间,吾岂示之虚。"⑥均是诗人任官期间的所见所感,平淡的文字当中展现出一位忠于职守、爱护百姓的父母官的光辉形象。

黎邦瑊是一位心系家国的大诗人,虽然他晚年辞官归隐,但丝毫未忘庙堂之事。明亡后不久,黎邦瑊因忧愤而卒。欧主遇《忆南园八子·黎邦瑊》诗有云:"何期沧桑变,摧伤杖屦颠。"⑦说他因沧桑之变而摧伤。据

---

① 王清毅:《客星集韵》下,浙江人民出版社 2012 年版,第 542 页。
② 陈永正:《全粤诗》第 18 册,岭南美术出版社 2016 年版,第 174 页。
③ 陈永正:《全粤诗》第 18 册,岭南美术出版社 2016 年版,第 195 页。
④ 陈永正:《全粤诗》第 18 册,岭南美术出版社 2016 年版,第 195 页。
⑤ 陈永正:《全粤诗》第 18 册,岭南美术出版社 2016 年版,第 196 页。
⑥ 陈永正:《全粤诗》第 18 册,岭南美术出版社 2016 年版,第 194 页。
⑦ 欧主遇:《自耕轩诗集》,见罗学鹏《广东文献》四集,清嘉庆春晖堂刻同治二年(1863)印本。

《胜朝粤东遗民录》记载："甲申国变后，邦彦复次答邦珹诗，有'感时泪尽频看剑，报国身微但著书。天下尚仍平世习，几时重起故宫墟'语。"①由此可见黎邦珹与陈邦彦一样，均有着万丈的报国豪情。这种豪情在其诗作中也有体现。如《从军行》诗云："天子征兵事朔方，丁男壮大当戎行。晓度玉关随铁骑，夜闻羌笛落秋霜。秋霜凛冽黄云飞，地远天长雁到稀。贺兰山下鬼号哭，白草原头未解围。忆昔辞家多诀绝，陇头流水皆呜咽。母缝衣带与我穿，妻炊炱廖与我别。别来身世总如何，枕卧戈霜侠气多。雪耻报仇今日事，男儿羞说木兰歌。"②此诗借用乐府旧题"从军行"描写了一位勇士从军边塞、参加战斗的全过程。诗歌内容极为丰富，开头四句刻画了勇士出征前欲奔赴边关杀敌立功的雄心壮志及在军中听闻笛声所引起的边愁，接下来四句描绘了边塞的环境气氛及战斗场面。第九至十二句表现了勇士戍守边疆时的怀乡思亲之情，最后四句表现了勇士为保卫祖国矢志不渝的崇高精神。"雪耻报仇今日事，男儿羞说木兰歌"二句深化主题，慷慨激昂，笔力极为阳刚雄劲，尤见性情，似为诗人自明心志之语。此类诗体现了岭南诗歌"雄直"的特色。

"南园十二子"的诗集中，还有些诗歌与时事密切关联，表现了明末政局的动荡，足具"诗史"之性质。如陈子壮在诗中对边塞满洲贵族的进迫，屡屡有所言及。《边报》诗云："骋逐骄王子，先秋已合谋。会当一雨溽，坐使万膻愁。望逻黄花口，催番白草头。长年生牧地，驼马不胜收。（其一）复套功非拟，收降意亦危。只今夸羽猎，似欲变旌旗。西插多兼并，东江数叛离。独看□运去，凭仗信天时。（其二）"③此二诗均关涉当时时事。前诗写胡人等不到秋高马肥的时节就有入侵中原的谋划。"长年生牧地，驼马不胜收"指出胡人长年扩展牧场、蓄养驼马，暗示其战斗力日益加强，将对明朝造成很大的威胁。后诗"只今夸羽猎，似欲变旌旗"亦是对关外游牧民族野心的暴露，希望能引起当权者的重视。另《闻八月十五夜同吴长吉院长姜燕及刘蓬元二宫端集马园》诗云："秋色依人白玉京，园林犹许借西清。一官自笑黄杨长，永夜谁留金鉴明。阁道苍凉连汉影，女墙摇曳度边声。若为时节一杯酒，易遣风沙千里情。"④亦表现诗人对边塞

---

① 陈伯陶：《胜朝粤东遗民录》卷三，见周骏富《清代传记丛刊》第70册，台湾明文书局1985年版，第307页。
② 温汝能：《粤东诗海》卷三十七，中山大学出版社1999年版，第694—695页。
③ 陈子壮：《陈文忠公遗集》卷七，见《丛书集成续编》第149册，上海书店出版社1994年版，第91—92页。
④ 陈子壮：《陈文忠公遗集》卷七，见《丛书集成续编》第149册，上海书店出版社1994年版，第92页。

军情的关注。《题太平渔长图》诗云："黄木湾头海气连，沧洲明月稳龙眠。无心更拟元真子，任展烟波是钓船。"① 直接指出在时势紧迫、生死存亡的紧要关头，大丈夫应该为国效力，而不能像张志和那般逍遥自在。此外，《祈雨行》也是感念时事，表现了陈子壮对民生疾苦的关注与对社会动乱的理性思考。其二诗云："海滨父老卧田庐，三风十雨我生初。当春旱熯从来无，枉杀应龙南方居。请向灵坛焚尪巫，汤祷桑林禹阳旰。烦忧谁与广川书，居积贸迁非所图。夕飧元不计朝铺，百钱斗粟莫支吾。因而啸聚岂尽屠，不见去年艚籴一无倚，抢攘招呼不可止。巡按焦头太守匿，若辈无知亦弃市。"② 描绘了百姓遭逢春旱，生活陷入窘境，受饥饿逼迫，不得不聚众为乱的事实。"巡按焦头太守匿，若辈无知亦弃市。"当权者昏庸无能，诗人痛心疾首，只能扼腕悲叹。

欧主遇很多政治时事诗也与现实事件紧密相连，继承了唐代杜甫以来以诗记史的传统。如永历二年，桂王还驻肇庆，欧主遇遂作《永历二年九月十五日》诗。诗云："东西巡驻跸，南北直收京。盛气灵洲见，秋花锦石明。因风荷芰客，望月凤凰城。谁问升沉理，平分天际情。"③ 他希望桂王即位后政治气象一片清明，能够收复河山，中兴明室。庚寅春，清兵过梅岭，入广东，桂王西走梧州。欧主遇又作《庚寅春即事》诗。诗云："帝座传迁次，髦头见动兵。庙廊稀胜算，簪笏几同行。沼浅鱼何乐，天低雁莫征。不劳金窖力，贫贱一身轻。"④ 桂王此番再次西逃，随行朝臣寥寥无几，国势已极其艰危。"沼浅鱼何乐，天低雁莫征。"政治环境极端恶劣，少有人再愿意出来任事。最后两句用反语，表现了诗人的激愤与悲痛。

同年十一月，广州城再被攻陷，欧主遇再作《广再陷》诗三首以寄其悲愤。诗云："藉寇兵谁罪，佗城复丧军。绝怜儿女子，纵杀虎狼群。阴阳翻莫辨，水火益为殷。后出满囹圄，歌谣曾见闻。（其一）久发临河叹，今闻隔谷歌。苍黎屠日甚，臣仆命如何。虚授将军钺，徒横义士戈。甲兵端欲洗，无力挽天河。（其二）巢覆几遗卵，泥空并坏梁。可怜歌舞地，翻尽战争场。作镇非羊杜，殉城愧许张。不知何处所，奔走自狼忙。（其三）"⑤ 前两首诗直陈现实，表现了广州城陷后人民遭受屠杀、将士无力抵抗的惨

---

① 陈子壮：《陈文忠公遗集》卷七，见《丛书集成续编》第 149 册，上海书店出版社 1994 年版，第 92 页。
② 陈子壮：《陈文忠公遗集》卷二，见《丛书集成续编》第 149 册，上海书店出版社 1994 年版，第 49 页。
③ 欧主遇：《自耕轩诗集》，见罗学鹏《广东文献》四集，清嘉庆春晖堂刻同治二年（1863）印本。
④ 欧主遇：《自耕轩诗集》，见罗学鹏《广东文献》四集，清嘉庆春晖堂刻同治二年（1863）印本。
⑤ 欧主遇：《自耕轩诗集》，见罗学鹏《广东文献》四集，清嘉庆春晖堂刻同治二年（1863）印本。

痛情景以及诗人回天无力、悲痛欲绝的心情。第三首诗描绘了清兵入城后破坏建筑、百姓家破人亡的情形。昔日的繁华歌舞之地全变作满目凄凉的战场；城镇的守将纷纷弃城降敌，百姓仓皇逃命，不知归处。诗歌具体而深刻地记录了当时悲惨的社会现实，读之令人触目惊心，具有很高的史学价值。另其《粤大饥》《癸未书事》等诗也是对当时社会现实及政治事件的生动记录。

区怀瑞诗歌中最有价值的也是摹写现实的作品，表现了诗人对国事的关心。如《望郢中寇火二首》："积劫自天地，胡然怨燧人。九阍变云物，千里走烟尘。彗出非三舍，薪传尽四邻。年来惊野烧，多为乱其真。（其一）寨兰褻台上，抱玉烬山阿。古戍狼烽少，平林燕垒多。有途怨薪桂，无地隐烟萝。欲向寥天问，终悲隔焰摩。（其二）"① 表现了明末战乱频仍，给百姓生活带来的痛苦。其他如《寇涉沮而东蹑之不及》《虏陷昌平二首》《闻宁武山寇破湘中诸县》《寇毁中都二首》《群寇出栈背抚》等诗均表现了明末社会动乱，叛乱四起，百姓处于水深火热之中。这些诗均具有史的价值，与此时期其他岭南诗人的同类题材一样，均构成明末岭南诗歌中最具有现实性意义的内容。

在诗歌的创作上，区怀瑞极为推崇唐代诗风，特别推崇杜甫、白居易等诗人的以诗证史、尚写实的传统。他的写实诗歌，在题材上多以时事入诗，与时代背景联系紧密，在艺术价值外别有史学意义。如上述摹写现实的诗歌，就具有杜甫"诗史"的韵味，还有的诗则是继承了白居易"尚实"的诗歌创作主张，用讽喻的手法来表现对现实的关注。如他曾作有一首《官垱鬼哭行》，记述了明末叛贼侵城，守城官兵不敢剿除叛贼，弃城而去，贼退后官兵谎报军功之事，讽刺了时局的颓靡与荒唐。其诗序云："沮漳东滢，地曰官垱。连落二十余里，向称蕃盛。崇祯甲戌，寇凡再掠，土寇飙起乘衅。余莅邑不半岁，皆铲除之。丙子夏秋，大寇数十万复饮马荆江之堧，往来悉蹂其地。官军蹑贼扼贼凡数壁，畏之如虎，埋鹿角，布渠答自固。贼去，反割贼所屠级以报功。余得乡导塘报，每推案废食，愤懑其事。至今烟落丘墟，掩骼之后，尚闻鬼哭。效长庆体，作《鬼哭行》。"② 诗中"五丁石栈为寇开，假以翼飞因择肉。虎冠驱众助暴横，吴头楚尾悉弄兵""金钱巨万远调募，骄称蹑贼以为名"等诗句极具讽刺意味，"村囤洗刷无居人，人寻残骼皆吞声"两句则形象地描绘出村庄遭叛贼洗劫之后的悲惨景象。《官垱鬼哭行》为七言长篇歌行体，诗歌叙事生动宛转、语言摇荡多

---

① 陈永正：《全粤诗》第 18 册，岭南美术出版社 2016 年版，第 193 – 194 页。
② 陈永正：《全粤诗》第 18 册，岭南美术出版社 2016 年版，第 197 – 198 页。

姿，平仄韵互转，通过铺陈官埸一地官兵的荒唐事迹来反映明末官场的荒唐，寄托了诗人对朝政的殷忧。此类诗歌与其他南园诗人的关注现实的诗作风格相近，均体现了"雄直"的特征。

区怀年诗歌风格深婉，入于晚唐温、李一派。早期以抒怀写景之作为主，语言华美，风格较为浓艳，关注现实之作相对较少，烟霞之气较盛。明亡后其诗歌风格则转向悲凄一路，与早期诗风截然不同。特别是惊闻国变时，其悲痛的心情溢于言表。《闻燕京变起志哀》诗云："勾陈北极暗鸾旗，一夜欑枪越尾箕。金册孔惭周带砺，玉班俄损汉威仪。云愁巨鹿披三辅，波委卢龙遁六师。闻说鼎湖弓欲折，攀髯天上几人悲。"① 此诗饱含悲痛地写出明军战场上的惨败与时局的沧桑巨变。特别是最后两句——"闻说鼎湖弓欲折，攀髯天上几人悲"，明确直言帝王的崩逝所带来的举国悲痛，无限哀痛令人动容。

五、地域书写

南园十二子是比较典型的地缘纽带型诗人集团，乡景、乡俗、乡情是他们结社雅集的一个重要题材，在诗歌创作中自然流露出的乡邦意识是诗人群体得以联结的重要纽带。吟咏岭南风光，表现浓郁的乡俗乡情、展示岭南丰富的人文典故，是南园十二子诗歌创作中极具地域特色的部分。此类诗以诗人们熟悉的乡景、乡情为吟咏对象，既有利于诗人之间的交流切磋，提升诗艺，也进一步增进了以地缘为纽带的文人之间的情感指向，在潜移默化中促进了岭南地域文学小传统的形成与传播。

岭南曾经是北方贬谪文人笔下的穷山恶水，而在南园十二子的笔下却变得无比亲切与动人。由于对家乡的热爱，南园十二子诗歌中的一花一鸟、一景一石均呈现出生机勃勃、秀丽美好的状态。区怀瑞诗歌中就多有对岭南独特景致的生动描绘。如《泛舟流霞岛》："沥湖春欲暮，岩翠尚霏微。石桉低云盖，风荷曳水衣。潭鱼迎棹跃，谷鸟狎人飞。向晚仙歌发，前村采药归。"② 描绘的是肇庆七星岩景区的景色。七星岩景区内七峰峻拔，山腰多洞窟及历代石刻，是岭南著名的风景区。屈大均《广东新语·山语·七星岩》云："七星岩岁久石长，磨厓篆刻皆浅，多所漫灭。"③ 据史料记载，明万历年间，广东按察司副使王泮向两广提督吴桂芳建议，开辟七星

---

① 区怀年：《玄超堂藏稿》，康熙年间刻本，广东省立中山图书馆藏。
② 陈永正：《全粤诗》第18册，岭南美术出版社2016年版，第204页。
③ 屈大均：《广东新语》卷三《山语·七星岩》，中华书局1985年版，第113页。

岩景区，修建亭台楼阁，且点题命名"七星岩二十景"。二十景具体包括石室龙床、沥湖渔棹、虹桥雪浪、天阁晴岚、金阙朝阳、宝陀夜月、星亭拥翠、霞岛飞琼、树德松涛、栖云榕荫、紫洞禅房、蓬壶仙径、临壑荷香、方塘鱼跃、杯峰浮玉、天柱流虹、仙掌秋风、阆风夕照、阿坡泉涌、石洞云封。此后，"七星岩二十景"遂成为当时文人喜欢游览且经常题咏的岭南景点之一。区怀瑞此诗即描绘了"霞岛飞琼"的秀丽景色。此外，区怀瑞诗中对"七星岩二十景"中的其他景点也多有描绘。如《栖云亭》诗云："亭馆晓氤氲，参差翠霭分。纡回一片石，遥隔几重云，香雾龙骖下。松风鸾啸闻。何当撷岩桂，于此卧清芬。"① 栖云亭即位于阆风岩东半山腰的阆风亭。阆风岩是七星岩最东峰，每当夕阳西下，彩霞满天，站在岩顶西望，霞光红日倒映湖中，形成一幅绚丽耀目的天然图画。若自东湖西畔西望，此岩如巨大的铁门，横亘天际。此诗描绘的是阆风亭清晨的景色，烟霭纷纷、松风阵阵，令人心生遐想。又如《沥湖春泛》："双桨悠悠度沥湖，霞光缭绕锁蓬壶。闲来欲遍登山屐，为问人间路有无。"② 描绘了泛舟沥湖之上的悠闲心情。屈大均《广东新语》云："七星岩，在沥湖中，去肇庆城北六里。……七峰两两离立，不相连属。二十余里间，若贯珠引绳，璇玑回转，盖帝车之精所成，而沥湖则云汉之余液也。"③ 黎遂球也作有《过端州七星岩留题》一诗，描绘了肇庆七星岩的景色。其诗云："石殿玲珑翠满窗，仙人都在水云邦。湖光北绕通诸洞，峡势东回束大江。径接丹梯成复道，影涵金榜动飞幢。腥风昼拥桃花雨，坐到龙归试学降。"该诗视野广阔，描写端州七星岩的远景，气势宏大。徐棻《与陈宫詹参戎泛沥湖》也记叙了与友人游览肇庆沥湖的所见所感。诗云："有约看山不自今，后来仍可逐幽寻。搴芳澹荡沥湖水，选胜周遭祇树林。酒泛星辰花气合，令兼鱼鸟阵云深。泠泠钟鼓空岩动，未信人间识此音。"④ 语言平实，风格较为清淡。

此外，黎遂球《端溪采砚歌·南园社集，同陈秋涛、区启图诸公作》描绘了开采砚石的万千气象，黎遂球《闻鹧鸪》、区怀瑞《咏鸳鸯槟榔粽》等诗均对岭南常见的禽鸟鹧鸪及岭南特有的鸳鸯、槟榔、粽等进行了细腻的呈现。

最突出、最集中地呈现岭南风土人情的诗歌要数黎遂球《春望篇·同

---

① 陈永正：《全粤诗》第 18 册，岭南美术出版社 2016 年版，第 204 页。
② 陈永正：《全粤诗》第 18 册，岭南美术出版社 2016 年版，第 210 页。
③ 屈大均：《广东新语》卷三《山语·七星岩》，中华书局 1985 年版，第 111 页。
④ 陈永正：《全粤诗》第 20 册，岭南美术出版社 2017 年版，第 479 页。

陈秋涛、黄逢永诸公社集南园作》。其诗云：

> 天南多淑气，海国四时花。芳草侵朝雾，香云变晚霞。鳌光摇雉堞，蜃影互渔家。况复当春望，遥晴到碧纱。晴风散叶杨垂线，晴日落花泥掠燕。翡翠梁间栖复飞，蝴蝶帘前去还恋。佳人粉气热朝眠，公子炉烟阑夜宴。珊瑚宝树挂罗衣，鹦鹉金笼传漏箭。木棉红映晓山开，百万人家旭翠堆。花田雨过昌华苑，锦石云依朝汉台。赵尉已尘迹，刘王余艳灰。楚水啼湘竹，秦关折岭梅。当时豪雄递骑虎，削壁悬流割疆土。阁气沉香布雨云，桥光彩烛迎歌舞。宝髻穿珠仙凤妆，玉腕烹龙岛夷脯。宫阙遥连五岭高，烟花尚识三城古。三城隐隐接三山，五岭迢迢云水间。娇娥匀脸蔷薇露，贾客归心黄木湾。鲛绡斗帐裸寒玉，龙须片席裛憨鬟。槟榔甘送合欢舌，茉莉结作同心环。同心复同里，白皙少年子。荔枝花并蒂，榕木根连理。箫吹沸龙涎，画桡移蜃市。金屏列雀开，彩树千星蕊。雀屏兰舫酣丝竹，彩夺化工生簇簇。回营柳院出秋千，仙观花街群鞠蹴。百兽鱼龙迎锦阵，万户绮罗结霞麓。油壁通宵秉烛游，青骢绕郭挥鞭逐。青骢油壁过参差，玉山珠寺遍相嬉。不饥愿化仙羊石，鸷利齐祝海神旗。任是中原苦争战，从来此地无疮痍。犀通象贿等闲视，薏苡明珠谁复知。量珠应军牒，货贿迁农业。秧针刺垄塍，布谷催锄锸。波斯碧眼胡，昆仑紫髯侠。奇珍运甓骄，异宝挂席拾。陶公八翼折无能，陆子千金良足称。争雄据险昔所叹，海藏山冲容易凭。铜柱长铭汉贼灭，金鉴还扶唐祚兴。曲江风度诛胡得，昌黎文章徒鳄曾。伤时莫洒三忠泪，庙食南园五贤地。石衔精卫向厓门，血湿杜鹃留崩屃。杀气满浮云，讹言惑边燧。乘桴圣人勇，蹈海节士志。我所思兮在罗浮，菖蒲朱草蒙丹丘。安期驾鹤朝金阙，玉女攀花待石楼。采药长生都且少，好色不死醉无忧。为问神仙东海树，何似使君南陌头。云霞彩鸾腹，日月烛龙目。卢师与三笑，蓬莱堪几宿。更坐金台莲，还裁水田服。禅乳嗣曹溪，劫火留阿育。谁将浩劫三生判，且论九十三春半。南迁唐相授楞严，北去梁僧徒壁观。问天倘信炼石功，对酒肯作新亭叹。已见游丝拂地回，复看流水飞英乱。春草芳，春望长。山眉宛映相如壁，牡砺遥连宋玉墙。王侯将相各有分，鸦蛮鹅管随飞觞。缀幕悬明月，倾尊典鹔鹴。二十四翻任狼籍，三万六千犹可偿。①

---

① 黎遂球：《莲须阁集》卷四，见《四库禁毁书丛刊》集部183册，北京出版社2000年版，第72—73页。

诗歌中对鳌光、蚌影、珊瑚宝树、木棉、槟榔、荔枝、榕木等岭南独特的风物及"海国四时花""回营柳院出秋千,仙观花街群鞠蹴。百兽鱼龙迎锦阵,万户绮罗结霞麓"等风土人情进行了列锦般的描绘,令人目不暇接。诗中提及的昌华苑、朝汉台、厓门、罗浮山、曹溪等岭南名胜古迹及赵尉、张九龄、韩昌黎、岭南三忠、南园五贤等岭南重要的历史人物均呈现出岭南丰厚的历史文化底蕴。因此,有人评价此诗为岭南诗歌中的长篇佳制,描述岭南历史地理与风土人情,有明一代,可与孙蕡《广州歌》、韩上桂《广州行呈方伯胡公》鼎足而三。

除了表现岭南独特的风物和景致之外,南园十二子还在具有浓郁岭南地域风味的诗歌中融入了自己的人生感悟与身世之感。如区怀瑞《崧台舟中立春》诗有云:"江畔早逢春,停舟望欲新。燕鸿惊久客,梅柳待归人。……故园知不远,还梦已沾巾。(其一)地忆春盘处,重经二十年。狂添中圣里,愁尽小除前。岸碧沾花胜,林香扑野筵。谁堪久苹梗,飘泊卧江烟。(其二)"① 该诗诗题注云:"丁未腊亦于峡口逢春。相距十九年,殊有今昔之感。"② 直接点明了此诗的创作缘起。崧台原是中岳嵩山的绝顶,相传为天帝宴请各洞神仙之所。故明代朱完在石室石壁上刻下了"帝觞百神之所"六个大字。后人遂将石室岩最高处均通称为崧台。此处当作于诗人游览肇庆羚羊峡之时。羚羊峡在肇庆市鼎湖区西南部,是西江流经千年古郡——肇庆的三峡之一。自唐代起,"西江小三峡"(羚羊峡、大鼎峡、三榕峡)就成为著名的景点。羚羊峡地处三个峡的下游,山最高、水最深、峡最长,在三峡之中最壮观、雄伟,因此它是历代文人墨客来端州的必游之地。历代文人墨客如杨衡、李群玉、苏轼、李纲等都流连于羚羊峡,留下大量的诗词歌赋。区怀瑞的《崧台舟中立春》即表现了诗人在立春日再次泊舟于羚羊峡峡口,回想起十九年前游历此地时的情景,抚今追昔,无限感叹。另如区怀瑞《九日登越秀山》诗云:"常忧萧瑟到秋山,不见新霜紫翠间。九日菊英谁独醉,千年松桧复同攀。城边刹落双珠映,洞里风泠五穗还。酩酊转深寥廓恨,莫因金石制颓颜。"③ 抒写了重阳节与友人共登越秀山时的所见所感。诗歌虽是登山之作,但纯粹的写景不多,且景色都带上了诗人的感情色彩,通读全诗,可以感受到一种淡淡的伤感。

黎邦瑊所作的八首歌咏从化景点的五言绝句则充分展现了诗人的性情与胸怀。如《风门仙迹》诗云:"仙驭凌风去,岩花空自芳。至今池水上,

---

① 陈永正:《全粤诗》第 18 册,岭南美术出版社 2016 年版,第 172 页。
② 陈永正:《全粤诗》第 18 册,岭南美术出版社 2016 年版,第 172 页。
③ 陈永正:《全粤诗》第 18 册,岭南美术出版社 2016 年版,第 169 页。

仿佛隐红妆。"① 将神话传说融入诗歌,并借助适当的想象,增添了诗歌的趣味性。《云台捧日》诗云:"达曙彤云晓,高台散积阴。海隅天万里,犹自捧丹心。"② 运用拟人化手法写出了云台日出的壮美景色,构思巧妙,立意高远。《鼓楼济渡》诗云:"磐石临溪岸,潆洄水千尺。时有问津人,风烟随所适。"③ 传达出一种倜傥潇洒、随遇而安的恬淡心境。另黎邦瑊《镇海楼同诸子作》诗云:"频年京国思君梦,此日危楼得共登。暑气半消青嶂里,襟期偏洽白云层。海潮飞雨侵瑶席,涧道流霞断古藤。拼醉不愁明月去,松门深夜有禅灯。"④ 描绘了与友人同登镇海楼时所见到的景象,气势雄伟,阔大意境中略带一点古朴风味。最后两句将诗人纵情豪饮的坦荡胸怀与随遇而安、超脱自在的佛家心性融合为一,营造出一种特别的韵味。

此外,南园诗人们还有一些诗借写岭南之景来抒发自己的政治理想。如区怀瑞《包井冰清》诗云:"一脉源流几穴成,使君深泽遍端城。霜凝碧甃银床净,日照寒泓玉鉴清。光映冰壶侵座彻,气凌梧叶藉阶平。䑛来一砚清操励,遂使甘泉有令名。"⑤ "包井冰清"是明清时期《肇庆府志》所记载的"肇庆八景"之一。北宋名臣包拯曾任端州知军州事三年,为官清廉,大办实事,造福端州。当时,居民因长年饮用不洁净的水,瘟疫时有发生。包拯率民开挖水井七口,居民感激万分,将七口水井称为"包公井"。屈大均《广东新语》卷四《水语·肇庆七井》记载并赞颂了包拯开挖七井的功绩。其云:"包孝肃为端州守,尝穿七井。城以内五,城以外二,以象七星。其在西门外者,曰龙顶冈井,民居环抱,清源滑甘,为七井之最。此郡城来脉,山川之秀所发也。大凡幽溪邃涧之水,饮之消人肌体,非佳泉。佳泉多在通都大路之侧,土肉和平,而巽风疏洁,乃为万灶所需,食之无疾。孝肃此举,端之人至今受福,大矣哉。君子为政,能养斯民于千载,用之不穷。不过一井之为功,亦何所惮而不为乎。《易》曰'君子以劳民劝相',言凿井之不可缓也。江城妇女,冒风雨出汲,在在皆然。惠州城中亦无井,民皆汲东江以饮,堪舆家谓惠称鹅城,乃飞鹅之地,不可穿井以伤鹅背,致人民不安,此甚妄也。然惠州府与归善县城地皆咸,不可以井,仅郡廨有一井,可汲而饮云。"⑥ 区怀瑞此诗亦盛赞包拯为官清廉、

---

① 陈永正:《全粤诗》第 17 册,岭南美术出版社 2014 年版,第 665 页。
② 陈永正:《全粤诗》第 17 册,岭南美术出版社 2014 年版,第 666 页。
③ 陈永正:《全粤诗》第 17 册,岭南美术出版社 2014 年版,第 666 页。
④ 温汝能:《粤东诗海》卷三十七,中山大学出版社 1999 年版,第 695 页。
⑤ 陈永正:《全粤诗》第 18 册,岭南美术出版社 2016 年版,第 207-208 页。
⑥ 屈大均:《广东新语》卷四《水语·肇庆七井》,中华书局 1985 年版,第 160 页。

造福于民的丰功伟绩，从中亦可见诗人为民造福的政治理想。陈子壮《海珠谒李忠简公祠》一诗则表达了对南宋探花李昂英的崇敬之情，同时也表达了自己的政治理想。李昂英又称忠简公，李忠简公祠是为李昂英而建。李昂英是广州番禺人，是宋代广东中探花者第一人。他为官洁正，以敢于直言、勇斗权宠而闻名。"谕贼障乡邦，疏奸明直谠"，是赞扬他刚直不阿，扶扬正气，敢于与地方官吏及当朝权贵抗衡；"御榻引裾年，气与霜旻上"，是说他敢于当面指责皇帝的过失，即使越出君臣礼节也要斗胆犯颜苦谏。"举手响阳堂，端为文溪榜""百里出孤峰，海天云日朗"等诗句均表现了他对李昂英的景仰与推崇。其后诗人又联想到自己，"每自感遗编，端居邑敞惘"，为不能效法李昂英拯生民于水火而愧憾。

　　南园十二子的诗歌创作在继承南园前五子及南园后五子"标举唐音""重视风骨"的诗学理想的基础上，又有所生发和创新。特别是受晚明及明清易代之际政治形势的影响，他们的诗歌中有不少作品以激越凄楚之情调描绘明末的社会现实，感慨时事、关心民生疾苦，堪称"诗史"。南园十二子敢于直面政治现实，诗歌内容更为丰富，时代特色更为鲜明。无论是山水纪游、咏物咏史，还是酬唱赠别，抑或摹写政治时事、地域风物，其诗歌中总是流淌着一种沉痛的家国情怀，涌动着对国家民族前途命运的关注与担忧。函可《遥哭秋涛》云："云淙一出人皆望，天宇频倾势莫收。若水捋唇无二日，文龙指腹定千秋。忍将礼乐随身去，尽把心肝报主休。自有容台遗稿在，长偕正气世间留。"① 潘耒《黎忠愍公像赞》云："读其文则锦心绣口，镂月而裁云；瞻其像则秀眉明目，兰芬而玉温；乃能捐躯殉国，取义成仁。勇断雾云之指，愤嚼睢阳之龈。配四烈于章江，追三忠于厓门。盖天地严凝灵淑之气并萃于一身。"② 均是对南园十二子人品与诗品的高度评价。他们的诗歌创作初步呈现出岭南诗歌高古、雄健的独特风格，对推动岭南诗派"雄直"诗风的形成、促进清初诗坛多样化诗风的形成均具有积极意义。

---

① 函可：《千山诗集》，黑龙江大学出版社2011年版，第184—185页。
② 潘耒：《遂初堂集》卷二十《像赞二十二首·黎忠愍公》，见《续修四库全书》集部第1418册，上海古籍出版社2002年版，第28页。

第三章 "西园诗社" 遗民诗群研究

由屈大均创立的"西园诗社"是清初岭南遗民诗社中较有影响且颇值得关注的诗人社团。但目前学术界并无人对其进行整体性和系统性的研究，所见的零星记载也简略粗浅，时见矛盾错讹，严重影响了人们对西园诗社真切面貌及确切地位的认识。重新考察西园诗社的基本情况，还原诗社大貌和成员面目，分析其诗歌创作的总体风貌，是很有必要的。

第一节 西园诗社成立缘起考

研究西园诗社，首先要解决的问题是弄清"西园"究竟指何地，这对探究西园诗社的成立缘起、判定社集活动、确认诗社成员等意义重大。对于"西园"所在，《岭南文化百科全书》云："南汉时广州城西统称为'西园'，地在西关一带，即今荔湾区。"① 这个"西园"是否就是诗社社名所指呢？屈大均《广东新语》卷十七"名园"条云："广州旧多名园。……其在城西者，曰西畴，为吴光禄所筑，梅花最盛。又五里有荔枝湾，伪南汉昌华故苑，显德园在焉。又五里三角市中为花田，南汉内人斜也，刘𨱇美人字素馨者葬其中。𨱇多植素馨以媚之，名素馨斜。……其在半塘者，有花坞，有华林园，皆伪南汉故迹。逾龙津桥而西，烟水二十余里，人家多种菱、荷、茨菰、蕹芹之属，其地总名西园矣。"② 另屈大均《西园》诗云："瓜菜西园最有名，芳华苑外竹田平。菱香藕脆家家有，粳稻香吹暑气清。"③ 可见，"西园"当是广州城西20余里"种菱、荷、茨菰、蕹芹"的空旷之地的总称，在今广州荔湾一带。此与《岭南文化百科全书》的说法一致。

诗社为何以"西园"命名？首先，西园是诗社首创者屈大均、王邦畿

---

① 王钊宇：《岭南文化百科全书》，中国大百科全书出版社2006年版，第255页。
② 屈大均：《广东新语》，中华书局1985年版，第471页。
③ 屈大均：《翁山诗外》卷十五，见欧初、王贵忱《屈大均全集》第二册，人民文学出版社1996年版，第1234页。

熟悉之地。屈大均、王邦畿均为广东番禺人，而明清时期的番禺县在广州府城西，即西园附近。汪宗衍《屈翁山先生年谱》云："西园在广州城西半塘附近，与先生居址相近也。"① 其次，由下文知西园诗社创立于广州城再次沦陷之后，诗社以"西园"命名，正可以表达诗人们对旧日家国特别是广州城的怀念。此外，"西园"这一涵括极广的地域概指在当时险恶的政治局势下能对诗社活动的持续开展起到保护作用。

关于西园诗社的结社缘起，屈大均《广东新语》卷十二有较为直接的表述："慨自申、酉变乱以来，士多哀怨，有郁难宣。既皆以蛰遁为怀，不复从事于举业，于是祖述风骚，流连八代，有所感触，一一见诸诗歌，故予尝与同里诸子为西园诗社，以追先达。"② 这段文字说明西园诗社的成立至少基于两点：一是宣泄郁塞之气，寄托故国之思，抒发遗民怀抱。杨凤苞《秋室集·书南山草堂集后》云："明社既屋，士之憔悴失职、高蹈而能文者，相率结为诗社，以抒写其旧国旧君之感，大江以南，无地无之。"③ 结社吟诗是明清之际文人活动的主要形式，更是岭南这一特殊地域明遗民联络同志、砥砺民族气节的重要方式。二是传承《诗经》《离骚》以来的诗歌传统，有意识地继承和发扬岭南诗风，即"祖述风骚，流连八代"，"以追先达"。这种思想与南园诗社是一脉相承的。

第二节　西园诗社成立时间考

关于西园诗社的结社时间，学界存在分歧，集中表现为两种观点。

一种观点认为是在清顺治元年（1644）。此说最早见于汪宗衍《屈翁山先生年谱》。该谱"清顺治元年"条云："（屈大均）自言'自甲申变乱以来，予尝与里中诸子为西园诗社'。"④ 文后注明其依据为《广东新语》卷十七。汪宗衍《屈翁山先生年谱》在学界影响很大且有较强的权威性，故此后学者大多从其说。如邬庆时《屈大均年谱》也认为："自甲申变乱以来，（屈大均）尝与同里诸子为西园诗社。"⑤ 此外，欧初、王贵忱主编

---

① 汪宗衍：《屈翁山先生年谱》，见沈云龙编《明清史料汇编七集》第9册，文海出版社1984年版，第143页。
② 屈大均：《广东新语》，中华书局1985年版，第357页。
③ 谢国桢：《明末清初的学风》，上海书店出版社2004年版，第182页。
④ 汪宗衍：《屈翁山先生年谱》，见沈云龙编《明清史料汇编七集》第9册，文海出版社1984年版，第143页。
⑤ 邬庆时：《屈大均年谱》，广东人民出版社2006年版，第25页。

《屈大均全集》附《屈大均年谱》、李君明《明末清初广东文人年表》①、何天杰《清初爱国诗人和学者——屈大均》②、王富鹏《岭南三大家研究》③均将屈大均结西园诗社的时间定于顺治元年。

但笔者翻阅几种不同版本的屈大均《广东新语》，发现汪宗衍所引"自甲申变乱以来，予尝与里中诸子为西园诗社"之语并不在卷十七，而是在卷十二，且文字与汪宗衍所引稍有出入（屈文为"申酉"，汪谱引为"甲申"），可见汪谱转引失误。

另一种观点认为是在清顺治七年（1650）。较有代表性的是端木桥《清初岭南三大家》："永历四年（1650），清兵再陷广州。甫届弱冠的大均为逃避迫害，于番禺雷峰海云寺削发为僧……时值乱世，不少文人学士隐居不出。大均与一些志同道合的文友组成西园诗社。"④《岭南文化百科全书》"西园诗社"条也将西园诗社创立的时间定为清顺治七年⑤。

那么西园诗社究竟创于何时？要回答这个问题，很有必要认真解读《广东新语》卷十二的那段文字，因为这是目前能找到的唯一一条论及诗社成立的材料。这段文字谈到两个比较模糊的时间段。一是"自申、酉变乱以来"。其中"申"即"甲申之变"，"酉"应指清顺治二年（1645）乙酉弘光帝被杀之事。可见诗社的成立至少应在清顺治二年之后。汪宗衍《屈翁山先生年谱》将"申、酉"误记为"甲申"，并由此将西园诗社成立的时间定为清顺治元年（1644），这显然与原文不符。二是"既皆以蜚遁为怀，不复从事于举业"。这句话至为关键，却一直为人忽视。"蜚遁"即逃遁、隐退之意。可见诗社的成立应当在诗社成员皆避乱、退隐，且完全放弃科举仕途之后。这是西园诗社成立的另一个重要前提。而考史料知西园诗社的主创者屈大均、王邦畿在清顺治元年并未放弃科举，更未有逃遁之举。清顺治元年，屈大均师从陈邦彦学于越秀山。清顺治二年，即明绍宗隆武元年（1645），王邦畿中举人，屈大均补邑诸生。将西园诗社的创立时间定于清顺治元年明显与历史不符。

那么西园诗社是否成立于清顺治七年呢？首先来看看屈大均的行踪。据《翁山文外》卷七《先考澹足公处士四松阡表》⑥可知，清顺治三年（1646）十二月，广州城沦陷，屈大均随父母自广州返番禺沙亭，奉父命不

---

① 李君明：《明末清初广东文人年表》，中山大学出版社2009年版，135页。
② 何天杰：《清初爱国诗人和学者——屈大均》，广东人民出版社2006年版，第156页。
③ 王富鹏：《岭南三大家研究》，人民文学出版社2008年版，第57页。
④ 端木桥：《清初岭南三大家》，广东人民出版社2006年版，第24页。
⑤ 王钊宇：《岭南文化百科全书》，中国大百科全书出版社2006年版，第255页。
⑥ 欧初、王贵忱：《屈大均全集》第三册，人民文学出版社1996年版，第137–138页。

仕。但清顺治六年（1649）春，屈大均又奉父命赴肇庆行在，上《中兴六大典书》。以大学士王化澄荐引，将得服官中秘。后闻父寝疾遂归。清顺治七年（1650）十一月，广州城再陷，屈大均逃于禅，礼释函昰于番禺雷峰山海云寺为僧，名所居曰死庵。可见屈大均彻底放弃科举仕途是在清顺治七年出家为僧之后。其次再看这一时期王邦畿的行踪。《胜朝粤东遗民录》云："（王邦畿）举隆武乙酉乡荐。广州拥立绍武，以荐官御史……及桂王复都肇庆，邦畿与陈恭尹寓肇庆一年……及桂林倾覆，邦畿遁归，乃避地于顺德之龙江。后礼僧函昰于雷峰，名今吼，字说作，居罗浮西樵间。"①桂林失陷也在清顺治七年，即广州沦陷后不久，故王邦畿遁隐概与屈大均同时。

另外，考屈大均清顺治七年后的行踪可知，顺治九年（1652）屈大均"为飘然远游之举"②，至顺治十二年（1655）才返粤。屈大均在清顺治七年十一月逃禅后至顺治九年远游之前，一直在番禺雷峰山海云寺为僧，而海云寺离西园不远。可见，西园诗社的创立很可能就在这段时间内。另王邦畿《暮春羊城社集诸公诗成寄示并索赋，赋此答和》诗云："屋角黄莺竟日啼，竹枝高处柳枝低。风流大雅还开社，山泽遗民亦寄题。草色绿深春已暮，梨花白尽叶初齐。城西古寺无多路，惆怅东风惜马蹄。"（《耳鸣集》卷七）诗题表明此诗作于暮春的一次广州社集之时，由诗中提及的"山泽遗民"及"城西古寺"来看，此诗很可能就作于西园诗社创立之时。因为当时的主创者屈大均、王邦畿已于番禺雷峰山海云寺礼函昰为僧，故西园诗社第一次的活动场地很可能是诗中提及的"城西古寺"，即海云寺。因此，在没有看到其他更有说服力的论断之前，本章姑且将西园诗社的创立时间定为庚寅惨案爆发之后的次年即清顺治八年（1651）暮春，因为惨痛的心灵创伤与强烈的心理刺激很可能是诗人们创立诗社的直接推动力。此处特需说明的是，在"庚寅之劫"的余悸中集会结社，是冒着很大风险的，而僧人这一特殊的身份应是对他们秘密结社的最好的保护。

第三节　西园诗社活动考

在西园诗社结社史上规模较大且在清初岭南诗坛上造成很大影响的集会主要有两次。一次是在清顺治十七年（1660）。"张穆《铁桥年谱》，有庚

---

① 陈伯陶：《胜朝粤东遗民录》卷一，见周骏富《清代传记丛刊》第70册，台湾明文书局1985年版，第90-91页。
② 邬庆时：《屈大均年谱》，广东人民出版社2006年版，第40页。

子秋七月,同岑梵则、陈中洲、王说作、梁器圃、何不偕、梁颛若、陈元孝、梁芝五集高望公西园旅舍诗。"① 庚子即清顺治十七年。另张穆《铁桥集·西郊同岑梵则、王说作、陈乔生、梁药亭、陈元孝集高望公客斋赋》诗云:"青山野水各栖迟,世乱相逢喜复悲。地似新亭余草莽,心随落日向天涯。尊前雨气侵高堞,原上秋风吊古祠。白首壮怀消已尽,谁家明月夜吹篪。"② 王邦畿《秋郊宴集》诗云:"欢聚今宵岂偶然,十年难得此周旋。况逢江草秋堪把,莫叹山堂月未圆。潮上雷声疑动地,日沉霞影若烧天。当樽有酒何妨醉,霜气侵入鬓发边。"③ 王邦畿诗中描写的景色与张穆诗相似,且西园诗社自顺治八年(1651)成立至顺治十七年正好十年,此与诗中"欢聚今宵岂偶然,十年难得此周旋"句相合,疑此二诗均作于西园诗社社集之时。另由诗题知此次社集地点在高俨(字望公)西园旅舍,参加雅集的有王邦畿(字说作)、张穆、陈恭尹(字元孝)、梁佩兰(字芝五,号药亭)、岑梵则、陈子升(字乔生,号中洲)、梁琏(字器圃)、何绛(字不偕)、梁观(字颛若)等人,除梁佩兰外,其他皆为明遗民。

另一次影响较大的西园社集是在清康熙元年(1662)。据邬庆时《屈大均年谱》知,是年屈大均北游归来,中秋与陈恭尹、王邦畿、梁佩兰等西园诸子雅集广州西郊草堂分韵赋诗。由陈恭尹《独漉堂诗集》卷二《西郊宴集,同岑梵则、张穆之、家中洲、王说作、高望公、庞祖如、梁药亭、梁颛若、屈泰士、屈翁山,时翁山归自塞上》诗可知当时参与者之众。其时西园诸子多有诗记之。陈子升《中洲草堂遗集》卷九《喜翁山道人归自辽阳》《秋日西郊宴集,时屈道人归自辽阳》、卷七《崇祯皇帝御琴歌》,陈恭尹《独漉堂诗集》卷二《崇祯皇帝御琴歌》,张穆《铁桥集·西郊社集同岑梵则、王说作柬屈翁山、高望公诸子》,屈士煌《屈泰士遗诗·喜翁山归自辽东》等诗均作于此时。

西园诗社在清初诗坛影响很大,甚至吸引了很多外省诗人的积极参与。清顺治十四年(1657),朱彝尊来粤,先后与西园诗人高俨、陈子升、张穆、屈大均赋诗酬唱。朱彝尊《曝书亭集》卷三《赠高俨》《羊城客舍同万泰、严炜、陈子升、薛始亨醉赋》《同陈五子升过光孝寺》《赠张山人(穆)》等诗即作于此时。清顺治十七年(1660)秋,"易堂九子"之一魏礼来游岭

---

① 陈伯陶:《胜朝粤东遗民录》卷一,见周骏富《清代传记丛刊》第70册,台湾明文书局1985年版,第54-55页。
② 张穆:《铁桥集》,香港何氏至乐楼丛书本,中山大学图书馆藏。
③ 王邦畿:《耳鸣集》,见《四库禁毁书丛刊》集部第87册,北京出版社2000年版,第81页。

南，西园诗人梁佩兰、陈恭尹、何绛、梁琏、陶璜（字苦子）等与之偕游，共宿灵洲山寺，后各吟诗记其事。梁佩兰《六莹堂集》卷八《宿灵洲山寺同魏和公、何不偕、陈元孝、陶苦子、梁器圃，因寄王说作、东村》、陈恭尹《独漉堂诗集》卷二《同何不偕、梁器圃、魏和公、梁药亭、陶苦子宿灵洲山寺，柬王说作、王大雁》、魏礼《魏季子文集》卷五《晚游灵洲寺同何不偕、梁器圃、梁芝五、陈元孝、陶苦子》、王邦畿《酬和公芝五宿灵洲寺见怀病中》（《耳鸣集》卷八）等诗均作于此次雅集之时。同年9月11日，浙江山阴（今绍兴）诗人张雏隐来粤，张穆、何绛、陈恭尹、陶璜、高俨、林梧（字叔吾）等人与之集于梁佩兰西园草堂，彼此酬唱甚欢。张穆《铁桥集》《重阳后二日同张雏隐、何不偕、陈元孝、陶苦子、高望公、林叔吾集梁芝五斋中》① 诗即作于此时。

  由于时局动荡，西园诗社的活动场所多有变化。吕永光先生认为"诸子吟社，初无定址，多集于西园丛桂坊、六莹堂、梅花村等处。康熙乙卯后，则多集于新迁法性寺"②。还有人认为西园诗社曾设于番禺化龙细圩的龙山庙③。据考证，西园诗社的社集场所远远不止上述诸处。由前文可知，西园诗社曾结社于广州西园、海云寺、高俨西郊旅舍、广州西郊草堂、灵洲山寺、梁佩兰西园草堂等地。此外，西园诗社还在广州海幢寺、梁佩兰六莹堂、陈恭尹独漉堂等地集会唱和。如王邦畿《耳鸣集》卷八《浴佛前四夜与周量、芝五、震生、元孝订游海幢寺先柬阿首座，分得城字》即作于海幢寺雅集之时，陈恭尹《独漉堂诗集》卷十三《同宁都魏和公、昆山徐原一、同里王震生、高望公、湛用喈、程周量、何不偕、梁器圃、陶苦子集药亭六莹堂得真字》一诗则记载了在梁佩兰六莹堂举行的社集。其时参与雅集的还有外省诗人徐乾学、魏礼等。另外，王隼《大樗堂初集》卷九《秋夜与梁药亭先生、陈夔石、刘汉水、梁王顾、家东村宿陈元孝独漉堂读其先大司马遗集感赋》、梁佩兰《六莹堂初集》卷五《秋夜宿陈元孝独漉堂读其先大司马遗集感赋》、陈恭尹《独漉堂诗集》卷二《秋夜王东村、梁药亭、刘汉水、王蒲衣、梁王顾、家夔石过宿独漉堂读先司马遗集有诗赋答二首》等诗则记载了西园诗社雅集于陈恭尹独漉堂研读陈邦彦遗集的活动。

  西园诗社发展至康熙初年盛极一时，但随后曾一度衰落。清康熙七年（1668），诗社重要创始人王邦畿去世，此为诗社一大损失，以梁佩兰为首的

---

① 张穆：《铁桥集》，香港何氏至乐楼丛书本，中山大学图书馆藏。
② 吕永光：《梁佩兰年谱》康熙三年条，中山大学古文献研究所藏手稿本。
③ 李小松、梁翰：《禺山兰桂》，番禺县政协文史资料研究委员会，1986年，第69页。

诗社成员均作诗以示哀悼。梁佩兰《六莹堂集》卷五《挽王说作》、王邦畿之子王隼《大樗堂初集》卷九《酬梁药亭先生暨同社诸子挽先府君之作》诗即作于此时。自清康熙十一年（1672）开始，诗社主要组织者屈大均、梁佩兰等开始出游，行踪不定，社集活动受到影响。屈大均积极投身于复明战事，直至康熙十五年（1676）始返家。梁佩兰则于康熙十一年开始赴京应试。康熙十二年（1673），程可则、梁琏相继去世。康熙十三年（1674），吴三桂、耿精忠等相继叛乱，三藩之乱起，广东受到战乱影响，东西交愊。康熙十七年（1678），陈恭尹因曾为尚之信延揽而下狱，次年才事解出狱。屈大均因曾入吴三桂军中，于康熙十七年开始避乱，次年携家度岭，再次出游，直至康熙十九年（1680）始归。梁佩兰也于康熙十七年避乱于弼唐。可见自康熙十一年至康熙十九年期间，由于诗社重要成员行踪不定，加上政局动荡，诗人们无法或无心组织、参与诗社活动，社集活动基本停歇。

在经历长达 8 年之久的消歇之后，康熙十九年西园诗社再次兴起。陈恭尹说："庚申而后乃稍得晏然，复理诗书，有同人唱酬之乐。"① 诗社复兴后的第一次社集活动在梁观住所西山草堂举行。陈恭尹《邑中同人招饮西山草堂即事》一诗记载甚为明确："名园重得聚英豪，暑月杯盘敢告劳。匝水松阴铺地阔，出墙山色带城高。时光老去深知惜，笔砚愁来渐懒操。同是少年吟啸地，新霜看上鬓边毛。"（《独漉堂诗集》卷四）王隼《夏夜集西山草堂》一诗亦可为佐证："置酒临南湖，残月尚堪把。芙蓉如江妃，荡影竹声下。矧乃集良朋，凉飔变炎夏。宿云抱回溪，流萤穿破瓦。游鳞泛菰蒲，繁星漾杯斝。览物动今怀，抚景追昔者。仿佛山阿人，冷泪不能洒。瑶琴识性情，哀丝为予写。"② 其后，诗社又迎来一大盛事。康熙三十年（1691）上巳日，王隼之女王瑶湘新婚，诗社诸人前往王隼湿庐宴集，即席分赋以贺。据梁佩兰《上巳日谦集西山草堂，屈翁山、陈元孝、林叔吾、吴山带、侄王顾，时李孝先就昏于王蒲衣湿庐，分得风字二首》（《六莹堂集》卷五）、陈恭尹《上巳日燕集西山草堂分得青字二首》（《独漉堂诗集》卷十一）诗可知，当时参与宴集的有屈大均、梁佩兰、陈恭尹、林梧、吴文炜（字山带）、梁无技等。

关于西园诗社的最终消亡时间，目前尚无确切的说法。考史料及诗文集知，屈大均于清康熙三十五年（1696）逝世之后，梁佩兰成为诗社组织

---

① 陈恭尹：《独漉堂诗集》卷四，见《四库禁毁书丛刊》集部第 183 册，北京出版社 2000 年版，第 436 页。
② 王隼：《大樗堂初集》卷五，见《四库禁毁书丛刊》集部第 166 册，北京出版社 2000 年版，第 488 页。

者，其与陈恭尹、王隼之间依然多有酬唱。如康熙三十六年（1697）正月，梁佩兰作《元日》《人日》诗（《六莹堂二集》卷七），陈恭尹次韵和之（《独漉堂诗集》卷十三有《元日次梁药亭韵》《人日次梁药亭兼简川南长寿》诗）。康熙三十七年（1698）冬至，梁佩兰、岑徵等人集六莹堂分赋，梁佩兰作《冬至岑霍山吴承云周大樽过六莹堂分赋》诗（《六莹堂二集》卷七），当时陈恭尹未赴会，后亦补诗《至日遥和梁药亭夜集之作同用东韵》相和。这些均是诗社活动的延续。笔者认为随着西园诗社重要诗人陈恭尹、王隼于康熙三十九年（1700）相继去世，西园诗社才彻底消亡。

第四节 西园诗社成员考

通常诗社都编有社诗总集，这些社诗总集成为考察诗社活动及成员的重要文献依据。但由于西园诗社创立于动荡之时，加上明清之际岭南诗人的流动性与结社的随意性较大，故没有社诗总集传世，这给社员身份的判定带来了一定的难度。迄今为止，无人对西园诗社的成员进行过完整确切的统计与考证。唯陈永正先生《岭南诗歌研究》有所提及："顺治年间，梁佩兰、陈恭尹、岑梵则、张穆、陈子升、王邦畿、梁琏、何绛、梁观等人就常集于高俨的西园旅舍唱和，后结为西园诗社。参与雅集者尚有程可则、邝日晋、王鸣雷、彭钎、潘楳元、屈大均、王隼、梁无技及释达津、释愿光等人。"① 他认为先后参与西园诗社雅集唱和者共20人，惜书中并未明确指出其判断所本，也没有对西园诗社的成员进行确切的界定，使得参与雅集者的身份较为模糊。本节从现存的诗文作品及诗社聚会的相关记载出发，以广东籍贯作为判定西园诗社正式成员的基本条件，并根据其参与诗社雅集的频率及与诗社其他成员的亲疏关系，将参与西园诗社雅集者具体分为诗社主创者、诗社核心成员、诗社一般成员及积极参与诗社雅集之诗友四类。以下一一予以说明。

一、诗社的创立者

西园诗社由屈大均及其同乡王邦畿二人发起创办，这是学界共识。如屈大均曾自述"予尝与同里诸子为西园诗社"（《广东新语》卷十二），陈伯陶《胜朝粤东遗民录》云："时乱后，士多蛰遁，大均因与同里诸子为西

---

① 陈永正：《岭南诗歌研究》，中山大学出版社2008年版，第54页。

园诗社。"① 又云："时同里屈大均为西园诗社，有举邝露诗贵声律语者，邦畿论诗则谓必敛华就实……乃为可贵。"② 谢国桢《明清之际党社运动考》亦云："西园诗社为屈大均、王邦畿所主办。"③

屈大均（1630—1696），字翁山、介子，号莱圃，广东番禺人。与陈恭尹、梁佩兰并称"岭南三大家"。早年受业于陈邦彦门下，十六岁时补南海县生员。明亡后，曾参与抗清斗争。后礼函昰为僧，法号一灵。中年仍改儒服。晚年坚守气节，家居终老。著有《翁山诗外》《翁山文外》《翁山易外》《广东新语》及《皇明四朝成仁录》，合称"屈沱五书"。

王邦畿（1618—1668），字诚籥，又字说作，广东番禺人。明崇祯时副贡生。明唐王绍武中，以荐官御史。后永历帝都于肇庆，邦畿与陈恭尹同往从之。及桂林陷，永历帝西奔不返，邦畿乃遁归终隐。后出家为僧，号今吼。与程可则、方殿元及陈恭尹等并称"岭南七子"。著有《耳鸣集》十四卷。有子王隼，亦出家为僧，取名古翼。

二、诗社核心成员

在诗社组织的几次重大雅集活动中都有参与且多次参与过诗社组织的各种小型集会的诗人无疑是诗社的核心成员。在前文提及的清顺治十七年（1660）高俨西园旅舍雅集及康熙元年（1662）宴集中，除主创者屈大均、王邦畿外，两次雅集均参与的诗人有岑梵则、陈子升、梁佩兰、陈恭尹、高俨、张穆、梁璉、梁观8人，且此8人在诗社组织的各种小型集会中多次出现，故无疑应是诗社的核心成员。另外，参与了清顺治十七年雅集的何绛虽未参与康熙元年的大型社集，但因其在西园诗人的小型聚会中也频频出现，故也可认定其为诗社的核心成员。另外，只参与过清康熙元年雅集的屈士煌（字泰士）及庞嘉鳌（字祖如），其身份将在下文甄别。

岑梵则，广东南海人。生卒年及生平不详。陈伯陶《胜朝粤东遗民录》疑其为岑徵长辈。

陈子升，前文已有传，此处略。

梁佩兰（1630—1705），字芝五，号药亭，别号漫溪翁、柴翁、二楞居

---

① 陈伯陶：《胜朝粤东遗民录》卷一，见周骏富《清代传记丛刊》第70册，台湾明文书局1985年版，第83页。
② 陈伯陶：《胜朝粤东遗民录》卷一，见周骏富《清代传记丛刊》第70册，台湾明文书局1985年版，第92页。
③ 谢国桢：《明清之际党社运动考》，上海书店出版社2004年版，第164页。

士,晚号郁洲。广东南海人。年近六十方中进士,授翰林院庶吉士。未一年,遽乞假归,筑室广州仙湖,与诸名宿诗酒往还,主衡吟社,扶掖后进。其诗歌意境开阔,功力雄健俊逸,为各大诗派一致推崇,被时人尊为"岭南三大家"与"岭南七子"之一。著有《六莹堂前后集》等。

陈恭尹(1631—1700),字元孝,初号半峰,晚号独漉子,又号罗浮布衣,广东顺德龙山乡人。著名抗清志士陈邦彦之子。以父殉难,隐居不仕。清初岭南著名诗人,与屈大均、梁佩兰并称"岭南三大家"。又工书法,时称清初广东第一隶书高手。有《独漉堂全集》,诗文各15卷,词1卷。

高俨(约1620—1691),字望公。广东新会人。工诗、画、草书,时称"三绝"。明亡后,与张穆、陈子升、王邦畿、陈恭尹辈游,复与张穆有偕隐之约。年七十二卒。著有《独善堂集》。

张穆(1607—1687),字尔启,号穆之,又号铁桥。东莞人。少时倜傥任侠,善击剑,工诗画。明思宗崇祯六年(1634),逾岭北游,思立功边塞而不得,遂返粤。南明唐王朱聿键立,张穆入闽谒苏观生,未得用。后见恢复无望,遂不复出。著有《铁桥山人稿》。

梁琏(1628—1673),字器圃,号寒塘居士,晚号铁船道人。广东顺德人。明崇祯时诸生。明亡后结茅池西,悬板桥以限往来,不交权贵。晚与陈恭尹、何衡、何绛、陶璜闭关北田,称"北田五子"。今存诗三首。

梁观,字颢若(一作容若),号虚斋。广东南海人。生卒年无考。明贡生。明亡后移居顺德邑城,筑西山草堂,吟咏其中。善清谈,有晋人之风。尝棕笠道衣策杖山游。著有《虚斋集》,不传。今存诗一首。

何绛(1627—1712),字不偕,号孟门。广东顺德人。明末动乱,隐于罗浮山、西樵山中。曾与陈恭尹渡铜鼓洋,访明遗臣,以图反清复明,无果而归。晚年归乡,隐迹北田,为"北田五子"之一。著有《不去庐集》。

三、诗社一般成员

关于一般社员,本节主要从以下两方面进行认定。

一方面,因受时局影响,西园诗社大规模的雅集并不多,更多的聚会是由诗社核心成员组织的小型雅集。而多次参与过这些小型雅集活动且与已知核心社员关系密切的诗人,可视为诗社的一般成员。这方面的资料较为零散,目前可搜集到的重要的小型雅集如下。

(1)清顺治十四年(1657),浙江诗人朱彝尊来粤,先后与西园诗人高俨、陈子升、张穆、屈大均赋诗酬唱(详见前文)。

（2）清顺治十七年（1660）秋，魏礼来游岭南，西园诗人梁佩兰、陈恭尹等与之偕游。由上文梁佩兰《宿灵洲山寺同魏和公、何不偕、陈元孝、陶苦子、梁器圃，因寄王说作、东村》诗题知当时参与雅集者除已知核心社员何绛、陈恭尹、梁观、王邦畿外，增加了陶璜、王鸣雷及外省诗人魏礼。

（3）清顺治十七年九月十一日，山阴诗人张雏隐来粤，与西园诗人雅集于梁佩兰西园草堂。由上文张穆《重阳后二日同张雏隐、何不偕、陈元孝、陶苦子、高望公、林叔吾集梁芝五斋中》诗题知此次雅集除已知核心社员外，还增加了陶璜、林梧及外省诗人张雏隐。

（4）清康熙二年（1663）夏，西园诗人定游海幢寺雅集酬唱。由前引王邦畿《浴佛前四夜与周量、芝五、震生、元孝订游海幢寺先柬阿首座，分得城字》诗题知此次雅集增加了程可则（字周量）、王鸣雷2人。

（5）清康熙二年秋，西园诗人集会于梁佩兰六莹堂。据前引陈恭尹《同宁都魏和公、昆山徐原一、同里王震生、高望公、湛用喈、程周量、何不偕、梁器圃、陶苦子集药亭六莹堂得真字》诗题知此次又增加了王鸣雷、湛凤光、程可则、陶璜4人及外省诗人徐乾学。

（6）西园诗人曾雅集于陈恭尹独漉堂研读陈邦彦遗集。由前引陈恭尹《秋夜王东村、梁药亭、刘汉水、王蒲衣、梁王顾、家夔石过宿独漉堂读先司马遗集有诗赋答二首》及王隼《秋夜与梁药亭先生、陈夔石、刘汉水、梁王顾、家东村宿陈元孝独漉堂读其先大司马遗集感赋》诗题知此次增加了王鸣雷、刘汉水、王隼、梁无技及陈夔石5人。

（7）清康熙三十年（1691）上巳日，王隼之女王瑶湘新婚，诗社诸人前往祝贺并雅集。由前引梁佩兰《上巳日谯集西山草堂，屈翁山、陈元孝、林叔吾、吴山带、侄王顾，时李孝先就昏于王蒲衣湿庐，分得风字二首》知此次又增加了王隼、林梧、吴文炜（字山带）、梁无技4人。

综合以上7次雅集，可得14人。其中，王鸣雷出现4次，陶璜出现3次，程可则、王隼、梁无技、林梧均出现2次，且此6人均与已知的核心社员关系密切，如王鸣雷为王邦畿从子，陶璜与陈恭尹、何绛同为"北田五子"，往来密切，程可则与屈大均曾同学于陈恭尹父陈邦彦门下，王隼为王邦畿之子，梁无技为梁佩兰族人，林梧与陈恭尹、梁佩兰辈相友善，故本节将其视为诗社的一般成员。此外，在小型雅集中仅出现过一次的湛凤光、刘汉水、陈夔石、吴文炜4人及朱彝尊、魏礼、徐乾学、张雏隐4位外省诗人，其身份将在下面进行说明。

王鸣雷，字震生，号东村，广东番禺人。生卒年无考。王邦畿从子。

南明隆武元年举人，授中书舍人。清兵陷广州后下狱。获释后北游燕赵，往来吴楚，归而题所居曰"穷室"，作《醉乡侯状》以寄意。少受业于梁朝钟，为文有师法，奇古奥劲，似战国诸子。康熙初与修《广东通志》，时称典核。著有《王中秘文集》《空雪楼诗集》等。

陶璜（1637—1689），初字黼子，号握山。父死后更名窳，字苦子。广东番禺人。明诸生。明亡后寓居北田，为"北田五子"之一。性孤僻，好吟咏。诗功颇深，人称近柳宗元。著有《慨独斋遗稿》《握山堂集》。

程可则（1627—1676），字周量，小字佛壮。又字彦揆、湟溱，号石臞。广东南海人。少与薛始亨、屈大均同受业于顺德陈邦彦。明亡，礼函昰为僧，法名今一，号万间。清顺治初被迫应试，一举抡元，初授内阁中书，累晋兵部职职方郎中，出为桂林知府。卒于官。著有《海日堂诗文集》《遥集楼诗草》《萍花草》。为"海内八大家"之一。

王隼（1644—1700），字蒲衣。广东番禺人。王邦畿之子。七岁能诗。父殁后，弃家入丹霞为僧，名古翼，字辅昙。寻入匡庐，居太乙峰，后归返于儒。娶潘楳元之女孟齐。女瑶湘，亦能诗。卒后，同人私谥清逸先生。著有《诗经正讹》《大樗堂初集》等，选编《岭南三大家诗选》《五律英华》《岭南诗纪》等。

梁无技，字王顾，号南樵。广东番禺人。生卒年无考。贡生。诗赋均工，而乡试屡不中。王士禛、朱彝尊至粤，皆称其才。后主粤秀书院讲席。年八十而卒。著有《南樵初集》《南樵二集》。

林梧，字叔吾，广东东莞人。后更名枞，以孝友称。与人交不爽然诺。生平著述长于韵语。与陈恭尹、梁佩兰辈相友善，以诸生终。陈伯陶《（宣统）东莞县志》卷六十七有传。

另一方面，已知的诗社成员认定的其他诗人也应视为诗社的正式成员。已经确认身份的诗社成员，有时会在作品中提及其他诗人与西园诗社的关系。如程可则《海日堂诗集》卷三《送彭尚玉、潘亚目、麦盛标、林叔吾、邝词薇还粤，兼寄王震生、陈乔生、邝无傲、梁药亭、陈元孝、陶苦子诸同社》一诗。诗题称邝日晋为同社，且与之并提的诗人中，陈子升、梁佩兰、陈恭尹为西园诗社核心社员，王鸣雷、陶璜为西园诗社的正式成员，则邝日晋也应是西园诗社的正式成员。另据《粤东诗海》卷六十一所收邝日晋《王东村、梁药亭、唐朴非过集，时北道方归》诗及程可则《海日堂诗集》卷一《晓起与邝无傲作》、卷三《怀邝无傲园亭》等诗可知，邝日晋曾与王鸣雷、梁药亭、程可则等西园诗人酬唱密切，这也可作为其社员身份之佐证。

邝日晋，字无傲，一字檗庵，广东南海人，官总兵。张家玉起兵东莞，日晋率部响应，战数有功，晋都督同知。明亡，礼道独，山名函乂，字安老。晚逾岭北游，为九嶷尊宿。著有《楚游稿》《磊园诗集》。《胜朝粤东遗民录》卷一有传。

四、积极参与诗社雅集之诗友

在西园诗社的雅集活动中，有些诗人仅在雅集活动中偶尔出现，且与诗社核心成员的交往酬唱并不多，其社员身份的可信程度相对要弱一些，因此，在没有充足材料证明其社员身份之前，本节暂且将其视为积极参与诗社雅集的诗友。如曾参与过清康熙元年（1662）重大雅集的庞嘉鳌、屈士煌，虽然其与诗社创立者屈大均及诗社核心成员陈恭尹关系密切，但二人仅在此次雅集中出现，在其他多次西园集会活动中均不再出现，其社员身份难以令人信服，故本节将其定为积极参与诗社雅集之诗友。另外，在上述小型雅集活动中仅出现一次的湛凤光、刘汉水、陈夔石、吴文炜4人及前文提及的外省诗人朱彝尊、魏礼、徐乾学、张雏隐4人，也可视为积极参与雅集的诗友。

庞嘉鳌，字祖如，广东南海人。贡生。生卒年无考。少曾受业于陈邦彦门下。义兵败后，陈恭尹匿于其家，得脱于捕。明亡后礼僧函昰，号若云居士。筑易庵于弼唐，聚禅者清谈。《海云禅藻集》存其诗数首。

屈士煌（1630—1685），字泰士，一字铁井。广东番禺人。明诸生。南明唐王隆武二年（1646）冬，广州陷，士煌与兄士燨往来陈子壮等诸义军中，以图相为掎角。事败，潜归奉母。后隐居西樵。著有《屈泰士遗诗》。

湛凤光，字用喈。增城沙贝（今新塘）人。湛若水族孙。幼年聪颖，与陈恭尹深交，工七言律诗。清康熙二年中解元，授深泽（今河北深泽）知县，深得总督器重与百姓爱戴。以劳得疾，卒于任上。著有《双峰诗集》。

吴文炜（1636—1696），字山带，后改名韦，广东南海人。十岁能诗，与梁佩兰同塾，唱和数十篇，争崎嗜险，相矜为乐，名噪一时。康熙三十二年（1693）中举人。家富藏书，晚以诗古文辞提倡后学。文炜工诗善画，颇自矜贵。著有《金茅山堂集》。

以上合计，目前可确认参与过西园诗社雅集的诗人共有28人，其中包括诗社创立者2人（屈大均、王邦畿），核心社员9人（岑梵则、陈子升、梁佩兰、陈恭尹、高俨、张穆、梁琏、梁观、何绛），一般社员7人（王鸣雷、陶璜、程可则、王隼、梁无技、林梧、邝日晋）及10位积极参与诗社雅集之诗友（庞嘉鳌、屈士煌、湛凤光、刘汉水、陈虁石、吴文炜、朱彝尊、魏礼、徐乾学、张雏隐）。其中，陶璜、林梧2位正式社员及10位参与雅集之诗友是陈永正先生未曾提及的。从社员身份看，除梁佩兰及程可则外，其他正式社员均为明遗民。可见，西园诗社是清初岭南遗民的典型社团。

此外，对陈永正先生所提及的彭钎、潘楳元及释达津、释愿光4位西园雅集的参与者，本书持不同观点。

彭钎，字尚玉，广东番禺人，彭孟阳之子。隆武乙酉举人，明亡后礼函昰为僧。著有《梦草堂集》，不传。据《海云禅藻集》卷四所收其《与程舍人周量过海幢寺访阿字大师》诗"春雨昨夜霁，春风偕好朋。言寻海边寺，来访定中僧。塞北游多苦，崖南险独凭。万回看足下，猊座尚辞登"①可知，他与程可则交往密切。另据《胜朝粤东遗民录·彭孟阳传》知彭钎之父彭孟阳年轻时曾与西园诗社的主创人王邦畿、西园诗社核心成员陈子升之兄陈子壮交好，则彭钎有可能在父亲的影响下，与王邦畿、陈子升等人交往。

潘楳元，字浣先，广东番禺人。生卒年无考。清康熙十五年（1676）被荐为广州府儒学教授。著有《广州乡贤传》四卷。今存诗数首。据《广东通志·王隼传》知，潘楳元之女潘孟齐嫁王隼为妻，故潘楳元与王邦畿父子关系非比寻常。另据同治十年《番禺县志·潘楳元传》知，陈恭尹曾为他撰《行状》（该《行状》陈恭尹文集未收录），故二人当有所交往。但目前尚无充足的材料证明二人曾参与过西园诗社的雅集活动，本书认为此二人的社员身份存疑。

释达津，字远布。少出家，住法性禅院。著有《蓍葡楼稿》，未刻。释愿光，字心月。住法性禅院，著有《兰湖稿》。二人多与西园诗人梁佩兰、陈恭尹酬唱往来。如陈恭尹《独漉堂诗集》卷八《闰七夕后一日远公招同潘稼堂、张损持、梁药亭、毛行九，余未及赴，诸公分韵见及得心字》一诗记载了诸人的雅集，由《法性禅院倡和诗》卷一梁佩兰《己卯闰七夕后一日集西郊远公蓍葡楼分得石字》诗可知诸人的雅集时间当在清康熙三十八年（1699）己卯。另陈恭尹《独漉堂诗集》卷八《初秋日梁药亭招同沈詹山大令、家山农、隐君潘稼堂、检讨张损持……远布、心月二上人雅集六莹堂分得阡字》也记载了诸人的另一次雅集，李君明《明末清初广东文

---

① 徐作霖、黄蠡等：《海云禅藻集》卷四，民国二十四年（1935）逸社石印本，中山大学图书馆藏。

人年表》也将之系于清康熙三十八年。可见，释达津、释愿光与梁佩兰、陈恭尹的雅集活动多在康熙三十八年左右，其时西园诗社主创人屈大均、王邦畿均已逝世，西园诗社的社团活动已接近尾声，且同时参与雅集的诗人也不再以西园诗人为主，故本书认为这些集会活动并不是西园诗社的雅集，释达津、释愿光也不能算是西园诗社的成员。另光绪《广州府志》云："丛桂里即今丛桂坊。相传梁药亭太史亦尝居此，与法性寺诗僧愿光交好，时相过从，故独漉、南樵、蒲衣诸老亦至，同结吟社。辑有《兰湖倡和集》。"① 温汝能《粤东诗海》卷九十八亦云释愿光常与梁佩兰、陈恭尹、周大樽诸人结社于兰湖。这些材料则进一步证明诸人的上述雅集活动应属于另一社团即兰湖诗社的雅集活动。故陈永正先生将释达津和释愿光当作西园诗社的成员，不是太确切。

此外，屈大均、王邦畿、陈恭尹、梁佩兰等西园核心诗人曾多次与其他友人结社雅集，如结浮丘诗社、东皋诗社及兰湖诗社等，但这些雅集活动中西园诗人在与会成员数量上不占优势，且无论是从组织者的身份还是雅集主题来看，均与西园诗社的初衷与宗旨大相径庭，故笔者认为这些雅集不属于西园诗社的社团活动，参与雅集的诗人也不是西园诗社的成员。

第五节　西园诗人的诗歌创作与雄直诗风

西园诗社继南园十二子而起，在诗歌创作上继续高举南园诗社"标举唐音""重视风骨"的诗学理想。同时，在经受明清易代的政治动荡之后，西园诗人的诗歌创作带上了鲜明的时代气息，更为重视诗歌中的变风变徵之音，表现了沉郁悲慨的遗民情怀，同时充分展现了关注天下苍生的儒士胸襟；他们的创作意象雄奇，慷慨郁勃，尚侠重义，真气淋漓，"雄直之气"日益突显，在明清之际岭南诗坛乃至全国诗坛上大放异彩。

一、沉郁悲慨的遗民情怀

西园诗人生活在明清易代之际，他们大都经历了亡国的痛苦，有的还亲自参与过抗清复明的斗争。明朝的最终败亡，是他们心中难以抹平的伤痕，其诗歌中也大多体现出沉郁悲慨的情绪，这是西园诗人诗歌中最具有时代特色的内容。

---

① 史澄等：《广州府志》卷一百六十二，成文出版社1966年版，第829—830页。

天崩地裂之际，西园诗人们的悲痛无可排遣，长歌当哭，他们在诗歌中表达了沉痛的亡国之悲及对国家前途命运的深切关注，体现出浓郁的遗民情怀。如西园诗社核心成员王邦畿的此类诗就有"感伤时事，寄托遥深"①的特点。其《西风飒然至》诗云："西风飒然至，瑟瑟入长林。木落水流处，孤舟明月心。美人敛颜色，游子罢瑶琴。珍重平生意，前溪霜雪深。"② 诗歌充分运用兴寄的手法，"西风""明月""美人""游子""霜雪"，均有所寄托。首联表面上是描绘"西风"，实写政治风云突变，敏感的诗人感受到悲风叩林，对国家的命运充满了深切的担忧。颔联借"明月心"表现了自己的高洁品质。"美人""游子"两句，是写友人及自己面对时节变易而产生的伤感。尾联中的"霜雪深"，并非对实景的描写，而是暗示前途充满艰险，表现诗人预感到政治环境将随着清兵南下的进程而日益冷峻，充分体现了诗人的忧患意识。正如檀萃《楚庭稗珠录》所指出的，王邦畿的诗"托喻遥深，缠绵悱恻，憔悴婉笃，善于言情，哀而不伤，甚得风人之旨"③。这首诗即用"明月""美人"等意象来寄托诗人对国事的担忧，檀萃之论洵为知言。

另外，王邦畿《丙戌腊末》一诗云："朔风瘦林木，长陌动烟尘。草野知今日，飘然愧古人。此心空有泪，对面向谁陈？厌着城边柳，春来叶又新。"④ 清顺治三年丙戌（1646）十一月，在南明大学士苏观生等的拥戴下，绍武政权匆匆建立。十二月十四日，清军以十四骑伪称援兵赚开城门，大队蜂拥而入。次日，广州落入清军之手，唐王及苏观生等皆自缢。绍武政权仅仅维持四十一天就覆灭，全城百姓处于水深火热之中。作为一名有强烈社会责任感的诗人，王邦畿的悲痛无与伦比，"此心空有泪，对面向谁陈？"春天又将到来，可城边柳枝重绿，人事皆非，现实令人黯然伤魂，故其诗作也呈现出一股苍凉悲慨之气。清康熙元年壬寅（1662）六月，桂王惨死滇南，明朝彻底灭亡。王邦畿感伤家国，乃作《秋怀》诗八首以寄哀思。其诗序云："岁纪壬寅，权归白帝。金乌落羽，桂树不华。暗露成声，明河莫挽。痛仙人之长往，忧蓬岛之云颓。以此感怀，于焉不寐。如何永叹，遂有长篇。"⑤ 诗中有云："已知世界全无地，遂令波涛尽拍天"，哀悼整个中国已在清朝的统治之下，表达了自己欲哭不能、欲罢不忍的伤悲。黄海

---

① 陈永正：《岭南历代诗选》，广东人民出版社1993年版，第280页。
② 王邦畿：《耳鸣集》，见《四库禁毁书丛刊》集部第87册，北京出版社2000年版，第58页。
③ 檀萃：《楚庭稗珠录》卷四，广东人民出版社1982年版，第123页。
④ 王邦畿：《耳鸣集》，见《四库禁毁书丛刊》集部第87册，北京出版社2000年版，第72页。
⑤ 王邦畿：《耳鸣集》，见《四库禁毁书丛刊》集部第87册，北京出版社2000年版，第88页。

章先生评曰:"其诗仿义山无题,缠绵悱恻。非亲历其境者,莫知比兴之由。"①

王邦畿之子王隼也继承其诗学传统,善用香草美人式的寄托之法来表达自己的故国之思,表明自己忠贞的遗民气节。陈永正先生评价其诗风说:"低徊掩抑,若有难言之恫者。"② 如其《古意》其一诗云:"东邻有小姑,杨柳门长掩。琴弹寡女丝,字写曹娥卷。闲情春草长,孤梦灯花短。妆成不问人,寂寥鹦鹉伴。焚香娱长夜,残月猿声远。倚楼发微吟,冰蚕丝不断。感彼园中松,青青霜雪满。桃李嫁东风,烟花不堪剪。"③ 本诗描绘一位闺中寂寞的女子深居简出,弹琴习字,孤独地度过青春。她注重提高自身修养且洁身自好,主张学习园中傲雪迎霜的青松,而不学那随风飘荡的轻薄的桃李。诗中这位多才多艺又贞洁自持的女子正是诗人遗民气节的自我写照。

陶璜《望零丁洋寄怀友人》也借触景怀人表达自己的亡国伤痛。此诗所怀之朋友,当为李成宪,李氏在明末归隐于零丁山中,明亡后削发为僧,气节为时人所重。诗人回顾两年来两度经过零丁洋,感叹光阴不复返,以寄托对明亡的哀悼之意,同时抒发了前途渺茫之叹。沈德潜《清诗别裁集》评云:"因信国孤忠,怀及友人,不抛掷零丁洋意。"④

随着清政府统治的日益巩固,遗民的出处与个人气节也面临着极大的挑战。陶璜的《冬草》就表现了一位遗民在社会巨变中孤独而痛切的微吟。陶诗感慨深沉,与王邦畿、王隼等人诗作相比,尤多酸苦。诗云:"三径经冬掩,飘零对汝时。未充君子佩,徒结美人思。世态看蓬转,孤心感鬓丝。平生抱微尚,不与众芳期。"⑤ 诗人用传统的"香草美人"设喻,用冬草来比拟自己不合时宜,表明自己不愿与清政府合作的态度。"平生抱微尚,不与众芳期"两句诗表明诗人坚守遗民气节,不与那些随着时势而荣华富贵的人为伍。凌扬藻评云:"逸民身分,情见乎词。"⑥

与王邦畿、王隼、陶璜等人的缠绵委婉的表达方式不同,屈大均对亡国哀痛的表达显得更为恣意豪宕。如《旧京感怀》其一诗云:"内桥东去是长干,马上春人拥薄寒。三月风光愁里度,六朝花柳梦中看。江南哀后无

---

① 黄海章:《明末广东抗清诗人评传》,广东人民出版社1987年版,第128页。
② 陈永正:《岭南历代诗选》,广东人民出版社1993年版,第359页。
③ 王隼:《大樗堂初集》卷四,见《四库禁毁书丛刊》集部第166册,北京出版社2000年版,第483-484页。
④ 陈永正:《岭南历代诗选》,广东人民出版社1993年版,第326页。
⑤ 温汝能:《粤东诗海》卷五十八,中山大学出版社1999年版,第1103页。
⑥ 陈永正:《岭南历代诗选》,广东人民出版社1993年版,第326页。

词赋，塞北归来有羽翰。形势只余抔土在，钟山何必更龙蟠？"① 清康熙七年冬，屈大均暂居江苏秦淮河畔。阳春三月的秦淮河花红柳绿，风光如梦。诗人漫游旧京，景物依旧，人事却非。这时清王朝的统治已渐趋巩固，各地反清斗争也渐告消沉，诗人对未来一片茫然，不知何去何从，面对江南秀丽的山光水色，心情却异常矛盾、愁苦，故国之思和亡国之痛油然而生。"三月风光愁里度，六朝花柳梦中看"是从眼前的景物引发出来的感怀。"六朝花柳"原指繁华景象；南京素有"六朝金粉之地"的称谓，这里暗指南明政权的荒诞与腐败。福王朱由崧在南京建立的政权非常腐败，且其荒唐无耻，马士英等大臣不顾国家危机，搜刮民财，兴建宫殿，歌舞不休，使得南京呈现出一片虚假的繁华景象。"梦中看"三个字饱含诗人深深的惋惜和悲痛。诗的最后两句说："形势只余抔土在，钟山何必更龙蟠？"当时的明朝政权已经覆亡，福王、唐王、桂王等南明政权亦相继败灭，只剩下郑成功之子郑经所据守的台湾及各地零星的抗清力量，明朝所统治的范围只剩下一捧土的地盘，故诗人有"抔土"之慨。全诗触景伤情，将心底的亡国之痛和盘托出，慷慨悲壮、雄肆豪荡，体现了诗人的民族正气和坚贞不屈的民族气节。另屈大均《壬戌清明作》作于清康熙二十一年（1682），三藩的反清行动彻底失败，各地的抗清斗争也一一停歇，屈大均眼见恢复无望，心中无限悲慨。诗歌写得深刻沉痛，表达了当时遗民志士共同的心情。黄海章《明末广东抗清诗人评传》评价说："吊兵火之遗圩，谈殉国之忠烈，因以发为长歌，以写其胸中的悲愤，绝非流连光景，寄托闲情，大均诗之所以有深厚的内容，悲壮的情调，并不是偶然的。"② 屈大均也曾自述："吾尝欲以《易》为诗，使天地万物皆听命于吾笔端。神化其情，鬼变其状；神出乎无声，鬼入乎无臭，以与造化者同游于不测。"③

陈恭尹也直抒胸臆，多次在诗中描绘国破君亡、父亲慷慨赴义、全家遭戮所带来的沉痛悲伤，如"不见蒲苇中，鸿雁相飞翻。双雁飞上天，孤雁无与言"（《拟古》其二）；"白首甘为陇亩民，生来摧折不曾春"（《次韵答徐紫凝》）；"百年饮恨孤儿在，三月伤心万国同。老泪只应镌楚竹，招魂空自赋江枫"（《壬申清明即事，次杜韵，同王础尘二首》）……特别是诗人离家出游、登楼览古之时，身世飘零之恨、昔盛今衰之感与家国沦丧之悲

---

① 屈大均：《翁山诗外》卷十，见屈大均《屈大均全集》第二册，人民文学出版社1996年版，第831页。
② 黄海章：《明末广东抗清诗人评传》，广东人民出版社1987年版，第10页。
③ 屈大均：《翁山文外》卷二，见《四库禁毁书丛刊》集部第184册，北京出版社2000年版，第86页。

相互夹杂，其情感表现更为浓烈沉郁。如清顺治十年（1653）秋，陈恭尹出游到江浙一带，在游览著名的古迹虎丘时，创作了《虎丘题壁》这首诗。诗云："虎迹苍茫霸业沉，古时山色尚阴阴。半楼月影千家笛，万里天涯一夜砧。南国干戈征士泪，西风刀剪美人心。市中亦有吹箫客，乞食吴门秋又深。"① 此诗"能力扫陈言，一洗窠臼，把家国之感、身世之悲融入诗中，声情激越，意境苍凉，非徒以字句求工者所能及"②。首联"虎迹苍茫霸业沉，古时山色尚阴阴"两句，写诗人看到埋葬吴王阖闾的虎丘一片苍茫，由此想到了吴国的霸业早已烟消云散，历史的沧桑轮回，令人感慨万千。颔联由眼前的实景联想起自己远离家乡和亲人，漂泊天涯的处境，不禁悲从中来。颈联两句中的"征士"，当指南明永历王朝的将士，他们远离故乡，转徙作战于两广、云、贵间。"美人心"应指心怀故国之思之人。此两句暗写当时南方的抗清斗争和诗人自己的家国之痛。陈恭尹之父陈邦彦在抗清战争中殉难，国仇家恨，常被诗人形诸笔端。尾联两句，"市中亦有吹箫客，乞食吴门秋又深。"吹箫客，用的是伍子胥的典故。春秋时，楚国伍奢被楚平王所杀，其子伍子胥逃到吴国，在姑苏吹箫乞食。后被吴王阖闾重用，吴王夫差时命其率军伐楚，攻下郢都。诗人的遭遇与伍子胥相似，杀父之仇，去国之恨，交织在一起，故以此相比，含蓄地表达自己反清复明的大志。"秋又深"三字表明诗人于时局艰难之时，又觉前途迷茫，令人产生一片凄凉之感。此诗由历史沧桑之感而生发现实感慨，寄寓了诗人深沉的家国之思，也表达出诗人凄楚而哀怨的心情。

另外，陈恭尹曾作《怀古》组诗十首，借览古迹思古人以抒发国家兴亡之感和个人身世之悲。其中《燕台》一诗，通过咏燕台的古事，总结出燕国盛衰兴亡的经验教训，指出只有任用贤才，国家才能兴盛起来。《邺中》一诗，追怀东汉末年在邺中的情事，对曹操生前的政治业绩与文学成就做出评价，抒发历史无常的感叹。其中"铜台未散吹笙伎，石马先传出水文"两句指出曹魏集团在鼎盛之际的声色犬马已出现覆亡之征兆，似是对明朝最终败亡的原因进行深刻的历史反思。易代之际，诗人由历史联系现实，所感所悟愈深，所抒之情愈切，故尤为动人。朱庭珍《筱园诗话》评价陈恭尹诗歌是"雄厚浑成，警策古淡，天分人工，两造其极"③，洵非过誉之辞。陈永正先生指出，其作"虽非一一亲历其地，然借题发挥，深

---

① 陈恭尹撰、郭培忠校点：《独漉堂集》，中山大学出版社1988年版，第18页。
② 陈永正：《岭南历代诗选》，广东人民出版社1993年版，第306页。
③ 陈永正：《岭南历代诗选》，广东人民出版社1993年版，第305页。

沉郁勃,与前后七子的故作豪言壮语的假古董自不可同日而语"①。

作为明清之际的一个特别的遗民社团,西园诗社的聚合主要是以家族、地域、师友为重要纽带。他们的诗歌互动更多的是同仇敌忾、砥砺志节。在诗歌风格上,则相互尊重、丰富多样、各具特色。王邦畿、王隼、陶璜等人的诗歌更多地体现了对缠绵悱恻、委婉含蓄的楚骚之风的继承,情感郁勃,寄托遥深。而屈大均、陈恭尹等人的诗歌则意象雄奇,慷慨悲壮,情绪饱满,真气淋漓,远远超脱了儒家温柔敦厚的传统,与前代岭南诗人的诗歌创作大不相同,呈现出岭南雄直诗风的鲜明特色。

二、关心民瘼的儒士胸襟

明清鼎革之际,西园诗人目睹社会变革,除了表达亡国哀痛之外,也将无限深情投射到政治风雨之中的芸芸众生。他们在诗歌中叙写民生疾苦,悲慨无端,表现了西园诗人对处于水深火热之中的人民的深切同情及胸怀天下的儒士胸怀。如王邦畿《戊子歌》云:

> 岁维戊子,月建乙卯。饥馑为灾,多食不饱。当胃腕间,如虚若燥。小妇不量,多病又恼。薪贵于玉,人贱于畜。一豕万钱,一妾斗粟。见于陌者,藤行肿足。路有死人,白茅不束。濯濯者山,明星粲粲。吁嗟广厦,雕梁析爨。鸠居鹊巢,主人鼠窜。不能鼠窜,朝夕供飨。虽则供飨,犹怒不繁。束刀入市,夺民之食。驾言行迈,掳民供役。千里不饭,中道绝息。娥娥者妆,罗列成行。几微失意,饮剑以亡。或挺未死,逐出路旁。见者吞泣,不敢匿藏。莫高匪山,莫卑匪履。行行行行,必有终止。民之憔悴,莫甚于此。哀哀苍天,乱何时已。②

永历二年(1648)广州饥荒,王邦畿心系百姓,作《戊子歌》描述当时之惨象,哀叹民生之多艰。饱经战乱悲苦,面对满目疮痍,王邦畿的诗歌也开始呈现出新的风貌。此诗一改平日委婉含蓄的诗风,在"薪贵于玉,人贱于畜"的鲜明对比中,抒发了饥馑年代人命如草芥的悲愤,"鸠居鹊巢,主人鼠窜"描绘了百姓房子被敌兵占据,受尽掠夺与欺压的痛苦现状。诗人在控诉清政府横征暴敛、给人民带来巨大的灾难的同时,也暗喻南明

---

① 陈永正:《岭南历代诗选》,广东人民出版社1993年版,第310页。
② 王邦畿:《耳鸣集》,见《四库禁毁书丛刊》集部第87册,北京出版社2000年版,第48页。

政党纷争导致敌人的乘虚而入；"民之憔悴，莫甚于此。哀哀苍天，乱何时已"表达他对战乱不断的痛恶、对生灵涂炭的哀痛，企盼战乱早日平息。清顺治十年（1653），他作的《癸巳岁》诗描绘了自己在饥寒交迫之际却因身体孱弱而不得务农耕作的愁苦生活，"不敢耽休逸，耕田却未能""卖田供赋役，买米鬻儿孙。辛苦将谁告，忧思只自存"①，用质朴的语言深刻表现了清朝统治下普通百姓的艰难生活。一片凄苦之情充溢于字里行间，令人不忍卒读。另外，《苦役行》一诗也生动再现了战乱之际征役给百姓带来的无限伤害，充满了同情与愤激之情。王邦畿饱尝战乱之苦，故而其诗歌也呈现出强烈的忧患意识。正如《粤诗人汇传》评价说："其感时伤事，一寓之于诗。"②

清顺治七年（1650）春正月，明朝降将平南王尚可喜和靖南王耿继茂奉清政府之命率兵入粤，进围广州。是年十一月，广州沦陷，清兵入城，大肆屠杀百姓，尸横遍野，六脉渠水为之不流。广州城内亦筑起马厩，战马在街道上肆意驰骋，随意踩踏。当时年轻的西园诗人梁佩兰见状，义愤填膺，遂作《养马行》诗，其诗序云："庚寅冬，耿、尚两王入粤，广州城居民流离窜徙于乡，城内外三十里所有庐舍坟墓悉令官军筑厩养马，梁子见而哀焉，作《养马行》。"③诗云："贤王爱马如爱人，人与马并分王仁。王乐养马忘苦辛，供给王马王之民。马日龁水草百斤，大麦小麦十斗匀。小豆大豆驿递频，马夜龁豆仍数巡。马肥王喜王不嗔，马瘦王怒王扑人。东山教场地广阔，筑厩养马凡千群。北城马厩先鬼坟，马厩养马王官军。城南马厩近大海，马爱饮水海水清。西关马厩在城下，城下放马马散行。城下空地多草生，马头食草马尾横。王谕养马要得马性情，马来自边塞马不轻。人有齿马，服以上刑。白马王络以珠勒，黑马王络以紫缨，紫骝马以桃花名。斑马缀玉缫，红马缀金铃。王日数马，点养马丁，一马不见，王心不宁。百姓乞为王马，王不应！"④诗歌用讽刺手法，明写"贤王"爱马养马，实写他们对百姓的残酷与暴虐。"马日龁水草百斤，大麦小麦十斗匀。小豆大豆驿递频，马夜龁豆仍数巡"等诗句与诗序中所提及的"广州城居民流离窜徙于乡"两相对照，百姓辗转流离、饿殍遍野的惨况隐然可见，诗人的爱憎之情喷薄而出，诗歌的讽刺意味自是不言而明。特别是诗歌的最后"百姓乞为王马，王不应！"戛然而止，深刻揭露了清军残害人民

---

① 王邦畿：《耳鸣集》，见《四库禁毁书丛刊》集部第87册，北京出版社2000年版，第75页。
② 中山大学中国古文献研究所：《粤诗人汇传》第2册，岭南美术出版社2009年版，第844页。
③ 梁佩兰著、吕永光校点：《六莹堂集》卷三，中山大学出版社1992年版，第26页。
④ 梁佩兰著、吕永光校点：《六莹堂集》卷三，中山大学出版社1992年版，第26页。

的罪行，有力地鞭挞了"重马轻人""人不如马"的黑暗现实。沈德潜《清诗别裁集》谓此诗"以赞颂之笔写讽刺之旨。贵畜贱人如此，其败亡也必然矣。此种诗前无所承，后无所继，应是独开生面之作"①。这几句评论充分展现了梁佩兰的诗歌的独特风貌。

明亡后，面对征服者的屠刀和囚笼，具有民族气节的西园诗人英勇顽强地用文字坚持战斗，他们创作出大量悲壮、激昂、沉郁、感奋的诗歌，不仅揭露和控诉了清朝统治者对百姓的残酷压迫，也表现了人们抗击征服者的决心和勇气，维护了国家的尊严。在西园诗人笔下，勇武不屈的英雄形象在在皆是。如陈子升《中洲草堂遗集》中的《凌海将军》一诗生动再现了抗清烈士陈奇策兵败被捕后步履从容、笑而受刃的慷慨气概，《虎贲将军》一诗歌颂明末清初抗清将领王兴英勇报国的壮举；屈大均《翁山诗外》卷五《韩烈女哀词》《哀麦氏诸烈》等诗就大力表彰了广州失守后抗清守节以死明志的烈女，充分展现了褒扬忠义之士、弘扬民族气节的重要主题。还有屈大均一生最为敬佩的老师陈邦彦，在清远沦陷时被执不屈而死，其事极为壮烈。屈大均曾作《死事先业师增兵部尚书陈岩野先生哀辞》说："尺寸肤兮不爱，随白刃兮纷飞。两子烹兮一妾醢，杂马乳兮臣脂。分种落兮餍饫，举捅酒兮消之。余精爽兮尚在，日涕泗兮嗟咨。……虽再鼓兮溃败，能牵制兮雕旗。保三宫兮临桂，使骁骑兮毋西。事不成兮功已大，延国命兮如丝……临西市兮长啸，色不变兮怡怡。肝跳跃兮击贼，血喷薄兮射之。……有弟子兮后死，曾沙场兮舆尸。抱遗弓兮哽咽，拾齿发兮囊之。愤师仇兮未复，与国耻兮孳孳。早佯狂兮不仕，矢漆身兮报之。……"②他认为陈邦彦虽抗清事业未成，但他的抗争能有力牵制清人的精锐部队，使其不得专意于桂林，为南明政权的延续赢得时间，这是极有价值的事。其人虽已殁，其精神却在天地间长存。特别是其抗敌之忠肝义胆，壮烈悲慨，令后来者感佩奋进。同样，西园诗人何绛也深切地表达了对抗清殉国的陈邦彦的哀悼与崇敬之情，他的《挽陈大夫》诗云："水犀军散士心移，五十余城渐不支。一死报君闽陷日，孤臣尽节妇亡时。黄麻暂慰重泉恨，碧血长留万姓悲。况有佳儿能继述，直声偏起后人思。"③字字血泪，感人至深。此外，梁佩兰《秋夜宿陈元孝独漉堂，读其先大司马遗集感赋》组诗六首也写得悲慨苍凉，生动地刻画出一个为国捐躯的英雄形象。其诗云："大节

---

① 陈永正：《岭南历代诗选》，广东人民出版社1993年版，第336页。
② 屈大均：《翁山文外》卷十四，见《四库禁毁书丛刊》集部第184册，北京出版社2000年版，第176—177页。
③ 陈永正：《全粤诗》第21册，岭南美术出版社2017年版，第634页。

平生事，文章复不刊。墨痕犹似渍，碧血几曾干？自得乾坤正，谁知事势难！草堂灯一点，霜气迫人寒。"① 其笔力劲健，感情深沉，表现了诗人对忠臣烈士的景仰之情。

对其他死于抗清斗争的岭南先烈，西园诗人也始终不能忘怀。屈大均在《书西台石》中表达了对"岭南三忠"即陈邦彦、陈子壮及张家玉三位抗清先烈的赞扬："予也生遭变乱，家破国亡之惨，与皋羽同。而吾乡先达，若陈文忠、张文烈，及吾师岩野陈先生，愤举义旗，后先抗节，其光明俊伟，慷慨从容，亦皆与文丞相同。"② 对于黎遂球的壮烈殉难，他也大加赞赏："公之守赣也，其时已大不可为。拮据兵食，势力已穷，而与其友杨、龚、姚、魏四君子相携以死。以其轻于鸿毛者，与城而俱亡，而以其重于泰山者，与天下而长存。"③ 他认为尽管抗清事业不成功，但这些抗清志士志节皎然，千秋永在。王邦畿在《忆邝舍人湛若 庚寅城陷死之》一诗中也表达了对殉难的岭南诗人邝露的悼念之意与崇仰之情。其诗云："生死曾何恨，孤忠独有君。遗书当世重，大节后人闻。霜白林初落，秋黄菊又芬。悠悠今夜月，谁与论予文。"④ 此外，陈恭尹《厓门谒三忠祠》、屈大均《于忠肃墓》等诗，均赞美了历史上赤心报国的英雄，对他们的大义殉国致以深沉的哀悼和高度的赞扬。此类诗歌正气沛然，展现出西园诗人褒扬忠贞坚毅的儒士志节与欲力挽狂澜的社会责任感。

三、尚侠重气的雄直诗风

在西园诗人的创作中，除了悼念与赞扬为国捐躯的英雄之外，还有一类比较特殊的英雄也颇受赞赏，即在非常之时担当非常之事的豪侠之士。此类形象在明清之前的诗人创作中也时有出现，但在明清易代之际，却集中出现在西园诗人笔端，其所蕴含的特殊意义自是不同寻常，值得深入探讨。

在文学作品中，歌咏豪侠之士的传统由来已久。在中国文学史上，游侠文学最早在先秦两汉时期以散文形式出现。如在《左传》《战国策》《史记》《汉书》《后汉书》《说苑》《吴越春秋》等史传散文中，游侠形象大放

---

① 梁佩兰著、吕永光校点：《六莹堂集》卷五，中山大学出版社1992年版，第59页。
② 屈大均：《翁山文外》卷十，见《四库禁毁书丛刊》集部第184册，北京出版社2000年版，第154页。
③ 屈大均：《翁山文外》卷二，见《四库禁毁书丛刊》集部第184册，北京出版社2000年版，第82页。
④ 王邦畿：《耳鸣集》，见《四库禁毁书丛刊》集部第87册，北京出版社2000年版，第73页。

异彩。司马迁在《游侠列传序》中列举了"乡曲之侠""闾巷之侠""布衣之侠""匹夫之侠"与"近世延陵、孟尝、春申、平原、信陵之徒"以及所谓"豪暴之徒"六种游侠。这为后来游侠诗歌的发展奠定了厚重而坚实的题材基础。自东汉以来，崇尚侠风、侠骨的风气日盛，游侠的形象开始在汉魏乐府诗歌中出现。如乐府古诗《白马篇》《结客少年场行》《秦女休行》《博陵王宫侠曲》等开创了诗歌的任侠主题。曹操、曹植、陈琳、阮籍、左延年、张华、傅玄等人均有描写游侠的作品。特别是曹植的《白马篇》，以曲折动人的情节描写边塞游侠儿捐躯赴难、奋不顾身的英勇行为，塑造了一位武艺高超、渴望卫国立功甚至不惜牺牲生命的"幽并游侠儿"的形象，表达了诗人建功立业的强烈愿望。清朱乾云："《白马篇》，此寓意于幽并游侠，实自况也。"（《乐府正义》卷十二）诗歌借游侠形象托物以言志，对后代的游侠诗产生了深远的影响，出现了很多模拟之作。

唐代，随着任侠风气的盛行，游侠诗的创作也开始繁荣，至盛唐进入创作高潮。这一时期重要的游侠诗有《结客少年场》《紫骝马》《少年行》《侠客行》等。当代学者汪聚应认为唐人的咏侠诗主要有三类，即古游侠、当代游侠少年（包括贵族侠少、边塞游侠儿和市井恶少）和剑侠①。他还提出，"唐代任侠风气中表现出的对于勇武豪爽、建功立业、自由享乐等人生理想的追求，参与了文人人格理想、生活理想和审美理想的构建。唐代诗人将侠作为一种审美意象，寄托自己的理想、抒发建功立业的抱负和怀才不遇的愤懑，形成颇具时代文化精神的审美情趣，并由此带来了初、盛唐诗歌创作的勃兴"，"完成了中国侠由史家立传到文人歌咏的过渡"②。初盛唐诗人或直接借咏侠诗来表达自己对重然诺、重义轻利的侠义气节和知己之遇的向往，间或流露出沉沦下僚、怀才不遇的悲哀；或借助在边塞诗中融入游侠形象来突显报恩和效命沙场的功业意识、闻义赴难的英雄主义和爱国精神，集中表现了盛唐时代豪放的个性追求。

明清易代之际，西园诗人继承南园诗人的诗学理想，标举唐音，在创作上直追唐诗风貌，而咏侠诗正是他们取法唐音的一个重要内容。如陈恭尹、王邦畿、陈子升、王隼创作的咏侠诗较多，在风格上大多承袭了唐代咏侠诗的传统，通过对侠义英雄进行直接的描写来言志述怀。如陈恭尹三首《游侠词》塑造了少年游侠的英雄形象："左刀如白虎，右剑象苍龙。直走长城北，风云满路中。（其一）相见一杯酒，天涯即弟兄。出门赠百万，

---

① 汪聚应：《唐人咏侠诗刍议》，载《文学遗产》2001年第6期。
② 汪聚应：《唐代的任侠风气与文学创作》，载《兰州大学学报》2006年第3期。

上马不通名。（其二）十年居委巷，上有白头亲。此别逢知己，微躯亦借人。"① 少年英雄提刀佩剑，走南闯北，好酒纵马，慷慨豪迈，虽出身卑微却义薄云天，诗人借这些传统的少年侠士形象展现了自己渴望能施展抱负的心理期待。王邦畿《结客少年场》诗云："白鼻赤华骝，朱膺饰玉钩。结客少年场，驰骋轻九州。手持古匕首，笑指秦王头。胸中无难事，辄许人报仇。感激匪受恩，所志耻封侯。相逢都市间，脱赠千金裘。慷慨不使酒，清醒雄双眸。厌弃易水歌，悲酸非壮犹。"② 歌咏了刺秦义士荆轲，并对侠士荆轲的外貌、服饰、动作、神态做了非常具体的刻画，也表达了诗人对英雄的赞赏之情。陈子升《刘生》诗云："卿家赤帝后，走马黄云间。独入咸阳市，报仇时度关。愁将边月远，卧对酒垆闲。傲尽王公席，青春抚绿鬟。"③ 王隼《刘生》诗云："刘生倜傥雄，平生重然诺。置驿遍扶风，威里惊鸣筑。宾客六郡良，来往五侯毂。朝携孟公饮，暮就朱家宿。杀人报恩尽，意气犹未足。最羞草玄者，处身何龌龊。"④ 二诗歌咏的刘生应该是同一人。诗人们都生动传神地描绘了一位游走江湖、洒脱不羁、傲视权贵的侠士刘生的形象，对其侠义精神的赞美溢于言表。此外，陈子升《少年行》、王隼《走马引》《游侠篇》等诗也描绘了侠肝义胆、走马江湖的侠客形象，展现了英雄的侠义风采。

　　有趣的是，西园诗人不仅创作咏侠诗，用文字赞美勇敢豪迈的英雄侠客，而且将侠客人格视为典范与理想，并积极效仿。如屈大均多次在诗歌中表现出对张良、周亚夫等英雄人物的敬仰，甚至还自比伯仲间："长兄张子房，小弟周亚夫。肚肠剖出如白石，泰山一诺堪捐躯。"⑤ 王隼早期的诗作《企喻歌辞》则明确表达了对侠客生活的向往："结伴凉州儿，堕地作豹子。不随麋鹿生，愿逐豺狼死。新买五尺刀，玉靶骏犀条。刀口截星角，不斩狸与狐。裲裆绣两边，跮跋骑快马。向天射鹞子，弹落马蹄下。出门吹觱篥，入门擂大鼓。男学汉儿歌，女学汉儿舞。"⑥ 西园诗人张穆、屈大均则颇具豪侠之风，甚至成为西园诗友热情描绘与歌咏的对象。如王邦畿

---

① 陈恭尹撰、郭培忠校点：《独漉堂集》，中山大学出版社1988年版，第160页。
② 王邦畿：《耳鸣集》，见《四库禁毁书丛刊》集部第87册，北京出版社2000年版，第48页。
③ 陈子升：《中洲草堂遗集》卷八，见《丛书集成续编》第151册，新文丰出版公司1988年版，第324—325页。
④ 王隼：《大樗堂初集》卷三，见《四库禁毁书丛刊》集部第166册，北京出版社2000年版，第473页。
⑤ 屈大均：《翁山诗外》卷十八，见屈大均《屈大均全集》第二册，人民文学出版社1996年版，第1437页。
⑥ 王隼：《大樗堂初集》卷三，见《四库禁毁书丛刊》集部第166册，北京出版社2000年版，第473页。

《赠张穆之》诗云："慷慷肝肠面血红，硬须如铁向西风。莫愁五十无知己，壮气犹存骏马中。（其一）廿载文章动汉京，黄金如土不留情。名山游尽逢僧语，半偈常参气渐平。（其二）"①西园诗人张穆精骑射，善击剑，工书画，曾四方游历，北上抗清，后又南归追随过唐王。屈大均《翁山诗外》卷一《送铁桥道人》云："十二慕信陵，十三师抱朴。十五精骑射，功名志沙漠。袖中发强矢，纷如飞雨雹。章句耻不为，孙吴时间学。"②张穆一生追慕古侠士之风，早年行踪不定，豪迈洒脱，就是当时人们眼中的豪侠英雄。屈大均一生更是以经营天下英雄豪杰自诩，他自身也呈现出明显的王霸人格。梁佩兰在《六莹堂集》卷二《寄怀屈翁山客雁门》诗中说："平生论王霸，中具胆与识。"陈子升《屈翁山归自雁门有赠》诗中有云："座擘匕首看豪客，车挂流苏载细君。归到陆生祠畔歌，开装飞出华山云。"③也生动刻画出屈大均的侠士风范。此外，陈子升的《怀白君益》表达了对一位侠士友人的怀念："燕人白君益，侠气追田剧。谈轻白璧双，诺少黄金百。慷慨昔扬廷，子衿犹自青。撄鳞本孤愤，折胁亦怀刑。遥遥来戍越，渺渺孤弦箏。鹑衣自沓拖，鹤盖还胶辖。高天月与云，比翼复离群。缓急谁能免，悲歌殊忆君。"④这些诗歌体现了西园诗人对任侠行为及侠义精神的认同与崇尚，表现了西园诗人的人格理想、生活理想与审美理想均带有浓郁的侠义色彩，是"雄直之气"的鲜明体现。

从魏晋到隋唐的咏侠诗中，对战国游侠尤其是对荆轲的歌颂较为常见，它们"注重的不是英雄的行为、事迹，而是其内在的人格精神"，"即侠义精神所包涵的极度的人格独立与自尊"⑤。在西园诗人的咏侠诗歌中，荆轲这一人物也经常出现。如上文所述，王邦畿《结客少年场》诗描绘了意气风发、勇敢豪迈、视功名如粪土、慷慨悲壮的侠义英雄荆轲的形象。王隼《侠客》诗云："慷慨沽屠者，由来不为名。英雄当此日，今古恨难平。结客千金散，酬恩一剑轻。萧萧歌易水，歌罢入秦城。"⑥也是对荆轲慷慨刺

---

① 王邦畿：《耳鸣集》，见《四库禁毁书丛刊》集部第87册，北京出版社2000年版，第106－107页。
② 屈大均：《翁山诗外》卷一，见屈大均《屈大均全集》第一册，人民文学出版社1996年版，第18页。
③ 陈子升：《中洲草堂遗集》卷十四，见《丛书集成续编》第151册，新文丰出版公司1988年版，第378页。
④ 陈子升：《中洲草堂遗集》卷四，见《丛书集成续编》第151册，新文丰出版公司1988年版，第293页。
⑤ 陈山：《中国武侠史》，生活·读书·新知三联书店上海分店1992年版，第141页。
⑥ 王隼：《大樗堂初集》卷八，见《四库禁毁书丛刊》集部第166册，北京出版社2000年版，第498页。

秦的壮举的赞美。另外，王邦畿《燕台怀古》诗云："地入燕州白日沉，寒云莽莽水阴阴。亦知匕首无成事，只重荆轲一片心。老马过宫频内顾，高台游客独长吟。朱书玉简先朝物，流落人间直至今。"① 则抒发了诗人对"荆轲刺秦"这一重要历史事件的看法。历来文人对荆轲的态度主要有两种，一种是对其有勇无谋最终导致刺秦失败的感叹甚至蔑视，如司马光认为荆轲空逞匹夫之勇，视家族安危于不顾，是愚者，其所行亦为不义之举，甚至将荆轲列为"盗"之列。唐代诗人王昌龄作《杂兴》诗云："握中铜匕首，粉锉楚山铁。义士频报仇，杀人不曾缺。可悲燕丹事，终被狼虎灭。一举无两全，荆轲遂为血。诚知匹夫勇，何取万人杰。无道吞诸侯，坐见九州裂。"② 诗歌咏荆轲刺秦王之事，但表达的并不是对这位刺秦大侠的赞美，而是对其事业失败与名就功不成的叹惜。苏轼说："荆轲不足说，田子老可惊。燕赵多奇士，惜哉亦虚名！"朱熹也认为："轲匹夫之勇，其事无足言。"字里行间均流露出对其成事不足、空留虚名的不屑与轻蔑。另一种则是对其不论结果、慷慨就义的英雄之气的赞美。如陶渊明说："君子死知己，提剑出燕京……心知去不归，且有后世名……惜哉剑术疏，奇功遂不成。其人虽已殁，千载有余情。"认为其虽以失败告终，但其精神却万古不朽。唐代诗人贾岛也说："荆卿重虚死，节烈书前史。我叹方寸心，谁论一时事。至今易水桥，寒风兮萧萧。易水流得尽，荆卿名不消。"高度赞扬了其重义轻生、勇猛无畏的志节。王邦畿认为，荆轲仅凭匹夫之勇去刺秦，其失败是显而易见的，但其勇于赴义的精神却是伟大的、令人敬佩的。在诗人笔下，荆轲的形象不再仅仅是一位讲究义气、敢于牺牲的刺客，早已升华成为不畏强暴、慷慨赴义的英雄的象征了。再如陈恭尹《再度北游留别诸同人》诗云"入楚客无燕匕首，送行人有白衣冠"，《怀古十首·燕台》诗云"生揕秦胸计已疏"，均是以荆轲形象所独具的知其不可而为之的珍贵精神入诗。

西园诗人对荆轲这一历史人物似乎更为青睐，这与历代很多遗民诗社追慕陶渊明有很大的不同，这正是他们的特别之处。特别是在明清易代之际，面对亡国的悲痛，西园诗人想反抗新政权，对复国还存着一丝幻想。而在此种动荡的时局中，荆轲刺秦式的知其不可而为之的勇气更是弥足珍贵，因而诗人们对此种反抗暴政、勇于牺牲的精神格外赞赏。对于王邦畿《燕台怀古》这首诗，陈永正先生指出："沈德潜《清诗别裁》评价王邦畿此诗说：'剑术之疏，中心之义，尽于十字中矣。《纲目》书荆轲为'盗'，

---

① 王邦畿：《耳鸣集》，见《四库禁毁书丛刊》集部第87册，北京出版社2000年版，第86页。
② 李云逸注：《王昌龄诗注》，上海古籍出版社1984年版，第59页。

未为平允。'亦殊觉多事。本诗咏荆轲,当有寓意。邦畿处于明清易代之际,祚移国灭。其有以吊古之怀,洒伤今之泪耶？抑或志希荆卿,生报'君父之仇'耶？虽不得详知,然睹《耳鸣集》中诗,多'托微词以自见',诗云'只重荆轲一片心',亦可略窥其旨了。"①

从题材上看,王邦畿《燕台怀古》是一首怀古咏史诗,其主题是寄托家国之痛、抒发遗民怀抱。除这首诗之外,王邦畿《耳鸣集》还收有《姑苏怀古》《楚宫》《咸阳怀古》《沛中》《邺中》《蜀中》《隋宫》《金陵怀古》八首怀古诗。陈恭尹《独漉堂诗集》卷二收有《怀古十首》,分别是《姑苏》《燕台》《楚中》《咸阳》《沛中》《洛阳》《蜀中》《邺中》《金陵》《隋宫》,其中《燕台》诗云:"燕南燕北战争余,白草漫漫雪色初。河渡坚冰通下博,关门沙路走居胥。死求马骨言终验,生揕秦胸计已疏！犹有兴亡数行泪,夜来弹与乐君书。"② 该诗亦提及荆轲刺秦之事。另陈子升《中洲草堂遗集》卷十三也收有《姑苏》《燕台》《楚中》《咸阳》《沛中》《洛阳》《蜀中》《邺中》《金陵》《隋宫》十首怀古诗,其诗题与王邦畿及陈恭尹的诗题一致,其中王邦畿少收一首《洛阳》怀古诗。陈子升《燕台》诗云:"南人北去路茫茫,吹面风高鬓易霜。望断冥鸿飞碣石,自驱驽马拜昭王。台经驻跸山空翠,客待捐金日欲黄。几度芦沟桥上过,燕歌临阕限河梁。"③ 结合诸人《燕台怀古》诗所描绘的气候时节及诗中所涉及的南、北、马、燕昭王等相关的字、词及用典可以推知,西园诗社概曾举行过以《怀古十首》为社题的诗会,而其中《燕台怀古》即是当时西园社集之作。屈向邦《粤东诗话》亦云:"说作怀亡国之痛,悲天下事无可为,思如荆轲之击秦,或亦泄愤之道。适遇社题《燕台怀古》,乃尽情泄发之。上半言欲如荆轲之击秦,下半则故宫禾黍,遗臣兴周道之悲矣。大抵明季士夫多有此想。如陈独漉《再度北游留别诸同人》句云'入楚客无燕匕首,送行人有白衣冠',亦以荆轲为言。社题本怀古,十律以独漉之作为杰出。独漉此题有'生揕秦胸计已疏'句,说作或先见之,故以三四句为和答乎？以上所言虽属臆测,但以诗笔论理,或有焉。屈翁山《广东文选》特选说作此诗,其为有关系之作可知。"④ 西园诗人将荆轲的刺秦与亡国悲痛紧密相连,其所隐含的复仇报国之志不言而喻。正如学者何宗美所说:"西园诗社之咏

---

① 陈永正:《岭南历代诗选》,广东人民出版社1993年版,第281－282页。
② 陈恭尹撰、郭培忠校点:《独漉堂集》,中山大学出版社1988年版,第84页。
③ 陈子升:《中洲草堂遗集》卷十三,见《丛书集成续编》第151册,新文丰出版公司1988年版,第365页。
④ 钱仲联:《清诗纪事》二,江苏古籍出版社1987年版,第945－946页。

'荆轲击秦'，有异于通常的怀古，不是发古人之幽情，而是屈向邦所说的'多有此想'。"① 他认为，此次社集"反映了社中诸子的复仇心理和尚侠精神"②。

善于在怀古咏史诗中融入游侠主题，这是西园诗人诗歌创作的鲜明特点。此类创作丰富了怀古咏史诗的表现范围，使其内蕴更为深厚；尚侠思想的表达，也使得怀古咏史诗具有了不同的风味。借怀古咏史诗歌咏古代侠义之士，这是由来已久的文学传统。随着唐代尚武重气之风的兴盛及唐代诗人对功业的炽热追求，唐代诗人多由边塞、时事而述怀，借侠客以言志，故边塞军旅的题材与咏侠内容往往相互交织，边气侠风相得益彰。可以说，边塞咏侠诗表现的是盛唐时代昂扬豪放的个性。而在明清易代之际，政治心理上的压抑与情感上的屈辱悲苦造就了沉郁悲慨的时代特色，咏侠与怀古咏史诗的结合自然便成为这一时代文学新的选择。

怀古咏史主题与游侠意象相结合的诗作，在西园诗人的诗歌中较为常见。如屈大均《鲁连台》诗："一笑无秦帝，飘然向海东。谁能排大难，不屑计奇功。古戍三秋雁，高台万木风。从来天下士，只在布衣中。"③ 清顺治十四年（1657），屈大均离家北游，次年春抵达北京。后转至山东，登鲁连台遗址，触景伤情，因此勾起深沉的慨叹。鲁连台在山东省聊城市故城中，为明万历三十五年（1607）东昌知府陆梦履建，相传台址为鲁仲连射书劝燕将撤守之处。鲁连即鲁仲连，先秦齐国高士，他虽是一名布衣，却能力排大难。他曾却秦救赵，功非寻常。齐君欲封其官爵，鲁连则逃避而去，隐居以终。他善出奇谋而又高节不仕，不为金钱爵位所动，颇有侠士风范。后人景仰他功成不受赏的精神，因建台以祭祀。明清易代之际，屈大均积极为抗清而四处奔走，对鲁仲连的为人与品格有着不同一般的深刻体会。这首瞻仰鲁仲连古迹的五言律诗，写得雄劲刚健，掷地有声。诗歌前四句生动简练地勾勒了鲁仲连一生的义举奇功与高风亮节。"一笑"句描绘了鲁仲连坚持义不帝秦的傲然风骨；"不屑"句点出了鲁仲连功成而不屑封赏的可贵精神，抒发了诗人对古代贤人的景仰赞佩之情。五、六两句具体描写登鲁连台所见，"三秋雁"与"万木风"传达出一种雄阔而沧桑之感。结尾两句含意尤为深刻。"从来天下士，只在布衣中"既是承上文而来，热情地歌颂了鲁仲连的高贵品质，也体现了诗人隐以"天下士"自命的豪迈心志。

---

① 何宗美：《明末清初文人结社研究》，南开大学出版社2003年版，第348页。
② 何宗美：《明末清初文人结社研究》，南开大学出版社2003年版，第348页。
③ 屈大均：《翁山文外》卷六，见屈大均《屈大均全集》第一册，人民文学出版社1996年版，第328页。

全诗叙事、写景、抒情融会无间,风格雄健宏阔,语言素朴而笔带豪气,特别是在诗歌内容与文体形式上达到了高度的和谐统一,是一首非常精彩的怀古诗。侠客高士正是易代之际图谋恢复大明事业的岭南明遗民企慕的英雄,因而屈大均此诗一出,在当时广为传诵。

再如屈大均《耒阳观诸葛武侯碑》诗云:"武侯擒孟获,刻石耒阳川。威震华夷日,心劳将相年。三分留正统,二《表》格皇天。终古英雄客,看碑泪泫然。"① 突出了历史人物诸葛亮的军事天才,更突显了他威震华夷、扶助汉室正脉的忠肝义胆。另如陈恭尹《咸阳》怀古诗云:"关门一夜柳条春,今古茫茫草色新。龙虎有云终王汉,诗书余火竟烧秦。瑶池西望犹通鸟,渭水东流不待人。最是五陵游侠客,年年磨剑候风尘。"② 最后两句将"五陵游侠"这一传统意象引入怀古诗中,展现出对豪侠少年多年磨剑、期待有所作为的英雄理想的赞赏。他的《沛中》怀古诗则主要怀念汉高祖刘邦昔日叱咤风云的英雄形象,"四海自飞鸿鹄羽,中宵人哭白蛇声。轻沙浅草堪调马,习俗群儿敢说兵"③ 等诗句充满了侠义色彩。陈子升的怀古诗《吊南越王佗》诗云:"霸图曾与海天赊,真定南来号帝家。未得攀龙空左纛,何须逐鹿向中华。笙镛报本推任尉,剑履专权笑吕嘉。一自高台稀汉使,楼船几度咽金笳。"④ 此诗也着重展现了南越王赵佗的豪侠精神。

除了在怀古诗中表达对侠士及侠义精神的歌颂之外,在西园诗人的咏史诗中,一些历史英雄人物也大多因带有豪侠色彩而别具特色。如屈大均《读陈胜传》:"闾左称雄日,渔阳适戍人。王侯宁有种?竿木足亡秦。大义呼豪杰,先声仗鬼神。驱除功第一,汉将可谁伦?"⑤ 陈胜是中国历史上第一次大规模的农民起义的领袖,投身抗清活动的诗人屈大均大概是在这篇史传中发现了自己与其思想的共鸣之处,遂写下了这首五律。史学家司马迁在《史记》中列了《陈涉世家》,称赞他不畏强权、敢于反抗的精神,同时在《陈涉世家》的最后写道:"陈胜虽已死,其所置遣侯王将相竟亡秦,由涉首事也。"隐约地肯定了他推翻暴秦的历史作用。屈大均诗歌最后两

---

① 屈大均:《翁山诗外》卷六,见屈大均《屈大均全集》第一册,人民文学出版社1996年版,第345页。
② 陈恭尹:《独漉堂诗集》卷二,《四库禁毁书丛刊》集部第183册,北京出版社2000年版,第409页。
③ 陈恭尹:《独漉堂诗集》卷二,《四库禁毁书丛刊》集部第183册,北京出版社2000年版,第409页。
④ 陈子升:《中洲草堂遗集》卷十二,见《丛书集成续编》第151册,新文丰出版公司1988年版,第364页。
⑤ 屈大均:《翁山诗外》卷六,见屈大均《屈大均全集》第一册,人民文学出版社1996年版,第364页。

句——"驱除功第一,汉将可谁伦"则更凝练而明晰地揭示出陈胜开启汉高祖帝业的伟大功绩。而"王侯宁有种"的诗句既体现了历史英雄陈胜蔑视权威、主张平等的思想,也像是屈大均对易代之际积极参与反清斗争的平民英雄的鼓舞与赞扬。再如屈大均《读史赠陈献孟并送其行》诗云:"隐忍成功名,何如张子房。子房非儒者,为气何坚刚?其终如鲁连,其始如荆卿。平生予所希,君亦慕其狂。终古两盗雄,兰池与博浪。少年虽轻发,气实吞始皇。"①认为少年张良兼具鲁仲连与荆轲两位英雄之气,并表现了对其勇于狙击秦王的景仰。另如王粲、萧何、海瑞等忠心报国的历史英雄人物也是陈子升笔下歌咏的对象。如《咏萧何》一诗刻画出萧何有胆有谋的英雄形象,使得历史英雄也带上了浓郁的侠义色彩。特别是"名益图麟著,功将汗马深"两句诗,隐含了诗人陈子升自己对建功立业的渴望。

这些诗歌从题材上看是怀古咏史诗,从内容上看,则侧重于对古代豪侠英雄的描绘及对豪侠之气的赞美,又可归入咏侠诗。在咏侠诗鼎盛的唐代,游侠边塞诗是唐人咏侠诗的主流,这类诗歌"直承魏晋六朝咏侠诗的传统,再造了边塞游侠儿报国立功扬名的楷模"②。"游侠儿的英雄风采,为边塞诗注入了新鲜血液。"③而明清之际岭南西园诗人创作的带有浓郁豪侠之气的怀古咏史诗无疑大大扩展了咏侠主题的表现形式,特别是在昔盛今衰的历史伤感中融入对侠客高士的赞美与企慕,其中寄寓的复仇理想与报国之志不言自明。这些内容正是明清之际岭南诗歌"雄直之气"的鲜明体现。所谓非常之时行非常之事、思非常之人,对侠客的企慕及侠义精神的融入,为明清之际的怀古咏史诗增添了丰富的意蕴,让怀古咏史诗焕发出新的活力,咏侠与怀古咏史诗的结合遂成为明清易代之际独具时代特色的文学形式。这在诗歌史上无疑有着重要意义。

综上可知,西园诗社是清初岭南地区继南园诗社之后最有影响的社团。自清顺治七年(1650)创立至康熙三十九年(1700)最后解散,西园诗社前后存续约50年。它不仅是清初岭南结社史上持续时间最长的一个诗社,在清初全国结社史上也是存续时间较长的一个社团。诗社创立于清顺治七年广州城再次沦陷及"庚寅之劫"后,其意义已远远超过一般的文学社团,它的成立似乎更是诗人们明确反清立场和认定遗民身份的鲜明标志。

---

① 屈大均:《翁山诗外》卷一,见屈大均《屈大均全集》第一册,人民文学出版社1996年版,第28页。
② 汪聚应:《唐人咏侠诗刍论》,载《文学遗产》2001年第6期。
③ 汪聚应:《唐代的任侠风气与文学创作》,载《兰州大学学报(社会科学版)》2006年第3期。

西园诗社的成员较为固定且关系密切，多以家族、地域、师友为重要纽带，而是否具有一致的诗学主张与创作风格似乎不是诗社集聚的重要考量因素，这表现了清初岭南文人的一种较为独特的结社方式。另外，从西园诗社的社集活动和诗歌创作情况来看，抒发遗民怀抱、寄托家国之痛、关心民生疾苦这些充分体现儒士胸怀的创作主题，是西园诗社作为遗民诗社与一般诗社的不同所在，也是明清易代这一特殊政治环境与时代印记在诗歌创作中的鲜明投射。同时，侠士形象的大量融入与对侠义精神的崇尚无疑是明清之际岭南诗歌"雄直之气"的鲜明体现，西园诗人创作的带有浓郁豪侠之气的怀古咏史诗也大大扩展了咏侠主题的表现形式。西园诗社长期频繁的唱和雅集活动对清初岭南诗歌的发展无疑起到了重要的推动作用。

　　此外，西园诗社的活动吸引了朱彝尊、徐乾学、魏礼、张雏隐等大批岭外诗人的关注与参与。西园诗人的遗民精神、诗歌理想及创作主张，应该对这些外省诗友产生过一定的影响，他们之间的文学互动与思想交流应是清初诗坛上的一道亮丽的风景。岭南诗坛与江南诗坛乃至中原诗坛的关系，是一个有待深入探讨的学术领域。

第四章 "北田五子"诗人集群研究

明清鼎革之际，文人结社十分活跃。尽管目前学界对此时期文人结社的情况做过一些研究，但对一些重要的文学社团及其所蕴含的价值还缺乏深度的认识。如北田五子社就是研究中的盲点之一。北田五子社是清初岭南著名的遗民文人集群，社员以道德、文章名重一时，与江西宁都的易堂九子同蜚声于天下。北田五子社之所以重要，不仅因为它是南明永历政权覆亡后岭南之地典范遗民的集结，其生命存在方式具有政治操守和道德毅力上的模范意义，其社集活动与文学创作全面体现了清初遗民文人的生命价值，是人们认识清初遗民生存状态及诗歌创作的有效窗口。更重要的是，北田五子的社盟还是一种精神存在，它的典范化的过程，是多种社会文化因素合成作用的结果。本章旨在通过分析北田五子社这一典范遗民文学社团被成功建构的过程，为进一步研究清初文学社团活动与社会评价、公众心理期待、集体性审美理想、时代思潮等社会文化因素间的相互作用提供新的视角。

第一节 北田五子结社始末

北田五子社是清初重要的遗民社团。其核心人物是"岭南三大家"之一的著名诗人陈恭尹。清初，陈恭尹隐居广东顺德羊额的何衡、何绛兄弟家中，三人与好友梁㻞、陶璜诗文酬唱，相与砥砺。因何绛自号所居为"北田"，故时人称他们为"北田五子"。五子中有四人均为顺德同邑。何衡、何绛兄弟为顺德羊额人，陈恭尹为顺德龙山人，梁㻞为顺德大良人，唯有陶璜是番禺人。但陶璜曾携母在何氏家中同住数年。五人交游非常密切。陈恭尹《握山嗒予新塘，率尔写怀，因寄止、寒塘两兄》对彼此之间的深厚情谊做了真切的描述："频年兄弟得相依，散诞江村共掩扉。薄酒上颜开卷后，竹竿持艇探泉归。眠贪笑语横支枕，出忘形骸乱着衣。今日对君惟有叹，鹡鸰只翼不成飞。"① 北田五子中，陈恭尹为岭南三大家之首陈邦彦之子，在当时声名卓著，其余四子皆极富才气，且高风伟节，为乡人敬仰，故"北田五子"在当时南方名气甚大。清人陈康祺就将他们与当时声名卓著的江西文人集团"易堂九子"相提并论，认为他们"皆以声应气求，相从讲学，有名于世"②。

要考查北田五子结社之始末，不得不提及一位长期为人忽视的岭南文人蔡薿。因为早在"北田五子"集团形成之前，陈恭尹、何绛与蔡薿就曾遁迹于顺德羊额，结茅池上，杜门苦学。然而对这段时期，学界关注甚少。陈恭尹《独漉堂诗集·增江前集小序》对此番经历记载甚详："乙未，与蔡子艮若就何子不偕之乡，结茅荷池之上，读书稽古，倦则放舟，仰卧荷香中，致足乐也。丙申病于梁子器圃寒塘者二月，秋与蔡何二子为阳春之行。丁酉首春奉先公大司马彭夫人柩合葬于增城九龙之山。其秋与何子为澳门之游。"③ 陈恭尹《蔡艮若墓志铭》亦云："及予自吴越还，则又与君就何不偕之乡，结茅亭荷池中，杜门事古学，三人夜灯相继。……每花时月夕，相与挟尊酒，坐小舟，读书芰荷之下。为诗文孤洁刻峭，不欲袭前人一字。所著数百篇，自谓可存者无一二也。质素健，耐艰苦，偶感疾，不自料遂至不可救。以丙申月日卒，溯其生天启月日，年仅三十。"④ 据材料知，陈恭尹、何绛、蔡薿三人于清顺治十二年乙未（1655）偕隐于羊额，除了读书稽古、诗酒酬唱之外，还于次年共同出游阳春。清顺治十三年丙申（1656）蔡薿病逝后，陈恭尹乃与何绛出游澳门。从《独漉堂诗集》中《与蔡艮若同登金紫峰作》《发闽中向匡庐寄蔡艮若》《僦居新塘送叶世颖蔡艮若何不偕归里》《新塘早春怀蔡艮若何不偕》《山阳逢亡友蔡艮若生日感慨》等诗篇可看出，陈恭尹与蔡薿关系极为密切。另何绛《不去庐集》卷九有《过那乌》诗，其序云："十载以前，余与蔡子艮若南游冈上。风雨穷途，曾投斯寨宿焉。今余再过而艮若已物故多年，感叹挥涕，因作是诗。"其诗云："寒林驿上晓山晴，重得经过泪已横。云物不殊生死隔，间关终念弟兄情。曾寻石上看枫叶，共上秋桥照水明。何事岭头人伐木，丁丁皆作断肠声。"⑤

---

① 陈恭尹：《独漉堂诗集》，见《四库禁毁书丛刊》集部第183册，北京出版社2000年版，第418页。
② 陈康祺：《郎潜纪闻初笔》卷十四，中华书局1984年版，第293页。
③ 陈恭尹：《独漉堂诗集》，见《四库禁毁书丛刊》集部第183册，北京出版社2000年版，第386页。
④ 陈恭尹：《独漉堂文集》，见《四库禁毁书丛刊》集部第183册，北京出版社2000年版，第677页。
⑤ 何绛：《不去庐集》，何氏至乐楼丛书1973年微尚斋抄本影印本，中山大学图书馆藏。

字里行间也流露出对蔡薱早逝的痛惋。可见三人知交甚深，心神契合。有人指出："可惜艮若英年早逝，才有后来'五子'的结合。"① 本书认为，陈恭尹、何绛、蔡薱三子的集结经历对后来"北田五子社"的形成有着直接的影响，并为之提供了宝贵的结社经验，可视作"北田五子社"的前身，或北田五子结社的酝酿阶段。

五子集团的正式形成是在清顺治十七年庚子（1660）。《独漉堂集·增江后集小序》云："庚子春余归自楚南，其夏与何、梁、陶诸子掩关于新塘者二年。辛丑之冬，始为罗浮之游。自壬寅至戊申，则掩关羊额为多。盖二何子之家在焉。而梁、陶则所居近也。"② 由引文知，早在隐居顺德羊额之前，五子就曾于清顺治十七年夏至次年冬偕隐于增城新塘。但目前学界一般将清康熙元年壬寅（1662）至康熙七年戊申（1668）五子隐居于顺德羊额的时间段作为北田五子社的正式社集时间。本章认为，五子隐居增城新塘期间，虽尚未有"北田五子"之称，但基本的成员已经形成并固定，且当时五人一起掩关读书，已有结社之实，不妨将之视为前"北田五子社"时期。五子隐居顺德羊额约七年的时间段则为后"北田五子社"时期。清康熙七年，陈恭尹夫人湛氏病逝，陈恭尹再次带着儿女移居增城新塘，"继以婚葬而儿曹渐长，生事日繁，不复能闭户矣"③，"北田五子社"遂于无形中解散。

第二节　北田五子社与明清之际遗民情怀

明遗民是在明清易代这一特殊时势之下衍生而成的特殊群体，与其他历史时期不同的是，明遗民不仅要接受朝代更迭所造成的"治统"的移易，更要经受文化道统上的挑战。尤其是在"以夷变夏"的惨痛现实及异族文化入侵的态势下，他们深切体悟到其赖以安身立命的文明正在逐步消解乃至濒临灭绝。在"亡国"甚至"亡天下"的历史文化氛围中，明遗民群体面临着一系列的生存困境。生或死、出或处成为对明遗民政治操守和道德毅力的一场最为严峻的考验。北田五子身处南明政权一息尚存的岭南之地，毅然选择了"'不仕二姓'的'体制外'生存方式"④，并积极投身于反清

---

① 陈荆鸿：《岭南名人谭丛》，广东人民出版社2009年版，第20页。
② 陈恭尹：《独漉堂诗集》，见《四库禁毁书丛刊》集部第183册，北京出版社2000年版，第400页。
③ 陈恭尹：《独漉堂诗集》，见《四库禁毁书丛刊》集部第183册，北京出版社2000年版，第400页。
④ 孔定芳：《论明遗民之出处》，载《历史档案》2009年第1期。

复明的社会实践。"北田五子在当时的出现,说明了明末遗民怀抱民族大义,不甘与外来统治者共相浮沉,所自放废,乐于啸傲世外,寄情诗文翰墨之间者乃大有人在。……正所谓道德文章,足使士风丕变者是。"① 北田五子对生存方式的选择,充分展现了清初遗民眷恋故国、抗拒新朝、珍爱并标榜自我遗民身份的遗民情怀,堪称遗民典范。

  首先,北田五子选择了隐于乡野、绝迹于城市、不妄通宾客的生活方式,充分表现了眷恋故国、抗拒新朝的遗民情怀。伏处草野、吟啸世外,不流连城市,不结交权贵,在新朝自我边缘化,是明遗民群体对清政府的莫大抗拒,更是遗民与贰臣及降臣的基本分野所在。北田五子坚守忠贞的遗民气节,在出处、去就与交接上十分谨慎,尤其是不与清朝当局来往。此即吕留良所言:"当从出处、去就、辞受、交接处画定界限,札定脚跟。"② 如梁琏"闭关北田,结庐池西,曰'寒塘悬板',以限来者,……县令胶西张其策,高其行,欲见不可得,迹其在甘溪,单车就焉。琏夷旷自如,令叹曰:'高风伟节,苏云卿之流也。'生平慕倪云林为人,并师法其画,闭户读书,足迹不一入城市,显者或求画,虽甚贫亦返璧不一作。"③ 江西遗民彭士望、魏世效至粤,"俱以不得见琏为恨"④。陶璜也在广州沦陷后奉母转徙流离,避地寄居十多处。凡所到之处,都净扫一室,设置书史香茗,旦夕寝处室内,与外人隔绝,颇有清誉。陈恭尹《蔡艮若墓志铭》亦云:"及北都陷于贼,薄海内外,罔不被兵。君乃与予及叶君世颖入西樵山中,筑室以居,临溪泉,倚石林,为终焉之计。"⑤ 复明无望之后,陈恭尹、何绛、何衡、梁琏、陶璜五子相偕隐居北田,或砥砺读书,或吟啸于寒塘草亭间,大有新亭盛会之意味。面对清政府的杀戮与淫威,闭居草野,不与新廷发生任何联系,是以北田五子社为代表的明遗民群体的普遍选择。这种选择背后,饱含着明遗民群体丧国辱身的伤痛与无奈,更是明遗民士群珍视自己的遗民身份、在历史原型中积极寻求人格认同,积极效仿忠君爱国之士及耿介苦节之儒如屈原、陶潜等人的结果。

---

 ① 吴其敏:《文史札记》,中华书局1976年版,第81页。
 ② 吕留良:《吕留良先生文集》卷一《复高汇旃书》,见《四库禁毁书丛刊》集部第148册,北京出版社2000年版,第485页。
 ③ 陈伯陶:《胜朝粤东遗民录》,见周骏富《清代传记丛刊》第70册,台湾明文书局1985年版,第172-173页。
 ④ 陈伯陶:《胜朝粤东遗民录》,见周骏富《清代传记丛刊》第70册,台湾明文书局1985年版,第173页。
 ⑤ 陈恭尹:《独漉堂文集》,见《四库禁毁书丛刊》集部第183册,北京出版社2000年版,第677页。

其次，竭力追随南明政权，或暗中为复明而游走，甚至亲身参与抗清起义，这是北田五子在易代之际表现出的最为激进的生存姿态。明亡清兴，遗民们不愿屈身作异族之臣，纷纷绝弃仕进，以全其志节。然而"士之仕也，犹农夫之耕也"，"士之失位，犹诸侯之失国。"（《孟子·滕文公下》）遗民们作为深受儒家正统思想教育的汉族士大夫，其抱负、其关怀、其人生之意义本应以仕为前提，他们在清初的处或隐只是针对新朝政治，并不意味着彻底弃世。孔定芳先生曾明确指出："明遗民之不仕，并非不欲仕，实质上是不欲仕于清廷而已。"① 只要复明有望，哪怕前途极其渺茫，强烈的儒者担当意识也会激励他们奋斗不息。这就是在北都覆亡、南明政权尚存之际，对于南明之授职，遗民大多乐从的原因所在。而岭南曾是南明政权最后的栖息之地，岭南遗民群体因着地利之便，有更多的机会参与南明政权。以陈恭尹、何绛为主的北田五子就是在动荡的时局中竭力追随南明永历政权，并积极游走于全国各地，暗中联结各种反清力量。何绛"清顺治三年，闻张名振起事抗清，遂疾趋南京，至则事败，乃已"②。清顺治五年（1648）五月，清将李成栋反正归明，永历帝回跸肇庆，重建南明旗号，陈恭尹诣肇庆上表陈述父亲为国殉难情状，得授世袭锦衣卫指挥佥事之职，并奉旨回家治丧。顺治七年（1650）冬，广州再陷，永历君臣西走桂、滇，陈恭尹避难西樵山中，从此与永历王朝失去联系。"顺治八年，郑成功起兵海上，恭尹思就之，入闽不达，自赣出九江，顺流至苏杭，复往返于杭州、宁国间，盖密有结连，历四年无成，始归娶。又四年，与何绛出崖门，渡铜鼓洋，收拾余众又无成。十六年，将入滇从桂王，道阻，因登南岳、泛洞庭，顺流江汉之间，寓芜湖。时成功围攻金陵，张煌言进取徽宁，声势大振，恭尹与共策划。旋成功败走，煌言间道出海。恭尹乃济江入汴，北渡黄河，徘徊太行山下，沿途观察地形关隘，绘成《九边图》，冀有所作为，逾年归，则桂王已入缅甸矣。"③ 两年后，陈恭尹得知永历帝遇害的噩耗，见恢复无望，才返回顺德，与何绛等人隐居北田。梁琏也曾"感慨世难，每思投袂而起，常斥千金产，资同人远游。既落落无所成，乃与同邑何左王衡、何不偕绛、番禺陶苦子璜暨尹闭关北田"④。可见，永历帝遇害之后，五子见恢复无望，遂相约闭关北田。

---

① 孔定芳：《论明遗民之出处》，载《历史档案》2009 年第 1 期。
② 温汝能：《粤东诗海》，中山大学出版社 1999 年版，第 1077 页。
③ 温汝能：《粤东诗海》，中山大学出版社 1999 年版，第 1202 页。
④ 陈恭尹：《独漉堂文集》，见《四库禁毁书丛刊》集部第 183 册，北京出版社 2000 年版，第 677 页。

再次，通过变更姓名字号、为居室取名等方式寻求独特的遗民标记，这是北田五子珍爱并标榜自我遗民身份、强化遗民意识的典型行为。作为个体身份象征的姓名或字号，在明遗民那里往往具有特别的意义。从谢正光、范金民《明遗民录汇集》所辑录的几则明遗民传记资料来看，明亡后变姓名者不胜枚举，"国亡而变姓名几乎成了许多明遗民于易代之际的自觉选择"①。关于明遗民变更姓名字号的原因，孔定芳先生在《清初明遗民的身份认同与意义寻求》一文中做了详细分析，他认为有的是借以自励，有的是寄寓自伤之意，有的干脆弃姓名以示特立不羁和不愿留姓名以辱国辱身，有的则意在规避追捕，隐姓埋名以保全自己而利于从事抗清②。北田五子变更姓名字号也别有深意，其中蕴含更多的是勿忘国仇家恨的自我激励及对自身抗清经历的怀念和遗民立场的宣示。如陈恭尹初号半峰，晚改号独漉子。"独漉"二字出自晋乐府《独漉篇》，原为乐府"拂舞歌"五曲之一。其辞以"刀鸣削中，倚床无施。父仇不报，欲活何为"抒写了污浊之世为父复仇的儿女之愤。陈恭尹的父亲陈邦彦因抗清而英勇殉国，陈恭尹以"独漉"二字寄寓自己父仇未报的悲愤，激励自己勿忘国仇家恨。何绛原号孟门，隐居后改为"北田"。胡方《明高士不偕何先生墓志铭》称："公高志大略，而持重仿佛马文渊，故慕其为人，集其文字，为一帙置枕函中，而自号北田，盖以行踪比北地畜牧时也。"③马文渊即东汉著名军事家马援，一生东征西讨，为东汉王朝的建立和巩固立下了赫赫战功。其"马革裹尸"和"老当益壮"的慷慨名言是后世的楷模。何绛自比马援，其渴望立功疆场、恢复故明的拳拳之心不言而喻。"北田"有"北方畋牧"之意，他自号"北田"就是为纪念辗转数千里寻找抗清力量的艰难经历。岑定宇先生甚至认为陈恭尹之号"独漉"与何绛之号"北田"，"二者合一又明显地成为'逐鹿中原'，也同样非常明确地表达'北田五子'立志反清复明，光复中原之宏愿"④。此外，梁琏自号寒塘居士，并取陶潜"慨独在予"一语，以"慨独"名其书斋，终日吟诗读书，宣示自己超然物外、不参与时政的遗民心志。可见，字号等符号工具的介入，促进了北田五子对自我遗民身份和意识的确立，也成为他们在人际交往过程中体现个体差异的显性识别标志。

---

① 孔定芳：《清初明遗民的身份认同与意义寻求》，载《历史档案》2006 年第 2 期。
② 孔定芳：《清初明遗民的身份认同与意义寻求》，载《历史档案》2006 年第 2 期。
③ 何绛：《不去庐集》，何氏至乐楼丛书 1973 年微尚斋抄本影印本，中山大学图书馆藏。
④ 《顺德文史》第 29 期，顺德市文教用品印刷厂，1998 年第 67 期。

第三节　北田五子的结社赋诗与遗民文人的生命价值

北田五子社是岭南重要的遗民文人集群，结社赋诗是他们生活的主要内容。但值得一提的是，北田五子社集结于明清易代动荡的政局之中，他们的社集自然具有与一般文学社团纯粹的文学活动所不同的价值与意义，更多地体现了遗民文人群体在特殊境遇中的生命价值，主要表现在下述三个方面。

首先，北田五子结社赋诗的价值在于全面而生动地展现了遗民诗人群体的人生历程与真实心迹，充分体现了"诗言志"的诗学传统。陈恭尹《独漉堂诗集》相当真切且完整地展现了其人生的不同阶段，特别是他在编定诗集时，基本上每卷卷首都撰有小序，详细交代该卷收录诗作的创作时间、地点、背景及此时间段诗人的行踪等。如卷一有《初游集小序》和《中游集小序》，卷二有《增江后集小序》，卷四有《江村集小序》，卷五有《小禺初集小序》，卷八有《小禺初集小序》（此为其子补序），卷九有《唱和集小序》。小序与诗作的完美结合，详尽地展现了他人生各个阶段的生活场景，成为研究其生平的最有用的第一手资料。本节姑且摘录其《小禺初集小序》一窥全豹："小禺，番禺二山间一丘也。予中年倦于游，而食指日繁，取资于笔墨，遂不能不与人世往来。干戈之际，又往往以不出见人积为疑谤。岁甲子始卜居兹丘之阳。丙寅之冬遂移家焉。今不觉十余年矣。会城五方杂处，多意外之酬赠，故其诗大半入唱和集中。间有题咏同而不出于次韵者，仍附此集。以无虚此岁月。自丙寅至戊寅为小禺初集，凡二卷。"① 何绛《不去庐集》也生动地记载了其人生经历的若干片段，如《过柴桑故城有怀陶靖节先生》《访高望公村舍》《丙寅春三月叶端五招饮后山寿燕亭》《宿华首台》《集南园五先生祠》《法性寺与远布、心明、敏言三上人夜话同吴虎泉》《送黎雨亭之惠阳，时余将有琼州之行》《同陈独漉宿石湖》《花朝日社集西禅寺》《都门访程周量》《厓门谒三忠祠》等诗清晰地展现了诗人一生的主要行迹，对了解其有重要意义。

同时，北田五子的诗歌对自我心态也做了相当深刻的刻画。如陈恭尹《西樵旅怀》诗云："牂牁滚滚向东流，绿浦黄龙识御舟。初日平沙群跃马，二年杯酒独登楼。星连牛斗曾传檄，寒报湘沅尽赐裘。孤棹一辞天万里，

---

① 陈恭尹：《独漉堂诗集》，见《四库禁毁书丛刊》集部第 183 册，北京出版社 2000 年版，第 455 页。

几回风雨吼吴钩!"① 该诗不仅是他大半生奔走救亡的事实记录,也真实地表达了他渴望抗清复国的悲愤心情。再如《崖门谒三忠祠》诗大气磅礴、寄托遥深,非常真实地再现了江山沦落、帝踪难寻之际报国艰难的悲痛与压抑。陶璜"忠臣泪带寒潮长,楚客悲逢落叶多"② 的诗句同样也表达了复国无望之际的酸楚与无奈。何绛一生矢志抗清,曾与陈恭尹奔走于江西、湖南、湖北、安徽、浙江、江苏、山东、山西、河北、河南等地,又曾独赴芜湖参加抗清将领张煌言的反攻战役,最终因形势所迫,壮志成空。他在此时期所写的诗句如"金台暂到非为客,易水长歌不入秦"(《九日甘泉道中》),"山川满目皆惆怅,天下何人是丈夫"(《四出梅关》),"游人莫向西南望,远色苍苍是秣陵"(《金山》)③ 等,均流露出强烈的忧愤嗟惋之情。总之,北田五子平日备受压抑的故国之思与悲愤情怀在诗歌中得到了充分的宣泄,社集活动中同仇敌忾的整体氛围也极易让他们找到情感上的共鸣,并在相互慰藉与激励中找到活下去的勇气。此点也是清初遗民诗歌创作的共同特点。

其次,反映民生疾苦、揭露统治者的罪恶、褒扬节烈志士、展现当时的社会场景,是北田五子诗歌中最有价值的内容,这些诗作充分体现了遗民文人的儒学情结。以北田五子为代表的遗民文士自小深受儒家思想的影响,儒家的民本思想遂构成他们"儒学情结"的重要内容。尤其在国家面临巨大危难面前,儒学情结更具体地表现为对平民悲惨命运的痛切关注及对戕害平民的统治者的切齿痛恨。陈恭尹亲历战乱,可谓"有目厌兵革,有耳闻号啼。有腹饱糠籺,有足履祸枢"(《感怀其三》),其诗歌对流离失所的百姓寄予了深切的同情。如"丝丝寒雨湿飞尘,绿草平田不是春"(《村居即事》),"郭外沃田抛弃尽,不忧无处觅春泥"(《望燕》)表现了农耕荒芜的凄凉;"上官不待熟不熟,昨日取钱今取谷……黄犊用力且勿苦,屠家明日悬尔股!"(《耕田歌》)表现了官府横征暴敛的罪恶;"居人去何之,散作他乡鬼。新鬼无人葬,旧鬼无人祀"(《感怀》其八),"高台为陆沼为尘……陌路多逢太息人"(《太息》)描绘了清政府的禁海令让百姓苦不堪言。何绛《过江宁》诗云:"今陵旧陪京,严城高百雉。我行骑疲驴,落日过都市。父老为我言,未语先垂涕。六街址尚存,高台平似砥。宫阙禾黍中,瑟瑟秋风起。独有秦淮流,千年不复改。异哉秦始皇,金埋王气死。

---

① 陈恭尹:《独漉堂诗集》,见《四库禁毁书丛刊》集部第 183 册,北京出版社 2000 年版,第 383 页。
② 温汝能:《粤东诗海》,中山大学出版社 1999 年版,第 1103 页。
③ 何绛:《不去庐集》,何氏至乐楼丛书 1973 年微尚斋抄本影印本,中山大学图书馆藏。

天道本好还，二世亦已耳。"① 形象再现了南京城战后的满目疮痍，并借古讽今，表达了对清政府残暴不仁的强烈愤慨。另外，氏族宗法社会所特有的原始人道主义也是遗民诗人儒学情结的重要构成。这种原始的人道主义主要表现在对忠、孝等伦理道德的尊重与褒扬。如何绛《哀明死事都督冲汉羽公》诗云："裹疮阵战捍危城，国破为臣敢独生？怪得珠江江上水，至今犹作怒涛声。……虚冢虽留世已殊，千山日澹草荒芜。最怜三月坟边树，杜宇声声带血呼。"② 对广州南门守将总督江宁侯杜永和的壮烈殉国寄予深切的同情和哀悼，字字血泪，感人至深。

最后，结社赋诗为"北田五子"提供了一个施展文学才华的舞台，这不仅能让他们重新找回儒生的自信，更是他们追求生命不朽的有效途径。由于岭南遗民诗人或直接或间接参与过抗清斗争，故生存处境最为恶劣。在清统治者重点追捕、仇家构陷、奸人出卖、贪利之徒告讦等险恶处境面前，他们的人身安全受到前所未有的威胁。朝不保夕的生命隐忧加上绝弃仕进的人生选择，敦促着遗民诗人们必须在立德、立功之外紧紧抓住"立言"这条唯一的道路，通过建立文字上之不朽以体现自身的生命价值。因而北田五子肆力于诗歌创作，虽其诗作个性、风格不一，但他们在诗歌理想上有着一致的追求，即强调创作要以"气"为主，尤其推崇真气淋漓的凛然正气。他们的诗歌也体现出一种真气盘郁、激昂顿挫的诗歌韵味，在清初诗坛独具特色，赢得了时人和后世的高度赞誉。陈恭尹在《朱子蓉诗序》一文中明确提出："文以气为主，非谓其驰骤阖辟，雄健滔莽，转折万变而不可穷也。古之作者，皆以其经天纬地之才，悲悯时俗之心，超轶古今之识，不得已而寓之文章。其胸中浩浩然，磊磊然，盘勃郁积而不宣泄者，一与外物遇，如决山出泉，叩弦发矢，一往奔注，不自知其所极。此文之至也。……盖有道之言，简而气和；英雄之言，烈而气高；忠臣孝子之言，隐而气悲；高人之言，达而气决；憸邪之言，给而气靡；其大概也。虽复兴寄百出，流荡逾节，而识者终有以得之语言行墨之外。"③ 认为作者身份、性格不同则气不同，故其诗文风格亦不同。何绛也说："诗以言志。志也者，大抵皆感于性情而发者也。而忠孝节烈尤为性情之正者，故人之感之也，独深明死事。"④ 二人观点如出一辙。在创作实践中，他们把胸中

---

① 何绛：《不去庐集》，何氏至乐楼丛书1973年微尚斋抄本影印本，中山大学图书馆藏。
② 何绛：《不去庐集》，何氏至乐楼丛书1973年微尚斋抄本影印本，中山大学图书馆藏。
③ 陈恭尹：《独漉堂文集》，见《四库禁毁书丛刊》集部第183册，北京出版社2000年版，第626页。
④ 何绛：《不去庐集》，何氏至乐楼丛书1973年微尚斋抄本影印本，中山大学图书馆藏。

抑郁之气发而为诗，其诗中充满了节烈凛然的正气。如陈恭尹"为诗真气盘郁，激昂顿挫，足以发幽忧哀怨之思，而寓忠孝缠绵之致，自言志学，以往皆为忧患之日，故于文辞取诸胸臆者为多。"① 清人彭躬庵谓恭尹"诗有大气鼓橐其中"②，今人刘斯奋、周锡𩶘《岭南三家诗选》评其诗"既豪迈雄奇，而又蕴藉含蓄，郁勃沉雄但不晦涩生硬，做到了举重若轻，舒卷自如。"③ 陶璜终生以遗民自守，其诗感慨深沉，较陈恭尹更为酸苦。其《冬草》诗云："三径经冬掩，飘零对汝时。未充君子佩，徒结美人思。世态看蓬转，孤心感鬓丝。平生抱微尚，不与众芳期。"④ 该诗仿张九龄《感遇》诗而作，却能自出新意，以冬草自况，在一唱三叹中体现出耿节自守的遗民气节，陈永正先生评曰："思深情苦，得楚骚遗意"⑤。又如"蹉跎惊落叶，风雨暗离人"（《次答黄积庵时峡中奉寄》）；"忧心满似将圆月，旅鬓疏同避晓星"（《愁望》）；"忠臣泪带寒潮长，楚客悲途落叶多"（《望零丁洋寄友人》）等诗句，写得感慨深沉，动人肺腑。《岭表诗传》云："苦子诗别有寄托，语语入人心坎。"⑥ 柳春芊评论他的诗说："陶握山诗多寄托山水，以抒写怀抱。时出噍杀之音，正声何微茫？哀怨起骚，人每读一过，宛然鹤唳九秋，猿啼三峡，足令人肝脾凄绝也。"⑦ 可见，在失去理想与激情、抱负日渐消损的动荡年代，志同道合的遗民诗人们通过结社赋诗，重新找回了人生的意义与生命的价值，他们的真情流露与慷慨悲歌使得文学生命得以延续和不朽，也使得清初诗坛异彩纷呈、浓墨重彩。

第四节 集体审美理想与典范遗民文学社团之建构

明清易代这一沧桑巨变带给明遗民的，不仅是民族政权的移易，更意味着中华文化在异质文化的强烈冲突之下面临中断之虞。这种文化危机给遗民群体造成了强烈的心理刺激，除了在前代遗民中寻求人格认同之外，明遗民们亟须在当代寻找或建构遗民典范彰显遗民道德与遗民精神以资自

---

① 《清代粤人传》卷十二《陈恭尹传》，中华全国图书馆文献缩微复制中心2001年版，第1464页。
② 温汝能：《粤东诗海》，中山大学出版社1999年版，第1202页。
③ 刘斯奋、周锡𩶘：《岭南三家诗选》，广东人民出版社1980年版，第15页。
④ 黄登：《岭南五朝诗选》卷三十七，见《四库全书存目丛书》集部第409册，齐鲁书社1995年版，第565页。
⑤ 陈永正：《岭南历代诗选》，广东人民出版社1993年版，第325页。
⑥ 陈永正：《岭南历代诗选》，广东人民出版社1993年版，第325页。
⑦ 李小松、梁翰：《禺山兰桂》，政协番禺委员会文史资料研究委员会，1986年，第90页。

勉和自救。作为一个兼具政治性与文学性的特殊社团，北田五子社的出现可谓适逢其会。可以说，北田五子社这一清初典范遗民文人社团的成功建构，除了它本身所具有的政治意义与文学价值之外，更是在社会公众心理及集体性审美理想等因素的合成作用下，由明遗民群体共同选择与创造的结果。具体包括以下几个方面。

其一，北田五子道德高尚，受到乡邻及时人的好评，堪称清初遗民士群的楷模。陶璜是当时很有清誉的诗人。陈恭尹说他"洁身独行，遁世无闻，可谓高士也矣！"①"宁都小三魏"之一的魏世效也说："陶（璜）先生自不与户外事，而澹朴宁静，人莫见其是非好恶之迹，四方之誉，所以日至。"② 梁㻆天性高洁，时人评曰："高风伟节，苏云卿之流，宜不可折柬致也。"③ 何绛、何衡兄弟的为人行事也深得时人好评。《胜朝粤东遗民录》载云："尝有闽客寄（何绛）以三百金，二十年不至。忽一日，客子至，询所寄金，绛偕往古井旁，指其下曰：在是。自取之出，则封识宛然。"④ 何衡则"为人持重，好倜傥之画策，不轻任事，任则必成，乡里视之为邢禺焉"⑤。"易堂九子"之一的彭士望也深慕何绛兄弟为人，他说："左王（何衡）循循儒者，居家庭宗族，率由古道，孝友无间。然父母丧，哀瘠一秉家礼，今人所庶见……不偕英爽慷慨有大志。其人沉着辛苦，能任难事，尝游南北及燕楚，皆为友人扶持患难而已。一无所与，然诺不侵，远近之豪以为质的。"⑥ 陈恭尹也称赞何衡"为人行方而和，非道义不言，敦尚伦纪而务穷理致用，无拘儒迂腐之习，宗党莫不敬而亲之……有古逸民之风焉。"⑦ 在中国古代以传统伦理道德为重要评判标准的价值体系下，北田五子忠孝尚义、淡泊名利的人生哲学与处事态度无疑为他们赢得了社会的好

---

① 陈恭尹：《独漉堂文集》，见《四库禁毁书丛刊》集部第 183 册，北京出版社 2000 年版，第 688 页。
② 魏世效：《魏昭士文集》卷三《赠北田诸先生序》，见《四库禁毁书丛刊》集部第 6 册，北京出版社 2000 年版，第 323 页。
③ 陈恭尹：《独漉堂文集》，见《四库禁毁书丛刊》集部第 183 册，北京出版社 2000 年版，第 676 页。
④ 陈伯陶：《胜朝粤东遗民录》，见周骏富《清代传记丛刊》第 70 册，台湾明文书局 1985 年版，第 169 页。
⑤ 彭士望：《耻躬堂文钞》，见《四库禁毁书丛刊》集部第 52 册，北京出版社 2000 年版，第 122 页。
⑥ 彭士望：《耻躬堂文钞》，见《四库禁毁书丛刊》集部第 52 册，北京出版社 2000 年版，第 122 页。
⑦ 陈恭尹：《独漉堂文集》，见《四库禁毁书丛刊》集部第 183 册，北京出版社 2000 年版，第 675 页。

评与推崇,而良好的社会评价在北田五子社典范化的过程中发挥了毋庸置疑的作用。

其二,北田五子社核心人物陈恭尹特殊的身世与社团自创立伊始即带有的反清复明的政治意味,是促使社团成为清初典范遗民社团的重要因素之一。陈恭尹之父陈邦彦是"岭南三忠"之首,顺治四年(1647)广州沦陷时因抗清而殉国。他早年曾设馆讲学,为当时南粤硕儒名师。清初岭南许多重要的诗人如屈大均、程可则、庞嘉鳌等均是他的学生。无论是民族气节还是诗文创作,陈邦彦均饮誉一时。陈邦彦及家人殉难后,唯一幸存下来的长子陈恭尹怀着国破家亡的深痛巨创,与北田诸子同仇敌忾,积极从事反清活动。鉴于陈邦彦曾经的影响与号召力,明遗民自然会在陈恭尹身上倾注更多的关爱以寄托对陈邦彦的崇敬与哀思。更重要的是,遗民对陈恭尹寄予厚望,希望他能秉承父辈遗志,团结一切力量积极抗清。如一向以联络豪杰和"造士"为己任的易堂诸子对北田诸子尤其是陈恭尹格外关注,易堂诸人与陈恭尹等北田诸子之间虽多数并未见面,但彼此书信往来不绝,建立起了兄弟般的情谊。他们除了交流读书心得、切磋创作技巧之外,还深入探讨做人之道。如魏禧《答陈元孝》说:"吾辈断无悠游以消白日之理",又说"士君子生际今日,欲全身致用,必不能遗世独立。"① 希望他能走出户庭,有所作为。曾灿云:"时逼上元,河清可俟。先生胁力方刚,弗自颓唐,为祝鸡牧豕之举,是弟所引领而望也。"② 对他寄予莫大的期待。而这种公众心理期待无疑是北田五子社在清初遗民圈备受青睐与推崇的不容忽视的因素之一。

其三,北田五子与清初重要文人的广泛交游使其知名度不断提高,这也极大地推动了北田五子社的典范化进程。北田五子的交游对象包括岭南和外省籍的重要遗民及诗人。北田五子社的核心诗人陈恭尹是岭南遗民诗群网络的中心人物之一,北田五子中陈恭尹、何绛、梁琏、陶璜四人同时也是当时岭南另一较有影响的遗民社团——西园诗社的重要成员,他们与屈大均、梁佩兰、程可则、陈子升、王邦畿、高俨、张穆、王鸣雷、薛始亨等清初重要的岭南诗人交往密切,在当时诗坛享有盛誉。同时,北田五子社与江西易堂九子文人集团的关系非常密切。易堂文人彭士望、魏礼及子世效至粤,均与五子为昆弟交。史称魏礼"常出游……再至粤,句留独

---

① 魏禧著、姚守仁等校:《魏叔子文集》卷七,中华书局2003年版,第345页。
② 曾灿:《六松堂集》卷十四,见《四库未收书辑刊》第7辑第25册,北京出版社2000年版,第613页。

久，与北田五子深相结纳，有事于琼崖"①。陈恭尹对魏礼的琼岛之行寄予厚望："……一旦逢休明，千秋两人杰。丘相博古今，海公树风节。……君行渡琼海，跋浪如丘垤。二公所钓游，野老犹能说。经过祠庙下，为我停车辙。"②魏礼《赠别陈元孝》诗云："江水流天地，问君昔所之。曾经无忌墓，又吊屈原祠。"③对陈恭尹拜祭先贤的良苦用意也知之甚深。清顺治十七年（1660），陈恭尹、梁琏、何绛、陶璜四子与魏礼同游宿灵洲山寺，陈恭尹作《同何不偕、梁器圃、魏和公、梁药亭、陶苦子宿灵洲山寺，柬王说作、王大雁》（《独漉堂集·增江后集》）一诗以纪其事。魏礼返回宁都后，宁都不断有人来粤，仅见于陈恭尹诗集者，就有《送曾闇士还宁都，兼寄翠微诸兄》《赠别赖子弦、任切刚归宁都》等诗，曾闇士、赖子弦、任切刚等人均为易堂弟子。清康熙十四年（1675），易堂九子之一彭士望"扶衰冒艰险数千里入粤"④，结交陈恭尹。次年夏，易堂文人魏际瑞也接踵到粤，亦与陈恭尹结交［陈恭尹《独漉堂集·增江后集》有《送魏善伯之潮州》七律一首，此诗温肃《陈独漉先生年谱》系之康熙十五年（1676）］。可见，易堂九子集团与北田五子在怀思故国、图有所为等方面是心灵相通的。此外，北田五子还与朱彝尊、徐乾学、张雏隐等江南文人也结下了良好的友谊。如早在清顺治十三年（1656），朱彝尊来粤入曹溶幕，就与陈恭尹订交，其后二人交往甚密。清顺治十七年，浙江山阴诗人张雏隐来粤，张穆、何绛、陈恭尹、陶璜、高俨、林梧等人与之集于梁佩兰西园草堂，彼此酬唱甚欢。清康熙元年秋，北田五子等岭南遗民与魏礼、江南文士徐乾学集梁佩兰六莹堂分韵赋诗。易堂九子、朱彝尊、徐乾学均是清初声名显赫的文人，他们的认可与赞誉无疑推动了北田五子社在清初诗坛的声名鹊起。总之，与其说是特殊的遗民身份与忠贞的遗民情怀使得北田五子社在清初社会成为遗民社团的典范代表，毋宁说是清初文人的集体性审美理想在北田五子身上得到了情感投射与价值体认。北田五子社的典范化，正是其被清初文人想象成理想中的灵魂寄托之地及幽怀安顿之所的结果。

其四，在北田五子社这一典范遗民文人社团的成功建构过程中，时代思潮的转变起了决定性作用。明朝覆亡之际，个人的出处行藏是不容忽视

---

① 邓之诚：《清诗纪事初编》，见周骏富《清代传记丛刊》第20册，台湾明文书局1985年版，第228页。
② 陈恭尹：《独漉堂诗集》，见《四库禁毁书丛刊》集部第183册，北京出版社2000年版，第466页。
③ 魏礼：《魏季子文集》，见《四库禁毁书丛刊》集部第5册，北京出版社2000年版，第580页。
④ 陈恭尹著、郭培忠校点：《独漉堂集》，中山大学出版社1988年版，第1页。

的大问题,遗民一般以是否与清廷当道交接来衡量志行之清浊。另一方面,随着清朝统治的日益稳定,尤其是意识到复明无望之后,部分遗民则"不复以'一姓之兴亡'为念,转而以民族文化的存亡继绝为承当"①。他们对清廷的态度逐渐缓和,对那些交接清吏的遗民也表现出了一定程度的理解与包容。清初遗民对陈恭尹晚年行迹的不同态度正是遗民界思想分化的体现。陈恭尹晚年因受"三藩之乱"牵连入狱,出狱后意志消沉,常与达官贵人酬唱,也写了很多应酬之作。他的"交不择人"在当时遭到了同道的非议,如好友南海高士岑徵曾诗讽曰:"可怜一代夷齐志,却认侯门是首阳"②,亲密友人梁琏骂之曰:"向与公言,何事而仆仆走风尘为也。"③ 与此同时,另外一些思想较为通达的遗民对陈恭尹的行径则表现出极大的宽容与谅解。如彭士望说:"心知元孝沉痛患难,学与年深,驯猛鸷之气,渐就和易。"④ 又说:"心知元孝以小礼无所用,不寸寸度之。元孝其亦夙兴夜寐,以无忝其所生。"⑤ 对他交接清吏的行为较为理解。陈恭尹去世后,清初文人对他的一生也做出了较为中肯的评价。如朱彝尊说:"元孝降志辱身,终当进之逸民之列。"⑥ 的确,陈恭尹晚年锐气消磨,虽为生活所迫,常与达官贵人酬唱,但始终不仕新朝,且抗清复明之志终生未泯灭。当代学者郭培忠说:"在文网高张的政治重压底下,明遗民诗人中,已有不少与达官贵人交游。何况陈恭尹全家罹难,为保存先人一脉而隐忍全生,是有不得已之怀的。他虽与达官贵人交游,但始终不仕新朝,自称'罗浮布衣'。抗清报国之志,始终没有泯灭。"⑦ 张解民先生说:"与他这位前朝烈士遗孤、当朝不稳分子'折节'下交得最为密切的'贵人',多为识重风雅,本身就是文艺家的王渔洋、朱竹垞、彭羡门之流。恭尹卖文鬻字养妻活儿,自食其力,并未卖论取官,'损节'之讥,实在是要求过苛了。"⑧ 这些看法是比较公允的。时人及后世对陈恭尹的包容与认可对评价陈恭尹的

---

① 孔定芳:《明清易代与明遗民的心理氛围》,载《历史档案》2004 年第 4 期。
② 陈伯陶:《胜朝粤东遗民录》,见周骏富《清代传记丛刊》第 70 册,台湾明文书局 1985 年版,第 53 页。
③ 陈伯陶:《胜朝粤东遗民录》,见周骏富《清代传记丛刊》第 70 册,台湾明文书局 1985 年版,第 173 页。
④ 陈恭尹:《独漉堂诗集》,见《四库禁毁书丛刊》集部第 183 册,北京出版社 2000 年版,第 375 页。
⑤ 彭士望:《耻躬堂文钞》,见《四库禁毁书丛刊》集部第 52 册,北京出版社 2000 年版,第 123 页。
⑥ 朱彝尊:《静志居诗话》卷二十二,人民文学出版社 1990 年版,第 712 页。
⑦ 陈恭尹著、郭培忠校点:《独漉堂集》,中山大学出版社 1988 年版,第 4 页。
⑧ 张解民、叶春生等:《顺德历史人物》,人民出版社 2005 年版,第 133 页。

道德志行及进一步稳固北田五子社的典范地位无疑有着不容忽视的重大意义。可见，人心向背及时代思潮在一定程度上可以影响价值评判标准，从而对文人评价及社团评价产生直接的影响。

总的来说，北田五子社之所以能成为清初典范的遗民文学社团，主要有以下三方面原因：北田五子的生存方式体现了清初遗民群体的遗民怀抱，具有政治操守和道德毅力上的模范意义；北田五子结社赋诗的形式集中体现了清初遗民群文学活动的典型特征，全面体现了清初遗民文人的生命价值；北田五子社的典范化是在社会公众心理及集体性审美理想的合成作用下，由明遗民群体共同选择与创造的结果。由此可见，对文学社团的研究，除了要深入挖掘社团本身所具有的政治价值和文学价值之外，还应充分关注社会评价、公众心理期待、集体性审美理想、时代思潮等多方因素。

下编：明清之际岭南诗人诗作研究

第五章　爱国诗人邝露的诗论和诗作

邝露，初名瑞露，字湛若，别署海雪畸人，明福洞主。广东南海人。生于世代书香之家，自幼才华卓越。邝露工于诗词、精于骈文，擅长古琴；又是篆、隶、行、草、楷各体兼擅的书法家，其草书字迹劲秀，酣畅自然，师法王羲之，略近祝枝山，上追黄庭坚，既任情恣肆，又矩度精严，能放能收，深得书法之要。屈大均称"邝湛若八分绝得汉法，楷书仿颜氏家庙碑。自书所撰诗集，使工刻之，卷首篆'藏之名山，传之其人'八字"①。邝露还通晓兵法、骑马、击剑、射箭，又是古文物鉴赏家和收藏家，可以说是个通才。著有《峤雅》二卷、《赤雅》三卷。邝露与黎遂球、陈邦彦并称"岭南前三大家"。其诗意境深窈，词采华茂，人称"粤中屈原"。

第一节　传奇人生

邝露是一个秉性不羁、气质浪漫、鄙视金钱、不慕科名、蔑视传统礼法的"奇人"。他的一生充满了浓郁的传奇色彩。

邝露出生于书香世家，家学渊源极为深厚。其祖父彭龄，隆庆辛未年（1571）进士，曾任知县，颇有政绩。其父思浩，廪生，甚有才名，与当时名流交往密切。在祖父辈潜移默化的熏陶之下，邝露年幼之时就表现出了卓越的才华。邝露曾自称："五岁时，其塾师、父命作甘露诗，应声而就。"② 他早岁而孤，家境中落，"以父祖皆能诗而业未竟也，益力学苦吟"③。为了作诗，"往往忘废寝食，抵触树木、倾坠坑堑而未尝觉"④。十岁时，邝露跟随憨山大师，其间遍读儒释道各种经籍。颇有意思的是，邝露虽然受到较为正统的教育，"但他这一生，对举子业可说毫不热衷，有时

---

① 屈大均：《广东新语》，中华书局1985年版，第365页。
② 邝露撰、黄灼耀校点：《峤雅》卷五，广东高等教育出版社1990年版，第303页。
③ 薛始亨：《邝秘书传》，见《蒯缑馆十一草》，转引自《丛书集成续编》第126册，上海书店出版社1994年版，第977页。
④ 薛始亨：《邝秘书传》，见《蒯缑馆十一草》，转引自《丛书集成续编》第126册，上海书店出版社1994年版，第977页。

甚至还对之极表不敬"①。邝露喜欢读《左传》《庄子》、"屈赋",追慕前代的竹林七贤。他还会舞剑,喜谈兵,有学者说他"是一个博通多能、思想不大安分的读书人"②。

邝露早年恃才傲物,放浪不羁,"常敝衣跣履,行歌市上,旁若无人"③,性情与魏晋名士嵇康极为相似。据清代钮琇的《觚剩》一书记载,邝露十五岁时参加科举考试,督学使者尝以恭、宽、信、敏、慧为题考试,由于邝露自负文才盖世,答卷时以真、行、篆、隶、八分五体书之,督学大怒,黜置五等,露大笑弃去。此后,他参加过几回乡试,都名落孙山。"于是任诞纵酒,或散发徜徉市中,傲然不屑,以是颇为礼法之士所仇。"④ 明崇祯七年(1634),上元夕夜,邝露与陈潘诸少年,跨马游骑广州五仙观灯市,遇南海县令黄熙印出巡仪仗,邝露酒醉不避,群隶喝令下马,邝露反而赋诗讥讽"骑驴误撞华阴令,失马还同塞上翁"。就此惹下大祸,而被削去功名⑤。此后邝露弃家避祸,开始流亡生活。登程之初,他写了一组《述征》诗以赠诸友,其中一首诗云:"弃繻出国门,遥望界垣树。上连苍梧云,下荫漓江渚。华叶辨丰凶,巢穴识风雨。有似英雄人,龙蛇争割据。周周啼衔羽,猩猩谙人语。抚此琼枝树,娑婆慰离旅。"⑥ 诗歌格调苍凉沉郁,通过描绘诗人途经三湘时的所见所感,表达了诗人离家出游时复杂的思想感情。诗中提及群雄割据地盘就像龙蛇争斗一样,而"华叶辨丰凶,巢穴识风雨"两句也似隐含深刻的寓意,可以看出他对社会现实的关注及人世间善恶美丑的思考。

流亡期间,邝露遍游广西各地,沿途赋诗,才华得到酣畅淋漓的宣泄,并写下《赤雅》三卷,生动详细地记录了广西少数民族地区的民族风情、山川地貌、古迹名胜、珍禽异兽、逸闻趣事等,蔚为大观。屈大均认为此书"奇怪若《山海经》《齐谐》,华藻若《西京杂记》"⑦。《四库全书简明目录》提及此书"虽不免有所涂饰,而山川物产,序述简雅,实不在《桂海虞衡志》下",是一本颇受清人重视的地方性杂记,对研究广西古代少数

---

① 宁祥:《明末广东诗人邝露》,载《佛山大学佛山师专学报》1988年第1期。
② 宁祥:《明末广东诗人邝露》,载《佛山大学佛山师专学报》1988年第1期。
③ 王士禛:《池北偶谈》,中华书局1982年版,第254页。
④ 薛始亨:《邝秘书传》,见《蒯缑馆十一草》,转引自《丛书集成续编》第126册,上海书店出版社1994年版,第978页。
⑤ 吴天任:《邝中秘湛若年谱》,香港何氏至乐楼丛书1991年版。邝露在上元节骑马游灯遇南海县令,有多位文人学者述此事,以邝露同里薛始亨撰《邝秘书传》最为详细,但未提及此县令姓名;清嘉庆年间阮元撰《广东通志》时补录了县令姓名:黄恭庭,字熙印,福建晋江人。
⑥ 邝露撰、黄灼耀校点:《峤雅》卷二,广东高等教育出版社1990年版,第162页。
⑦ 屈大均:《广东新语》卷十一,中华书局1985年版,第334页。

民族及山川古迹也有重要的参考价值。同时，他还留下了众多脍炙人口的游记，充分展现了其过人的才华。在广西，邝露深入瑶民"岑、蓝、胡、侯、盘"五姓土司境，还得到当地瑶族执兵符云䕀娘的赏识，担任过掌书记。

之后，邝露度桂岭、泛洞庭、涉九江。东至会稽、金陵，北上京华、幽燕，历时五年之久。秀丽的名山大川，孕育了他的诗情豪兴，丰富的社会阅历，加深了他的生活感受。邝露沿途赋诗数百首，诗名远播吴、楚、燕、赵。在扬州，他写了十二首《赤鹦鹉》，为世人所传诵，因而有"邝鹦鹉"之誉。据说邝露每到一地，名公大卿争相逢迎，礼为上宾。此次出游，邝露虽历尽艰辛，但开阔了视野。他看到权贵的骄奢、官吏的横暴以及战乱中人民的痛苦。他目睹社会现实的许多丑恶和不平，悲愤抑郁，借诗遣怀，写下了许多优秀的作品，无论是内容还是形式，都进入成熟时期。

明崇祯十二年（1639），黄熙印受贿获罪，逃亡五年之久的邝露终于重返故里。崇祯十五年（1642），他供职于史馆。那年，名将袁崇焕冤死已十二年。邝露与袁崇焕的故交梁非馨上书力辩，提出袁崇焕乃忠心报国，死非其罪。袁崇焕最终得以洗雪沉冤，复爵赐葬。此事令邝露感慨万分，遂创作《留都赠梁非馨》一诗。诗云："逐客同征雁，翩翩出塞垣。夸胡曾断臂，哭汉不归魂。别久见如梦，相看无一言。龙精千尺雪，持照昔人心。"诗下自注云："非馨为袁督师重客。督师以孤忠见法，天下冤之。后十二年，予与非馨同朝，非馨在主政，余在史馆。疏白其冤，服爵赐葬，非馨真信友矣！"① 追忆了袁崇焕的冤情，并高度赞扬梁非馨知恩报恩、忠心耿耿的高尚情操，也体现了诗人的凛然正气。

明崇祯十七年（1644），李自成攻陷京师，清兵入主中原，明朝灭亡。邝露悲愤感慨，决心为恢复明室贡献力量。他曾作有《当事君行》一诗，从中可看出其雄心壮志。其诗云："不哑吞炭漆为疠，殿屎入梁，匍匐入厕。更音易貌心苦悲，良友断肠，妻不与知。百年意气生命促，不斩君衣，何能瞑目？主仇未报，白日逋亮，为国士安得完肤？身无完肤仇未报，斩衣流血徒草草。褫仇之魄，以愧二心。臣命不如，臣心已穷。"② 四月，马士英、阮大铖拥立福王朱由崧于南京建元弘光。他们把持朝政，罗织复社中人。邝露曾投阮大铖门下，曾为阮大铖的《咏怀堂诗》写过一篇序，自称"门生"。当认清阮大铖的恶劣品德之后，邝露即贻书断绝师生关系，表现出强烈的是非观念和正义感。邝露寄希望于南京政权，只身远赴南京，

---

① 邝露撰、黄灼耀校点：《峤雅》卷五，广东高等教育出版社1990年版，第265页。
② 邝露撰、黄灼耀校点：《峤雅》卷一，广东高等教育出版社1990年版，第58页。

欲上书献策。谁知抵达九江时，闻南京失守，悲愤南归。隆武二年（清顺治三年，1646），广州首次沦陷于清兵铁骑之下。邝露长子邝鸿（字钊孟，工诗，善击剑）亲领北山义军千余人，与清兵激战，壮烈战死于广州东郊。次年（永历元年，1647），经人举荐，邝露怀抱复国愿望，投奔肇庆永历政权，被任命为"中书舍人"。他往返于肇庆、广州，为光复大业而不辞劳苦。

永历四年（清顺治七年，1650），邝露奉使还广州，遇清兵围城。他把妻儿送回家乡，只身还城，积极参与保卫广州城的战斗，与守城将士死守达十个月之久。是年十一月，西门外城主将范承恩通敌，导致广州城陷。此时，邝露已将生死置之度外，恢复名士风度，身披幅巾，抱琴外出，适与敌骑相遇。敌军以刀刃相逼，他狂笑道："此何物？可相戏耶？"敌军亦随之失笑。然后，他慢步折回住所海雪堂，端坐厅上，将自己生平收藏怀素真迹和宝剑等文物，尽数环列身边，自己正襟危坐其中，边弹奏古琴边长啸高歌，将生死置之度外，绝食，最后抱琴而亡，死时年仅四十七岁。

邝露的一生可谓充满了传奇色彩。在清朝统治者的铁蹄下，他积极投身于抗清斗争，死而后已，成为世人景仰的抗清义士。后人慕其刚毅忠烈、文章声气，将其与顺德的陈邦彦、番禺的黎遂球并称为"岭南前三大家"。他同时是一位有民族气节的诗人，诗歌是他一生生命历程和情感世界的展现，也反映了明清易代之际的社会现实与时势变迁，兼有诗人心史与时代诗史的特征，具有诗学史和社会文化史的双重价值。他用自己的诗歌创作与生命历程，真正诠释了"诗人"的生命价值。

第二节 论诗主情

明清之际，岭南的诗论家并不多。邝露虽一生勤于诗歌创作，却并不以论诗名世，也很少刻意去创作专门论诗的文章。但从其为友人所作的诗序及日常诗文交流的相关文字中，依然可以看出他的基本诗学主张和创作观念。

邝露为友人张穆所作的一篇诗序就集中表现了他的诗歌创作主张。其文云："诗之道，一喜一愠尽之矣。无所喜，无所愠，无诗矣。喜斯陶，陶斯咏，咏斯犹，犹斯舞，八伯赓歌，明良喜起之所为作也。愠斯戚，戚斯叹，叹斯辟，辟斯踊，三百篇，圣贤发愤之所为作也。士炳灵河岳，倜傥负意气,悯时政得失,达事变而怀旧俗。主文谲谏,失职而志不平,固其所也。"① 从这段文字可以看出,邝露认为诗歌是人的情感的表达,主张作诗须有强烈的感情。无论喜或愠,都是诗歌产生的重要的情感基础。没有情感的基础,诗歌就不成其为诗了。

  中国自古以来就有"发愤以抒情"的说法。这一说法最早见于屈原的《九章·惜诵》篇:"惜诵以致愍兮,发愤以抒情。"② 其后司马迁更是发展了"发愤著书说",他在《史记·太史公自序》中说:"夫《诗》《书》隐约者,欲遂其志之思也。昔西伯拘羑里,演《周易》;孔子厄陈蔡,作《春秋》;屈原放逐,著《离骚》;左丘失明,厥有《国语》;孙子膑脚,而论兵法;不韦迁蜀,世传《吕览》;韩非囚秦,《说难》《孤愤》;《诗》三百篇,大抵圣贤发愤之所为作也。此人皆意有所郁结,不得通其道也,故述往事,思来者。"③ 自从司马迁提出"发愤著书说"后,历代都有文人对此加以发挥、补充,使之成为中国文学批评史上一个很重要的论题。魏晋时期,刘勰在《文心雕龙·才略》里提到冯衍的生平和创作实践的关系时用了"蚌病成珠"这个比喻,与司马迁所论意思接近。钟嵘在《诗品序》中曰:"使穷贱易安,幽居靡闷,莫尚于诗矣。"④ 他在《诗品》中把汉代李陵的诗列为上品,对其评论说:"有殊才,生命不谐,声颓身丧。使陵不遭辛苦,其文亦何能至此!"⑤ 也强调痛苦的生活经历是作家创作的重要源泉。唐宋时期,伟大诗人李白结合自己的创作经验,在《古风》中提出了"哀怨起骚人"的观点。杜甫在《天末怀李白》中也写道:"文章憎命达。"意谓文才出众者总是命途多舛,语极悲愤。韩愈在《送孟东野序》提出"大凡物不得其平则鸣"的观点,后来又在《荆潭唱和诗序》里称"愁思之声要妙,欢愉之辞难工"。意思是说愁思怨愤容易使人创作出好的作品。宋代的欧阳修沿着韩愈"穷苦之言易好"的观点继续发展,他在《梅圣俞诗集序》中提出"诗穷而后工"的观点。陆游也有"天恐文人未尽才,常教零落在蒿莱"的说法。明代何景明在《述归赋》中也称:"左氏著《国语》,马迁撰《史记》,荀卿董子之流,皆有论撰,大抵困屈穷厄,发愤述作。"⑥ 这些观点和司马迁的"发愤著书说"是一脉相承的,都认为意有所郁结,内心受

---

① 邝露撰、黄灼耀校点:《峤雅》卷七,广东高等教育出版社1990年版,第377页。
② 屈原著、董楚平译注:《楚辞译注》,上海古籍出版社2006年版,第127页。
③ 郭绍虞:《中国历代文论选》第一册,上海古籍出版社1979年版,第78-79页。
④ 钟嵘:《诗品集注》,上海古籍出版社1994年版,第47页。
⑤ 钟嵘:《诗品集注》,上海古籍出版社1994年版,第88页。
⑥ 马积高、曹大中:《历代词赋总汇》(明代卷)第7册,湖南文艺出版社2014年版,第5679页。

压迫而不得舒缓,是作诗著文的重要的情感基础。只有借作诗著文发挥疏通,才能达到心理的平衡状态。这种观点不仅指出了诗歌产生的过程,也显示出了穷且益坚的意志,强调了创作者在逆境中奋起而不消沉的品格,具有很强的理论性和思想价值。

邝露的主情论是对上述观点的继承和发扬。较为难得的是,他既重视"发愤以抒情""发愤著书说"中所强调的"愠怒"类情感在文学创作中的重要地位,也重视"喜"即欢愉类情感在诗歌创作中的感发力量。由此可见,邝露对诗歌有着较为通达的审美观念,认为无论是出于欢愉还是愠怒,只要具备真情实感,就能创作出动人的诗歌。

但在具体的诗歌创作实践中,邝露似乎更为钟爱《小雅》及《离骚》中因现实感触而生发出的缠绵悱恻之气,并通过自己的创作孜孜以求。他的诗歌追求与诗歌创作也得到时人及后人的认可与称赞。屈大均在其《广东新语·诗语》中称邝露诗:"为诗则忧天悯人,主文谲谏,若《七哀》《述征》诸篇,虽《小雅》之怨诽,《离骚》之忠爱,无以尚之。"① 何日愈《退庵诗话》亦评价其诗:"得《小雅》《离骚》之旨。"② 沈德潜《明诗别裁集》评曰:"湛若诗原本楚骚,五言尤胜。五言佳处全在气韵,不求工于语言对偶之间,得此意可与读湛若诗。"③ 王士禛也说:"露南海人,著《峤雅》,有骚人之遗音。"④ 这些评价均指出了邝露诗歌对《诗经·小雅》及屈原《离骚》关注现实、忧时悯世且含蓄蕴藉、忠爱缠绵、怨而不怒、哀而不伤的诗风的继承。另外,邓之诚《清诗纪事初编》则谓邝露"乐府古诗,多及时事,寄慨无穷,不朽者正在此耳"⑤,认为邝露的乐府诗继承了汉乐府的现实主义和缘事缘情而发的传统,也指出了邝露诗歌的现实主义特色。如《陌上桑》《美女篇》《猛虎行》等诗篇,托拟人物或动物以自况,表现自己不流俗于世的高洁情怀和控诉社会黑暗的不满。

此种诗学追求,在邝露的《述征》组诗中也表现得非常明显。其九诗云:"歧路叹式微,同心赋埙篪。问君此何时,鹎鵙鸣高枝。繁华歇芳岁,日暮朱颜缁。颜缁亦云已,古处今然疑。鱼鳖不上汉,松柏不处卑。留侯托黄石,范蠡溯鸥夷。春华吾不羡,岁寒吾不欺。苦李载道傍,匏瓜甘后

---

① 屈大均:《广东新语》卷十二,中华书局1985年版,第351页。
② 钱仲联:《清诗纪事》一,江苏古籍出版社1987年版,第150页。
③ 钱仲联:《清诗纪事》一,江苏古籍出版社1987年版,第149页。
④ 王士禛:《带经堂诗话》,人民文学出版社1963年版,第274页。
⑤ 邓之诚:《清诗记事初编》卷二,见《清代传记丛刊》第20册,台湾明文书局1985年版,第312页。

时。莽莽楚日黄,薄莫将安依?"① 诗前有序云:"甲戌献春,去亲为客。途登百粤,水宿三湘。得诗十章,贻诸知好,用达所届。"② 诗序交代了此诗创作的时间及创作过程。甲戌献春,即明崇祯七年(1634)孟春正月。这一年邝露得罪南海县令黄熙印,为避祸被迫弃家逃亡,从此开始颠沛流离的生活。这是他一生重要的转折点。诗人遭遇人生困厄,其时又正值山河破碎、社会动荡不安,个人的身世之感与对家国、历史、政治的哲思相交织,无限感慨油然而生,因此作诗十首以抒怀。这些诗以鱼鳖比拟小人,以松柏自明心志,又用"张良圯上受书""范蠡归隐"的典故来抒写自己壮志未酬、四处漂泊的哀怨,表达前途茫然、无所归依的彷徨心态。从中亦可见诗人面对世风日下、是非不明、伦常失序的末世,欲济世却不能、欲弃世又不忍的矛盾、痛苦与抑郁的复杂心情。此类诗歌是对现实与心境的真实写照,诗人采用委婉曲折的手法来表现,尤为悱恻动人。难怪王士禛《戏仿元遗山论诗绝句》评其诗曰:"海雪畸人死抱琴,朱弦疏越有遗音。九疑泪竹娥皇庙,字字离骚屈宋心。"③

同时,邝露极为追求诗歌中的音律美,这与当时大多岭南诗论家的观点一致。他说:"诗贵声律,如闻中宵之笛,不辨其词,而绕云流月,自是出尘之音。"④ 强调了诗歌音律的重要性,认为讲究声律的诗篇可以给人以绕梁三日、超凡脱俗之感。这种观点有一定的积极意义。但是,与其他岭南诗论家不同的是,邝露不仅强调诗歌的音律美,他在作诗时还喜欢过度用典,更爱使用生僻字。如檀萃曾批评说:"湛若之集……多用古字,聱牙难读。"⑤ 又说:"大抵粤诗自黎美周、邝湛若而后,变尚西昆,而王说作尤造其极……虽以三家之雄才,其古音纵横,浩荡不可端倪,而至于近体,则梁、陈委靡,无复南园后五先生高华典贵之风焉。"⑥ 他认为黎遂球、邝露、王邦畿等岭南诗人的诗歌辞藻华丽、古音和谐,固有其可取之处,但却过度追求形式的整饬、典丽,具有西昆体之习气,特别是近体诗思想贫乏空虚,脱离社会现实,与南园后五子的高华典贵之风完全不同。檀萃还批评了黎遂球、邝露等人的诗论倾向对当时的岭南诗坛造成了不良影响。他说:"海目二子启图、叔永,皆能诗,而格调一变,入于温李。盖其昆季

---

① 邝露撰、黄灼耀校点:《峤雅》卷二,广东高等教育出版社1990年版,第166页。
② 邝露撰、黄灼耀校点:《峤雅》卷二,广东高等教育出版社1990年版,第158页。
③ 钱仲联:《清诗纪事》一,凤凰出版社2003年版,第148页。
④ 屈大均:《广东新语》卷十二,中华书局1985年版,第357页。
⑤ 檀萃:《楚庭稗珠录》卷四,广东人民出版社1982年版,第131页。
⑥ 檀萃:《楚庭稗珠录》卷四,广东人民出版社1982年版,第133页。

多与黎美周、邝湛若诸公游，故不能无所渐染耳。"①

的确，片面强调音律、过度锤炼字句容易导致内容贫乏，这可以说是邝露诗论的缺陷所在，也是他的诗歌为人诟病的原因之一。学者宁祥也指出："僻字和僻典的使用，使邝露的一些诗变成了谜一样的东西，不但索解为难，而且典故的堆砌，也使诗歌的唯一生命——真实性——受到了破坏。"② 但若据此就认定邝露的诗歌全部"尚华"而不"务实"，则未免过于主观和偏狭。我们应该看到，邝露诗集中有很多联系现实、发抒襟怀，关心家国命运、同情民生疾苦的诗作，这些作品虽有别于当时岭南诗坛追求"雄直"之气的主流诗风，但其所蕴含的丰富的思想内涵及积极的现实意义却是不能抹杀的。另外，邝露、王邦畿等人"变尚西昆"的诗歌风格或许可能只是形式上的一种掩饰，对其诗歌的复杂本质还应结合其身世及社会环境来理解。如批评过邝露、王邦畿的檀萃还说："（王说作）集中近体为多，托喻遥深，缠绵悱恻，憔悴婉笃，善于言情，哀而不伤……不细论其身世，几以为体尚西昆，而不知故谬其辞而假以鸣者，……所谓'楚雨含情皆有托也'。"③ 这似乎是对自己之前观点的一种纠正。他认为王邦畿的变尚西昆可能是特殊环境下一种委婉曲折、便于表达的方式，并非完全一味追求形式。这些评价是中肯的。王邦畿将自己的作品集命名为《耳鸣集》，并自作序云："耳自鸣也，耳自听也。孰与汝听之？人有不自知，其为耳鸣也者，殷殷然如雷也，以为雷也；蓬蓬然如鼓也，以为鼓也，且以天下皆为雷也鼓也。询之人，罔有听者。予之诗亦若是则已矣。十年以前失去不复存，十年以后删去不敢存，其或托微辞以自见，亦自听之，人不得而听也，又何必存人？曰耳之鸣也，不可听也。举天下之人告以耳鸣，莫不默喻其所以然者，不以耳听，以心听也，予然之。仅存一二，或以待天下有心人。"④ 可见其确有难言之隐。同样，邝露说"诗贵声律"实质上也只是从注重音律的角度来谈诗，不等于否定诗歌内容的重要性。

这也说明，在明末岭南诗坛，除了"雄直"的诗风之外，还存在着另外一种柔婉诗风。此种诗风由于其雕采太甚，用典失度，形式过于精丽浮艳，与岭南诗歌重雄直的诗学传统不符，因此其表现形式不太令人喜爱，甚至受人诟病。但若深入全面地去挖掘其诗歌内容，就会有完全不同的发

---

① 檀萃：《楚庭稗珠录》卷四，广东人民出版社1982年版，第115页。
② 宁祥：《明末广东诗人邝露》，载《佛山大学佛山师专学报》1988年第1期。
③ 檀萃：《楚庭稗珠录》卷四，广东人民出版社1982年版，第123页。
④ 王邦畿：《耳鸣集》卷首自序，见《四库禁毁书丛刊》集部第87册，北京出版社2000年版，第46页。

现。正如宁祥所说:"邝露主张'诗贵声律'而写了许多'忧天悯人'的作品,王邦畿主张'敛华就实'而写了许多貌似西昆的艳诗,这二位诗人的'言行不一'说明古代作家文学活动的复杂性,是值得注意的有趣现象。"①这些有趣的现象有助于我们全面认识明末岭南诗坛的多样化,也有助于认识岭南诗风的嬗变过程。

第三节　慷慨诗意

邝露的诗比较真实地反映了明末社会的面貌,表现出诗人对社会人生的认识和感受,大都有较为深刻的思想内容和强烈的爱憎情感。《峤雅》作为邝露的传世著作之一,集中收录了二百五十首诗歌。其中,古体诗有一百一十六首,近体诗有一百三十四首。邝露现存的诗歌数量不多,内容却相当广泛,形式也颇为多样,举凡赠别酬唱、咏怀寄远、旅途困顿、人生感悟,抑或对权贵骄奢淫逸生活的揭露,对家国世事的悲愤与感叹,对抗清志士的讴歌与赞扬,在其诗歌中均有表现。这些作品大都慷慨激昂,饱含着诗人的牢骚不平之气。

邝露一生交游广阔,故其诗歌中有很多与朋友之间的赠别酬唱之作。据初步统计,《峤雅》集中寄赠、送别的诗篇有五十余首,占全部诗作的近五分之一。邝露与明末岭南诗坛上较为活跃的陈子壮、黎遂球等"南园十二子"交往非常密切,与他们酬唱甚多。明天启四年（1624）,陕西道御史梁元柱因弹劾魏忠贤削籍归,隐于广州粤秀山,并于广州粤秀山麓建"偶然堂",时常于花晨月夕间邀请陈子壮、邝露、黎遂球、李云龙等广州诸生饮酒高会,赋诗作画。其后梁元柱与黎遂球、李云龙、欧必元、赵焞夫、黎邦瑊等结诃林净社,推陈子壮为社长,邝露也参与了诗社的雅集活动。明崇祯元年（1628）四月,袁崇焕被朝廷起用。在他入京赴职之际,陈子壮召集满怀激情的岭南名士聚集广州光孝寺,为他饯行,邝露也适逢其会,并作《题肤功雅奏图》四首七言律诗以贺。其一诗云:"一曲清歌送谢安,青云天上忆弹冠。千秋首蓿归秦垒,九伐威仪肃汉官。涿鹿月连弓影合,卢龙霜落剑花寒,明时自笑终童老,欲请长缨愧羽翰。"②希望他不要辜负君主和朝廷的厚望,再度驰骋疆场,平定边疆叛乱。

邝露与区怀瑞、陈子升也交情甚厚。明崇祯十四年（1641）九月,区怀瑞北上任北直隶平山知县。临行前黎遂球送怀瑞北上山水小幅,邝露作

---

① 宁祥:《明末广东诗人邝露》,载《佛山大学佛山师专学报》1988年第1期。
② 林亚杰:《广东历代书法图录》,广东人民出版社2004年版,第140页。

《送区启图出补平山》诗以送。他盛赞区怀瑞的经纬之才:"断鳌炼五石,挥戈回朱轮"①,并谆谆告诫他取得成绩后要功成身退:"藏弓谢圭绂,要之江南春。"② 另邝露《峤雅》卷五有《皖口值区启图出宰当阳》诗:"微官君自去,楚水日遥遥。紫盖新花县,当阳旧阪桥。荆吴中酒别,南北断蓬飘。郢曲高难和,非君莫见招。"③ 当为区怀瑞之前出任当阳县令时作。清顺治二年(1645)三月,邝露与区怀瑞将入南都,赴阙上书,邝露作《乙酉入都留别古冈诸同社》诗留别诸友人。诗云:"三月垂杨绿去津,黄鹂飞上柳塘春。中州岂借探丸客,上巳应逢捧剑人。《王命论》存知有汉,《说难》书在不干秦。悲歌且莫催离筑,暂醉兰亭曲水滨。"④ 表达了对朋友的依依惜别之情。另陈子升《中洲草堂遗集》卷十一《寄邝湛若》《和邝湛若苍梧访太真绿珠遗迹》等诗及邝露《初拜官呈陈乔生黄门》诗均展现了邝露与陈子升多年的友谊。

在邝露一生的交游中,有一个人特别值得关注,即阮大铖。阮大铖以进士居官后,先依东林党,后依魏忠贤,崇祯朝以附逆罪去职。明亡后在福王朱由崧的南明朝廷中官至兵部尚书、右副都御史、东阁大学士,对东林、复社人员大加报复,南京城陷后降清,后病死。作有诗文集《咏怀堂全集》及传奇"石巢四种"。明崇祯七年(1634),邝露从广西瑶区向北游历,途经南京,恰逢阮大铖因"附逆"案寓居南京,广结交文人学士,蓄养清客,以图东山再起。邝露慕其名望,师事阮大铖,期望将来能得其举荐,实现报效朝廷的理想。在此期间邝露写了很多诗篇与阮大铖唱和,如《文选楼答石巢先生人日见寄》《赠石巢先生》《秋浦酬石巢先生》《皖城谒石巢先生》等,并为阮大铖的诗集校勘作序。阮大铖亦有多首诗记载与邝露的交往,如《邝公露从岭南相访感赋》《访邝公露著夷土异书于三祖寺》《秋夕同邝公露坐循元上人绿梦居》《月下饮邝湛若感时有赋》等,并对其诗作赞赏有加,曾在《石巢诗话》序言中称:"湛若诸律,以曹、刘、鲍、庾之才,降就沈、宋之法,如驱八骏折旋于蚁封之上。故韵流于苏李,而酝酿于辋川、襄阳,超百粤而孤出,陵三唐而特奏。"⑤ 其后阮大铖在弘光朝(1645)得势,罗织东林,网罗复社,邝露深以为耻,毅然贻书与之绝交,充分表现出一位正直文人的正义感。

---

① 邝露撰、黄灼耀校点:《峤雅》卷二,广东高等教育出版社1990年版,第124页。
② 邝露撰、黄灼耀校点:《峤雅》卷二,广东高等教育出版社1990年版,第124页。
③ 邝露撰、黄灼耀校点:《峤雅》卷五,广东高等教育出版社1990年版,第267页。
④ 邝露撰、黄灼耀校点:《峤雅》卷六,广东高等教育出版社1990年版,第369页。
⑤ 邝露著、黄灼耀校点:《峤雅》,广东高等教育出版社1990年版,第8页。

清顺治八年（1651）二月，清兵陷广州，邝露不食，身披幅巾白袍，抱琴从容赴死。当邝露被围困在广州城时，友人王邦畿曾作《寄怀邝湛若》诗，诗云："屋角见新月，林端动远思。候潮鱼海渺，哀野雁云悲。离乱非今日，烽烟又一时。如何春色暮，秾李嫁高枝。"①该诗题下自注："时在围城内。"抒发对邝露的挂念与担忧。邝露赴难后，诸诗友纷纷作诗以哀悼。张穆《铁桥集》有《哭邝中秘湛若》诗，薛始亨作有《哭邝湛若中秘》《邝秘书传》等。王邦畿亦作《忆邝舍人湛若》诗，题下注云："庚寅城陷死之"。诗云："生死曾何恨，孤忠独有君。遗书当世重，大节后人闻。霜白林初落，秋黄菊又芬。悠悠今夜月，谁与论予文。"②抒发对诗友良朋死难的哀痛之情。邝露与朋友间的酬唱之作不仅表现了他们之间的深情厚谊、砥砺志节，也为研究邝露与友人的交往提供了重要史料。

邝露是一位富有批判精神和正义感的岭南文人。面对晚明社会动荡、民生凋敝、纲纪废弛、是非不明的现实环境，他不免忧愤满怀、感慨频生。他在诗歌中大胆揭露和批判封建权贵的骄奢昏庸，并对他们的蛮横行径进行无情的挖苦和鞭挞。其中最具代表性的是《君子有所思行》一诗，诗云："扁舟溯大江，遥望枞阳城。枞阳无民居，比屋接华缨。层台高中天，俯视日与星。穿池通月窦，筑石概蓬瀛。燕婉蛾眉女，提携弄秦筝。宵珠缀流光，丹唇含至精。鸡人唱春曙，鹤盖鹜云𫐐。金膏将翠羽，脂韦流丹诚。雌黄出唇吻，呫嗟植枯荃。东观擅金穴，西第接铜陵。苍头横眦睚，凿齿猖狰狞。要离焚妻子，专诸托弟兄。杀人工使酒，长安动知名。神理忌盈满，鬼瞰宜高明。祸斗啸萧墙，毕方吟户庭。积薪尚酣寝，欹器难久盈。泪丝贯乐石，蚁穴漏嵩陵。谁谓帝京远？汤汤汉道明。寄言轩冕客，天爵尔勿轻！"诗后注云："甲戌七月，客桐城，见世室之兼并，惧游民之扇乱。八月，民变火城；九月，寇毁中都。遂不觉其言之中也。"③崇祯七年（1634）七月，邝露途经安徽，目睹权贵巧取豪夺、百姓被迫背井离乡的现实，遂有感而发，对封建贵族的骄奢淫逸进行了无情的揭露。他提醒统治者"积薪尚酣寝，欹器难久盈"，并"寄言轩冕客，天爵尔勿轻"，希望统治者能够重视自身的品德修养。由此可见，早期的邝露对封建权贵尚心存幻想。

随着对社会现实认识的加深及自身思想的日益成熟，邝露诗中的批判意识更为强烈。如其《止酒和陶靖节》诗云："止酒不可止，得酒性乃便。何世非大梦？何夜非长年？何天非梦梦？何帝非陶然？大饮盗海岳，酼龙

---

① 王邦畿：《耳鸣集》，见《四库禁毁书丛刊》集部第87册，北京出版社2000年版，第73页。
② 王邦畿：《耳鸣集》，见《四库禁毁书丛刊》集部第87册，北京出版社2000年版，第73页。
③ 邝露撰、黄灼耀校点：《峤雅》卷一，广东高等教育出版社1990年版，第37页。

酺麟肩。小饮盗沼沚，烹葵醱茎莲。嗒然既丧我，优哉复忘天。天岂与我违？太和同周旋。笑彼独清醒，怀沙甘湛渊。沐猴希万乘，封豕冠进贤。乘舆辱执盖，箕豆横相煎！手持一樽者，不受诸可怜。”[①] 虽是和陶诗，但此诗却丝毫没有陶渊明诗中所流露出的闲适之情，而是显得异常愤慨与沉重。诗中连用了四个反问：“何世非大梦？何夜非长年？何天非梦梦？何帝非陶然？”表达了对黑暗现实的不满与愤懑。“沐猴希万乘，封豕冠进贤”两句强烈地表达了诗人对这个是非不明、纲纪失常的社会的控诉。“乘舆辱执盖，箕豆横相煎”则讥讽了当朝统治者在大厦将倾之时，还在手足相残、记挂着帝位之争。

此外，邝露还作有《梦中咏十九首隐几偶成》一诗，想象奇特，表现了邝露对社会现实的细心观察与深刻的思考。诗人假托梦中吟诗，借对汉代王公贵族奢靡生活的描写，影射明末达官显贵们在时局动荡、危机四伏时，还沉醉于宫廷歌舞醉生梦死、昏庸腐化的生活，并发出“京华乐盛易生悲”的警示，寓意非常深刻。“公子年年惜芳树，金吾夜夜敞雕筵。雕筵芳树荫宫霞，五侯七贵矜骄奢。金罍云山陈玉馔，琼姬风雪舞瑶华。”这些诗句形象地表现了王孙公子对国事漠不关心，一心只迷恋歌舞之乐，年复一年，昼夜酣饮的场景，令人读之痛心疾首，愤慨难平。全诗不事雕琢，全凭灵感一挥而就，充分显现了邝露过人的创作才华。另他的《婆侯戏韵效宫体寄侍御梁仲玉》一诗，约作于明崇祯十三年诗人南归路过扬州时。诗人回忆了自己崇祯七年元宵节在广州观灯游乐的情景，诗的前半部分花了很多笔墨对明代广州元宵节时游灯、杂耍的盛况进行绘声绘色的描绘，结尾却突然一转，提及自己忤逆南海县令的事，对嫉贤妒能、仗势欺人的官吏加以嘲讽。这种表现手法非常新颖奇特，借对岭南民俗风情的描绘来寄托自己的政治愤慨，正如诗人在诗后自述说：“感曩粤之繁盛，悯今时之凋敝，逝同硕鼠，哀切蟪蛄，而终之以媢嫉，庶几风人之旨云。”[②]

在邝露《峤雅》诗集中，最打动人心的是他在明末政局动荡之际唱出的慷慨悲郁的调子。此类作品，主要是反思明亡之因、描述战乱的惨况，以及抒发亡国哀思，虽是亡国悲慨之音，却饱含着这位被誉为“旷世未易之才”的岭南诗人的浓郁的家国情怀。陈遇夫《岭海诗见序》称：“有明三百年，吾粤诗最盛，比于中州，殆过之无不及者。其体大率亦三变。明初南园五先生倡之，轻圆妍美，西庵为首；嘉靖七子建旗鼓于中原，梁公与焉，所尚高丽庄重，名馆阁体；驯至启、祯，政乱国危，奇伟非常之士出，

① 邝露撰、黄灼耀校点：《峤雅》卷二，广东高等教育出版社 1990 年版，第 173 页。
② 邝露撰、黄灼耀校点：《峤雅》卷二，广东高等教育出版社 1990 年版，第 99 页。

抚时感事，悲歌当泣，黎、邝诸君发为慷慨哀伤之言，而明祚亦遂终矣。"①
亡国之际，邝露目睹种种社会惨况，其诗中充满了凄凉感伤之意。如五古组诗《七哀》其一："洁身辟忧患，中道逢丧乱。弃置父母国，荆蛮任逃窜。朱家匿季布，刘氏依王粲。黄巾动地起，惊蓬随风散。道闻剖竹者，衣冠委涂炭。妻子纵剽掠，齿发从焦烂。炊骨无坚攻，杀身诚祸瘅。尸僵横路衢，我行旦复旦。驱马入凤阳，流黄伤彼瓒。靡靡行迈人，悠悠起长叹。"②该诗前有序云："七哀，谓痛而哀，义而哀，感而哀，怨而哀，耳目闻见而哀，口叹而哀，鼻酸而哀也。乙亥客二京，规今鉴古，沿溯曹王之业，以通哀思，论世者考焉。"可知此诗作于明崇祯八年（1635），描写了诗人羁旅南京和北京途中的所见所闻。诗中展现了在当时农民起义愈演愈烈的动荡时局下，普通百姓民不聊生、妻离子散、尸横遍野的凄凉境况，表达了诗人的悲愤与哀怨。此诗深得杜甫"沉郁顿挫"的精髓，具有强烈的诗史意味。

再如七言律诗《后归兴诗》："南北神州竞陆沉，六龙潜幸楚江阴。三河十上频炊玉，四壁无归尚典琴。蹈海肯容高士节？望乡终轸越人吟。台关倘拟封泥事，回首梅花塞草深。"③此诗题下注云："乙酉六月。"即清顺治二年（1645）六月。是年春天，邝露离粤北上，欲陈救国之策。五月，南京陷落，弘光帝潜逃，弘光政权覆灭。邝露闻讯南归，度过梅关之后遂作此诗。其时绍兴虽建立了鲁王政权，但中兴希望渺茫，诗人遂有神州陆沉之叹。诗歌开篇便勾勒出山河沦陷、皇帝潜逃的悲惨政局。颔联表现了诗人报国无果、生计艰难的困顿。颈联借鲁仲连的高洁不屈之气节来自比，并以庄舄越吟的典故表达自己不忘故国的情怀。尾联两句意指大明大片国土已经沦陷，倘若朝廷要守土御敌，如今的梅关就已成为边塞了。隐隐流露出对现实政治的屈辱与不满。另其《浮海》诗云："玉树歌残去渺然，齐州九点入荒烟。孤槎与客曾通汉，长剑怀人更倚天。晓日夜生圆峤石，古魂春冷蜀山鹃。茫茫东海皆鱼鳖，何处堪容鲁仲连？"④该诗题下注云："时南都已失。"清顺治二年五月，清兵渡长江，陷南京，福王出逃，明大臣王铎、钱谦益等马首迎降。当时弘光政权气数已终，诗人渡海南还，途中远望故国，一股凄凉沉痛、悲愤渺茫之感油然而生，因此发出"何处堪容鲁仲连"的深重慨叹。陈永正先生评价说："这些作品在悲劲苍凉中别有一种

---

① 陈永正：《岭南历代诗选》，广东人民出版社 2009 年版，第 426 页。
② 邝露撰、黄灼耀校点：《峤雅》卷二，广东高等教育出版社 1990 年版，第 94 页。
③ 邝露撰、黄灼耀校点：《峤雅》卷六，广东高等教育出版社 1990 年版，第 324 页。
④ 邝露撰、黄灼耀校点：《峤雅》卷六，广东高等教育出版社 1990 年版，第 308 - 309 页。

幽艳凄绝的情调，感染力特强。"①

明亡后，万里河山满目疮痍，战乱之后，百姓困苦不堪。诗人寓目所见，均是惨痛现实，令人心塞断肠。他将对百姓的同情与悲悯也全部融入诗歌的创作之中。如其乐府诗《儿母牵衣啼》云："出东门，勿念归。君若归，惨不悲？知君亦难归，归来室人交遍摧。人言公子陶朱，而我妻无襦。人言杰士计然，而我爨无烟。何不脱君见肘之玄端，为我冬杅複？卖君及骭之布裳，为籴一箪粟？君不肯入渊手撷骊龙珠，又不肯入庙啼。穷年一编，逝欲何为？君言令闻广誉，妾言浃日三炊。君言箪疏瓢水乐不可支，妾言朝不舂暮苦饥。君言沧浪天故，妾念黄口小儿，从君三日一铺糜。他家钟鸣大鑊重英，日日扬扬过里闾，负君但无龙虎姿。君何不富贵归？白发安有风云时！"②该诗后有注云："戊子暮春，饥馑荐降，黎民阻兵，作歌当泣。"该诗作于戊子暮春，即清顺治五年（1648）暮春。诗人模仿一位妻子的口吻来诉说战后苦不堪言的生活，希望丈夫能担起家庭的重任。这首诗构思巧妙，从一家一口的角度出发，勾勒出了当时受战祸困扰、处于水深火热中的黎民百姓的生活场景，表现了诗人对民生疾苦的关注与无限的悲悯。

邝露还有很多诗表现了对抗清志士及英雄人格的赞美与歌颂。这些诗更好地体现了邝露的家国情怀。其中最值得注意的是邝露对张家玉和陈子壮忠贞气节的描写与评价。他的五言古诗《二臣咏》诗云："供奉天庙姿，飞跃及奔马。锥秦误索韩，荣汉动方贾。义声振龙荒，号召遍区夏。逐日功讵亏？蹈海志乃写。侠骨馨马革，裂眦东城下。（其一）秩宗诞宏志，抱日走丹陆。蠖屈焕龙骧，冥量超倚伏。吞舟运蓬壶，渺然枯四渎。金翅擘其鳞，乌鸢吓其肉。遗卵何足云？噫噫伤独鹿。（其二）"③第一首诗是为张家玉所作。其诗下注云："芷园文豪武侠。闯贼陷神京时，大节不屈。隆武中，征兵闽粤。王师败绩，清兵乘胜入粤。公将归命绍武。王师败绩，粤东又陷。公遂倡义罗浮，与九江、中宿、龙门为犄角。增江之役，单骑入万马中，结缨而死。得其首者悬之都门，七日颜色不变，秀眉如画，怒发欲指。当事者过之，双瞳跃出，向东方飞去。子胥剟目，何以尚之？夫使□□救死扶伤，不敢合力西向以成帝业。芷园、云淙，其军锋之魁乎！"④诗人认为张家玉是一个文武双全、忠肝义胆的难得人才，并对他率领义兵

---

① 陈永正：《岭南文学史》，广东高等教育出版社1993年版，第195页。
② 邝露撰、黄灼耀校点：《峤雅》卷一，广东高等教育出版社1990年版，第70—71页。
③ 邝露撰、黄灼耀校点：《峤雅》卷二，广东高等教育出版社1990年版，第183—184页。
④ 邝露撰、黄灼耀校点：《峤雅》卷二，广东高等教育出版社1990年版，第183—184页。

抵抗清军铁骑入侵的民族气节给予了高度评价。第二首诗是为陈子壮作。其诗下注云:"云淙有韬世之量。将略或有短长,然驱市人而战,因粮于卒,难与最胜者争锋也。观其从容就义,甘鼎镬之如荠,视妻孥而若浼。修髯玉立,风流文采,与谢康乐同,而临刑之地又同。死辱一时痛,生辱万古戚。于呼审矣!"① 诗歌通过用事、用典展现了陈子壮胸怀天下、有治世韬略,即便他不能为世重用,其英雄气概也丝毫不减。诗人对这样一位文采风流、深明大义的英雄由衷赞美,并为他的从容就义深表痛惜。此外,邝露还作有七言古诗《赵夫人歌》,其诗前有一个近三百字的序,记录了南明小朝廷一位深具民族大义的忠节烈妇赵夫人的感人史实,并在诗中盛赞了不让须眉的巾帼英雄赵夫人深明家国大义、不坠忠贞气节的大义和勇敢。对这些抗清英雄的描绘与肯定,也表露了邝露自己的英雄豪气与胸怀天下、期望能建功立业的政治理想。

  此外,邝露诗中还有很多对岭南地域风土人情的书写。潘耒为《广东新语》所作的序说:"物产之瑰奇,风俗之推迁,气候之参错,与中州绝异。"② 这种"绝异"于中州的自然环境、物产与气候及因此而形成的地方风俗,必然在岭南诗人作品中有众多的反映。邝露一生游踪甚广,特别是对家乡的如白云山、越秀山、圭峰山、光孝寺等山川名胜均有所记录。如《摩天岭望安南》云:"峻岭极金邻,迢遥望九真。风衔金汁遍,鱼戏艾花春。火粒收畲客,冰绡出海人。八蚕无恶岁,何谢葛天民。"③ 记载了诗人在白云山摩天岭(摩星岭)上俯瞰岭南大地,一片春意盎然、生机勃勃的景象,百姓出海养蚕、安居乐业,字里行间表达了诗人对自然淳朴的理想社会的向往。又如《盂兰盘玉山游记》诗云:"翠竹黄花辇路苔,呼鸾人上粤王台。来禽果向檀郎掷,芍药词矜郑女裁。鹊驾定将斜汉合,蝶眉横对远山开。相思不结芝田袜,空负陈思八斗才。"④ 记录了七月十五日中元节广州青年男女掷禽果、作诗相赠相恋的风土人情。邝露在具有岭南地域色彩的诗歌中还充分展现了岭南丰富的人文底蕴与历史文化积淀。如《游圭峰偕故园诸弟》:"孤峰玄仁泪潸然,日落长熊万壑烟。绿护天荒南渡迹,玉台钟蠹建和年。泉香蕙若飘书带,坛静松花覆讲筵。濒海昔闻邹鲁地,春风池草碧芊芊。"⑤ 诗人在游览圭峰山时想起大半生在乡讲学、曾留迹于

---

 ① 邝露撰、黄灼耀校点:《峤雅》卷二,广东高等教育出版社1990年版,第184页。
 ② 屈大均:《广东新语》,中华书局1985年版,第1页。
 ③ 邝露撰、黄灼耀校点:《峤雅》卷五,广东高等教育出版社1990年版,第277页。
 ④ 邝露撰、黄灼耀校点:《峤雅》卷六,广东高等教育出版社1990年版,第332页。
 ⑤ 邝露撰、黄灼耀校点:《峤雅》卷五,广东高等教育出版社1990年版,第354-355页。

圭峰山的岭南大儒陈献章,并借诗歌赞扬了陈献章淡泊功名,致力于讲学,为家乡培养人才的壮举。诗人还曾经专程到江门拜谒陈献章,作有《江门谒陈文恭白沙先生祠》诗,表达了对这位岭南先贤的崇敬与缅怀。另《吊崖》一诗则追忆了曾发生在崖山的宋元海战,对陆秀夫、张世杰等在宋元海战中牺牲的英雄致以哀思之情。诗人通过对历史遗迹的凭吊,含蓄地寄托了自身的民族感情。其他如《苍梧访太真、绿珠遗迹》《人日登粤王台》等诗也充分展现了诗人对岭南丰厚历史文化底蕴的宣扬。

第四节 《楚》《骚》之风

邝露的诗歌艺术风格及成就曾经颇受关注并获得高度评价。如上文所论,屈大均曾评价邝露诗歌说:"虽《小雅》之怨诽,《离骚》之忠爱,无以尚之。"① 何日愈《退庵诗话》亦评价其诗:"得《小雅》《离骚》之旨。"② 清人沈德潜《明诗别裁集》亦云:"湛若诗原本《楚》《骚》,五言尤胜。"③ 王士禛也评价其诗歌"有骚人之遗音"④。诸人均指出邝露诗歌本自《诗经》《楚辞》,有一种缠绵悱恻、忧国忧民之风。钱大昕于《潜研堂文集》中引用冯敏昌之言云:"鱼山尝谓人曰,吾粤诗人,曲江之后,当推海雪。"⑤ 意即张九龄之后,岭南诗人就推邝露了。而在温汝能的《粤东诗海》中,邝露被誉为"吾粤之灵均"。他们将邝露与屈原相提并论,其说法虽有待商榷,但都指出了邝露诗注重兴寄、忧时悯世、忠爱缠绵、含蓄委婉的特点,对其诗歌极为推重。

注重兴寄,善于在诗歌中运用托物或托人的方式以遣怀,是邝露诗歌的一大特点。他常常借咏物来表现自己的思想情感及对社会人生的看法,或借托美人的方式来表现自己的操守、抒发自己怀才不遇的苦闷和对功名的渴求。在他的笔下,草木、虫鱼、鸟兽、风云、雷电等世间万物都带有浓厚的感情色彩。这种写法与屈原《离骚》及《楚辞》中所表现出的寄情于物、香草美人式的寄托手法是一脉相承的。如其七律组诗《赤婴母》就是咏物寄怀的典型代表。赤婴母,即赤鹦鹉。此组诗作于崇祯十三年(1640),其时崇祯帝下诏征贤,邝露应征未果,北还时途经扬州,恰逢黎遂

---

① 屈大均:《广东新语》卷十二,中华书局1985年版,第351页。
② 钱仲联:《清诗纪事》一,江苏古籍出版社1987年版,第150页。
③ 钱仲联:《清诗纪事》一,江苏古籍出版社1987年版,第149页。
④ 王士禛:《带经堂诗话》,人民文学出版社1963年版,第274页。
⑤ 钱大昕:《潜研堂文集》卷四十六《孝廉胡君墓志铭》,见《续修四库全书》第1439部,上海古籍出版社2001年版,第195页。

球在郑超宗影园作咏黄牡丹诗十首夺魁,有"牡丹状元"之称,邝露遂赋七律十二首《赤嬰母》以和,其诗或借鹦鹉以遣己怀,或借鹦鹉针砭时弊,在江南士林之间引起轰动而传唱一时,邝露亦被誉为"邝鹦鹉"。如其一诗云:"冶服微言宫里稀,金栊香篆隐朱扉。摘文绝代还憎命,弱羽三年不假飞。陇首秋云淹远梦,芳州春草吊斜晖。谁裁半幅江郎锦,会向华清换雪衣?"① 诗歌写笼中的鹦鹉虽羽毛艳丽、言辞精微,却被豢养于富贵人家的深宅大院,长年被困笼中,羽翼不得施展,更无法翱翔于广阔天空。此诗咏物却并不泥于物,"诗人借写笼中鹦鹉抒发自己才命相妨、空有美才而不见用于世的感慨,兴寄深厚,非寻常的咏物诗所能企及"②。

不难发现,邝露诗歌中还有很多借托美人以抒写自己襟抱的佳作,如《美女篇》。《乐府诗集》载曹植《美女篇》序云:"美女者,以喻君子,言君子有美行,愿得明君而事之,若不遇者,虽见征求,终不屈也。"邝露在《美女篇》诗后自笺云:"亥子之交,予端居处默。客有嘲玄之尚白者,作《美女篇》以自况焉。"③ 诗歌通过描写一位美艳动人却不为富贵所动、自保昭质的美女来表现诗人于流俗中洁身自好的品格和怀才不遇的苦闷。再如七言律诗《浮湘礼三闾墓田寻贾生故宅》写自己在失意之际到屈原墓前吊怀,并瞻仰贾谊故宅,由两位身怀济世之才却最终抑郁而亡的贤士联想到自身的遭际,寄托了自己怀才不遇的苦闷之情。另其五言律诗《采石怀袁宏、李白》也写诗人乘舟夜游采石矶,触景生情,想起了袁宏和李白两位大诗人曾夜泊牛渚的情景,抒发了自己怀才不遇的愤懑,以及"高咏那能旦,登舟安所之"的前途迷茫之感与"溯洄殊悒默,言折楚江蘺"的千古同悲的慨叹。其他如《秋月》诗借叙写深闺怨妇的离愁别恨来表达自己怀才不遇的愤懑和对功名的渴求,《入京》诗以张俭、范雎的典故自比、自喻,控诉有家归不得的愤懑,等等,都是诗人对兴寄手法的娴熟运用。

邝露诗歌的兴寄手法很多是通过典故的使用来实现的。典故的适当运用可以增加诗歌的表现力,使得诗歌在有限的词语中展现更为丰富的内涵、更具韵味和情趣,也更有艺术张力。如《吴楚倦游》一诗是邝露妙用典故的杰作。该诗云:"隋宫访古惟衰柳,楚泽伤秋况落英。痛哭嗣宗千日醉,乱离王粲十年情。目穷沙界参龙象,手挽银河洗甲兵。五见梅花归未得,故园频有蟋蟀声。"④ 这首诗可谓句句用典,生动地表现了诗人的羁旅客愁

---

① 邝露撰、黄灼耀校点:《峤雅》卷六,广东高等教育出版社1990年版,第338页。
② 陈永正:《岭南文学史》,广东高等教育出版社1993年版,第197页。
③ 邝露撰、黄灼耀校点:《峤雅》卷一,广东高等教育出版社1990年版,第55页。
④ 邝露撰、黄灼耀校点:《峤雅》卷六,广东高等教育出版社1990年版,第322页。

与离乱之苦。首联两句对仗工整,其中"隋宫"与"楚泽"即指诗人的出游之地,也指含有特定历史内涵的古迹之地。当时明王朝虽然还未覆亡,但已是敌机四起、岌岌可危,当道者却如聋如聩,依然沉浸于纸醉金迷之中。"隋宫"指隋炀帝杨广在江都的行宫紫泉,此处似有借隋炀帝因荒淫而亡国之典来影射现实之意。颔联二句,连用三个典故。"嗣宗"乃指魏晋时期"竹林七贤"之一的阮籍,常醉酒佯狂避祸,驾车外游,不择路径,途穷则痛哭而返,此处作者用之以自况。"千日醉",指《搜神记》所记载的狄希能造"千日醉"酒,刘玄石饮之千日醉之事。诗人借此典故表达对自己浑浑噩噩、虚度时光的痛惜。"乱离王粲十年情"是借"建安七子"之一的王粲曾在荆州登当阳县城楼作《登楼赋》抒发思乡之情、离乱之感之事来暗指自己的羁旅情怀与思乡之情。颈联中,"目穷沙界参龙象,手挽银河洗甲兵"二句则用了"沙界""龙象"两个佛家语和杜甫《洗兵马》中"安得壮士挽天河,净洗甲兵长不用"的诗句,幻想自己在佛界参见大力士,请他挽银河之水,洗净遍地兵甲,消除离乱。尾联"故园频有蟪蛄声"句中的"蟪蛄"出自《楚辞·招隐士》:"岁暮兮不自聊,蟪蛄鸣兮啾啾。"诗人借用这一典故表达自己对羁旅浪游的厌倦及枉有救国之志却无从施展抱负的失望、愤懑和无奈之情。

再如其七言律诗《孤愤篇》云:"谁握兵符驻六军?桥山龙去诀浮云。鲁连一笑无秦帝,燕鼎重归有乐君。南蔡真人初建极,玉门飞将独空群。闻鸡试问烹雌妇,十载牛衣望紫氛。"① 诗中连用了鲁仲连、乐毅、李广三人的典故,表达了自己以先贤自勉、期冀能有所作为的人生理想及渴望统治者能爱才惜才、重用贤能之士让国家强大兴盛的美好愿望。

在情感的表达方面,邝露诗歌呈现出含蓄委婉的特色。如其《拟古诗》其二云:"灼灼艳阳花,喃喃㲃初语。粲粲怀春子,攀花出琼树。凫藻喋清漪,见人不能去。落花易到地,倡楼逢日暮。自媒非所钦,床空理当误。"② 借怀春少女"自媒非所钦"的内心独白,寄托作者渴望用世而又不愿自荐的委曲复杂心理。再如其七诗云:"肃肃雁南向,蟋蟀入户庭。三五纵横陈,缺月向我明。放情凌霄汉,心与归云征。维桑何遥遥,尚闻蟪蛄声。昔我同林鸟,雄飞入西京。既饱上林实,安知我巢倾?玉绳不可织,河鼓难为鸣。寄言少年客,努力崇虚名。"③ 诗中用"昔我同林鸟,雄飞入西京。既饱上林实,安知我巢倾"委婉曲折地表现昔日的伙伴如今在朝廷享尽荣

---

① 邝露撰、黄灼耀校点:《峤雅》卷六,广东高等教育出版社1990年版,第367页。
② 邝露撰、黄灼耀校点:《峤雅》卷二,广东高等教育出版社1990年版,第76页。
③ 邝露撰、黄灼耀校点:《峤雅》卷二,广东高等教育出版社1990年版,第81页。

华富贵,却不知我目前的艰危处境。而最后两句"寄言少年客,努力崇虚名"表面上是鼓励昔日那些"少年客"的仕途进取,实际上是运用反语,讽刺他们的投机钻营。这些委婉曲折的表达方式使得邝露的诗歌摇曳多姿、耐人寻味,具有很强的艺术感染力。

此外,邝露还有些诗描写生动、色彩明艳、想象丰富,充满了浪漫主义色彩。如五律《洞庭酒楼》诗云:"落日洞庭霞,霞边卖酒家。晚虹桥外市,秋水月中槎。江白鱼吹浪,滩黄雁映沙。相将楚渔父,招手入芦花。"①《登九子》诗有云:"雨脚移春殿,云衣挂乱峰。悠然秋浦月,来对海门松。"② 一气直下,写得自然和谐,饶有生趣。再如"旭日催蘅带,春烟艳柳条。香车流水击,仙袂逐风飘"(《西湖上春》);"细雨桃花岸,春风黄鸟声"(《隋堤送漆雕龙》);"芳草雨中碧,杨花愁处飞"(《山中送友人归途已长触物有叹》)等诗句写景状物,生动细腻,如在目前。再如《美女篇》对美人容貌进行了细腻的描绘;《君山怀二妃》诗运用丰富的想象描绘出一个美丽的神话世界;《婆侯戏韵效宫体寄侍御梁仲玉》诗用大胆的夸张和丰富的想象呈现出扣人心弦的杂技魔术表演;《洞箫行》诗对洞箫声的情味盎然而具体可感的描写等,均带有浓厚的浪漫主义色彩,体现出邝露高超的诗歌表现技巧。汪端《明三十家诗选》谓邝露诗"清旷超妙,如月冷江空,孤鹤夜警"③。梁鉴江先生也指出:"邝诗清旷超妙,如月冷江空,格调甚高,有一种华贵之气;清旷之中,蕴蓄着深沉的感慨,有一种幽艳的色彩,凄婉的情调,要而言之,邝露的诗,容貌似盛唐,气质像《离骚》。"④ 可谓的论。

纵观邝露一生,其性情真淳、才华横溢,年轻时率性疏狂,蔑视权贵;明亡后则不辞奔波,积极投身于抗清事业,直至壮烈殉国,体现出知识分子的责任担当与博大的家国情怀。他的诗歌继承了"缘情"与"言志"的传统,爱憎分明,善于讽喻,既有含蓄委婉缠绵不尽之意,也有怒发冲冠忧时伤国之情,特别是其晚期诗歌多鞭挞权贵、指陈时弊,伤悼明朝之败亡、同情民众之疾苦,多慷慨激昂之音,少无病呻吟之叹,与当时萎靡不振的中原诗坛大不相同,体现了岭南诗坛慷慨悲歌、雄直深沉的主流诗风。邝露论诗,主张情感至上,且有着较为通达的审美观念,认为欢愉抑或愠怒,都是创作动人诗歌的重要的情感基础。在具体的创作实践中,他特别

---

① 邝露撰、黄灼耀校点:《峤雅》卷六,广东高等教育出版社1990年版,第254页。
② 邝露撰、黄灼耀校点:《峤雅》卷六,广东高等教育出版社1990年版,第253页。
③ 陈永正:《岭南历代诗选》,广东人民出版社1993年版,第227页。
④ 梁鉴江:《浅谈邝露的生平思想和诗歌创作》,载《岭南文史》1987年第2期。

青睐《小雅》及《离骚》中由现实感触而生发出的缠绵悱恻之气，同时也强调音律的重要性，这些均表现了其不凡的气度与洒脱直率的个性。总之，从诗歌理论主张和创作实践来看，邝露是明清之际岭南诗坛上成就最高、最具代表性、最有鲜明个性的诗人。他的诗歌创作既反映了明清易代之际的社会状况与时代风云，具有一定的"诗史"的意味，又表现了个人充满坎坷却极具传奇的人生经历和丰富真挚的内心世界，堪称诗人情感状态与心灵历程的"心史"。他的诗歌创作理念与创作实践，从一个侧面反映了明清易代之际岭南诗坛的风气嬗变，昭示着岭南诗坛雄直诗风的最终确立与形成，对岭南诗派的发展与繁兴做出了独特而重要的贡献。

第六章 遗民诗人陈子升的遗民情怀与诗风

明清易代之际，岭南诗坛涌现出一大批遗民诗人，其遗民气节及诗歌创作均引起时人关注。陈子升即是当时极有影响的一位。陈子升（1614—1692），字乔生，号中洲，南海人。陈子壮弟。十五岁应童子试，补诸生。与黎遂球、陈邦彦等以文章声气遥应江南复社。明弘光时，以明经举第一。隆武改元，拜中书舍人。使粤而闽陷，遂归里。明桂王永历帝立，复往奔之，拜吏科给事中，迁兵科给事中。与兄陈子壮起兵抗清。后清兵攻袭肇庆，永历帝西奔，陈子升追之不及，乃归。晚年皈依佛门，于庐山归宗寺受戒于函昰。后杜门不出，未几卒。陈子升精通诗文，善音律，能书法、篆刻，时人以才子目之。著有《中洲草堂遗集》。陈子升诗名卓著，是明末"南园十二子"之一，与王鸣雷、伍瑞隆并称为"粤东三家"；又与陈恭尹、梁佩兰、程可则、王邦畿、王鸣雷、伍瑞隆并称为"粤东七子"。陈子升一生曲折复杂，交游广泛，其诗歌创作数量可观，题材丰富，诗体兼备，诗风独特，真实地展现了明清之际的时代风云、诗坛面貌和创作状态，具有丰富的文本意义。特别是他的诗歌中流露出的故国之思与遗民情结，真实地表现了一位汉族文人在鼎革之际的复杂心态，具有相当的认识和研究价值，本章特就此做深入探讨。

第一节 黍离之悲——沉郁的故国情怀

作为岭南较有影响的遗民诗人，陈子升的《中洲草堂遗集》生动展现了遗民诗人在明清易代的政治巨变中反抗与伤悼、挣扎与彷徨的复杂心态，特别是其字里行间透射出来的沉郁的故国情怀令人动容。陈子升出生于科举世家。其家世显赫，闻名乡里，曾有"一门七进士，四代五乡贤"（沙村名贤陈大夫宗祠门联）的美誉。陈子升曾祖陈绍儒文武兼备，曾官至南京工部尚书；祖父陈弘乘，为明善化县知县；父陈熙昌，万历丙午科解元，官吏科给事中，崇祯赠东阁大学士，太常寺少卿；兄陈子壮，历任少詹事兼翰林院侍读学士、礼部侍郎、礼部尚书、东阁大学士兼兵部尚书，后抗清殉国,为"岭南三忠"之一。可见陈氏家族的兴衰是与大明王朝的兴衰紧密相连的。尽管陈子升本人未曾在明朝科举中登第,即便其后在弘光朝被荐入朝,亦仅短短数年,但他生长在一个世代奉儒守官的家庭,自小耳濡目染,中国传统的仕宦文化及"忠君爱国""立功立言"的家族传统都会对他的立身处世产生重要影响。加之明亡前,陈子升已在诗坛崭露头角,颇有名气,与当时岭南的重要文人甚至官员多有诗歌交往,史称其"与同里黎遂球、陈邦彦、欧必元以文章声气遥应复社……太仓张溥尤音问莫逆",故而陈子升对明朝有一种特殊的眷恋,入清之后,感时悼世、怀念故国的情绪便自然地喷射于笔端,化作一首首时代的悲歌。

　　陈子升有很多诗歌表现了直面易代之际的社会现实。关心国家民族命运、关心民生疾苦的儒士情怀,是其诗歌中最有价值的内容。伍元薇云:"陈子升乔生……鼎革后目睹沧桑,寄迹菰芦,以寓其麦秀黍离之感。"① 卓尔堪《明遗民诗》亦云:"(子升)诗多板荡黍离之感。"② 如其《野阔》一诗云:"野阔苍梧云向西,漓江东下楚天低。清秋牧马羚羊峡,落日跕鸢鹧鸪溪。炎峤从来尊赤帝,寒烟几处哭黔黎。可怜旧种桃花客,重问武陵津已迷。"③ 这首诗写于永历二年(1648)诗人奔赴肇庆的途中。诗中具体描绘了沿途所见之景,"野阔""落日""寒烟"等词语写出了战乱所带来的凋落肃杀景象,抒发了家国衰亡的深沉感慨。特别是最后两句,连用两个典故,使全诗情绪更加饱满,达到了言有尽而意无穷的效果。"可怜旧种桃花客",是用了刘禹锡"种桃道士归何处?前度刘郎今又来"的诗意,感叹昔日的美景今已不再;"重问武陵津已迷",则是借用陶渊明《桃花源记》中武陵人欲重觅桃源却不得的典故来感叹世上再也找不到避乱的乐土。全诗寄寓了对明王朝没落的深重的哀悼。另外,《春日登粤王台》诗云:"飘零回望故园空,纵入芳菲似梦中。草接尘沙青不得,云离烟火白无穷。岂因万马惊归燕,愁向千家数废宫。寂寂古台南武迹,肯容山褐振春风。"④写出了广州沦陷后一片荒凉的景象:万马奔腾,归燕受惊;人民遭受兵乱,四处漂泊;旧时繁荣的村落尽成废墟,满目疮痍,令人顿生伤感。《春夜闻角》诗云:"尉佗城上春吹角,月暗千门夜可怜。几处惊乌栖未暖,往时词

---

① 陈子升:《中洲草堂遗集》,见《丛书集成续编》第 151 册,新文丰出版公司 1988 年版,第 436 页。
② 卓尔堪:《明遗民诗》卷二,中华书局 1961 年版,第 50 页。
③ 陈子升:《中洲草堂遗集》,见《丛书集成续编》第 151 册,新文丰出版公司 1988 年版,第 361 页。
④ 陈子升:《中洲草堂遗集》,见《丛书集成续编》第 151 册,新文丰出版公司 1988 年版,第 384 页。

客泪应悬。江山一为迷孤枕,筦鼓何劳媚远天。无限微吟向明发,晓风吹断越台烟。"① 月暗千门、惊鸟未定、筦鼓声远、晓风吹烟生动地描绘出了战后的萧条凄凉之景!只有亲眼看见生灵涂炭和丧乱的时局,诗人才能饱蘸伤痛和泪墨,写出如此感人肺腑的诗句。正如潘飞声《在山泉诗话》所云:"《中洲集》伤怀故国,感愤时事,篇中有血,自不可磨灭。"②

黄海章先生曾云:"通观子升的诗,是颇近沉郁顿挫之风格的。惟怀念故君之作多,于民族存亡方面,殊少着笔。在沧桑变易后,志在保存自己的晚节,缺乏'知其不可而为之'的精神,不足以鼓荡人民的斗志,和陈子壮相比,是颇为逊色的。"③ 他对陈子升沉郁顿挫风格的评价是非常准确的,但他认为陈子升的诗歌对民族存亡的内容抒写较少、不足以鼓荡人民的斗志,则有待商榷。综观《中洲草堂遗集》,陈子升表现民族存亡内容的诗歌虽在数量上不占绝对优势,却也不乏优秀之作。其中有很多诗歌甚至直接描述了明末岭南的抗清斗争,也展示了渴望投身于抗清洪流的心态。如其《虎贲将军》诗云:"不谓丹心热欲焚,星光炯炯烛黄云。从来草泽堪龙见,转忆花田葬虎贲。去垒燕犹飞旧社,交锋人亦拜高坟。秦家督责田横在,未必韩彭独策勋。"④ 诗中所歌颂的虎贲将军王兴乃明末清初的抗清将领,1648年迎桂王朱由榔移驻肇庆,被封为总兵,领兵驻守恩平、阳江、新会等地,进行抗清复明活动。后因无力回天,自穿公服,举火自焚。此诗讴歌了虎贲将军英勇报国的壮举,议论、抒情亦从忠孝大节着眼,表现了反清排满、弘扬民族气节的重要主题。其《凌海将军》诗云:"满城人看将军死,绛履宽衣慷慨行。戈折肯辜回日志,印留堪对伏波名。毡裘近血甘当溅,魑魅逢魂必尽惊。一木不支诚足恨,凌烟高阁后人成。"⑤ 生动再现了抗清烈士陈奇策兵败被捕后步履从容、笑而受刃的慷慨气概。同时,陈子升还作有《赠某将》,诗云:"劝君须惜河山誓,不灭胡虏不作家。"⑥ 在激励抗清将士英勇杀敌的同时,也隐隐表达了自己的报国壮志。此类诗歌洋溢着战斗豪情,是陈子升关心民族危亡的重要体现。而诗中对抗清将

---

① 陈子升:《中洲草堂遗集》,见《丛书集成续编》第151册,新文丰出版公司1988年版,第355页。
② 钱仲联:《清诗纪事》一,江苏古籍出版社1987年版,第533页。
③ 黄海章:《明末广东抗清诗人评传》,广东人民出版社1987年版,144页。
④ 陈子升:《中洲草堂遗集》,见《丛书集成续编》第151册,新文丰出版公司1988年版,第385页。
⑤ 陈子升:《中洲草堂遗集》,见《丛书集成续编》第151册,新文丰出版公司1988年版,第385页。
⑥ 陈子升:《中洲草堂遗集》,见《丛书集成续编》第151册,新文丰出版公司1988年版,第352页。

士的生动描绘，也具有强烈的诗史价值。另外，其《有感》诗云："时事纷回薄，悲秋且御寒。累累看客印，岌岌爱予冠。国是谈何易，韩非说实难。踌躇中夜起，不耐斗阑干。"① 真实再现了明末赋役繁重，天灾流行，农民起义风起云涌，全国一片惨败的景象，也表现了诗人因忧心国事而彻夜难眠的心情。此外，如荆轲、王粲、萧何、海瑞等历史上忠心报国的英雄人物也经常成为陈子升笔下歌咏的对象，如《咏萧何》一诗刻画了一位有胆有谋的英雄形象："相国超诸将，收图不取金。无双识韩信，画一付曹参。名益图麟著，功将汗马深。如何灭秦佐，偏结故侯心。"② 特别是"名益图麟著，功将汗马深"两句诗，隐含了他建功立业的渴望。可见，关注民族存亡、宣扬报国壮志同样是陈子升诗歌中的重要主题。

    陈子升还创作了大量的怀古咏史诗，表达了对故国亡君的悼念，充满了深沉的历史沧桑之感。长久以来陈氏家族与明王朝深厚的情感联系已成为陈子升重要的精神支柱，故明王朝的灭亡是他心中永远抹不去的隐痛。与其他题材的诗歌相比，思念故国亡君之作显得更为悲愤和激烈。品读这部分诗作，会感觉有一股强大的冲击力鼓荡而出，震撼人心。如《金陵》二首："六朝君莫问，千古并生愁。宫似咸阳创，江胜雒水流。鹓鸾何日散，芦苇飒然秋。独有秦淮月，时时照客舟。（其一）往日南京事，闲时共尔论。江来千万派，城启十三门。剑佩留勋府，戎衣在寝园。兴亡看六代，何必远伤魂。（其二）"③ "金陵"之地因其包含着特殊的、丰富的历史底蕴而为历代诗人所青睐，也成为历代咏史诗的最佳题材。尤其是国运衰微之际，金陵更成为故国的一种象征，饱含着诗人对家国命运的牵挂与忧虑。"六朝君莫问，千古并生愁"，其诗一开篇就营造出一种沉重、悲伤的基调，其感慨极深、词极凄切，若未经历亡国之痛，是断不会有此笔触的。"兴亡看六代，何必远伤魂"，此二句表面看虽是一种自我慰藉，但实则表现出一种实难疏解的忧虑与沉痛。诗歌借吊六代之兴亡实哀明廷之覆灭，显现出壮怀激越的故国之悲，给人以强烈的情感震撼。另外，其《厓门吊古》诗："南渡何因断好音，两厓松柏昼阴阴。鱼鳞屋里君臣会，羊角风前社稷心。

---

    ① 陈子升：《中洲草堂遗集》，见《丛书集成续编》第151册，新文丰出版公司1988年版，第320页。
    ② 陈子升：《中洲草堂遗集》，见《丛书集成续编》第151册，新文丰出版公司1988年版，第339页。
    ③ 陈子升：《中洲草堂遗集》，见《丛书集成续编》第151册，新文丰出版公司1988年版，第336-337页。

重译海遥天上下，九州金散鼎浮沉。中原仓卒移龙战，泪尽玄黄恨至今。"① 借古伤今，笔墨凄怆，对南明之覆亡进行深刻的反思，抒发对前朝命运的惋惜与同情，充满了沉重的历史沧桑之感。此类怀古咏史诗在陈子升诗集中比比皆是，如《金陵》《仲宣楼》《越王台》《邺台怀古》《苍梧怀古》《长兴陈高祖陵下作》等，或描绘憔悴的自然物象，或慨叹充满悲情色彩的历史事件，或借用具有特殊象征内容的意象，均寄托了诗人的黍离麦秀之感，表达了沉郁的故国伤悼之情。

第二节　波澜独老——凄怆的遗民心态

作为亲历家国沦丧、绝进仕途的遗民诗人，陈子升将诗歌创作视为第二生命，将自己一生的所见所闻、所思所感全部融入诗歌创作之中，形成了鲜明的创作特色和风格。明亡后，陈子升脱身浪游，"度岭浮江，变为清虚超脱，洗尽铅华，波澜独老"②。这一特色颇值得关注。

黄河澄《陈中洲先生全集序》云："（陈子升）前为乌衣子弟，洎为芦中逸民，欲语不能，欲默不得，窜忧沉郁益努力于文章……"③ 明亡后，陈子升将胸中积聚的伤痛与孤愤及对人生不顺、人事艰难的感慨倾注于诗歌之中，表现出凄怆的遗民心态，其诗亦更多悲凉变雅之音。此类诗真气淋漓，具有强大的震撼力和感染力。如其《述哀》诗云："心摧娲后石，泪尽蜀山鹃。自恨无容地，谁还共戴天。飞尘金齿路，沉日点苍烟。愿挽乌号射，櫼枪会应弦。（其一）列圣恒如在，孤臣尚苟生。生年从万历，往恨积崇祯。流落捐躯免，传闻洗耳惊。将来纪年月，良史正含情。（其三）"④ 此诗开篇借女娲补天、蜀山杜鹃之典故来喻自己的处境，突出一个"恨"字。接着述说自己的身世，感叹故国沦丧、自己有心无力、欲报效祖国而不能的无奈处境。"孤臣尚苟生"一句集中表现了理想无法实现的苦闷与悲痛。全诗弥漫着一股浓烈的悲壮气势。他还有一首《七哀》诗云："燕赵不可游，言遵大海南。海南多风涛，水浊高云阴。方舟靡所届，汤汤迷山岑。

---

① 陈子升：《中洲草堂遗集》，见《丛书集成续编》第 151 册，新文丰出版公司 1988 年版，第 354 页。

② 陈子升：《中洲草堂遗集》，见《丛书集成续编》第 151 册，新文丰出版公司 1988 年版，第 275 页。

③ 陈子升：《中洲草堂遗集》，见《丛书集成续编》第 151 册，新文丰出版公司 1988 年版，第 275 页。

④ 陈子升：《中洲草堂遗集》，见《丛书集成续编》第 151 册，新文丰出版公司 1988 年版，第 321 页。

蜃气为楼台，帝阍邈且深。下怒吞舟鱼，上惊垂云禽。阳侯仰天啸，渊客中夜吟。我欲叩洪钟，蒲牢增哀音。素女曳霓旌，为我拂剑镡。恍惚不复见，悲风吹远林。轻世世何极，鲁连难为心。"①该诗借咏史来叹今，燕赵历史已随风而逝，而今故明沦丧，复国无望，自己的人生理想已无法实现。在苦闷与失落之余，诗人对人生世态看得更加透彻，对生活的感慨也益发深沉。钱谦益曾评价陈子升诗："自悼之章，《七哀》之什，长怀思陵，永言金鉴。鲁阳之落日重晖，耿恭之飞泉立涌。岂犹夫函书眢井，但怃庚申恸哭荒台，徒传乙丙而已哉！"②对其诗中悲慨之风格极为推奖。陈伯陶亦云："子升诗悲慨多变雅之音，世以为三闾泽畔、杜陵夔州不过是也。"③

  陈子升晚年"流落山泽间，为诗多悲慨，为变雅之音"④。他的很多诗歌都流露出一种凄怆消极的情绪。特别是兄长陈子壮抗清失败、以身殉国的惨烈事件给了他沉痛的打击，他常常在诗中表达对兄长深沉绵长的怀念之情。如《哭云淙兄》诗云："取义先申报国劳，师行将克绝号咷。一生心事苌弘碧，百粤经营伍子涛。眦裂虎头清露泣，身骑箕尾玉堂高。平生雁序曾师友，今日招魂尚读骚。"⑤此诗高度赞扬了兄长以身报国、大义凛然的精神，也表达了对兄长沉痛的悼念之情。《梦兄文忠》诗云："堪悲堪仰事无穷，三十年来旧梦中。见老岂因埋血久？呼儿不省易名同。"⑥从诗中可看出，虽然兄长已经逝去三十年，但陈子升仍未能彻底走出兄长之死带给他的巨大伤痛。另外，对亲友的死难，他也在诗中进行了深情的凭吊，如《忆邝秘书》诗云："洁身曾比向阳翘，秘阁终存桂树招。鹦鹉赋成人欲杀，鸂鶒裘典令空朝。彩毫飞檄边霜起，玉貌围城薤露消。泪落丹台寻故宅，仙羊无迹雨潇潇。"⑦

---

  ① 陈子升：《中洲草堂遗集》，见《丛书集成续编》第151册，新文丰出版公司1988年版，第297页。
  ② 陈伯陶：《胜朝粤东遗民录》卷一，见周骏富《清代传记丛刊》第70册，台湾明文书局1985年版，第36页。
  ③ 陈伯陶：《胜朝粤东遗民录》卷一，见周骏富《清代传记丛刊》第70册，台湾明文书局1985年版，第36—37页。
  ④ 陈子升：《中洲草堂遗集》，见《丛书集成续编》第151册，新文丰出版公司1988年版，第273页。
  ⑤ 陈子升：《中洲草堂遗集》，见《丛书集成续编》第151册，新文丰出版公司1988年版，第350页。
  ⑥ 陈子升：《中洲草堂遗集》，见《丛书集成续编》第151册，新文丰出版公司1988年版，第377页。
  ⑦ 陈子升：《中洲草堂遗集》，见《丛书集成续编》第151册，新文丰出版公司1988年版，第357页。

亲友的逝去给陈子升带来无尽的伤痛与悲凄，而无人倾诉、知音难觅的处境更增添了陈子升晚年的孤寂与落寞，他在《感秋》组诗中集中表达了这种凄凉无助的情绪："世态狂澜倒，何人结古欢"；"素交长逝矣！心事谁与论？……携手一相失，呼嗟甘闭"；"大翼风难举，方舟壑暂藏。唵回潜出涕，贤哲几沦亡"。故友沦亡，才士已逝，如今可以倾诉和相助的人已经寥寥无几。放眼四海，人情诡谲、满目荒凉，诗人只能紧闭寒门，栖隐山林。此类诗满纸悲伤，实令人不忍卒读。陈恭尹《家中洲感秋诗序》云："吾家拾遗乔生先生……近所赋《感秋》数十篇，于本色中更加古质……先生挟旷世之怀，发弥高之调，对摇落之秋，兴抑郁之感，悠然之韵，触绪纷来，声生情耶？情生声耶？不可得而择矣。"① 评价颇为中肯。

作为一名深受儒家文化影响的文人，陈子升秉承了儒家忠孝节义的思想，因此对自身的遗民身份，他极为珍爱并坚守。他的遗民气节受到了时人的大力称赞。李模《为陈黄门六十序》云："桑海变迁，向所谓文章意气之士，大半为不朽之人，其一二存而不变者，则又销声匿影，块然伏处。……与先生相期数十年，乃不获弹冠吐气相见于凤池、青琐，而曳竹杖、蹑芒屩，呜呜絮语于东吴菰芦之中，殊可叹也。"② 陈子升晚年的诗歌大多沉郁悲怆，但其忠贞的遗民气节却随处可见，如其《阁夜》诗云："寸土不污星宿在，四天如梦户庭高。飞腾鸾凤皆云气，变幻鱼龙自海涛。世乱微躯珍晚节，尘空老眼极秋毫。露虫风叶听沉尽，大块于今正怒号。"③ 此诗作于清康熙十四年（1675），诗人已过花甲之年，尽管复明无望，尽管青春的激情不在，但诗人依然坚守忠贞的遗民气节。全诗洋溢着一股浩然壮气，其中酣畅淋漓之势在其晚年诗作中实属少见。其他诗作，如"多年贫贱惯，颇觉俗尘稀……抗手谢知己，毋令心曲违"（《感秋》其十五），"累累看客印，岌岌爱予冠"（《有感》），"寄语离居数君子，道心随处恐消磨"（《将溯端水而上贻二三知己》）均表现了他矢志不渝的遗民气节。《西游归贻王大雁侄元孝兼怀梁阜已》一诗云："重城郭外野溪滨，讲德谁能似此亲。暂别却无高卧处，薄游还有未归人。心如蠹柳常经折，字泣鲛珠不

---

① 陈恭尹：《独漉堂诗集》，见《四库禁毁书丛刊》集部第 183 册，北京出版社 2000 版，第 629 页。
② 陈子升：《中洲草堂遗集》，见《丛书集成续编》第 151 册，新文丰出版公司 1988 年版，第 274 页。
③ 陈子升：《中洲草堂遗集》，见《丛书集成续编》第 151 册，新文丰出版公司 1988 年版，第 385 页。

救贫。万里声名千古业,只应相爱寂寥身。"① 关于此诗,潘飞声评价云:"国初时吾粤遗老多以事异姓为耻,如陈元孝、何皇图遭乱避地,屈翁山、韩宗马来削发为僧,老作逸民,澹泊明志,然亦间有晚节不坚者。乔生先生作此规讽之,盖利名稍动,道义即离,而'相爱寂寥身'五字尤可味,不独钱牧斋、龚芝麓辈声名堕落,即吴梅村一代美才,若使因母不死,著书不出,今日声名岂非陶靖节、杨铁崖一流人物,盖亦是不耐寂寥耳。"② 洵为知己之言。

陈子升还作有一些咏物诗,借物喻人,以表现自我高洁的品质及忠贞的遗民气节。如《岭南牡丹》诗云:"昔年花引人看去,今日人闲花却来。芳泽乍从新雨长,茅堂仍作故家开。翻呈脂粉于图肖,拟掘珍珠当土栽。安得穷陬皆有此,普天无地著蒿莱。"③ 此诗歌咏岭南的牡丹尽管生长在穷陬之地,却依然尽情盛放,赞扬了其艳而不骄的特性及顽强的生命力,也表露出诗人对忠贞顽强、拙而不泥的人生境界的向往。又《梅花》诗云:"彼美矜寒夜,菲菲皎月痕。篓中吹有色,关外寄何言。抗手期瑶草,高情命绿尊。方知倾盖地,已见白头恩。"④ 作者表达了对在寒夜傲然挺立的梅花的欣赏与赞美,寄托了自己欲超然于尘世之外、俯仰自如、从容淡定的品格。一切景语皆情语,陈子升借咏物来抒怀,将自己历尽艰险与苦难却矢志不渝的坚毅性格融于笔下的事物之中,使诗歌呈现出一种高雅的情怀。此类作品虽然不多,却亦是其真性情之体现。

明清易代之际,特别是在以夷变夏的政治格局下,很多遗民诗人都将逃禅作为一种人生选择。严迪昌先生云:"甲申、乙酉之际,士林抱节守志之士和密图恢复事业者,为应对严酷惨烈的形势而愀然遁迹空门,寄身禅林的数以千百计;于是诗僧辈出,为清初诗文化平添了一抹奇谲色彩。"⑤ 为免遭清政府迫害,在剃发与屠刀之间,晚年的陈子升也选择了削发为僧,并借诗歌创作表现自我遁入空门的心态。如其《江村》诗云:"昔游九江郡,今寄九江村。禹迹复何处,佗城非故园。乡关生死泪,亲旧岁时论。那得

---

① 陈子升:《中洲草堂遗集》,见《丛书集成续编》第151册,新文丰出版公司1988年版,第372页。
② 钱仲联:《清诗纪事》一,江苏古籍出版社1987年版,第534页。
③ 陈子升:《中洲草堂遗集》,见《丛书集成续编》第151册,新文丰出版公司1988年版,第378页。
④ 陈子升:《中洲草堂遗集》,见《丛书集成续编》第151册,新文丰出版公司1988年版,第319-320页。
⑤ 严迪昌:《清诗史》上,浙江古籍出版社2002年版,第279页。

深山入，西风吹暮猿。"① 故园面目全非，现实世界无处托迹，创建美好社会的人生理想亦随之破灭，满胸悲愤无处倾诉。诗歌表现了现世荒凉，自己不得已而栖隐山林的苦闷。随着时岁的推移，昔日的豪情壮志已慢慢衰减："万事推移万虑轻，此身卑贱此心平。旧牙笏写雕龙句，残玉珮敲凤马声。泉布不私寻葛井，石田祈熟问端坑。室中多半僧家具，长拟空空学净名。"（《万事》）人生价值无法实现，带给人的是万般的失落与悲痛。心中的忧伤难以排遣，唯有转向禅寺，希冀在空门中寻觅一片宁静场所。然而即便退隐山林，对家国的牵挂与忧虑也不会完全抛却。正如陈垣先生所说："世变之来，宗门不能独免，虽已毁衣出世，仍刻刻与众生同休戚也！"② 陈子升《感秋》诗云："平沙多雁阵，濒海绝人烟。挥手复归去，高斋叠嶂前。""同声曾不少，今日几人存。最想匡山衲，多时阻笑言。交惟天下士，法是众中尊。却谢三千客，吾归不二门。"③ 这些诗句就很明确地流露出陈子升不愿放弃儒家理想却又无能为力的矛盾与消极的心态，这正是陈子升晚年凄凉悲苦的主流心境。

第三节 生命之寄——转益多师的诗学追求

在明清易代的岭南诗人中，陈子升是一个有着明确诗学理想的诗人。他的诗歌主张散见于其诗文集中。总体而言，他的诗歌创作实践与其诗学追求基本上趋于一致。主要表现在以下两个方面。

第一，主张恢复风雅之道，力学汉魏三唐，是陈子升重要的诗学追求。

明代以来，岭南诗人共同的诗学主张就是恢复风雅之道。如黄佐诗论的核心就是力争恢复《诗经》中的自然浑成的诗学传统；张萱曾提出四言诗必以"三百篇"为法，五言古诗则应以汉魏为准；区大相曾重申《诗经》中"采风"及"观政"的重要性；屈大均也曾明确提出"今夫诗以《风》《雅》相兼为贵"④。同样，陈子升也极力主张恢复《诗经》《离骚》以来的风雅兴寄传统，并将之付诸创作实践。他的诗歌上承汉魏三唐，格调高、气力厚。钱谦益评曰："（乔生）学殖富有，才笔日新，以《风》《雅》为

---

① 陈子升：《中洲草堂遗集》，见《丛书集成续编》第151册，新文丰出版公司1988年版，第323页。
② 陈垣：《清初僧诤记》卷二，上海书店出版社1990年版，第38页。
③ 陈子升：《中洲草堂遗集》，见《丛书集成续编》第151册，新文丰出版公司1988年版，第329－330页。
④ 屈大均：《翁山文外》卷九，见欧初、王贵忱《屈大均全集》第三册，人民文学出版社1996年版，第168页。

第宅，以《骚》《选》为苑囿。"① 明季岭南诗人薛始亨说："（乔生）大肆其力于诗，上凌汉魏，下轹三唐。撷六代之菁藻，何、李犹伧；叶正始之元音，钟、谭如鬼。"② 黄河澂也指出"先生诸赋独擅魏晋，风格不堕唐人"③。

  如前文所述，陈子升诗集中有很多反映易代之际社会现实、感慨乱离时势的作品，这些作品充分体现了"风雅兴寄"的诗学追求。所谓"兴寄"，就是托事于物，寄情于物，简言之，即是通过具体事物的描写以表达作者特定的思想感情。最典型的莫过于陈子升的《崇祯皇帝御琴歌》。该诗序云："道人屈大均自山东回，言济南李攀龙之后，其家藏百琴，中一琴名'翔凤'，乃烈皇帝所常弹者。……壬寅中秋，二三同志集于西郊，闻道人之言，并述杨太常之事，咸唏嘘感慨，谓宜作歌以识之。臣陈子升含毫稽首，长歌先成。"④ 诗即以明崇祯皇帝曾弹奏过的古琴为依托，睹物思人，既表达了对故国故君的忠贞与思念，也表达了对明清易代之际动荡时局的无限悲痛。全诗一片深情，哀感动人。

  陈子升推崇风雅之道，其诗歌创作力学汉魏三唐，功力深厚，既格调高昂，又沉郁苍健。如前文提及，陈子升曾作有一首与曹植诗同名的《七哀》，借咏史来隐喻人生的苦闷与不顺，也在历史无常的慨叹中寄寓了自己复国无望的伤感情绪。另唐代诗人李贺曾对中唐现实有所感慨而创作过一组感讽诗。组诗或抨击苛政酷吏，或对宦官专权的腐败政治表示极端愤慨和憎恶，或嘲讽纨绔子弟骄奢淫逸，或抒发自己志向远大却难以实现的困顿与遗憾，或借幽冷荒诞、凋零凄凉的场景隐喻自己内心的凄苦……诗歌或从不同角度对现实进行了讽喻，或借景以抒情，用笔辛辣犀利、寄托遥深，深得后人好评。陈子升亦学李贺，作有二首《感讽》诗，其二云："书生无计取封侯，群盗纷纷欲效尤。遂使陈琳无罪状，何论关羽有春秋。风来巢鹊曾思起，鼎沸江鱼故自游。谁复轻身能报国，麒麟图画日悠悠。"⑤ 诗歌借史咏今，对易代之际战乱频仍、满目荒凉的现实进行揭露，也表达

---

  ① 陈子升：《中洲草堂遗集》前附钱谦益《中洲集序》，见《丛书集成续编》第 151 册，新文丰出版公司 1988 年版，第 270 页。
  ② 陈子升：《中洲草堂遗集》，见《丛书集成续编》第 151 册，新文丰出版公司 1988 年版，第 272 页。
  ③ 陈子升：《中洲草堂遗集》，见《丛书集成续编》第 151 册，新文丰出版公司 1988 年版，第 275 页。
  ④ 陈子升：《中洲草堂遗集》，见《丛书集成续编》第 151 册，新文丰出版公司 1988 年版，第 310 – 311 页。
  ⑤ 陈子升：《中洲草堂遗集》，见《丛书集成续编》第 151 册，新文丰出版公司 1988 年版，第 344 页。

了自己报国无望的失落、伤感与无奈。这种刺世抒情之作不仅是对李贺诗歌表现技巧的学习，更是对《诗经》及汉代以来"感于哀乐，缘事而发"的现实主义诗歌传统的继承。此种对汉魏三唐诗人的模拟之作在陈子升诗集中随处可见，此处不再枚举。

第二，转益多师，风格多样，自成一家。

学汉魏三唐之诗，是陈子升重要的诗学追求。陈子升诗歌功力深厚，善于博采众长，诗风亦富于变化。梁佩兰曾评其诗云："……有时空诸所有，有时实诸所无，有时高唱入云，有时舟回荡漾，有时天然颓放，有时簇锦攒花，间或嗜险驱奇，毕竟雅人深致。总于温厚和平，意旨不爽毫芒，是之谓中洲先生之诗云。"① 认为其诗歌在温柔敦厚的总体格调之下精于变化。而造成陈子升多样化诗风的主要原因是他在坚持风雅之道的同时，善于学习前人好的创作经验。

陈子升早年的诗歌以汉魏三唐为宗，有些诗"丽而有骨"，有李商隐之风。沈德潜《清诗别裁集》云："乔生诗丽而有骨，原本义山。"② 潘飞声《在山泉诗话》亦云："沈归愚《别裁集》谓乔生诗'丽而有骨，原本义山'，则以其有'坐久月光动，歌停花气来'，'香须薰宋玉，丝欲绣平原'等句。"③ "丽而有骨"一词出自宋代许顗的《彦周诗话》："高秀实又云：'元氏艳诗，丽而有骨，韩偓《香奁集》丽而无骨。'"④ 所谓"丽而有骨"，指婉约的优美感与厚重坚韧的风骨相结合的一种独特风格，具体表现在诗歌创作中，是将复杂的人生感慨及生命体验蓄藏于婉约绮丽的诗歌语言之中，使得诗歌既情感真挚，又寄托遥深。李商隐的诗歌"比兴缠绵，性情真挚"⑤，"秾丽之中，时带沉郁"⑥，正是"丽而有骨"诗风的典型代表。陈子升早年的诗歌，如其"坐久月光动，歌停花气来"（《何印尼太常招同刘安世司马、陈悉生宫谕雨集，分得来字》），"香须薰宋玉，丝欲绣平原"（《感秋》）等诗句，构思奇特，以丽语写情语，在绮丽的外表下蕴含着浓烈深远的情思，做到了艺术与思想、形式与内容兼顾，颇具"丽而有骨"之风，是学习李商隐诗风的明证。

另外，陈子升有些诗的格调与明代杨慎诗极为相似。沈德潜《清诗别

---

① 陈子升：《中洲草堂遗集》，见《丛书集成续编》第151册，新文丰出版公司1988年版，第268页。
② 沈德潜：《清诗别裁集》卷七，上海古籍出版社2013年版，第272页。
③ 钱仲联：《清诗纪事》一，江苏古籍出版社1987年版，第533页。
④ 何文焕：《历代诗话》上册，中华书局2004年版，第389页。
⑤ 纪昀：《删正二冯评点才调集》，见《李商隐资料汇编》，中华书局2001年版，第667页。
⑥ 施补华：《岘佣说诗》，见王夫之《清诗话》，上海古籍出版社1978年版，第993页。

裁集》云："（乔生诗）近代中可俪杨升庵。"① 王士禛《渔洋诗话》则云："乔生《昔昔盐》云：'鸳鸯楼外乌欲栖，玳瑁梁间燕吐泥。月晕圆随汉东蚌，天河倾向汝南鸡。万方仪态华灯出，一笑横陈翠帐低。愁见晓鸿征塞北，不知天将定辽西。'又有《南中塞上曲》一篇，极似杨用修格调。"② 对于杨慎诗歌之格调，明清时期诗人多有论述。如王世贞云："凡所取材，六朝为冠，固一代之雄匠哉！"（《明诗评》卷一）胡应麟评云："杨用修格不能高，而清新绮缛，独缀六朝之秀，合作者殊自斐然。"③ 钱谦益亦云："用修乃沉酣六朝，揽采晚唐，创为渊博靡丽之词，其意欲压倒李、何，为茶陵别张壁垒，不与角胜口舌间也。"④《四库全书总目》卷一七二《升庵集》提要亦云："慎以博洽冠一时，其诗含吐六朝，于明代独立门户。"可见，明清两代诗人均认为杨诗乃"六朝"体。而所谓的杨用修格调当指杨慎发扬六朝齐梁体"兴寄"之传统，将内容之"兴寄"与形式辞藻之"彩丽"合二为一，亦即"幽情发乎藻绘"，给人耳目一新之感。杨慎的这一创作实践实际上是借温柔敦厚的诗教来救挽六朝绮靡诗风之失，将六朝诗歌的审美特质提高到新的水准，使得六朝诗风在明代得以复兴，对当时及其后诗坛影响很大。

从本质上而言，杨用修格调实际上是对李商隐"丽而有骨"诗风之发展，陈子升看到了二者之间的联系，并对此种独特的诗风非常青睐，在创作实践中也大量运用。如上文所提及的《昔昔盐》一诗，借乐府旧题来作唐代格律诗，其主题虽沿袭六朝以来闺怨诗的题材，"鸳鸯楼""玳瑁梁""华灯""翠帐"等意象的选择也较为绮丽绵密，但全诗铺排中有起伏，工稳中有流动，轻靡中有超逸，绮丽中有清俊。特别是最后两句"愁见晓鸿征塞北，不知天将定辽西"，将人物的意态情思和盘托出，构思精巧，情韵连绵，出人意表。另外《南中塞上曲》诗云："胶寒竹箭犹扬越，笛散梅花已汉关。小月阵前云出海，骨都营外火连山。江边玉帐楼船度，马上金钱御府颁。百尺朝台两铜柱，汉家何日拓南蛮。"⑤ 该诗借古喻今，表现了诗人在家国沦丧之际仍希冀朝廷能有所为的沉痛心态。全诗于绮丽之外，有一种含意蕴藉的风致，此类诗也与杨慎的"齐梁体"诗风格相似。

明朝覆亡后，陈子升的诗风亦发生变化，开始学习宋诗的厚重、沉稳

---

① 沈德潜：《清诗别裁集》卷七，上海古籍出版社2013年版，第272页。
② 王士禛：《池北偶谈》，中华书局1982年版，第251页。
③ 胡应麟：《诗薮》续编卷一，上海古籍出版社1979年版，第347页。
④ 钱谦益：《列朝诗集小传》丙集"杨修撰慎"，上海古籍出版社1959年版，第354页。
⑤ 陈子升：《中洲草堂遗集》，见《丛书集成续编》第151册，新文丰出版公司1988年版，第354页。

之风。陈田《明诗纪事》云:"乔生早擅才华,晚归闲寂。集中诸体,各有擅场。"① 邓之诚先生指出:"子升与黎遂球莫逆,诗亦似之。入清之后,折而入宋,然其力甚厚,不见规模之迹。梁佩兰谓粤诗得脱明代优孟汉、唐之诮,功在罗季作、邝湛若、陈中州、王说作诸人,其言允矣。"② 翻看陈子升诗集,我们会发现其晚年的诗风与早期诗风迥然有别。拟作大量减少,诗歌用语也不再绮丽华艳,而是以古拙、沉重为主,情感的表达也益发沉郁与凝重。如其《凌江中秋》诗云:"舟缘清浅发重湾,八月潮生客好还。世乱随时忘涕泪,月明今夜尚关山。即飞白羽催军令,自拂黄尘定壮颜。四海转轮劳尺泽,菰庐何处钓竿闲。"③ 此诗含蓄凝练、格调苍老,营造出一种孤独悲壮的氛围。特别是尾联"四海转轮劳尺泽,菰庐何处钓竿闲"用语精警、笔力凝重,委曲地表达出诗人悲凄难抑的内心世界,意境深远,耐人寻味。再如《怀一灵上人塞上》诗:"方袍经岁曳边尘,一雁横秋鹍送春。碎叶不飞穷海路,征蓬那顾住家人。烟开山院临关月,雪映龛灯吊野磷。白马经尊驴背字,只今诗思几由旬。"④ 此诗在意象的选用上完全不同于早期诗歌,而是使用方袍、边尘、雁、鹍、碎叶、烟山等大漠独有的景物,勾勒出一幅雄浑的塞外风光图,营造出苍茫的意境,表达了对友人入塞之后将面临的落寞、飘零、孤寂的心情的理解,情感慷慨悲壮,极为感人。

  陈子升诗风之所以多变,在一定程度上是因为时运的变化引起了诗人心态的变化,特别是物是人非的苍凉感与前途的幻灭感使其诗格调更加深沉慷慨、情绪悲昂,更重要的是他善于在吸取前人诗歌精华的基础上,融会贯通地形成自己独特的诗歌特色。在学习前人格调的同时跳出窠臼,自成一家,这是陈子升孜孜以求的诗学理想。陈子升对前后七子以来字剽句窃的复古诗风及公安派、竟陵派无所根本的诗风均深表不满,他说:"唐人作自己诗,有三唐之分。今人作唐人之诗,无一唐之合。是以不成其为唐诗,复不成为自己诗。"⑤ 可见,他主张在学习古人的基础上再进行创新,既反对一味泥古,也不赞成无所本源的随意创新。同时,他极力反对次韵

---

  ① 钱仲联:《清诗纪事》(一),江苏古籍出版社1987年版,第533页。
  ② 邓之诚:《清诗纪事初编》卷二,见周骏富《清代传记丛刊》第20册,台湾明文书局1986年版,第321页。
  ③ 陈子升:《中洲草堂遗集》,见《丛书集成续编》第151册,新文丰出版公司1988年版,第347页。
  ④ 陈子升:《中洲草堂遗集》,见《丛书集成续编》第151册,新文丰出版公司1988年版,第360页。
  ⑤ 陈子升:《中洲草堂遗集》卷二十二《谭公子南征诗序》,第415页。

之作，认为"次韵之诗，拘挛无味"①。在创作实践中，他的诗既有所本，又个性鲜明。谭宗《致陈乔生先生》信札云："细读诸作，古诗五言，静理高气，不踵蹈汉魏而实追汉魏；七言奇逸不可名；近体开宝无此幽别，大历无此刻陗，元和而后无此高闲，方且兼三唐之长。"②陈恭尹评价陈子升诗曰："五律高妙静远，逍遥规矩之中最其自得者也。近所赋《感秋》四十首，于本色中更就古质，如入崇岳，千岩万壑，分则各具一观，合之乃成博大，不复以字句见奇。"③伍元薇评云："王阮亭谓先生颇用杨用修格调，朱竹垞谓古诗爱仿《玉台》《金楼》，五律规模太白、浩然，然心慕手追者区海目也，似未足以尽先生所长。先生诗无所不仿，亦无所不合。"④这些评论是颇有见地的。

总之，陈子升的诗歌正是明清易代之际时代风云与诗人特殊生活经历及个人感受相互作用的艺术显现，其诗歌中体现出的遗民情结及多样化的诗风对于认识当时社会和研究明清诗风演变特别是岭南诗歌的发展，具有独特的价值和意义。

---

① 陈子升：《中洲草堂遗集》卷二十二《谭公子南征诗序》，见《丛书集成续编》第151册，新文丰出版公司1988年版，第415页。
② 陈子升：《中洲草堂遗集》卷末附谭宗《致陈乔生先生》，见《丛书集成续编》第151册，新文丰出版公司1988年版，第426页。
③ 陈子升：《中洲草堂遗集》卷末附陈恭尹《旧刻感秋诗序》，见《丛书集成续编》第151册，新文丰出版公司1988年版，第427页。
④ 陈子升：《中洲草堂遗集》，见《丛书集成续编》第151册，新文丰出版公司1988年版，第436页。

第七章 隐士代表薛始亨研究

第一节 薛始亨生平事迹考论

在明季众多岭南遗民中，薛始亨是较为独特却长期受到学界忽视的一位。他本为明季官宦子弟，少时文名甚著；年轻时尝从岭南名士陈邦彦读书，精研《周易》与《毛诗》，与屈大均、程可则为同学，并与名贤邝露、陈子升、陈恭尹等交好；明亡后隐居不出，闭门研读；曾先后在海幢寺及鼎湖山受记、受戒，一度遁入缁流，最终入罗浮山修道。他一生忽而为儒、忽而为僧、忽而为道的诡秘行踪颇值得玩味，他最终皈依道教的选择及对自己道人身份的认可迥异于当时岭南遗民逃禅的普遍风气，这也颇值得深思。本章拟结合薛始亨的诗文作品，对其一生的行为事迹进行全面的考述，以期对其思想转变及心路历程做深入而合理的解析。

一、鼎革前——意气风发的求学阶段

薛始亨（1617—1686），字刚生，号剑公，别署甘蔗生、剑道人、二樵山人。薛氏世居广东顺德龙江，是当地大族之一。薛始亨出生于世宦之家，早年寓居于广州。父薛天植，聪颖异人，过目成诵。为明万历丙午（1606）举人，授闽清县令，"慈惠字民，治绩丕著，每有条论，悉中利弊，多见施行"[①]。后被擢升为户部主事。因丁内艰，以哀毁卒。其任闽清县令时，士民曾立生祠祀之；后百姓父老闻其身故，皆痛哭流涕。由此足见其深得民心。薛始亨之弟薛起蛟在当时亦有文名，时称"小薛"。薛起蛟少时补邑诸生，举明经，贡太学读书。他淡泊禄仕，务为有用之学。擅诗文、书法，尤淹贯史学。清康熙二十六年（1687），薛起蛟被聘修邑志，继修《新会志》，考核精当。

[①] 郭汝诚：《顺德县志》卷二十四，成文出版社有限公司1974年版，第2275页。

薛始亨早年即显露出过人才华。他五岁时能"探炭煤于壁中作书成句"①，其父大为惊异。十三岁时"通五经，成举子业，名藉甚巨公间"②。十四岁时经历丧父之痛，"怫乱不自得，忽忽若狂"③。后进为广州府学生员，声名益振。薛始亨一生"学无所不窥，自岐黄、律历、龟策、日者、堪舆、家言，皆洞其旨要，尤精于历代典章经制"④。其友人黄士俊序其集曰："一时古文词，无出其右者。凡有大著作，非经其手笔不足传今世。"⑤其言虽有溢美之嫌，但"读书种子，不应绝于世"⑥之评价则是颇见深契之言。

这一阶段，薛始亨师从岭南名士陈邦彦读书之事颇值得关注，因为这对其成长及思想的成熟意义重大，甚至对其一生来说都具有极其深远的影响。从明崇祯十二年（1639）至南明弘光元年（1645），薛始亨在广州越秀山师从陈邦彦，精研《周易》《毛诗》。陈邦彦曾有诗赠薛始亨："朗如玉映，轩若霞举。昔见其人，今闻其语。谁同卫玠？亦有杜虎。濯漭冰魂，城南无暑。"⑦ 对他极为赏识。陈邦彦赴难后，薛始亨尝作《陈岩野先生传》以授其子陈恭尹，以彰显老师之忠烈遗风，由此可见师徒二人的情谊极深。且由日后的史实来看，陈邦彦的抗清斗争及英勇殉难对薛始亨的震撼极大，薛始亨后来绝意仕进、归隐龙江、伏处草野就是受到陈邦彦事败的直接影响。

在广州生活及读书期间，薛始亨的交游非常广阔。他与业师陈邦彦之子陈恭尹建立了兄弟之谊，二人间的相知相惜之情时时见诸诗篇。当时与薛始亨一起师从陈邦彦的还有屈大均、程可则等人，薛始亨也与他们建立了深厚的友谊，尤其与屈大均交往密切，灵犀相通。薛、屈的诗文集均有

---

① 薛始亨：《蒯缑馆十一草》前附《传》，见《丛书集成续编》第126册，上海书店出版社1994年版，第953页。
② 薛始亨：《蒯缑馆十一草》前附《传》，见《丛书集成续编》第126册，上海书店出版社1994年版，第953页。
③ 薛始亨：《蒯缑馆十一草》前附《传》，见《丛书集成续编》第126册，上海书店出版社1994年版，第953页。
④ 薛始亨：《蒯缑馆十一草》前附《传》，见《丛书集成续编》第126册，上海书店出版社1994年版，第953页。
⑤ 薛始亨：《蒯缑馆十一草》前附黄士俊《序》，见《丛书集成续编》第126册，上海书店出版社1994年版，第954页。
⑥ 薛始亨：《蒯缑馆十一草》前附黄士俊《序》，见《丛书集成续编》第126册，上海书店出版社1994年版，第954页。
⑦ 陈邦彦撰、何耀光署：《陈岩野先生全集》卷四《柬薛剑公》，香港何氏至乐楼影印1977年版。

很多二人的酬唱之作，这种知己之谊在日后的患难生活中甚至成了彼此精神上的极大安慰。如在薛始亨隐居入道之后，屈大均曾作诗以寄思念之情："东西二樵山，有如日与月。相望不相知，梦魂常恍惚。"① 此外，薛始亨与邝露、彭滋等岭南名贤均结下了深厚的友谊。邝露、彭滋均为薛始亨寓居广州时结交的密友。《番禺县续志》记载："明中书舍人邝露故居，在五仙观旁，与邑人彭滋、顺德薛始亨同里。"② 薛始亨《邝秘书传》亦云："吾家与湛若同里。"其《彭伯时画山水歌》序云："番禺彭伯时，名滋……所居五仙观侧，与余比邻，晚相得最欢，风月晨夕，无不从也。"③ 薛始亨后来所作的《崧台留别邝湛若》《哭邝湛若中秘》《邝秘书传》《彭伯时画山水歌》等诗文均流露出对邝露及彭滋的深切思念。

此外，薛始亨还积极参加各种社事活动，文名日盛。薛始亨与友人初次结社是在明崇祯十四年（1641）。薛始亨《放生序》一文对此有所记载："辛巳七月之望，与社中诸子及余弟馠万泛舟珠江，买生鱼放之。"明崇祯十五年（1642），薛始亨与陈子壮之弟陈子升等人又结社于广州仙湖④，诗酒酬唱，甚为相得。清顺治元年（1644）前后，屈大均与同里诸子成立了西园诗社⑤，将时局兴衰之感、哀怨抑郁之情全部倾注于诗歌之中。目前虽未能找到直接证明薛始亨参与该诗社活动的材料，但当时参与西园诗社活动的主要人物陈恭尹、陈子升、庞嘉鳌等人均是薛始亨的同学或朋友，薛始亨可能多少也介入过该诗社的活动。薛始亨《赠张穆之》诗云："贫贱今遗弃，惟君反复亲。"该诗作于薛始亨鼎革后隐居龙江之时，可知薛始亨与张穆在鼎革前就已熟识。另从薛始亨《除夕病起柬张山人订入西樵》《送岑金纪游琼海》《高望公于穗石洞侧土中得玉状类砚而微阙欲以见赠予辞焉为作抵玉之歌》等诗中也可知薛始亨与张穆、岑徵、高俨等人均相交颇深，而张穆、岑徵、高俨也是西园诗社的重要成员，据此可推知薛始亨很可能是在参与西园诗社的酬唱活动中与上述诸人结识。

---

① 转引自陈永正主编《粤诗人汇传》第 2 册"薛始亨"条，岭南美术出版社 2009 年版，第 1089 页。
② （宣统）《番禺县续志》卷四十，清宣统三年刻民国二十年重印本。
③ 薛始亨：《南枝堂稿》，香港何氏至乐楼影印本。
④ 薛始亨《中洲草堂诗刻原序》云："昔崇祯壬午，陈子乔生与余缔社于仙湖。"附香港何氏至乐楼 1977 年影粤十三家本《中洲草堂遗集》卷首。
⑤ 屈大均成立西园诗社之时间可参看邬庆时著《屈大均年谱》，广东人民出版社 2006 年版，第 25 页。

二、鼎革后——风雨飘摇中的奋然挣扎

明崇祯十七年（1644）甲申之变令举国皆惊，不久清兵入关，更让广大士子的心灵受到巨大的冲击。清顺治三年（1646），清兵攻打广州，为避兵乱，薛始亨带着五千卷书及一尾古琴，携妻子返顺德龙江奉养母亲。不久，广州沦陷。次年，其师陈邦彦与义士陈子壮、张家玉在广州周边发动了大规模的反清起义，其好友屈大均也参与其事，但行动最终以失败告终。陈邦彦殉难死，其子陈恭尹侥幸逃脱。屈大均则避乱于草野之中。

这一时期，薛始亨虽然伏处草野，但仍然交游四方，表现出关注世事的积极姿态。顺治四年（1647）秋，薛始亨游学宝安，与施天觉结交，并为其诗集作序（《蒯缑馆十一草》有《施天觉昭潭诗序》）；顺治五年（1648）春，薛始亨与诸子结社于龙江青云浦，酦金为长明灯，薛始亨因命为旦社，并作有《龙江青云台旦社题辞》。暮春三月，薛始亨到广州参与南园诗社的社集活动，并作诗《暮春羊城社集（戊子）》。同年三月，清提督李成栋以广州反正，八月南明永历帝返肇庆，复明正朔衣冠。政局的转变让薛始亨受到莫大鼓舞。如至乐楼藏有其画竹石金扇，款署："戊子兰秋，剑道人戏墨。"即为是年所作。汪宗衍认为此画"正其意兴飘发，精力弥满之作"①。

有学者认为薛始亨曾一度仕于南明永历朝。如汪宗衍认为：（诸传）"只言丙戌清兵入粤，归隐龙江，未尝言其仕于永历肇庆行在，读《崧台留别邝湛若》虽可略得梗概，集中《度大庾岭》诗有'归程况是岁将阑'及'悔抛田里载私车'句，余曾见南海崔氏藏始亨手书诗册下句作'枉抛荷芰袭簪裾'，与刘客生序云：'余从跸端水，于袁特丘座上识薛子，冠服甚伟。'可相印证，特丘为袁彭年，亦假山五虎之一。"② 但关于仕于南明一事，薛始亨的诸种传记资料均未记载。

薛始亨究竟是否曾仕于南明永历朝呢？要解答这个疑问，首先要了解薛始亨的思想状态及其人生理想。其实薛始亨一生对出仕并无兴趣。其《石龙渡中作》一诗即清楚地表明了他素喜隐居的心性。其诗云："……借问我何为，景行朱明天。此中多贤哲，在野若龙渊。崆峒礼广成，柱下师老聃。熙攘尘埃子，予心亶不然。"③ 他认为即使是隐居山中，也能像老聃、广成那样为当政者出谋划策。而对于尘世间的名利，他是不屑一顾的。可

---

① 汪宗衍：《艺文丛谈》，中华书局香港分局1978年版，第37页。
② 汪宗衍：《艺文丛谈》，中华书局香港分局1978年版，第37-38页。
③ 薛始亨：《南枝堂稿》，香港何氏至乐楼影印本。

见,他既向往隐居生活,又并非完全与世隔绝。他的理想是做像老聃、广成、孙登、鲁连那样博才多识、奇伟高蹈,兼有侠义之风和政治谋略的隐士。在顺治三年(1646)归隐顺德龙江之前,薛始亨曾作《与杨宪卿书》劝友人杨宪卿出仕,同时也道明了自己绝不出仕之志。他说:"弟已与西樵七十峰为三十年之约矣……弟将网罗前代以及当世勒成一家言,名曰《薛子》,有用我者持以应之。噫!天未丧斯文,或者假以年而克遂厥志乎!过此以往,倘无所建明树立,则将顶竹籜冠,与葛稚川、浮邱伯相寻于茯苓芝草之间。"① 此段文字能充分说明薛始亨的志趣,并且从中可看出他对自己的隐居生活早已做好规划:进则著书立说,以待有用之时;退则冠竹采芝,游于草莽之间。从其后半生的行动来看,他也确实严格践行了自己的人生构想。

据薛始亨的相关诗文及相关史料考证可知,清顺治五年(1648)及顺治六年(1649)之间,薛始亨确曾以道士的身份游于肇庆,并一度依附于永历"五虎"之一的袁彭年,但并未担任任何官职,最多仅是一个门客而已。我们从其寓居肇庆期间为友人所作的《端水送梁翀斧归龙江》一诗就可察其端倪:"之子适然笑,言归十亩间。予亦烟波客,时时思故山。短蓑乘早雨,孤艇入前湾。永夜悬明月,君应放白鹇。"② 此诗明言其身份仍是隐逸出家的道士。另由薛始亨《上袁方伯书》所云"某自三月既望不幸有负薪之疾,买棹还山"③ 可知,顺治六年三月,薛始亨以病请辞,回归西樵。可见其在袁彭年府中的时间并不长。其时薛始亨好友邝露亦在肇庆,临归之时,薛始亨作《崧台留别邝湛若》以赠别(其诗题下自注:己丑)。其诗云:"苍梧西上烽烟直,大庾南窥塞草残。贫贱鲁连惟蹈海,片帆天际夕漫漫。"④ 此诗以辞官而蹈海的鲁连自喻,也可显见其心志。结合薛始亨的人生设计,我们不妨将他寓居肇庆的生活当成其游学的一段生存体验,或者是为当政者建言献策的一种尝试,但可能现实离自己的理想太远,又加上体弱多病,故不久之后他便再次回乡归隐。

清顺治六年(1649)三月,薛始亨回归顺德之后,即与昔日友人张穆同游西樵。其《赠张穆》《西樵云端是先子读书处》《登西樵山大科峰见日台》等诗约作于是时。张穆亦作有《同诸子游翠岩》诗。同年,薛始亨还

---

① 薛始亨:《蒯缑馆十一草》,见《丛书集成续编》第 126 册,上海书店出版社 1994 年版,第 961 页。
② 薛始亨:《南枝堂稿》,香港何氏至乐楼影印本。
③ 薛始亨:《蒯缑馆十一草》,见《丛书集成续编》第 126 册,上海书店出版社 1994 年版,见《丛书集成续编》第 126 册,上海书店出版社 1994 年版,第 962 页。
④ 薛始亨:《南枝堂稿》,香港何氏至乐楼影印本。

到广州与友人酌酒吟诗,并作《珠江明月篇·序》。然而从这一年开始,一连串的打击接踵而至。顺治六年(1649),薛母逝世;顺治七年(1650)十一月,清军再次攻陷广州,桂王奔走南宁。薛始亨的好友邝露于广州城破时自杀,另一好友屈大均则于雷峰海云寺礼天然禅师为师,法号今种,并名所居曰"死庵"。顺治八年(1651)春,陈恭尹筑几楼于西樵之寒瀑洞。一系列的变故令薛始亨心灰意冷。顺治八年,薛始亨在龙江修筑山陲精舍,从此屏窜山林,绝意闻达,弃去诸生试,"事浮屠艺蔬,或卖文自给"①,足不复入城市。

三、中年——绝望之际的退隐江湖

薛始亨隐于山陲精舍之后,心态发生了很大变化,交游日少,仅偶尔与昔日的至交来往。顺治九年(1652)秋,薛始亨于袁彭年府中结识的友人刘湘客至广州探访薛始亨,听闻其已归隐龙江,遂"抵其庐问之,其人曰,不足城市久矣"②。顺治十年(1653)九月,薛始亨重到广州探访旧友陈子升。陈子升曾仕于南明永历朝,其间也历尽波折。时局的瞬息万变让二人唏嘘不已。此番重逢,二人感慨良多,相谈至夜。薛始亨《癸巳九月与乔生先生夜话见其壁间画像乃十年前梁生所写抚今追昔有少壮之殊爱赋二诗以赠因书其上》诗云:"十载曾输祖逖鞭,班荆重对沉寥天。乌衣旧巷迷芳草,青琐名章化紫烟。一室苔侵高士榻,三秋瓜熟故侯田。平陵松柏歌声歇,愁听荒鸡夜似年。"③ 从中可以体会二人抚今追昔之际的无限伤感。

清顺治十四年(1657),朱彝尊访粤,在友人陈子升等人的盛情邀请之下,薛始亨再到广州,与朱彝尊相聚。其时所谈论的具体内容虽不得而知,但气氛和情感应当是低沉和悲壮的。其时朱彝尊所作的《羊城客舍同万泰、严炜、陈子升、薛始亨醉赋》诗云:"我本芦中人,易下新亭泪……出亦复苦愁,入亦复苦愁。黄河之清不可俟,何用长怀千载忧。陈拾遗,严夫子,罗浮、四明两道士。意气宁从杯酒生,文章本是千秋事。况今生涯羁旅中,时危得不悲途穷?丈夫三十不自立,一身漂泊随秋蓬,虽未白头成老翁。当

---

① 薛始亨:《蒯缑馆十一草》,见《丛书集成续编》第 126 册,上海书店出版社 1994 年版,第 954 页。
② 薛始亨:《蒯缑馆十一草》前附刘湘客《序》,见《丛书集成续编》第 126 册,上海书店出版社 1994 年版,第 954 页。
③ 薛始亨:《南枝堂稿》,香港何氏至乐楼影印本。

前有酒且痛饮，明朝歧路仍西东。"① 这首诗集中代表了诸人当时的痛苦心情。"面对大明王朝不可挽回的历史，他们只能选择洁身自好，只能选择崇高的学问来安身立命，只能选择三五友朋荒郊野寺借酒浇愁的麻痹和欢愉。然而，酒醒之后，他们仍将面对'无枝可依'的漂泊，仍将面对饥寒交迫的威胁，仍将面对内心的困惑和痛苦。"②

友人群体性的悲痛与无所适从促使薛始亨更加坚定了自己出世归隐的心志。顺治十四年（1657）十月，即与朱彝尊等人聚会不久，薛始亨以香木斫成"都梁"古琴，并刻铭文以显志："有泉石之韵，有圭璧之容，雍雍乎以雅以风，使非老其材，何以垂声于无穷。"（《蒯缑馆十一草·归昌琴铭》）此外，其琴腹内铭云："一去天上，二曜恒升，咏歌忘言，甲子除乘，可括囊口，主酬客寿，士也一寒，寸帛露肘，有莘芸籽，人远余思，时无寸土。篦羽高飞，厥词隐晦，鉴者察微。薛剑公识。"铭如隐谜，其南海友人唐健垣绎为"大明永历丁酉十月辛未日造云"③。斫琴的行为再一次表明薛始亨坚定了自己以琴棋书画为伴、采芝养鹤的隐士生活。薛始亨曾说："十年高枕垂双鬓，万念寒灰隐一壶"（《戊戌元日》）明确地表现了他此时已心灰意冷。他不再眷念人事，更不屑与贵人俗客交往。顺治十五年（1658）春，其好友屈大均逾南岭北游，拟到沈阳寻访函可。其时张穆画马赠诗以别，陈子升、岑徵、薛始亨皆有诗送行。薛始亨《送屈子》诗云："君为孤生松，我作幽涧水。愿言勉令德，酹子盈觞旨。旨酒具离筵，伤怀独黯然。知己重感恩，志士况盛年。我无渐离筑，赠子绕朝鞭。万里策良骥，无为乡曲贤。"④ 邬庆时《屈大均年谱》谓，翁山这次出塞名为寻访函可，实为刺杀满洲要人⑤。黄海章先生认为："翁山去故里而遨游四方，盖欲窥测时机，联合义士，以图恢复，始亨虽有同心，而为贫困所迫，无法追随，只能勉励翁山万里驰驱，以邦国为念，颇有临河濯缨之感。"⑥ 同年四月，朱彝尊将归江浙之际，薛始亨也不再前往亲送，仅作《与朱锡鬯书》一封并诗二首以致送别之意。

薛始亨终生没有参加过抗清的战争，这固然体现了他思想上消极的一面，但他能独善其身，终生不仕于清政府，表现了他忠贞的遗民气节；且

---

① 朱彝尊：《曝书亭集》卷三《羊城客舍同万泰严炜陈子升薛始亨醉赋》，上海古籍出版社1988年版，第245页。
② 朱端强：《布衣史官万斯同传》，浙江人民出版社2006年版，第63页。
③ 参见广东省文史研究馆《岭峤拾遗》，上海书店出版社1994年版，第114页。
④ 薛始亨：《南枝堂稿》，香港何氏至乐楼影印本。
⑤ 邬庆时：《屈大均年谱》，广东人民出版社2006年版，第53页。
⑥ 黄海章：《明末广东抗清诗人评传》，广东人民出版社1987年版，第150页。

他退隐山水，实在是种种苦衷之下的无奈之举。其一，他的生活极度困苦。他曾作诗写尽了自己的困穷："东邻勤力田，追呼困里役。西邻善行贾，妻子服丹碧。北舍游冶场，车马新赫奕。咄哉南山翁，穷年老六籍。"（《南枝堂稿·咏怀》）在《送屈子》一诗中也明言自己苦于生计，欲远游而不可得的痛苦心情："乡曲民多艰，嗷嗷苟朝暮。寄身水火旁，未知生死处。燕雀怡华堂，虮虱游裈袴。黄鹄何翩翩，誓将千里举。恨无飞腾术，羡尔凌风羽。"其二，薛始亨长期处于病痛的折磨之中。如薛始亨在《上袁方伯书》《与天然和尚书》《与朱彝尊书》等文中多次提到自己体弱多病。

此后很长时间，薛始亨在孤独之中饱尝沧桑变易之感、倦怀故国之思、师友牺牲之痛。他说："节候忽芳岁，佳期缅遗佚"，"独抚丘中琴，弦绝成凄恻"（《南枝堂稿·春日登西樵山》）。他开始将自己满腔的不平与未酬的壮志倾注于诗画、书法之中。顺治十六年（1659）薛始亨草书诗数首（广州艺术博物院收藏有其《自书诗册》），其《怀罗浮》诗有"江天露下忆清都，浊世飘零酒一壶。心似暮花逢处谢，影同秋月入宵孤"句，表现了沉痛的故国之思和不得已归隐的无奈。顺治十八年（1661），薛始亨草书五律六首（与高俨、陈恭尹的诗翰合卷，广州艺术博物院收藏），汪兆镛题句云："五字高吟王右丞，沉冥海气此心澄，可怜一代兴亡事，独石题图感不胜。"薛始亨曾为友人屈大均画《独石图》，并题云："予少好观关塞之书，感慨开平弃置之事，每梦未尝忘独石，故予好写独石，然予所写者石也，所深念者关也，人生岂可以笔墨自了生平。偶为介子道兄戏写此而复识之。"画中的"独石"指独石关，是边防的一处要塞。明王朝原本置开平卫镇守，后来竟然废弃，清军得以乘虚而入。《独石图》"笔墨劲秀绝尘，清超拔俗，虽着墨无多，却深切地表现了作者的亡国之痛、故国之思"①。

四、晚年——参禅、入道之间的游走与徘徊

薛始亨的诸多传记史料均记载他先后在海幢寺、鼎湖山的庆云寺受记、受戒，但对其具体时间则语焉不详，且他以道士身份而终的选择也迥异于当时岭南遗民逃禅的普遍风气。我们有必要对其在儒、释、道之间徘徊、游走的复杂心态进行深入探析和解剖。

薛始亨年轻时就对隐居修道的生活有着浓厚的兴趣。史料记载他素喜神仙道术，说他"善击剑，尝宝藏一古剑，又遇异人授以《剑论》一篇，

---

① 陈滢：《岭南花鸟画流变（1368—1949）》，上海古籍出版社2004年版，第77页。

因自称'剑公'"①。他曾多次表达过隐居山林的夙愿："夙钦梁鸿隐，远慕孙登识"(《春日登西樵山》)，"四十未闻道，素尚栖名山"(《石龙渡中作》)，"功名富贵徒尔为，贫贱清闲可自怡"(《题钟千子琴鹤图像》)。

除热衷修道之外，他一生也与佛学有缘。清顺治六年(1649)，薛始亨从肇庆回乡之后，结识了天然和尚②。其时天然和尚在广州光孝寺讲法③，信徒甚众。从薛始亨是年作的《上袁方伯书》中所称"某顷者亦尝参证禅宗，颇识机趣，便欲弃家长往，了此夙因"④之语可知，其时薛始亨一度有出家之念，但又认为"圣世方用变，夷人皆解辫，己乃祝发，以时以事似觉不祥"(《上袁方伯书》)，遂放弃了出家的想法。其后，南明大势已去，南明永历朝中所谓"五虎"之金堡、刘湘客、袁彭年及薛始亨好友屈大均均归附在天然和尚门下，其时天然和尚对薛始亨极为赏识，有心将他招致门下，但薛始亨以贫贱无童仆、出门有行李之累，衣冠不合时宜且劣体多病为由婉言拒绝。但我们从其"今日实不能效和尚会天下诸君吟诗写字，作名士之态，谈笑终日，自诩大根器之所为也"(《与天然和尚书》)句可知，他对天然和尚自认为参透禅理却广交俗人、作名士之态的举动是有所不满的。这一态度与当时岭南遗民文人趋之若鹜投身佛门的时代潮流格格不入，颇值得深思玩味。

其后，薛始亨"谒华首宗宝和尚，和尚欣然为受记"(《蒯缑馆十一草》集前附《传》)。关于此事，史料均未记载确切时间。由薛始亨《海幢寺礼空隐和尚受记》诗可知薛始亨是在广州海幢寺受记，而空隐和尚于清顺治十一年(1654)开始担任海幢寺住持(钱谦益《长庆空隐独和尚塔铭》)，则薛始亨受记当在其年之后。顺治十七年(1660)二月，空隐和尚脚生疮疾，次年由海幢赴芥庵，端坐而逝(函是《长庆老和尚行状》)。由薛始亨诗《过宿海幢寺时空和尚病疡将归罗浮余不及追侍》知，薛始亨受记应在顺治十一年至顺治十七年之间。另薛始亨《黄龙洞至华首台》诗云："渐伤年序颓，况乃天地闭。高踪倘可寻，永与尘世诀。"⑤可知在海幢寺受记之前，薛始亨曾亲自到罗浮山华首台寻访空隐和尚足迹未果，后来才在广州

---

① 陈永正：《粤诗人汇传》第2册，岭南美术出版社2009年版，第1089页。
② 薛始亨《与天然和尚书》有"己丑别丈室一行却扫山中"之语，见《蒯缑馆十一草》，转引自《丛书集成续编》第126册，上海书店出版社1994年版，第961页。
③ 汪宗衍：《天然和尚年谱》，见《北京图书馆藏珍本年谱丛刊》第69册，北京图书馆出版社1999年版，第142页。
④ 薛始亨：《蒯缑馆十一草》，见《丛书集成续编》第126册，上海书店出版社1994年版，第962页。
⑤ 薛始亨：《南枝堂稿》，香港何氏至乐楼影印本。

海幢寺受记。"及和尚谢世，（薛始亨）益惆默，深自晦，又从在犙和尚受戒，尤深器重。"（《蒯缑馆十一草》前附《传》）薛始亨从在犙和尚受戒之时间亦无确切记载。薛始亨《丙子秋九月重谒本师在和尚于南海宝象林即事呈偈》诗云："十年一别如弹指，敢恃重逢未白头。大地萌芽连夜雨，依依师座象林秋。"由诗意知薛始亨当于丙子年在南海宝象林与在犙和尚重逢，且十年之前二人即已相识，其初次相见之事今无考。又据史料记载，南海宝象林禅院于康熙五年丙午（1666）始建成，且其时薛始亨还为作《宝象林禅院记》，则薛诗中"丙子"当为"丙午"之误。又薛始亨《朱碧衡先生影赞》有"戊申夏五侍师天湖山中"句，戊申即康熙七年（1668），由此可知其后薛始亨当随在犙和尚回鼎湖山庆云寺参禅一段时间。薛始亨诗集中的《奉祝本师在和尚》《奉祝本师在和尚无量寿》等均表达了对在犙和尚的尊敬与赞赏。

薛始亨一生虽与空隐和尚、天然和尚、在犙和尚等得道高僧有过密切的交往，并深受器重，但他最终却入罗浮山修道，并以"剑道人"自称。他对道教的最终皈依与他对自己道人身份的认同也颇值得玩味。薛始亨为什么最终没有皈依佛门？他曾在《天湖山枕流亭记》中说："诸贤依远公东林故事，尝招予入山，余固乐其名胜，然性嗜酒，居平无日不持盃，而禅院戒律素严，计予于此，可游而不可止也。"① 从其叙述来看，似乎仅仅是因为他性嗜酒，难守禅院的清规戒律而不得不放弃参禅的生活。但仔细搜寻其文字，则发现另有隐情。薛始亨曾作《答陈元孝订游罗浮》一诗，诗云："陆沉无地不扬波，清梦谁怜在薛萝。济胜一生长蜡屐，服奇将老漫烟蓑。山僧旧有参禅契，词客新赓招隐歌。心想定须身共到，莫徒留韵付羊何。"② 清康熙十七年，薛始亨好友陈恭尹以尝为尚之信延揽下狱，次年春狱事始解。此后陈恭尹壮志渐消，避迹隐居，自称"罗浮布衣"。当时陈恭尹可能曾约薛始亨偕隐于罗浮山。而薛始亨此时虽已决计遁入空门，但面对友人多次的真情相约，他改变了初衷，并作此诗表明自己愿随友人归隐的心志。由此可见，虽然薛始亨晚年过着一种几乎与世隔绝的生活，但与昔日好友那生死与共的患难真情是他无法忘却的，也是他内心深处最为宝贵的财富。

清康熙二十五年（1686），薛始亨逝世，享年七十岁。临终前，他自作《像赞》一篇云："其为人也，质直而洁清，好古而力行，阒然而不近于名；

---

① 薛始亨：《蒯缑馆十一草》，见《丛书集成续编》第 126 册，上海书店出版社 1994 年版，第 975 页。
② 薛始亨：《南枝堂稿》，香港何氏至乐楼影印本。

其为学也，脱略章句而含咀积英；其为文也，原本六经，宗百氏而一家自成。方其少也，易言天下事，见为才气纵横；及其壮也，宜若揣摩熟矣，而乃绝意仕进，率妻子而躬耕，以琴书山水，陶咏性情。拘腐者讥其佛老，轻薄者目为硁硁。渺毁誉之奚惜，固宠辱而不惊。即形状末也，亦无关乎神明。岂隐几之南郭，抑不下床之君平？俨乎其若思，澹乎其无营。吁嗟默默兮，谁知吾之廉贞？"① 从中我们能深切地感受他一生的追求与无奈。

第二节 薛始亨的创作及其诗学批评

薛始亨诗、文、书、画皆精，曾名重一时。他现今流传下来的有诗集《南枝堂集》和文集《蒯缑馆十一草》，其作品数量不多，却展现了较高的思想和艺术水平，特别是寥寥数篇书序文字，体现了鲜明的诗学观点。学界对薛始亨的诗歌创作稍有关注，但对其诗学观的探讨尚无人论及。本节拟结合薛始亨的诗歌创作实践，全面阐述其诗学观点并彰显其诗学价值。

一、薛始亨的诗歌创作

薛始亨的诗主要存留于诗集《南枝堂稿》中，有二百三十余首。其数目不多，但格调高古，个性独特，深得时人赞赏。明代岭南文人黄士俊说："晋魏以前诗文合而人多擅美，唐宋以下诗文分而士鲜兼长……予尝谓读书种子，不应绝于世，近于吾邑而得一人焉，曰薛子刚生。"② 认为其诗文兼美，颇为难得。陈恭尹论当时粤人之诗，谓薛始亨诗"有当世名而先民是程者"③，并将他与屈大均、梁佩兰、邝露、程可则、陈子升、王鸣雷诸人相提并论。邝露也说他"气文而神勇"④。明代浙江文人王思任说："读佳什高文，如闻古洞幽琴，如抚悬崖神剑，情深法老，质古气清。"⑤

薛始亨诗作最显豁的特征是酬答、次韵之作所占比例甚大，约占全部作品的三分之一，由此显见其交游广阔。一般而言，酬答、次韵之作对诗人的才性会有一定程度的制约，也会影响其诗歌的艺术价值。但薛始亨酬

---

① 李有华、张顺民：《顺德历史人物》，广东人民出版社1991年版，第125页。
② 黄士俊：《南枝堂稿序》，见薛始亨《南枝堂稿》前附，香港何氏至乐楼影印本。
③ 陈恭尹：《梁药亭诗序》，见郭培忠校点《独漉堂集》，中山大学出版社1988年，第691页。
④ 薛始亨：《蒯缑馆十一草》集前附评语，见《丛书集成续编》第126册，上海书店出版社1994年版，第955页。
⑤ 薛始亨：《蒯缑馆十一草》集前附评语，见《丛书集成续编》第126册，上海书店出版社1994年版，第955页。

唱诗中，大部分都是与志同道合者之间的互诉衷肠、砥砺志节，表现出浓重的遗民情结，其中不乏高妙之作。如清顺治十五年（1658）春，好友屈大均逾岭北上之际，薛始亨作《送屈子》诗四首，诗云："君为孤生松，我作幽涧水。愿言勉令德，酌子盈觞旨"；"我无渐离筑，赠子绕朝鞭。万里策良骥，无为乡曲贤"；"黄鹄何翩翩，誓将千里举。恨无飞腾术，羡尔凌风羽。"邬庆时《屈大均年谱》谓，翁山这次出塞名为寻访函可，实为刺杀满洲要人①。黄海章先生认为："翁山去故里而遨游四方，盖欲窥测时机，联合义士，以图恢复，始亨虽有同心，而为贫困所迫，无法追随，只能勉励翁山万里驰驱，以邦国为念，颇有临河濯缨之感。"② 从薛始亨诗中，我们确实能读到一种因苦于生计，欲远游而不得实现的痛苦心情。再如《赠张穆之》诗云："贫贱今遗弃，惟君反复亲。正同孤屿月，连夕照闲人。浊酒聊欢笑，高歌易怆神。马嘶芳草暮，归去落花春。"③ 张穆号铁桥山人，是与薛始亨有着相同忠贞气节的岭南遗民，国亡后伏处草野，不得施展抱负。此诗表现了明社既屋、山河破碎之际，薛始亨与友人贫贱相恤，风义相敦的悲痛与凄怆。清顺治十四年（1657），朱彝尊访粤，薛始亨曾到广州与之相聚，临别之际，薛始亨作《留别朱锡鬯》以赠："黯然挥手向江干，暮雨凄凄失笑欢。鸿鹄怜君翻远举，芙蓉使我佩忘餐。素心晨夕幽居好，青岁飘零行路难。龙性岂堪邻马队，凤趋何日问渔竿。"④ 其时，大明王朝已无可挽回，但鼎革裂变的哀痛依然存留胸中。此诗表现了三五残存之故老在残山剩水之间借酒浇愁、换取暂时的麻痹和欢愉的无奈及酒醒之后无法排遣的裂痛与困惑。此外，"苍梧西去烽烟直，大庾南窥塞草残"《崧台留别邝湛若》，"百年生死泪，四海弟兄亲。别后加餐饭，无令白发新"（《毛子霞过山中相别》），"江潭对憔悴，云路几升沉。高唱谁能和，期君入紫岑"（《与王震生夜话》）等诗句皆悲郁沉痛，格调高古，感人至深。

还有一些酬唱诗兼有"遣兴"和"咏怀"的性质。如《答蔡炼师》诗云："予幼好奇术，年来无所营。一壶常坐卧，虚室少将迎。白石歌中烂，黄金赋里成。待逢尧舜世，方拟学长生。"⑤ 该诗作于清顺治初年，当时清军虽入鼎中原，但南明政权尚存，恢复大明似有希望，薛始亨明确地表明自己决计隐居山林，韬光养晦，期待尧舜盛世再一展抱负的心志。随着时

---

① 邬庆时：《屈大均年谱》，广东人民出版社2006年版，第53页。
② 黄海章：《明末广东抗清诗人评传》，广东人民出版社1987年版，第150页。
③ 薛始亨：《南枝堂稿》，香港何氏至乐楼影印本。
④ 薛始亨：《南枝堂稿》，香港何氏至乐楼影印本。
⑤ 薛始亨：《南枝堂稿》，香港何氏至乐楼影印本。

局的发展,复明之望渐若灰烬,薛始亨的心境也发生了很大变化。其《怀祖心禅师》诗云:"乌衣群季伤膏野,白足孤踪笑首丘。明月玉关人万里,只应南雁识边愁。"① 对友人函可一家死难,不得已孤身远戍沈阳的遭遇,表现出无限的同情。再如"吾道不行身欲老,乘桴空与此心期"(《送岑金纪游琼海》),表现了壮志未酬的不平与悲愤;"故人流落鬓星星,重忆当时涕欲零。蹙蹴控残朱户改,琵琶弹罢玉楼扃。南冠一别成缁染,旧国无归任梗萍。看破豪华真是梦,龛灯长愿诵金经。"(《赠愚公》)充满了对友人漂泊无依、不得不遁入空门以保晚节的悲凉身世的慨叹;而其《杜门后答友人僧舍见寄》诗云:"古木垂藤委巷穷,柴门长掩鸟声中。风光傍砌怜书带,日影沉溪怯射工。孤磬每参音响断,残灯时窜焰华空。故人欲问春来事,颇与禅关老衲同。"更在隐隐之中流露出自己无奈之际不得不归隐的痛苦心情。

除酬唱答赠外,薛始亨诗集中还有很多反映乱离之况及生民之悲的作品,充分体现了"风雅兴寄"的诗学追求。在创作中,薛始亨转益多师,尤其重视对汉魏古体诗、盛唐近体诗的借鉴与学习,正如黄士俊所说:"规模古哲,积精沦髓,发挥性灵,追琢尔雅。当其高寄,泠泠然若御风吸露之姿,及其正容,煌煌乎若清庙明堂之泰。"② 在诗歌的体式上,他的五言古诗《咏贫士》《七哀》、七言古诗《吁嗟行》《相逢行》等,风清骨峻,颇具魏晋风度。特别是《嗟吁行》:"民生生趣何太戚?日接干戈夜刁斗!诛求处处及鸡豚,高山为童星在罾。孤儿藁葬未全收,寒妇吞声哭已久。疮痍况复逢荐饥,逃亡那得终南亩!"③ 直抒胸臆,情感奔放,对现实的愤怨不满恣意流荡。他的乐府诗《独不见》《平陵东》《燕歌行》《长歌行》等借乐府旧题表现时事,具有深刻的寓意和寄托。特别是"行路难,行路难,故乡东望路漫漫。年年寒雁梅花国,岂堪带缓滞长安"(《行路难》)等诗句,尽情发泄内心压抑不平之气,率真飘逸,与李白诗极为神似。他的五、七言律诗,则师法杜甫,笔力老健。其五律《咏贫士》云:"深谷无炊烟,夕照返西峰。草际隐茅舍,款户见一翁。敛眸面尘壁,挹之前自通。为言遭丧乱,少小儒且农。公家税屡增,卖牛不足供。失田兼鬻器,投老入蒿蓬。短褐既无完,藜藿讵恒充。老妻事辟纑,大儿行赁舂。常恐官吏役,追呼无所容。上客倘归去,无令来者踪。"④ 描写一位老翁卖牛鬻器,因无法供付赋税而不得已弃田遁居深山。规避山林后还担心行踪暴露,唯恐被

---

① 薛始亨:《南枝堂稿》,香港何氏至乐楼影印本。
② 薛始亨:《南枝堂稿》前附《序》,香港何氏至乐楼影印本。
③ 薛始亨:《南枝堂稿》,香港何氏至乐楼影印本。
④ 薛始亨:《南枝堂稿》,香港何氏至乐楼影印本。

官役抓去服役。诗中充满了对贫苦百姓的同情和对统治者残酷剥削的痛恨。

薛始亨还有一些表现故国之思和亡国之痛的诗歌,也很有价值。如七律《漫兴》云:"万井苍茫起野烟,风吹城下草芊芊。自娱粤吏曾箕踞,痛哭书生如倒悬。云散不知龙五色,歌成浑似鹤千年。道旁暮雨愁沽酒,花落春残怨杜鹃。"① 昔日赵佗雄踞的粤城,而今已野草芊芊。曾经繁华的王朝已经覆亡,故君也不知流落何方。只有城郭依旧,暮雨潇潇,花落春残,杜鹃哀怨。满纸的亡国之痛、故国之悲,令人不忍卒读。另《春城》诗云:"谢客当年游宴地,重寻芳草步高衢。墙头瓦落残烟湿,门外桥欹积水枯。蠹粉画梁飞蝙蝠,蛛丝尘壁咒蒲芦。一从江左风流尽,憔悴春山旧酒徒。"② 在今昔对比中,将无限盛衰之感表现得淋漓尽致。此外,《春日登西樵山》《西郊游》《咏怀》《咏史》《哭邝湛若中秘》等诗也充满了沧桑变易之感、眷怀故国之思和失去师友之痛。高燮《薛剑公先生集序》云:"其文未尝作放下语,其诗亦抑郁离奇,若茹大鲠。"③ 洵为知言。

二、薛始亨的诗学批评

薛始亨的诗学批评观主要表现在四个方面。

(一)重申诗歌的教化作用

薛始亨论诗特别强调诗歌的教化作用。他说:"诗也者,先王所以正性情、宣志气,命辀轩而观风俗,纪盛德而格神明之具也。盖情文备美多识,庶类弦而歌之,肄业及焉,谓之道学。故其盛也,绝去委巷之陋而泽于温厚和平,虽匹夫匹妇之词而皆合乎士君子之义,此可以见先王之化,如是其深且远也。故曰:登高作赋可以为。大夫将于此考德业焉,岂不贵学乎哉?迨乎后世徒以为见才之地,文人才士工拙互形,于是道德之趣微,娴令之习贵,绮丽相夸,卑弱弗禁,及其敝也,新声靡靡而国随以削亡,亦其运降使然也。"④

在儒家的诗学观念中,诗歌的价值主要就在于其教化作用。《诗大序》云:"风,风也,教也。风以动之,教以化之。"孔子曰:"诗可以兴,可以

---

① 薛始亨:《南枝堂稿》,香港何氏至乐楼影印本。
② 薛始亨:《南枝堂稿》,香港何氏至乐楼影印本。
③ 转引自杨天石、王学庄《南社史长编》,中国人民大学出版社1995年版,第164页。
④ 薛始亨:《明粤七家诗选序》,见薛始亨《蒯缑馆十一草》,转引自《丛书集成续编》第126册,上海书店出版社1994年版,第964页。

观,可以群,可以怨,迩之事父,远之事君。"均注重诗歌的政治教化功用,强调借诗以观察民风国情,用诗感化教育百姓,所谓"正得失,动天地,感鬼神,莫近于诗。先王以是经夫妇,成孝敬,厚人伦,美教化,移风俗"①。薛始亨的诗论就是对儒家传统诗学观念的演述。薛始亨论诗的最高理想是达到"温柔敦厚",认为诗歌创作要"去委巷之陋而泽于温厚和平",使"匹夫匹妇之词"也能"合乎士君子之义",这就是强调诗歌的社会教化作用。然而秦汉以来,"道德之趣微,娴令之习贵",创作者一味追求辞藻与形式,诗道严重失落,以致造成"新声靡靡而国随以削亡"的惨痛后果。薛始亨将亡国的直接原因归结为诗道的失落,其观点虽失于片面,但他在浮靡文风弥漫文坛的晚明重申诗道的重要性,力求恢复诗教,追索诗歌的本原,其观点是有进步意义的。其后,清代文人沈德潜力主恢复儒家"温柔敦厚""忠正和平"的诗教传统,提出"诗教之尊,可以和性情,厚人伦,匡政治,感神明"(《重订唐诗别裁序》)的口号,希望诗歌能表现封建政治和伦理道德观念,其观点与薛始亨是一致的。

(二) 崇尚"格调高古"、标举"曲江流风"

薛始亨充分重视诗歌的教化作用,希望能恢复"温柔敦厚"的理想诗风,但在具体的诗歌创作中,如何才能达到这一理想呢? 在和朱彝尊探讨诗歌时,他明确提出了自己的观点:"卿诗风华秀逸,卓尔擅场,惟'格调高老'四字尚须留意。格调之高不在字句,能于汉魏晋诸子深蕴而精涵之,则得矣。"(《与朱锡鬯书》)他认为朱彝尊的诗歌风华秀逸,具有很高的艺术水平,但诗之"格调"还有待进一步提高。他强调诗歌要想达到高古的格调,不仅要在声律、字句等体制方面下功夫,更应该从思想、情趣等立意方面去追寻。同时,他主张从汉魏诸子的诗歌中去体悟、学习。

"格调"之说,最早见于唐代殷璠《河岳英灵集序》:"贞观末,标格渐高,景云中,颇通远调。"②他又在集中评储光羲诗云:"格高调逸,趣远情深。"③以"格"与"调"并举而成文。在唐以前,"格"与"调"原是两个各自独立又相互关联的概念,"格调"合为一个审美概念之后,其意蕴不仅包括"格"与"调"的独立意义,而且生发出更丰富的内涵。总体而言,

---

① 孔颖达等:《毛诗正义》,见阮元校刻《十三经注疏》,中华书局1980年版,第270页。
② 殷璠:《河岳英灵集》,见元结《唐人选唐诗十种》(上册),上海古籍出版社1958年版,第40页。
③ 殷璠:《河岳英灵集》,见元结《唐人选唐诗十种》(上册),上海古籍出版社1958年版,第95页。

"格"偏于立意方面的思想情趣的格式,"调"重在声律句法方面的体制,但是二者相互渗透,融为一体。宋以后多用"格调"论诗。如方回《瀛奎律髓》卷二十二称陈去非"格调高胜"诸例即是。发展到明代,经高启、高棅等人的提倡,"格调"说开始成为一种流行的诗论主张,并成为某一时代诗歌风格的审美特征的代名词。如李东阳《怀麓堂诗话》云:"试取所未见诗,能识其时代格调,十不失一,乃为有得。"① 后来前后七子高举"文必秦汉、诗必盛唐",取盛唐诗歌的"格调"特征以规范一切。这样,"格调"从诗歌的体式、风格、时代艺术特征等变成了复古的艺术模式,逐渐成为封建时代的一种正统诗论主张。

薛始亨的诗论实际上是对前后七子作诗标榜汉魏盛唐高古的格调、务以复古为尚的主张的发扬。而号召恢复汉魏盛唐诗歌高古雅正的格调,不仅是薛始亨的诗学理想,也是历代岭南诗人的共同主张。朱彝尊《静志居诗话》云:"自(孙)蕡以下,世所称南园五先生也,仲衍(孙蕡字)才调,杰出四人,五古远师汉、魏,近体亦不失唐音。歌行尤琳琅可诵,微嫌繁缛耳。"② 清人韩海在《郭蕊亭诗集·序》中指出:"吾粤诗多以唐为宗,宋以下概束高阁。远自南园五先生开其源,近则屈、梁、陈三大家树之帜。粤人士从之,翕然如水之赴壑。"③ 而与前后七子的"格调论"所不同的是,薛始亨所提倡"格调高古"更有确切的指向,即特指盛唐张九龄诗所呈现出的"继承汉魏的传统,而又参以楚辞的表现手法,崇尚高古的格调"④ 的"曲江流风",他认为只有这样才能达到儒家诗论中的温厚雅正之美。他说:"洪、永、成、弘以迄于今,天下之诗凡数变矣。独吾粤犹奉先正典型……彬彬乎曲江流风,于斯为盛。"⑤ 薛始亨好友屈大均也说:"吾粤诗始曲江,以正始元音先开风气,千余年以来,作者彬彬,家三唐而户汉魏,皆谨守曲江规矩,无敢以新声野体而伤大雅,与天下之为袁、徐,为钟、谭,为宋、元者俱变。故推诗风之正者,吾粤为先。"⑥ 其观点与薛始亨是一致的。其后沈德潜提出"格调说",强调"学古"和"论法",主

---

① 见周寅宾点校《李东阳集》第二卷,岳麓书社1985年版,第530–531页。
② 朱彝尊:《静志居诗话》卷三,人民文学出版社1990年版,第70页。
③ 转引自陈永正《岭南诗派略论》,见左鹏军主编《岭南学》第一辑,中山大学出版社2007年版,第3页。
④ 转引自陈永正《岭南诗派略论》,见左鹏军主编《岭南学》第一辑,中山大学出版社2007年版,第3页。
⑤ 陈子升:《中洲草堂诗刻原序》,见《丛书集成续编》第151册,上海书店出版社1994年版,第272页。
⑥ 屈大均:《翁山文外·广东文选自序》,见欧初、王贵忱《屈大均全集》第三册,人民文学出版社1996年版,第43页。

张诗歌要符合"忠孝"和"温柔敦厚"的原则,其本质与薛始亨的观点也是有相通之处的。

(三) 尚汉唐而斥宋元

在重申诗歌的教化作用、追求诗歌格调高古、力图恢复"温柔敦厚"理想诗风这一系列诗学主张的基础上,薛始亨对历代的诗歌流变史做了一番简略的梳理,他说:"唐兴创而为律,其至者音调谐切,气格修正,虽体有今古之殊而义通乎风雅,斯固百世不得而废也。元和以后风斯下矣,然择乎其中,犹有遗音可采者。其异乎赵宋之杂议论,胡元之杂词曲也,亦已远矣。议者不察,概以晚季少之,不亦过乎!明兴刘、宋之雄疏其源,何、李之杰扬其波,七子之秀泳其澜,未为观止也。惟应酬之作过多,则词旨或复,声调之平稳则数见不鲜,使继其后者原先王一道同风之意,考前辈、绍汉唐、革宋元之徵,其为踵事增华也可,其为损益质文、救其过而补其不及也可,奈何苟为自异,以剽流俗之誉、投轻浮之好,矫枉过正,若水火之易位焉?虽哗然表异一时,而源流习气决裂败坏,徒谬曰性情而已。韡皮毁瓦,使不学之夫攘臂自列,俚语襃言宝为新尚,而风雅亡矣,性情果安附哉?嘻,其甚矣!谁之作俑欤?"①

他认为诗歌发展到唐代,虽然开始讲究格律声调等诗歌表现形式,但能文质并重,尤其是"义通风雅",故能流传千古而不废。即使是中唐元和以后诗风日下,但其中仍有不少佳作可采,其成就远高于宋、元之诗。他批判宋诗的缺点在于议论过多,元诗的缺点则在于杂以词曲。他认为诗歌发展到明代,经过刘基、宋濂、何景明、李梦阳及后七子等诗人的努力,又呈现出新的发展态势,但同时又存在着应酬之作过多,且内容重复、音调平雍,缺乏真情和新意的缺点,失却了诗歌的蕴藉之味。至晚明公安派、竟陵派,又陷于俚俗、浅露、轻浮,实则矫枉过正,导致诗歌的风雅传统荡然无存。这与屈大均所批判的公安、竟陵"以新声野体而伤大雅"②的观点是一致的。

薛始亨明确表述了尚汉唐而斥宋元的诗学观点,而对于晚明以来公安派、竟陵派所造成的"风雅亡矣"的诗坛现状,他更是深恶痛绝。传统意义上的"风",泛指具有普遍性、地方性且较为写实等色彩的作品,"雅"

---

① 薛始亨:《明粤七家诗选序》,见《蒯缑馆十一草》,转引自《丛书集成续编》第126册,上海书店出版社1994年版,第964页。
② 屈大均:《翁山文外·广东文选自序》,见欧初、王贵忱《屈大均全集》第三册,人民文学出版社1996年版,第43页。

是指内容典雅严肃的作品。薛始亨将"风""雅"并举，并一再强调，说明他所主张的诗歌是兼有真情实感，且能受到礼的约束而合乎儒家温柔敦厚宗旨的作品。针对明末诗坛的惨淡状况，薛始亨也一针见血地指出其根源所在。他说："今天下谈诗搦管，夫人皆然。然则诗当盛而反衰，何也？非其才之不宏，学之不博，思之不渺，而唯取则之不正，故也。"① 他把明季诗道的衰落和诗风的萎靡不振归结为"取则之不正"。至于薛始亨所推崇的诗歌之"则"究竟是什么，他并没有明确交代，但我们可以从其论述中窥探端倪。薛始亨《与杨宪卿书》云："国朝史学尚逊唐宋，无论两汉。而礼乐遗缺，较宋殆甚焉。"他指出明代史学衰落，学风不振，同时也将明代文化衰微的原因归结为礼乐的严重缺失。可见，在薛始亨的观念中，礼乐的遗缺也是造成明代诗坛风雅消亡的根本原因，故其推崇的诗歌之"则"应为"礼"。无独有偶，薛始亨好友屈大均也曾明确提出"今夫诗以《风》《雅》相兼为贵"②，"《风》犹之乐，《雅》犹之礼"③，"宋人诗……气、格、韵三者俱伤，是未能文之以礼乐者也"④ 等观点。作为同时代休戚与共的知己，屈大均的诗学主张无疑可视为薛始亨诗学理想的最好的佐证。

为了挽救时弊，重塑风雅，薛始亨还精心编选明代粤籍诗人孙蕡、黄佐、梁有誉、欧大任、黎民表、区大相、邝露七人的诗作，合为《明粤七家诗选》以示后来之作者。从其"明粤七家诗"这一提法来看，似是针对明前后七子而提出的。他说："是数公者，咸能渊源往哲，追逐其章，骐骅骝骁之足，以闲造父驰驱之轨，其于先民典型，斤斤乎若护气而不敢伤焉，功亦懋矣。虽未及成周之雅、南之奏，然驾唐轶汉有足观者，故吾于此三致意焉。"（《明粤七家诗选序》）他认为明代粤诗七子能秉承"先民典型"即"曲江流风"，虽不能完全达到"周之雅、南之奏"的境界，但能宗汉唐之诗风，使明诗复振，对当时的诗坛做出了积极的贡献。

（四）诗风之形成："一大贤倡之而群贤者亦鼓吹应焉"

对一个时代文风乃至文学流派的形成，薛始亨也提出了自己的见解。他说："君子之学所以羽翼，夫道也。生今之世，欲复古圣贤之道，非一手

---

① 薛始亨：《玄超堂稿序》，见江藩撰《(道光)肇庆府志》卷二十一，清光绪二年重刻道光本。
② 屈大均：《翁山文外·书淮海诗后》，见欧初、王贵忱《屈大均全集》第三册，人民文学出版社1996年版，第168页。
③ 屈大均：《翁山文外·书淮海诗后》，见欧初、王贵忱《屈大均全集》第三册，人民文学出版社1996年版，第168页。
④ 屈大均：《翁山文外·书淮海诗后》，见欧初、王贵忱《屈大均全集》第三册，人民文学出版社1996年版，第168页。

一足之烈,盖必一大贤倡之而群贤者亦鼓吹应焉。如韩昌黎之文起八代之衰,而一时亦有李翱、张籍、冯宿、皇甫湜之流,以至柳河东且与之并起,不自寥寥也。"(《与陆丽京书》)他认为君子文人之学说之所以能获得广大士子的尊重与推崇,主要是其思想能合乎"古圣贤之道"。而此处所谓的"道",大概指的是包括天理人性、道德规范、行为准则等一系列被孔、孟等儒家奉为人类最高的精神境界和人生信仰的价值体系。薛始亨认为要想通过文学的创作来恢复古圣贤之道,就应当有一大贤首倡之而群贤和之,方能成其气候。这种观点实际上涉及文风或者文学流派的形成与其广泛的群众基础之间的重要关系。也就是说,一个作家,无论其成就有多大,都不能称为流派,而只有大批有着相同或相近的审美观点或一致的创作风格的作家群的出现,才能自觉或不自觉地形成一个文学集团或派别。他对文学流派形成规律的总结无疑是正确的,这对岭南诗人的相互影响及岭南诗派的最终形成无疑起到了一定的指导和影响作用。而这种观点也极易为众多岭南诗论的研究者所忽略。

薛始亨不仅能充分认识到诗风、流派形成的关键所在,而且也通过自己的实践努力来强化这种观点。由前述可知,薛始亨推崇的是"格调高古"的"曲江流风",他认为这种诗风是合乎儒家温柔敦厚的诗教传统的,尤其是在"风雅消亡"的晚明诗坛,这种诗风是特别值得推崇和重塑的。因此,他特意编选《明粤七家诗选》,其目的就是想通过彰显自张九龄以来历代岭南诗人一贯沿袭的这种诗学传统,使这种诗风能通过"一大贤倡之而群贤者亦鼓吹应焉"的方式得到广泛认可而影响一代诗风之转变,以挽救明末诗坛流弊,由此足见其用心良苦。

三、薛始亨诗歌批评的价值

由上可知,薛始亨的诗学批评具有鲜明的个性色彩,而在具体的诗歌创作中,他也充分实践着自己的诗歌理想。当然,薛始亨诗学批评观的形成与明末岭南诗坛的风气和当时文人的影响是分不开的。薛始亨曾师从岭南大儒陈邦彦,与屈大均、程周量、陈恭尹、邝露、陈子升等岭南名士交好,与外省文人朱彝尊、查继佐、陆圻等人亦有诗文往来,诸多友人的诗学观念对薛始亨诗学批评观的形成无疑有很大影响。尤其是薛始亨与屈大均患难与共的友谊颇值得关注,由前文可知,薛始亨与屈大均的诸多诗学观点是相通的。而他们这些相通的观点又进一步促进了岭南诗派理论的发展。

在薛始亨的诗学批评中,有两点颇值得注意。其一,薛始亨重视儒家的诗教作用,强调诗歌创作应追求"格调高古",并认为岭南诗歌的源头所在就是以《诗经》正始之音为祖,宗尚汉魏三唐,并极力推崇自张九龄以来而一脉相承的"曲江流风",虽然这些观点不一定是薛始亨的首创或独创,但在风雅传统日渐沦丧的明末提倡崇古的诗论,无疑是他怀念、追慕汉唐盛世的心声的侧面反映,从中我们可以看到薛始亨身处乱世,将恢复王化基业的希望寄托于"正始元音"和"汉唐"遗响的拳拳之情。同时,他的创作实践无疑是他用诗歌弘扬民族气节、激发民众抗争精神的一种努力,而这种百折不挠的抗争精神正是岭南文化中最动人的精神力量。

其二,薛始亨诗论表现出对岭南诗歌的充分重视,尤其是他对"明粤七家诗"的认可和推崇,不仅肯定了岭南诗风对明季诗坛的影响,对推动岭南诗派的形成也具有重大的意义和价值。薛始亨之所以重视并推崇岭南诗歌,除了他本身是岭南人的身份认同外,更重要的是岭南诗人重风雅、两汉、三唐的倾向符合他的诗学发展观。他认为,自明代以来,"天下之诗凡数变矣,独吾粤犹奉先正典型。"(《中洲草堂诗刻原序》)这种观点十分精辟。清代王士禛亦云:"东粤人才最盛,正以僻在岭海,不为中原、江左习气熏染,故尚存古风耳。"[①] 薛始亨之所以大力推举"明粤七家诗",就是因为他们既能宗尚风雅、汉、魏、三唐,又能达到其高古之境界。如他评论孙蕡"有摧廓之才,负豪杰之气,潜源古派,横绝末流……势固壮观,响亦动魄",黄佐"古调醇深,名言磊落……具大人先生之言,有太平盛世之象",梁有誉"肌肤若冰雪,绰约若处子",黎民表有"明堂雅颂之音,冠裳佩玉之度",欧大任"有江山之助,诗与年进,淋漓潦倒,各极其情。大历、贞元不守一辙,既旨且多亦华而实挥斥随在,风生进止不失尺寸",邝露"若翠然远望,穆然情深"。前代很多诗家在弘扬诗旨时大多选取古人作样板来论诗,而薛始亨能将目光聚集于当代,从当时当地的诗人群中找到代表进行阐述,这说明薛始亨在"尚古"之际并不盲目"非今",这种诗学见解是颇具辩证意识的,也是前代及同代人所鲜有的。

当然,薛始亨的诗学主张也有其不足。例如将诗歌视为教化工具、忽视诗歌的文学特质和审美价值,极度鄙夷公安、竟陵之诗,认为其"剽流俗之誉,投轻浮之好",甚至将其视为明末风雅消亡的罪魁祸首,彻底否定宋诗、元诗等观点都不免失之片面。但总的来说,他重申雅正传统的诗学观点,对明代粤诗的发掘及其地位的确立有着重要的时代意义,在一定程度上推动了岭南诗派的形成和发展,这些都应该给予充分肯定。

[①] 王士禛:《池北偶谈》卷十一,中华书局1982年版,第251页。

第八章　岭南端士欧必元的诗歌创作与家国情怀

欧必元（1573—1642），字子建，佛山顺德人。出生于诗书世家，其从祖欧大任、从弟欧主遇皆有诗名。欧必元自小亦有诗才，除与陈子壮、陈子升、黎遂球等重修南园诗社外，还与黎遂球、李云龙、梁梦阳、戴柱、梁木公辈重开诃林净社，在明末岭南诗坛享誉一时。"族祖虞部大任尝评其诗，谓雁行李于鳞、王弇州间也。"①《粤东诗海》云："方伯孙朝肃慕其才，谓与若祖后先继美，赠以诗云：'中郎既去无宗匠，北海年来有典型。'"② 对他评价甚高。欧必元著有《勾漏草》《罗浮草》《溪上草》《璚玉斋稿》等，今有清刊本《欧子建集》传世。欧必元坦率耿直，心怀天下苍生，曾被当时缙绅誉为"岭南端士"。他将自己的满腔抱负与忧国忧民的儒士情怀融入笔墨之中，创作出许多展现人性关怀、关注社会现实、批判社会黑暗、讴歌祖国大好河山等内容的诗篇，表现出岭南诗人仁义豪迈的君子人格、强烈的社会责任感及浓郁的家国情怀。

第一节　仁义豪迈的君子人格

欧必元家境殷实，家学渊源，其从小受到良好的儒家教育，儒学的濡染非常深厚，形成了仁义豪迈的君子人格。"仁爱"是孔孟之道最伟大的精神所在。孔子曰："里仁为美。"孟子曰："君子所以异于人者，以其存心也。君子以仁存心，以礼存心。仁者爱人，有礼者敬人。"儒家传统认为"仁义"是君子的美德，是君子区别于普通人的本质表现。儒家提倡"仁者爱人"，提倡从身边的人开始，由爱家人推己及人，"老吾老，以及人之老；幼吾幼，以及人之幼"。此种仁爱精神可以说贯穿了欧必元的一生。

欧必元的仁义精神首先表现为对妻子儿女的亲人之情。对妻子的深情，在欧必元诗中表现得格外真挚动人。如《经相思滩寄内》诗云："别子出门

---

① 王永瑞：（康熙）《新修广州府志》卷三十九，见《北京图书馆古籍珍本丛刊》第 39 册，书目文献出版社 1990 年版，第 963 页。
② 温汝能：《粤东诗海》中，中山大学出版社 1999 年版，第 937 页。

后，方知行路难。离情经月苦，消息隔年看。极浦愁今夜，相思何处滩。莫将望夫泪，遥寄楚云端。"① 诗歌最后两句用了从对方写来的手法，不直接抒写自己对妻子的思念，而是反过来劝妻子不要因为思念自己而流泪，语淡情真，表现了夫妻之间的贴心与温情。《答内》诗云："纨扇闲题寄所思，不因儿女问归期。穷来久客愁偏切，梦里还家醒自疑。即使春光如泡电，不教丝鬓负蛾眉。黄金散尽谁颜色，憔悴唯堪报汝知。"② 也非常直接地表现了对妻子的思念及夫妻之间相濡以沫的深情。值得提出的是，此类表现夫妻情深的诗歌在古代诗人的作品中较为少见，而欧必元大胆言及爱妻之情，可看出他柔软的个性与对妻子的脉脉温情。除了妻子，欧必元对儿女也表现出无限的慈爱。如《寄示冢儿》诗云："阿閽才六岁，儿是十龄时。莫笑而翁拙，全凭汝母慈。乡关常在望，风雨一题诗。去去归何暮，还家不计期。"③ 表达了羁旅之人对家中儿女的挚爱与思念。

  欧必元诗中对兄弟朋友间的牵挂与关爱也令人感动。如《与子宏弟舟中对月》诗云："余今称独子，汝亦叹孤身。江海同为客，风波愁煞人。岂无朋旧好，不似弟兄亲。把酒对寒月，翻忆故园春。"④ 抒发了对兄弟的怀念，特别是"岂无朋旧好，不似弟兄亲"两句表现出血浓于水的深情。对朋友之谊的讴歌与表现，在欧必元诗集中也随处可见。如《酬马伯起》诗云："西山匿白日，风凄雪以繁。念兹岁云暮，忧来感无端。朝华既已萎，百草亦凋残。顾我同游子，劲节凌岁寒。俯首事千古，担石聊自安。大雅久沉没，感君振其澜。兴至鼓琴瑟，扬徽试一弹。一弹清商曲，下里难为欢。愿托钟期侣，知音起长叹。"⑤ 表现了知己良朋之间的相知相勉与相慰相惜。另《答李烟客崔季默二子》诗："黄鹄恣冲天，骏马志千里。一去一回鸣，四顾悲俦侣。神力岂不前，宁难铩其羽。所怀在同声，去乡非吾美。凛凛岁将徂，行役殊未已。聚散固有常，株守徒为尔。努力事前征，轮飙

---

① 欧必元：《勾漏草》，见陈建华、曹淳亮主编《广州大典》第 431 册，广州出版社 2015 年版，第 520 页。
② 欧必元：《璆玉斋稿》，见陈建华、曹淳亮主编《广州大典》第 431 册，广州出版社 2015 年版，第 354 页。
③ 欧必元：《勾漏草》，见陈建华、曹淳亮主编《广州大典》第 431 册，广州出版社 2015 年版，第 525 页。
④ 欧必元：《勾漏草》，见陈建华、曹淳亮主编《广州大典》第 431 册，广州出版社 2015 年版，第 518 页。
⑤ 欧必元：《璆玉斋稿》，见陈建华、曹淳亮主编《广州大典》第 431 册，广州出版社 2015 年版，第 325 页。

疾于驶。诵我同心言，譬彼佩兰芷。因风用寄音，在遐不忘迩。"① 在乱世中漂泊，在追寻人生理想的坎坷之途中，朋友对于欧必元的意义，是患难与共的精神支撑，同歌同哭，相互砥砺。

欧必元的仁义之情还由家人朋友推及他人，进而上升为一种博爱精神，其君子人格也在仁爱之外多了一层豪迈之气。史称欧必元一生极为慷慨，乐善好施，颇重朋友之义，尤喜交结豪侠之士。"先是，其家素封。元喜豪侠，与公卿大夫游，为文字交。儿辈所不敢望。复挥金如土，第可致客之欢，且周人之急，多不吝惜。常慕孔北海，曰：坐上客常满，杯中酒不空。与醉搦管，下笔千言立就。人得其文辞，珍如拱璧。"② 欧必元的豪迈大气，重义轻利，表现了古代君子"义以为上"的是非判断标准。他的周人之急，更具有一种杜甫式的"博爱精神"，是中国传统儒家道德中的最高境界。同时，他极为仰慕能诗善文、举贤好士、喜议时事、颇有政声的东汉名儒之一——孔融，并在生活中刻意效仿，显见其豪迈意气、坦荡胸怀与渴望为世所用的博大志向。

明末社会动荡不安，特别是在江山易帜之危难时刻，欧必元与陈子壮、欧主遇等诸多岭南诗人砥砺志节，密切关注政局发展，关心民生疾苦，他们重修南园诗社，并多次举办雅集活动，互为唱和，创作了大量爱国忧民佳作，也将岭南的诗歌创作推到顶峰。欧必元受到内心深处无法消弭的立功意识的激励，胸怀天下，关心民瘼，仁爱之心在其诗歌中比比可见。如《登高丘而望远海》诗云："登高丘，望远海，三千徐市今何在。员嶯断六龙，鲸鲵光五彩。金阙空悬夜蚌珠，珠光显晦常相待。君不见海师河伯递沉浮，精灵不到蓬莱洲。饮民之膏食民血，嗟哉万里烟尘何处收。"③ 此诗寥寥数语，却写得慷慨激昂，荡气回肠。诗人有感于官府不体恤民生疾苦，只知道一味搜刮民脂民膏，况且战乱频仍、硝烟四起，慨叹这种水深火热的艰难处境何时才能到头。诗歌用歌行体写就，句式灵活，收放自如，将记事、描写、议论和抒怀融为一体，内容充实，情感充沛，表现了诗人对百姓的体贴与同情，读后令人唏嘘不已。另《夜坐》诗云："萧萧风雨坐相侵，独守寒灯抱膝吟。扪虱倦谈当世事，闻鸡还起济时心。云连烽戍兵犹

---

① 欧必元：《勾漏草》，见陈建华、曹淳亮主编《广州大典》第431册，广州出版社2015年版，第518页。

② 王永瑞：(康熙)《新修广州府志》卷三十九，见《北京图书馆古籍珍本丛刊》第39册，书目文献出版社1990年版，第963 – 964页。

③ 欧必元：《球玉斋稿》卷二，见陈建华、曹淳亮主编《广州大典》第431册，广州出版社2015年版，第317页。

满,雁度关河雪正深。收粟未能填酒债,解貂宁问入秦金。"① 萧萧风雨之夜,诗人独守寒灯,难以入眠。他心忧国事民生,虽对官场心生厌倦,但仍愿为受苦的百姓重新燃起斗志。边疆的战事未解,国家前途一片黯淡。诗人生活拮据,收成尚不足抵还酒债,却想要带着仅有的钱财赴京,以期为国分忧。诗人不在乎自身得失,即便仕途受挫,但爱国之情、仁爱苍生之心丝毫未减,知其不可为而为之,拳拳赤子之情溢于言表,读之能催人肝肠。

第二节 关注现实政局的经世情怀

"立德""立功""立言"是中国古代士人所追求的人生三不朽及实现人生价值的方式。欧必元虽钟情于"立功"而未遇其时,唯有借"立言"来弥补。他将满腔经世济民之志倾注于笔墨之间,以文字诗歌为载体来展现自己强烈的经世情怀。这种报效国家的经世情怀是其家国情怀的集中体现。

欧必元少时就表现出卓荦超群之才气,乡人对之寄予厚望。史载欧必元"少负不羁之才,与香山何吾驺、李孙宸同学。以淹博闻,十五补邑弟子员。试辄第一。文望蔚起,远近名士获奉交游恐后"②。特别是其同学何吾驺、李孙宸二位次第成名之后,"众莫不以青紫期之"③。然而现实却是"十数秋数奇弗售"④,着实令人扼腕。直至六十岁,欧必元才因岁荐扬名于朝廷,"与修府县志乘,颇餍士论"⑤。

欧必元仕途坎坷,能参与政事的机会实在太少,一生的远大理想与豪迈壮志也不得施展,但他的治国平天下的政治抱负从未消歇。儒家君子的政治价值取向是以民为本,君子则力求通过政治来完成"博施于民而能济众"的既仁且圣的伟大功业。欧必元的可贵之处在于,即便无法真正参与政事,也依然不坠青云之志。他从未放弃自己执守多年的立功意愿与救时

---

① 欧必元:《璆玉斋稿》卷二,见陈建华、曹淳亮主编《广州大典》第431册,广州出版社2015年版,第353—354页。
② 王永瑞:(康熙)《新修广州府志》,见《北京图书馆古籍珍本丛刊》第39册,书目文献出版社1990年版,第963页。
③ 王永瑞:(康熙)《新修广州府志》,见《北京图书馆古籍珍本丛刊》第39册,书目文献出版社1990年版,第963页。
④ 王永瑞:(康熙)《新修广州府志》,见《北京图书馆古籍珍本丛刊》第39册,书目文献出版社1990年版,第963页。
⑤ 郭汝诚:《顺德县志》卷二十四,见《中国方志丛书:广东省》第75册,成文出版社有限公司印行,1974年,第224页。

理念，心系时局与政事，时刻关注民生，体现出强烈的经世情怀。他"尝以时事多艰，慷慨诣巡抚，上书条陈急务"①；"言海内情形，民生利病，娓娓章牍，皆救时急务。"② 当时官员感叹曰："粤东奇士有如必元者，天下无双矣。"③ 虽然欧必元的治世谋略最终未被采用，但他在治国安民方面的主张与胸怀天下苍生的坦荡胸怀体现出明代士人的使命担当与社会责任感，深受明代士人景仰，被当时缙绅誉为"岭南端士"。"端士"一词出自《大戴礼记·保傅》："于是比选天下端士，孝悌闲博有道术者以辅翼之，使之与太子居处出入，故太子乃目见正事，闻正言，行正道，左视右视前后皆正人，夫习与正人居，不能不正也。"意指正直之人。古人往往信奉"达则兼济天下，穷则独善其身"的处世原则，而欧必元虽是一介布衣，却表现出异于常人的"穷亦兼济天下"的勇气与担当，使其人生站出一个迥然挺出的新高度。"岭南端士"的美誉正是时人对他"先天下之忧而忧"的精神的认同与赞赏。

对那些品德高尚、真心为国家谋前程、为百姓谋福祉的官员，欧必元也心怀敬仰，从不吝惜赞扬与悼念。如《赠刘京兆元声，其先公以名御史直谏忤旨，戍浔阳而卒》诗云："京兆原乘使者骢，霜威人道似先公。官怜嵇绍名俱起，谊比王褒事不同。幸有枌榆过畏垒，肯将勋业薄扶风。西来欲作怀湘赋，落日逢君感慨中。"④ 诗下注云："公时占籍浔阳。"该诗表达了对敢于冒死进谏的忠直之臣刘台的尊敬与颂扬。明万历四年（1576）正月，刘台上疏弹劾辅臣张居正，陈述张居正专权擅威、排挤异己、任人唯亲、挟制在朝言官科臣、贪婪受贿等罪状，触及张居正痛处，尤其是他作为张居正门生而弹劾座师，使张居正无法容忍，心中久久不快。后在张居正的授意下，刘台被诬陷贪赃而遭遣戍，又冤死戍所，家属也遭连累。张居正卒后遭清算，刘台才得以平冤昭雪。后来刘台家乡安福县人士为了表彰他的名节，为他建立祠堂，寄托思念之情。在出游湖南途中，欧必元还亲自拜谒刘公祠，表达了自己对这位直臣的景仰。其《谒侍御刘公祠》诗云："莫以怀沙吊屈原，当时谁共叩天阍。无论未死明臣节，纵是投荒亦主

---

① 郭汝诚：《顺德县志》卷二十四，见《中国方志丛书：广东省》第75册，成文出版社有限公司印行，1974年，第224页。
② 王永瑞：（康熙）《新修广州府志》，见《北京图书馆古籍珍本丛刊》第39册，书目文献出版社1990年版，第963页。
③ 王永瑞：（康熙）《新修广州府志》，见《北京图书馆古籍珍本丛刊》第39册，书目文献出版社1990年版，第963页。
④ 欧必元：《勾漏草》，见陈建华、曹淳亮主编《广州大典》第431册，广州出版社2015年版，第520—521页。

恩。一疏回天留壮气,千秋伏腊荐忠魂。西风不返辽阳鹤,暮云愁听岭外猿。世有勋名饶国恤,官仍清白见贤昆。江兰欲采无由赋,怅望湘潭不可言。"① 刘台弹劾张居正的奏疏写得正气凛然,义正词严,令天下文士景仰,因此欧必元说"一疏回天留壮气,千秋伏腊荐忠魂"。这两句诗也正是欧必元自身政治理想与人格追求的写照。晚年他给粤省巡抚上书,指陈时弊,勇气与胆识与刘台如出一辙。此外,《谒吴东湖先生墓》一诗也表达了欧必元对敢于直言抗争阉宦的吴县令的赞扬,他希望官员们能真正以家国为念,磊落行事,仗义执言,表现了他匡时救世的政治愿望与美好的政治理想。

  欧必元的经世情怀还体现在他始终不易用世之志,与同道中人相互砥砺、希冀能有机会为国分忧的坚持不懈的努力上。明崇祯元年(1628)四月,袁崇焕被朝廷起用,并被追加为兵部尚书兼右副都御史,督师蓟辽。在袁崇焕入京赴职之际,满怀激情的岭南名士们聚集广州光孝寺,为他饯行。当时,五十六岁的欧必元也参与其中,他同其他岭南文人一同庆贺同乡袁崇焕再次被委以重任,并希望他能继续抗金,建立功勋。欧必元有诗云:"拥传归来两粤中,四朝三命主恩浓。书从淝水征安石,碑树淮西表晋公。采芑但歌周室节,赐来疑是鼎湖弓。已知一月张三捷,饮御何时到泮宫。"② 诗歌称赞了袁崇焕的丰功伟绩,并希望他不要辜负君主和朝廷的厚望,再度驰骋疆场,平定边疆叛乱。特别是"四朝三命主恩浓"一句,既表现了欧必元对君主的称赞,又表现了他因袁崇焕能被起用而高兴,还可看出他自己也因此倍受鼓舞,期待有朝一日能被朝廷委以重任,以实践自己在治国安民方面的主张与建功立业的抱负。在同窗好友何吾驺进京应试之际,欧必元曾作《送社人何龙友入试春官》诗以赠。该诗记叙了二人相识相知的交往过程,对朋友的一身才华与正气十分赞赏。"陷贼归来无寸土,一身骨立徒萧然。"非常传神地写出了何吾驺的耿介个性。"君今砥柱障狂澜,小人非敢私怀惠。"是对好友正气凛然、叱咤政坛的赞赏与勉励。"丈夫致身苦不早,富贵功名如露草。得时须及会风云,人有荣名堪自宝。世间不朽惟其三,虚羡眼前常美好。白日西逝黄河东,倏忽少年成丑老。"③ 时光如梭,一去不复返,欧必元期望朋友能珍惜机遇,实现自己的理想与抱负。该诗写得情真意切,言简意赅,对朋友真诚的期望与勉励跃然纸上。

---

 ① 欧必元:《勾漏草》,见陈建华、曹淳亮主编《广州大典》第 431 册,广州出版社 2015 年版,第 523 页。
 ② 陈永正:《全粤诗》第 18 册,岭南美术出版社 2017 年版,第 599 页。
 ③ 欧必元:《璆玉斋稿》,见陈建华、曹淳亮主编《广州大典》第 431 册,广州出版社 2015 年版,第 341–342 页。

面对社会的黑暗与不公，欧必元敢于仗义执言，控诉批判。这是其经世情怀的另一种表现。欧必元曾作有一些政治讽喻诗，此类诗数量虽不多，却敢于大胆揭露时弊、表达鲜明的政治见解，发出一种极具社会震撼力和影响力的声音，表达出欧必元绵长而厚重的经世情怀。在创作手法上，此类诗深受白居易新乐府诗的影响，一诗专讽一事，诗题下并有诗序，以点明诗歌主旨。如《有狐》诗四首云：

有狐有狐，出自北门。匪忧匪虑，虎视猖猖。岂无孑遗，隔于九阍。曷其有垣，莫我存也。
有狐有狐，出自熊都。昊天上帝，宁俾尔殂。岂无嘉石，畏此简书。曷其有明，莫我□□。
赫赫奕奕，天子之威。今我康矣，彼巴氏胡来。
穰穰田野，万国之盈。今我庶矣，胡山海其有征。①

该诗题下注云"刺征榷宦官骚动四方也"，明确交代了诗歌的讽刺主题。明末朝廷在田赋中加派"三饷"，又派出税监矿使，四处搜刮工商税，搞得天怒人怨、民不聊生。此诗即针对此种黑暗现实而作。题目"有狐"乃"狐假虎威"之义，讽刺宫中宦官借皇家威严，趁征收榷税之机四处搜刮百姓，以致百姓怨声载道。诗共四首，前二首每首八句，后两首每首两句，篇幅短小精悍，比白居易新乐府诗更为凝练。

另《东门》一诗，诗题注云"贤者被谗而作也"，也明确地道明了诗歌的主旨。其诗云：

东门之锦，曷其贝兮。岂其理哉，无若而口哉。
东门之鸟，曷其鸳兮。岂其凤哉，无若而斥鷃哉。
毁之来也，予之非也。人之多言，亦可哀也。
毁之谬也，予之咎也。人之多言，亦可丑也。②

诗歌辛辣地讽刺了当时权奸当道、贤者受讥谗的黑暗现实。此类诗歌以四言为主，内容上一唱三叹，明显又是模拟《诗经·国风》中的诗篇而

---

① 欧必元：《球玉斋稿》，见陈建华、曹淳亮主编《广州大典》第 431 册，广州出版社 2015 年版，第 320 页。
② 欧必元：《球玉斋稿》，见陈建华、曹淳亮主编《广州大典》第 431 册，广州出版社 2015 年版，第 354 页。

作，具有很强的现实讽喻意义。难怪有人评价欧必元"诗综盛唐，隐秀遒丽，行风人之旨"①。

第三节 风物描摹中的家国情怀

　　作为一名深受儒家传统文化熏陶的知识分子，家国情怀不仅融入欧必元的血液里，还递嬗成他生命中的人文基因。欧必元喜欢出游，游踪所及地域广泛，在广西、河北、江苏、浙江及广东境内的很多名胜古迹均留下了他的足迹，祖国各地的山水美景令他流连忘返。他将浓郁的家国情怀融入诗歌，在诗中尽情抒发了对山川风物的热爱，表现了他对家国天下的关注，也表达了他对人生的感悟与思考。

　　欧必元曾经出游广西白石山景区，创作了一系列动人的诗篇。其《初入白石山寄怀杨荆州天培》诗云："千层紫气拥云浮，夹道长松径自幽。未论青山怀谢朓，且看黄绢识杨修。标题绝壁悬天外，名姓磨崖在上头。若道衡阳无过雁，八行谁为寄荆州。"白石山位于广西桂平市，属典型的丹霞地貌，集幽、奇、雅、险、静于一体，其景观令人惊叹。此诗即展现了诗人初次进入白石山所欣赏到的雄奇险峻之景观。再如《三清观道士出山中酒小饮》一诗描绘了白石山三清观的壮丽景色。诗歌开篇两句"丹霄缥缈俯尘寰，万仞天门尚可攀"写出了白石山的地势之高。白石山气势宏大，上山必经之路"一线天"由 300 余级石阶形成，仰头向上望，只见悠悠白云。正如诗中所说"琪花多在白云间"。三清观则建于险峻的峭壁之上。大自然壮观的景色引发了诗人丰富的想象，诗歌中充满了神奇宏伟的色彩，特别是"悬空挂石连蓬岛，泻溜鸣泉响佩环"两句写出了三清观恢宏壮观的气势和清幽静谧的环境，凸显了壮美与优美的结合，可谓神来之笔。

　　欧必元的山水纪游诗并不纯粹以写景取胜，有很多诗篇都展现了诗人的个性与情怀，写得意趣盎然。如《登白云最高顶》诗云："生平负奇游，十洲与蓬莱。乘筏荡沧溟，振衣蹑丹梯。灵岳奠南澳，岩嶙白云齐。上属千星斗，下盘鳄龙低。日浴扶桑东，地逼蒙汜西。沿麓茂松栢，修坂荫朱荑。回首睇人间，城郭相参差。致身于绝境，非复滋漭时。凤慕阆风近，乃遘兹山奇。倘遇羡门子，长袖揖安期。"② 开篇两句明确表达自己一生对奇险之境的爱好与向往；"乘筏荡沧溟，振衣蹑丹梯"两句诗生动形象地展

---

① 罗志欢：《岭南历史文献》，广东人民出版社 2006 年版，第 110 页。
② 欧必元：《球玉斋稿》，见陈建华、曹淳亮主编《广州大典》第 431 册，广州出版社 2015 年版，第 329 页。

现了诗人不畏艰险、乘风破浪、勇攀高峰的镇定和豪迈的气度;"回首睇人间,城郭相参差。致身于绝境,非复滋漭时"则写出了居高临下、俯瞰大地时的自豪与豁达,充满了浓郁的个性化色彩。欧必元还在诗歌中抒写了自己登山时的不同感受。如《白云窝》诗用夸张的手法描绘了攀登最高峰时险趣横生的切身体验。另如《入壶天洞》序云:"洞在三清观之左,两峰壁立万仞,莫可跻攀。洞有石户,仅能容身。又蓬棘塞焉,湮没久已。近为吾友人黄尊元、杨天培所辟。抉莽诛茅,乃得其穴户而入。过此则洞空无际,骇人心目,即章亥莫能穷也。意者旧志所云'通勾漏者'即此耶?名曰'小壶天'。"① 该诗序记录了诗人与友人探险开拓洞穴且为之命名之事,表现了探险之趣,充满了文人情怀。而《游三石室》诗序则记载了一次不太"顺畅"的出游。其序文云:"三石室是勾漏洞最奇者,传为葛令修炼处。岩乳乱垂,琪花丛发。从旁又有飞瀑千里,爽人心目,真仙都也。游时以久雨遂成巨浸,舆夫足不能置地,恐有鱼龙出没。且从者又闻虎豹之声,鼓栗不敢进,遂中止焉。岂真仙缘分薄耶,抑奇游固有待也。聊志以长歌。"② 诗人爱好探访奇险之境,每次出游,总以登到最高峰或探到最险远之地为乐。而此番出游三石室,虽风景奇美,"爽人心目",却因有鱼龙出没,且听到虎豹之声而放弃。诗人对中途放弃颇为遗憾,感叹"仙缘分薄""奇游固有待",展现了个人性情,写得有情有味,与一般的纯粹写景迥然不同。再如《登白石山观音阁同黄尊元关周望龙叔玉黄仲黄赋》一诗再现了白石山古木参天、藤萝缠绕的怡人风景及在山中接泉烹茶之雅趣,凸显了山林生活的美好。

旅居在外,欧必元对异域的风俗民情也格外留心,并通过诗歌记载下来。如《浔州杂歌》诗云:"绕郭临江列草堂,门前三径任教荒。编篱密竹应防虎,更怕春来水是乡。(其一)宴客槟榔僎有余,江庖虽美食无鱼。由来风俗蛮荒古,不惯烹鲜惯杀猪。(其二)踏歌明月正当街,口嚼槟榔袖里怀。欢若邀侬江店饮,待侬脱下草头鞋。(其四)"③ 此组诗作于欧必元出游广西浔州期间。作为一名外来游客,欧必元对浔州有别于自己家乡的风土人情感到惊奇。第一首诗描绘了浔州绕山临水、整齐划一的民居建筑,门前的大片院地并没有开荒成农田,屋前后有编织严密的篱笆和翠竹,与广

---

① 欧必元:《勾漏草》,见陈建华、曹淳亮主编《广州大典》第 431 册,广州出版社 2015 年版,第 521 页。
② 欧必元:《勾漏草》,见陈建华、曹淳亮主编《广州大典》第 431 册,广州出版社 2015 年版,第 530 页。
③ 欧必元:《勾漏草》,见陈建华、曹淳亮主编《广州大典》第 431 册,广州出版社 2015 年版,第 523 页。

东的建筑风格不大一样。第二首诗注云:"宴客宰猪,居人以为常。"浔州人招待客人的食物主要有槟榔和猪肉,这与广东之地以鱼鲜来待客的习俗大不相同。第四首诗注云:"此处呼我为侬。"记载了浔州人不同的语言文化。此类诗对异乡风俗的记载生动具体,有助于读者增长见识,了解不同的民间文化,反映了诗人探索世界、走向世界的开阔胸襟。

  作为一位广东籍诗人,欧必元对家乡的历史故事、名胜古迹非常熟悉,他在出游时通过自己敏锐的感悟力与细腻的表现力对其进行一一呈现,写下了很多优秀的诗篇。如肇庆七星岩是岭南著名风景区,被誉为"人间仙境""岭南第一奇观"。历代岭南诗人均作有七星岩的纪游诗。欧必元《同族叔理先从弟子弘饮七星岩水洞》诗云:"石室钟灵胜,岩壑多洞天。既登岸崿险,复激清流湍。攀岩碍巨石,逾岭凌苍烟。径幽云霭霭,溪浅流涓涓。玉乳垂洞底,金书镜云巅。下窥元气渺,上与星辰连。草木经霜落,琪花当晚妍。岚气袭裾上,晴光媚眼前。浩歌众山和,谷响群鸟喧。酣饮澹忘醉,采采芳杜蹇。恣游慰夙志,含毫述短篇。"① 描绘出七星岩洞水相连、山峰耸立、石钟乳倒垂、洞内溪水淙淙、鸟语花香的奇丽美景。诗人对七星岩的风景可谓情有独钟,曾多次前往游览。《游七星岩二首》(其二)诗有云:"避暑携尊自爽然,上方楼阁倚云巅。奔雷骤雨无常态,叠石重岩有别天。"② 可见诗人将七星岩当作夏日的避暑胜地,诗中充满了对家乡风物的热爱及作为岭南人的自豪感。另素有岭南第一山之称的罗浮山也是岭南诗人频频歌咏的对象。欧必元《初入罗浮山径》诗云:"路迂穷日夕,山近逼氤氲。策杖回青霭,披衣染白云。苔痕深莫辨,树密色难分。一过莲池上,泉声到处闻。"③ 生动地刻画了罗浮山云雾缭绕、山林幽深、莲花盛放、泉水叮咚的清秀景色。

  在描绘家乡美景的同时,欧必元也将自己的身世之感与人格性情一并融入。如《九日同社中诸子登粤秀山宴集》诗云:"高秋凉气至,佳辰在今夕。缱绻故里间,念我平生戚。斗酒相存问,度阡复逾陌。粤王有高台,台下俯积石。登高览九原,但见松与柏。杖屦随所钦,浊醪聊自适。感慨付当歌,伯图亦尘迹。良时弗为欢,衰暮叹何益。素丝有苍黄,歧途多南北。鹤鸣振云霄,虫织响窗壁。愁为纵酒宽,恶以佩萸辟。安得岁寒菊,

---

 ① 欧必元:《勾漏草》,见陈建华、曹淳亮主编《广州大典》第431册,广州出版社2015年版,第519页。
 ② 欧必元:《璆玉斋稿》,见陈建华、曹淳亮主编《广州大典》第431册,广州出版社2015年版,第350页。
 ③ 欧必元:《罗浮草》,见陈建华、曹淳亮主编《广州大典》第431册,广州出版社2015年版,第480页。

采之尘虑息。"① 此诗记载了重阳日与诗社友人同登粤秀山之事。诗歌情景交融，既描绘了登上粤秀山所见的高旷淡远的秋景，也写出了诗人的失意之感与强自振奋之态。诗歌将环境描绘与直抒胸臆相结合，寓情于景，又触景生情，最后两句诗表达了对淡泊宁静生活的向往。《秋日马仲高余承采诸子登粤秀山》诗有"世情虽卤莽，吾道有绸缪。遁迹青山好，时名浊酒休。乾坤终有尽，一醉复何求"②等诗句，表现了诗人淡泊名利、向往山林的高洁志趣与及时行乐、随遇而安的人生态度。另《清远孙令公招饮峡山寺》一诗则记述了与友人聚会于清远峡山寺（即飞来寺）时的所见所感，"古寺岩峣倚碧栏"栩栩如生地描绘了飞来古寺依傍于巅峰峭壁的雄奇风姿，"峡水流清深见底，松声将雨夏犹寒"展现了峡山寺景区潭水清澈、松林密布、幽深清冷的特色，"雄谈不是人间语，莫惜尊前酒易干"则写出了在神奇壮观的大自然面前，诗人与友人高谈阔论、超脱于尘世之外，不为眼前利益所牵绊的高远情怀。全诗立意高妙，显见诗人开朗豁达的襟怀。此外，在《游仙诗五首（罗浮山中作）》组诗中，诗人则通过"平生志寥廓，所思三神山""安得长生药，千年当复来""远望登高峰，餐霞思幽室""神驰阆风苑，兴在神山中"等诗句表达了自己对神仙般修道生活的向往。这种出尘之想正表现了诗人怀才不遇的抑郁与茫然。此类游仙诗虽数量不多，却表现了个人前途与国家命运的同频共振，真实表现了诗人在政治失意与人生无奈之下的自我超脱与慰藉，是其家国情怀的另一种呈现。

总之，在研究和探析岭南诗人欧必元时，我们不能仅仅把他看作一位正直侠义的"端士"、一位有着创作激情和杰出才华的诗人，因为他的诗歌中所展现出的丰富的人文情怀，体现出古代文人士子的仁爱、进取精神与坦荡豪迈的君子人格、济国安民的经世之志、救亡济时的担当意识，以及对家国炽热的认同感与归属感，兼具文学性和思想性双重价值。

---

① 欧必元：《勾漏草》，见陈建华、曹淳亮主编《广州大典》第 431 册，广州出版社 2015 年版，第 327 页。

② 欧必元：《璙玉斋稿》，见陈建华、曹淳亮主编《广州大典》第 431 册，广州出版社 2015 年版，第 363 页。

第九章 王邦畿、王隼父子的诗歌创作与家学传承

明清之际番禺王氏家族是岭南地区典型的文学世家。乾隆《番禺县志》云："今彭孟阳、王邦畿两家子弟俱能以文藻世其家，且抗高节，而王氏尤胜。……诸君皆名闻当世，非里党之士微浅者可比……故家最盛，不独勋业名节自奇，难其人皆有集，不失琅琊家风耳。"① 作为岭南地区较有影响的文学世家，王氏家族的声名鹊起始于明遗民王邦畿。他才华、气节兼胜，极受乡人景仰，开番禺王氏家族诗书传家之先河。其子王隼、其侄王鸣雷、其孙女王瑶湘均能坚守遗民气节，且富有诗文；王鸣雷之父王者辅好为古文，"构思必趋僻径"②；王隼妻潘孟齐、子王客僧、婿李孝先、王氏族人王佳宾等亦博学能诗。与一般的文学世家相比，番禺王氏家族在明清易代之际的伦理处境、身份探寻、家庭生活及家学传承等方面均呈现出独特之处，蕴含着鲜明的时代意义，为洞悉明清之际遗民诗人的生活世界开启了一个窗口，也为深化家族文化的代际传承研究提供了一个新的样本。

第一节 "留得孤魂归侍帝"
——别样的政治伦理图景

番禺王氏人文荟萃，历代以诗书传家。但与一般文学世家不同的是，番禺王氏崛起于明清易代之际。在明亡清兴、"以夷变夏"的特殊政局下，儒家伦理秩序经受前所未有的重创，因失去完整的家国同构的政治依托，宗法社会伦理系统内部的诸种矛盾如"忠君"与"养亲"、"为国"与"为民"、"仁"与"忠义"等迅速被激化，儒士们在生死出处之际面临着异常艰难的抉择，对自我的身份探寻与价值认同也成为一种日常困惑与焦虑。

---

① 任果等修、檀萃等纂：(乾隆)《番禺县志》卷十五，清乾隆三十九年刻本，见《故宫珍本丛刊》第168册，海南出版社2001年版，第306页。

② 任果等修、檀萃等纂：(乾隆)《番禺县志》卷十五，清乾隆三十九年刻本，见《故宫珍本丛刊》第168册，海南出版社2001年版，第310页。

故在此种特殊的政治伦理困境下,王氏家族的文化传承呈现出一种别样的图景。

易代之际的政治伦理困境,首先表现在"生""死"之间。作为王氏家族之翘楚,王邦畿的境遇集中代表了岭南士人当时的生活状态。王邦畿(1618—1668),字诚篛,广东番禺人。明崇祯时副贡生。南明隆武元年(1645)举人。明唐王绍武中,以荐官御史。后永历帝都于肇庆,王邦畿与陈恭尹同往从之。及桂林倾覆,永历帝西奔不返,王邦畿遂回里,避于顺德龙江。晚岁礼函昰于雷峰,号今吼,字说作。著有《耳鸣集》。由于岭南远离明朝帝都,信息有所滞后,加上甲申之变后南明政权迭起,明祚绵延的表象在一定程度上冲淡了岭南人因崇祯殉国而引起的悲痛。与中原文人及江南士人相比,岭南文人在生死之际所遭受的精神磨难似乎要相对平缓一些。从王邦畿在崇祯帝殉难后义不容辞地服务于其后的诸个南明政权的行迹来看,似乎他与诸多投身于抗清前线的岭南志士一样,并没有受到太多的"生"与"死"的困扰。但若细品王邦畿幸存的诗作,则可读出另一番况味。其《丙戌腊末》诗云:"草野知今日,飘然愧古人。此心空有泪,对面向谁陈?"① 清顺治三年丙戌(1646)十二月,清将李成栋攻破广州,大肆屠戮。其时王邦畿虽幸免于难,伏处草野,但他自觉有愧于古人"成仁取义"之训,心中空留无限悲痛,却无法向人倾诉。另《西风飒然至》诗云:"西风飒然至,瑟瑟入长林。木落水流处,孤舟明月心。美人敛颜色,游子罢瑶琴。珍重平生意,前溪霜雪深。"② 该诗托物言情,寄喻遥深。陈永正先生认为:"国运的衰颓,志士的悲慨,前路的艰难,都一一寓于诗中,非寻常嘲风弄月之作可比。"③ 可见王邦畿在易代之际同样也经受着苟活于国破家亡之际却无法有所作为的心理煎熬,唯有奋然前行以自勉。此外,"谁识当年恨,飘零杜宇魂"(《寒食》)、"良友死将尽,此心谁复知"(《对琴》)等诗句也表露出王邦畿并未彻底摆脱生死的伦理难题,在生存困境中苦苦挣扎的隐微心态。

两难的伦理处境更集中地体现在"君""亲"之间。"忠君"与"养亲"是宗法社会系统内部的一对矛盾,在明清易代的特殊历史时刻,二者的冲突愈益激烈。赵园先生认为:"到家破国亡之际,'与义''死义'仍不被士人普遍作为绝对的道德律令——尤其是在'亲在'的条件下。"④ 但面

---

① 王邦畿:《耳鸣集》,见《四库禁毁书丛刊》集部第87册,北京出版社2000年版,第72页。
② 王邦畿:《耳鸣集》,见《四库禁毁书丛刊》集部第87册,北京出版社2000年版,第58页。
③ 陈永正:《岭南历代诗选》,广东人民出版社1993年版,第280页。
④ 赵园:《明清之际士大夫研究》,北京大学出版社1999年版,第442页。

对勇于"与义"的志士，苟活者实难完全泰然处之。当儒士们在此种政治伦理困境中进行深沉思考及种种辨析之时，王邦畿却用自己的方式解决了这个难题。史载永历帝蒙难后，王邦畿即遁入空门，"礼僧函昰于雷峰……居罗浮、西樵间"①。笔者认为，王邦畿的入禅与一般的政治避难有所不同，除表达抗拒清廷的遗民姿态外，更多的是带有一种忠君、悼君的仪式感。其诗有云："虚堂独坐闻寒雨，疑有孤魂泣夜声"（《庚寅冬夜宿㟷林》）；"刘郎一去杳无闻，西陆长河竟两分"（《秋怀》）；"莫忆前时事，风寒鼻易酸"（《禅院小除与莫思微》）；"暂且忘思虑，焚香礼佛名。"（《闲居》）可见，在永历帝惨死滇南后，王邦畿深知国事无望，毅然出家，借青灯古佛为先帝守灵，以示对故国先君之效忠。看来，在"君""亲"之间，他果断选择了前者。不仅如此，他还将遗民怀抱及报国之忠作为家族传统努力发扬。其子王隼在他的影响下也遁入缁流，以遗民终老。王隼（1644—1700），字蒲衣。七岁能诗。父殁后弃家入丹霞为僧，法号古翼。后至庐山，居太乙峰六七年。其后归乡结湿庐于西山之麓，为隐士之冠。王鸣雷《大樗堂初集叙》云："叔（王邦畿）向时语匡庐，以不及游为恨事，辄泫然。隼弟饱卧数年匡庐云，饱食数年匡庐水。"②可见王隼披剃出家、栖隐山林的经历与其父王邦畿的教诲和影响是密不可分的。王邦畿、王隼这种父子两代为僧的现象在明清之际是极为少见的。江西易堂诗人魏礼《悼王说作》诗云："留得孤魂归侍帝，近闻一子竟为僧。"③史载"魏礼至粤，与邦畿游，其归也，邦畿以诗送之，序末有'并遗桃花洞里，薇蕨山中，鉴我性情，知人名字'语"④，可见王邦畿视魏礼为知音，故魏礼之悼诗亦可谓知己之言，准确道出了王氏父子遁迹空门的深层动机。

王邦畿与王隼父子两代在政治伦理困境下的人生选择使得遗民气节作为王氏家学传统的一项重要内容得到很好的承传，并博得世人的美誉。王邦畿逝世后，梁佩兰作《挽王说作》诗云："几人泉下路，似汝世间贤？……地辟词人塚，天留处士星。"⑤陈恭尹祭词云："早宾于王，多士眉目。天工人

---

① 陈伯陶：《胜朝粤东遗民录》卷一，见周骏富《清代传记丛刊》第70册，台湾明文书局1985年版，第91页。
② 王隼：《大樗堂初集》卷首，见《四库禁毁书丛刊》集部第166册，北京出版社2000年版，第464页。
③ 魏礼：《魏季子文集》卷五《悼王说作》，见《四库禁毁书丛刊》集部第6册，北京出版社2000年版，第565页。
④ 陈伯陶：《胜朝粤东遗民录》卷一，见周骏富《清代传记丛刊》第70册，台湾明文书局1985年版，第92页。
⑤ 梁佩兰著、吕永光校点：《六莹堂集》，中山大学出版社1992年版，第60页。

代，云章玉轴。时移步改，振缨濯足。"① 可见其不改素志的气节深得友人敬重。另清人赵执信诗云："老大两布衣，宴然当世士。各出一诗卷，邈矣古男子。岭南冬亦春，坐呀清寒起。乃是冰与雪，披拂怀袖里。我行穷万里，所遇无可喜。今夕忽欣然，风灯落连蕊。"② 将王隼和陈恭尹比拟为"冰与雪"，对王隼冰清玉洁般的遗民节操赞赏不已。此外，王鸣雷、王者辅、王瑶湘等诸位王氏族人也很好地继承和发扬了忠贞气节。王鸣雷，王邦畿从子，字震生，号东村。南明隆武元年（1645）中举人，授中书舍人。清兵陷广州，与罗宾王同下狱，将诛之。父闻之喜曰："吾儿得死所矣。"③ 获释后，乃北游燕赵，往来吴楚，归而题所居曰"穷室"，"究安于贫，不谋仕"④，"朱彝尊、王士禛至粤，俱推重之。"⑤ 王者辅，王鸣雷之父，勤学好古，事母以孝闻，"晚补诸生，充岁贡，不仕"⑥。王瑶湘，王隼女，梁无技《致瑶湘书》有"自应逊志瑶篇，殚心缃帙，勉作千秋名媛，终成一代传人"⑦ 之语，对其期望甚高，"瑶湘怡然矢节，自称逍遥居士"⑧。

特别要指出的是，随着时间的推移和清王朝统治的日益巩固，王氏家族的遗民气节及不仕清廷的家学传统也逐渐发生了变化。陈垣曾感叹："遗民易为，遗民而高寿则难为。"⑨ 道出了易代之际欲保全志节者之艰难。遗民尚且如此，而作为遗民子弟，在遗民话语及遗民节操备受时间剥蚀、消磨之际，要想继承父志，其艰难更是不言自明。王隼虽能秉承其父王邦畿之遗志，不仕清朝，以"遗民身份"享誉一时，但晚年仍避免不了与清吏的交游酬唱。王隼《大樗堂初集》中《仲冬陪尹澜柱铨部、陈元孝、林叔

---

① 陈恭尹：《独漉堂文集》卷十五《祭王说作明经文》，见《四库禁毁书丛刊》集部第 183 册，北京出版社 2000 年版，第 691 页。
② 赵蔚芝、刘聿鑫笺注：《赵执信诗集笺注·怡山诗集》卷八《与陈元孝、王蒲衣两处士夜坐论诗》，黄河出版社 2002 年版，第 675 页。
③ 陈伯陶：《胜朝粤东遗民录》卷一，见周骏富《清代传记丛刊》第 70 册，台湾明文书局 1985 年版，第 96 页。
④ 任果等修、檀萃等纂：《（乾隆）番禺县志》卷十五，清乾隆三十九年刻本，见《故宫珍本丛刊》第 168 册，海南出版社 2001 年版，第 310 页。
⑤ 陈伯陶：《胜朝粤东遗民录》卷一，见周骏富《清代传记丛刊》第 70 册，台湾明文书局 1985 年版，第 99 页。
⑥ 史澄：《（光绪）广州府志》（三）卷一百二十，影印清光绪五年刊本，成文出版社 1966 年版，第 144 页。
⑦ 任果等修、檀萃等纂：《（乾隆）番禺县志》卷十五，清乾隆三十九年刻本，见《故宫珍本丛刊》第 168 册，海南出版社 2001 年版，第 313 页。
⑧ 史澄：《（光绪）广州府志》（三）卷一百二十，影印清光绪五年刊本，成文出版社 1966 年版，第 545 页。
⑨ 陈垣：《明季滇黔佛教考》卷五，中华书局 1962 年版，第 254 页。

吾入羚羊峡，怀梁药亭先生》《赠孔樵岚参军》《送孔樵岚参军六首》等诗及赵执信《怡山集》卷八《与陈元孝、王蒲衣两处士夜坐论诗》等即是王隼与清吏尹源进（号澜柱）、孔樵岚、赵执信交往之明证。严酷的历史推动遗民社会无可避免地走向消亡，而遗民现象的时间性也必然决定了遗民身份的不世袭。王隼女王瑶湘能秉承庭训，怡然矢节，对此历代士人多有赞赏。然而据乾隆《番禺县志》卷十五记载，王隼亦有子王客僧，中清康熙五十九年（1720）庚子科举人，官云南知州。但颇有意味的是，对于此点历代却极少有人论及。由此足见遗民敏感者的尴尬与悲凉。无独有偶，王氏族人王佳宾中清康熙三年（1664）甲辰科武进士，曾担任广州右卫守备。对此类现象，钱穆曾感叹："弃身草野，不登宦列，惟先朝遗老之及身而止。其历世不屈者则殊少。既已国亡政夺，光复无机，潜移默运，虽以诸老之抵死支撑，而其亲党子姓，终不免折而屈膝奴颜于异族之前。此亦情势之至可悲而可畏者。"① 众所周知，在传统宗法社会中，"继志述事"乃为人子者的人生义务，此即孔子所云"三年无改于父之道"所强调的"孝"之要义。但也正如赵园先生所说："贯彻遗民社会的道德律令，凭借的就是父对于子的权威……然而道德律令于此也仍然敌不过时间及现实政治的力量。"② 可见，世族家学及遗民节操的传承在一定程度上会受到现实政治、时代思潮及伦理处境的影响，此点值得注意。

第二节 "古风妻似友" "父子自相知"
——易代境况下的家庭文化

作为清初岭南较有影响的遗民文学世家，番禺王氏在夫妇、父子、联姻等家庭关系的处理上也呈现出鲜明的特色，其和谐良好的家庭文化氛围得以世代传承，在践行传统家庭伦理道德方面起到了一定的表率作用。

夫妇一伦在传统家庭伦理关系中占有非常重要的地位。"夫为妻纲"是儒家用以规范、调整封建社会中夫妇关系的基本道德准则。较之君国、父子，夫妇一伦是私密的。易代之际，遗民士大夫更要强调君、国为重而家室、妻小为轻，因此遗民士人对夫妻间的私密情感与生活基本上是讳莫如深的。由王邦畿、王隼父子两代人在复明无望之际均皈依空门、以忠孝作佛事的选择来看，王氏家族以君、国为重而家室、妻小为轻的态度是毋庸

---

① 钱穆：《中国近三百学术史》，中华书局1986年版，第71－72页。
② 赵园：《明清之际士大夫研究》，北京大学出版社1999年版，第322页。

置疑的。但在夫妇关系的处理上，王氏家族却并非不近人情。王邦畿《客中寄内》诗云："客逢风雨衣裳薄，望转乡园道路遥。梦见仪容来昨夜，修将书信寄今朝。应知晓日开明镜，若忆行人在此桥。不及巢中双燕子，怯寒抬眼把人瞧。"① 在家国飘零、羁旅奔波中对妻子寄予无限思念与深情，可见王邦畿对妻子并不乏温情体贴。面对妻子的辛劳与病痛，王邦畿充满了感激与怜惜。其诗有云："闺人呼犬子，掌梦叶熊时。对此劬劳意，亲恩无尽期"（《生子》）；"病妇卜云今日起，稚儿师放读书归。"（《己亥小除立春》）另外，"饥馑为灾，多食不饱。当胃脘间，如虚若燥"（《戊子歌》）；"不知将八口，长铗向谁弹"（《没田》）等诗句表现出对家庭生计经营的忧心。而《为圃》一诗则展现了诗人学耕种的乐趣："未农先学圃，编槿复诛茅。乞得瓜壶种，忙乘春夏交。既滋天雨露，莫问地肥硗。笑共家人语，秋来满素庖。"② 在士大夫普遍以"不事家人产"而自得、大多将门户经营交由妇人的情部下，王邦畿却能放低读书人的体面与姿态，对家务躬亲操持，不使妻子独任劳苦，足见王邦畿对妻子的爱惜。此类表现家庭温馨的内容在遗民士人笔下是不多见的。由此看来，易代之际，遗民夫妇面对更为艰难的生存困境。而在此种患难与共的情境中，夫妻共同分担、负荷的经历可增进夫妇的亲密关系。妻子逝世后，王邦畿毫不掩饰对亡妻的思念："欲落上弦月，犹存亡妇灯。垂帘就襟枕，竟夕寐无能。"（《夜归》）朴素的语言中自有一种深情在。王邦畿对妻子的态度也影响到其子王隼。王隼妻潘孟齐亦能诗，"倡随拈韵，雅相得也"③。王隼隐遁丹霞山、庐山太乙峰后，潘孟齐作《寄怀夫子》诗以表相思之意，有"如何伯鸾妇，翻作仲卿妻"④ 之恨。其后潘孟齐亦事优婆夷。对妻子的理解与偕隐之举，王隼深为感动，作《客中七夕答孟齐内子见寄》诗云："喜汝能偕隐，惭余久未还。悲欢贫贱里，形影别离间。乞巧怜新月，逢秋忆旧山。如何牛女夕，霜点客衣斑。"⑤ 其愧疚之情溢于言表。据《粤小记》记载："夫妻相隔十余年，蒲衣将返初服，报书孟齐。孟齐答曰：'君既有意，妾亦同心。'遂归室。"⑥ 其后潘孟齐早逝，王隼又作《无题一百首》组诗悼念亡妻，"婉曲传递忆念

---

① 王邦畿：《耳鸣集》，见《四库禁毁书丛刊》集部第87册，北京出版社2000年版，第78页。
② 王邦畿：《耳鸣集》，见《四库禁毁书丛刊》集部第87册，北京出版社2000年版，第57页。
③ 李福泰修：《番禺县志》卷四十三，影印同治十年刊本，成文出版社1966年版，第546页。
④ 王隼：《大樗堂初集》卷八，见《四库禁毁书丛刊》集部第166册，北京出版社2000年版，第497页。
⑤ 王隼：《大樗堂初集》卷八，见《四库禁毁书丛刊》集部第166册，北京出版社2000年版，第497页。
⑥ 吴绮等撰：《清代广东笔记五种》，广东人民出版社2006年版，第399页。

深情"①。这些夫妻间的琐屑世俗生活及朴素的温存,一般士人通常是不写的,而在王邦畿父子笔下,却极为真诚与坦然。从现存的史料记载中,我们认识到的多是王氏父子坚守忠贞气节、弃家参禅、公而忘私的遗民形象,而只有细读其诗作才能有此感悟:忠贞遗民之士,其对妻子也是极为通达与深情的。而其对夫妇间日常生活的描写,虽未必都如苏轼、纳兰性德等人般深情款款,却也平淡而绵长。归庄诗云:"古风妻似友"②,王氏家族夫妇间的融洽关系正是对此种诗意般的家庭生活的极好呈现。或许正因其朴实而柔韧,故此种夫妻之情才得以在家族文化中延续和承传,也许这才是遗民最真实的精神世界。

父子人伦则是传统家庭伦理的主轴。关于父子关系,赵园先生曾提出:"古代中国的知识人,严于等差、伦序,却又不无变通,不乏欣赏融和之境的能力——是伦理的,又是审美的。"③ 王氏家族可谓一门之内"自相师友",父子之关系充分体现了通达融合的一面。王邦畿是一位开明慈爱的父亲,谈及儿子,他用得最多的是"稚"字。如"病妇卜云今日起,稚儿师放读书归"(《己亥小除立春》);"长路随行怜稚子,旅怀同住喜良朋"(《客中呈苏元易并示隼儿》);"稚齿昨朝初及长,壮怀今日已成翁"(《为隼儿娶妇承程舍人周量惠以雅什,赋此奉答并呈芝五、震生》),字里行间流露出慈父对儿子的温情与关爱。王隼笔下的父亲也是如此。其《述怀杂言与熊燕西野人结交》诗云:"忆余七岁咏凤凰,趋庭问礼大夫旁。改诵子山枯树赋,坐客期我似班扬。大人抚摩恒置膝,口授离骚老与庄。又云汝曹辈,结交须老苍。不得轻草草,反复笑苏张。"④ 展现了一位平实质朴的和蔼长者的形象。同时,由上段材料可知,王隼少受庭训,有着深厚的家学渊源。可见作为文学世家,王氏极为重视家庭教育,而且与泛泛的道德训诫不同的是,王氏的家训有较为明确的针对性,且带有鲜明的遗民色彩。史载王邦畿"常诲隼曰:'若作衣裳尔时佩,若种涧松尔其岁。慎毋时俗以为雷同,慎毋唯诺以为取容。谷口之郑,南郡之徐,斯人哉,斯人哉!振

---

① 王晓雯:《清代谭莹(论词绝句)研究》下,见龚鹏程《古典诗歌研究汇刊》第十辑第19册,花木兰文化出版社2007年版,第355页。
② 归庄:《归庄集》卷一《兄子》,上海古籍出版社1984年版,第100页。
③ 赵园:《家人父子——由人伦探访明清之际士大夫的生活世界》,北京大学出版社2015年版,第135页。
④ 王隼:《大樗堂初集》卷六,见《四库禁毁书丛刊》集部第166册,北京出版社2001年版,第490页。

古岂易得？'隼曰：'谨受命'"①。可见王邦畿希望王隼像在威逼利诱之下不屈服的西汉节士郑朴、终生不仕的南州高士徐稺那样，能够坚定自己的立场，不受时俗束缚，更不能唯诺以求容和。从王邦畿对儿子的期待可以想见其为人，亦可见出王氏对树立遗民世家的忠贞传统与优良家风的努力。而王隼虽生长于清朝，未受明朝之恩，从当时的流俗及公议来看，似可不再受"尽忠""守节"之限制，但他依然能克绍箕裘，一生淡泊名利、不仕清廷。同时，他喜好参禅、多年隐居名山似也是对其父"名山时引向平心"②之遗志的继承和对父亲"名山惭愧未能登"③之缺憾的弥补，可见王隼对其父是极为敬重的。不仅如此，王隼也善待子女，对后代子孙的教育能谨守其父之遗训。王隼之女瑶湘博学能诗，能读《礼经》《南华》《离骚》，深得梁佩兰之赏识，从中亦可想见其家学传承。当然，至于王隼之子王客僧最终因种种原因而出仕，正说明遗民子弟在家学传承方面往往要承受较之常人更大的道义压力，这也是明清易代这一特殊境况下所呈现的特殊的伦理景观。

王氏家族在联姻问题的处理上也别具特色。从文化传承的角度而言，联姻往往责任重大，它需要将联姻双方的家庭文化融为一体，取双方之优势形成新的家庭文化并使其得以延续和传承。如果联姻双方本身就具有统一的家庭文化，无疑会推进新家庭文化的迅速融合与更好的传承。为了推进家族文化的形成与延续，王氏家族真可谓煞费苦心。如王邦畿就让王隼娶好友潘楳元之女潘孟齐为妻。潘楳元，字浣先，广州番禺人，曾大父暨厥考，咸以学行见重于时。潘楳元为名家子，早有英誉，以博洽闻。"粤中大帅高其学行，特荐举为广州教授。故事无官本郡者，盖异数也。"④晚筑西山草堂，凿池种竹。著有《广州乡贤传》，或称该传可补黄佐《郡志》之缺。据《海云禅藻集》记载，潘楳元后礼天然和尚，山名今竖，字亚目。潘氏之女孟齐"通史汉诸书"⑤，亦善作诗。可见潘氏与王氏在文学渊源及家学传统方面有颇多相似之处。因此，二家的联姻成为当时岭南文坛的一段佳话。王邦畿曾作诗云："最喜新盟联旧好，交情一倍重南金。"（《与潘

---

① 陈伯陶：《胜朝粤东遗民录》卷一，见周骏富《清代传记丛刊》第70册，台湾明文书局1985年版，第93页。
② 王邦畿：《耳鸣集》，见《四库禁毁书丛刊》集部第87册，北京出版社2000年版，第79页。
③ 王邦畿：《耳鸣集》，见《四库禁毁书丛刊》集部第87册，北京出版社2000年版，第91页。
④ 任果等修、檀萃等纂：（乾隆）《番禺县志》卷十五，清乾隆三十九年刻本，见《故宫珍本丛刊》第168册，海南出版社2001年版，第311页。
⑤ 陈伯陶：《胜朝粤东遗民录》卷一，见周骏富《清代传记丛刊》第70册，台湾明文书局1985年版，第94页。

浣先定男女婚姻》）岭南诗人程可则、梁佩兰、王鸣雷等纷纷前往祝贺①。后来，王隼继续了父亲借联姻来传承家族文化的做法，也将女儿王瑶湘许配给故人李恕之子李仁。当时岭南诗人屈大均、陈恭尹、梁佩兰、林梧、吴文炜、梁无技等人亦宴集王隼湿庐以示祝贺②。史载"隼性嗜音，能自度新曲，作昆山腔，以寄其意。仁倚而和之，瑶湘吹洞箫以赴节。每雨阑人静，声发湿庐中，里人侧耳远听，不敢近，惧其近而辄止也"③。从中我们感受到一种温暖融洽的家庭氛围。可见，王氏家族通过几代人的努力成功构建了和谐统一的家庭文化，它是家庭生命力的集中体现，使得家庭成为每一位家人精神的归宿和心灵的港湾。在明清易代之际，这种和谐的家庭文化对饱经沧桑的遗民家庭来说具有特别的意义。正如赵园先生所说："患难中家人父子相拥取暖，使人伦的美好面尽显，也应当不是稀有的事实。"④

第三节 "诗是吾家事"
——文学世家的家学传承

在风雨飘摇的易代之际，朝不保夕的生命境遇加上绝弃仕进的人生选择，使得大多数遗民诗人与"立德""立功"的伟大抱负绝缘，只能通过"立言"这唯一的途径建立文字之不朽来体现其生命价值。作为明清之际岭南的重要诗人，王邦畿一生肆力于诗歌创作，并使得"诗书传家"成为王氏家族的一个重要特色。王鸣雷曾说："今《耳鸣》之集在人间若《广陵散》，余望夫雅若匡庐高阜之云，不知隼弟诗在旁，竟已嗣续之也。兹从臾刻之，毋谓余王氏之无人也。"⑤ 强调了王邦畿父子的诗学成就在王氏家族文化传承过程中所起的作用。对于王氏父子的诗学传承，当时诗人论述较

---

① 王邦畿《耳鸣集》有《为隼儿娶妇，承程舍人周量惠以雅什，赋此奉答，并呈芝五、震生》一诗，详见《四库禁毁书丛刊》集部第87册，北京出版社2000年版，第83页。
② 屈大均《道援堂诗集》卷五《辛未上巳谦集王蒲衣湿庐，分得春字》、梁佩兰《六莹堂二集》卷五《上巳日谦集西山草堂，屈翁山、陈元孝、林叔吾、吴山带、侄王顾，时李孝先就昏于王蒲衣湿庐，分得风字二首》、陈恭尹《独漉堂诗集》卷十一《上巳日宴集西山草堂，分得青字》等诗均记载了此段佳话。
③ 陈伯陶：《胜朝粤东遗民录》卷一，见周骏富《清代传记丛刊》第70册，台湾明文书局1985年版，第94页。
④ 赵园：《家人父子——由人伦探访明清之际士大夫的生活世界》，北京大学出版社2015年版，第134页。
⑤ 王隼：《大樗堂初集》卷首，见《四库禁毁书丛刊》集部第166册，北京出版社2000年版，第465页。

多。如屈大均说:"蒲衣赋才奇丽,能出其新意,追琢为乐府、五七言体,陵轹汉魏、三唐,仍其家学。"① 陈恭尹云:"先生(王邦畿)以诗名世者也,清古峭健,而王子以春容富丽承之,得其旨矣。"② 近人伍元薇说:"尊人说作先生称诗岭外,先生(王隼)夙承家学,复与屈、陈、梁诸子交好,故所作具见本原,亦国初诗人之杰出者。"③

与一般的文学世家不同的是,王氏家族出现于岭南之地,且崛起于明清之际,这就使得王氏家族的诗学活动与家学传承既带有岭南的地域特色,又打上了明亡清兴的政治烙印。恢复兴寄传统、崇尚汉魏盛唐雅正之风是明清之际岭南诗人的一致理想,而追求古贤雄直气、推崇变徵之音、弘扬民族气节则是易代之际岭南诗坛的新气象。王邦畿父子均为此际岭南诗坛的优秀诗人,其诗作无疑也具有鲜明的地域特色和时代特点。关于王氏父子的诗歌特色,陈恭尹在评王隼诗时说得极为确切:"丽则典赡,与其尊人若有浓淡之分,而骨清神寒,即无差别。"④ 他既指出了王氏父子创作上的区别,也指出了其诗学上的传承,即"骨清神寒"。那么,"骨清神寒"的内涵究竟为何?首先,我们来看看王邦畿的诗歌。《胜朝粤东遗民录》载云:"邦畿少以诗鸣,其感时伤事,一寓之于诗。……丙戌十二月,李成栋破广州,……逾二年大饥,邦畿感时,作《戊子歌》,激切近变雅。……邦畿尝赋《癸巳》杂诗,以托微见远,览者悲其志。……迨桂王从亡诸臣死于缅甸,壬寅四月,吴三桂复害王云南,邦畿感伤家国,欲泣不敢,欲默不能,乃为《秋怀》八章,以寄哀思……其诗仿义山无题,缠绵悱恻……邦畿工于自晦,故刻灭文字以避祸患。"⑤ 屈向邦《粤东诗话》云:"说作怀亡国之痛,悲天下事无可为,思如荆轲之击秦,或亦泄愤之道。适遇社题《燕台怀古》,乃尽情泄发之。上半言欲如荆轲之击秦,下半则故宫禾黍,遗臣兴周道之悲矣。"⑥ 凌扬藻《国朝岭海诗钞》亦曰:"(邦畿)所为

---

① 屈大均:《翁山文外》卷二《王蒲衣诗集序》,见《四库禁毁书丛刊》集部第184册,北京出版社2000年版,第87页。
② 陈恭尹:《独漉堂诗集》卷四《王蒲衣五十序》,见《四库禁毁书丛刊》集部第183册,北京出版社2000年版,第649页。
③ 王隼:《大樗堂初集》卷末伍元薇跋,见《四库禁毁书丛刊》集部第166册,北京出版社2000年版,第515页。
④ 王隼:《大樗堂初集》卷末伍元薇跋,见《四库禁毁书丛刊》集部第166册,北京出版社2000年版,第515页。
⑤ 陈伯陶:《胜朝粤东遗民录》卷一《王邦畿传》,见周骏富《清代传记丛刊》第70册,台湾明文书局1985年版,第90-92页。
⑥ 钱钟联:《清诗纪事》二,江苏古籍出版社1987年版,第945-946页。

诗引喻藏义，寄托微远，非身其际者莫得其比兴所由。"① 另外，《楚庭稗珠录》评邦畿诗云："集中近体为多，托喻遥深，缠绵悱恻，憔悴婉笃，善于言情，哀而不伤，甚得风人之旨。不细论其身世，几以为体尚西昆，而不知故谬其辞而假以鸣者。"② 由此可见，王邦畿的诗歌主要具有以下两个特点：其一，颇具感伤情调，多抒发亡国之痛，表现坚贞的遗民志节；其二，表达方式含蓄委婉、寄托遥深，深得风人之旨。以上内容即为陈恭尹所说的"骨清神寒"，代表了当时岭南诗歌的一种风貌。

在王氏文学世家的家学传承过程中，王隼是异常关键的人物。他大力发扬家学传统，与梁无技一起赢得王士禛"岭南二妙"③的美誉。从其诗歌创作来看，王隼有一种自觉传承父辈诗学的潜在意识。屈士煌《大樗堂初集·题辞》云："禾黍故宫，吊春魂于望帝；风尘歧路，写幽怨于恨人。"④此言可谓一语中的，道出了王隼诗歌的特点。首先，他的诗歌多有感时伤世之作。王隼在诗序中曾自言："感山川云物之殊，今昔存亡之恨，回顾茫茫，潸然出涕。"⑤ 其诗充满了怀旧之感和故国之思。他的《咏怀》《杜门》《村居》等诗或写羁旅思乡，或写隐居生活，均委婉地抒发了对世事兴亡的感慨与孤愤哀愁的幽怀。此与其父诗歌中哀悼故国、自伤身世的内容是一致的。其次，在表现手法上，他能自觉传承委婉寄托的诗学传统，特别是能娴熟地运用香草美人的比兴手法，使其诗含蓄蕴藉、韵味无穷。如其《西山杂咏》诗："或以男女相思之辞，或以破寺落日之语，隐寄对故明的缅怀，用心可谓良苦。"⑥ 王隼还作有《无题》一百首，陈伯陶评曰："所言不过男女，而忠臣爱国之思溢于言外。"⑦ 黄培芳《香石诗话》亦评曰："极才士绮丽之词，复不失风人蕴藉之旨。"⑧ 此类诗歌亦与王邦畿《秋怀十首》《西风飒然至》等诗中所运用的托兴暗寓的隐曲笔法如出一辙。值得强调的是，此种含蕴委婉的诗风自王邦畿形成，再经由王隼传承与发扬，遂成为王氏文学世家的鲜明的家学传统。王隼之女王瑶湘作有《逍遥楼诗》，

---

① 钱钟联：《清诗纪事》二，江苏古籍出版社1987年版，第945页。
② 檀萃：《楚庭稗珠录》卷四，广东人民出版社1982年版，第123页。
③ 陈永正：《岭南文学史》，广东高等教育出版社1993年版，第324页。
④ 王隼：《大樗堂初集》卷首，见《四库禁毁书丛刊》集部第166册，北京出版社2000年版，第465页。
⑤ 王隼：《大樗堂初集》卷十一，见《四库禁毁书丛刊》集部第166册，北京出版社2000年版，第505页。
⑥ 陈永正：《岭南文学史》，广东高等教育出版社1993年版，第323页。
⑦ 陈伯陶：《胜朝粤东遗民录》卷一，见周骏富《清代传记丛刊》第70册，台湾明文书局1985年版，第95页。
⑧ 黄培芳：《香石诗话》卷二，清嘉庆十五年岭海楼刻嘉庆十六年重校本。

其诗也传承了王氏的诗学特色。如其《拟送别》五言绝句云："孤舟暮归去，别路江南树。烟外有钟声，故人在何处。"① 颇重神韵，寄情于景，韵味无穷。其《独坐》诗云："残灯明灭里，遥夜梦醒时。起立庭前树，孤怀明月知。"② 该诗思绪悠悠，含情寄意，蕴藉婉转，实不减乃父乃祖之风。另外，王鸣雷著有《空雪楼诗集》，后人谓其"诗纯乎中唐钱、刘、韩、王诸家，真得风人之旨"③。即使曾经出仕的王氏族人王佳宾也弃官归家，日与王鸣雷、王隼等赋诗为乐，著《怡志堂诗》二卷。史称王佳宾："多才艺，能诗善医，兼善相马，抑于武职，非所好也，乃自免归……居城东南铁炉古巷，园池亭榭，以梅柳竹梧杂花木环之。"④ 王氏家族的诗歌创作受到了当时岭南诗坛的关注与肯定。檀萃《楚庭稗珠录》卷四云："大抵粤诗自黎美周、邝湛若而后，变尚西昆，而王说作尤造其极。盖其感慨更嬗，依永成声，言之者无尤，听之者不怒，以庄生悠缪之说，写屈子愤郁之情，所际不同也。"⑤ 此论洵为知言。梁佩兰认为王隼之诗"以凄思苦调为哀蝉落叶之词，致自托于佳人君子、剑侠酒徒、闺闱边塞、仙宫道观，以写其呵壁问天、磊落扼塞、怫郁侘傺、突兀不平之气"⑥。当代学者认为其《无题》一百首"风格绮丽，蕴藉含蓄，远在王次回《疑雨集》之上"⑦。至于王鸣雷之诗，史称"施愚山、吴园次、韩圣秋皆推叹，以为成家……（禾水）道人谓其读破万卷，才可兼十余家"⑧。

王氏文学世家的家学传承，除了表现在对感伤情调、含蓄委婉诗风的继承之外，还表现为一种明确的诗学理想的建立，即由诗歌创作扩展到诗集编选方面。自王邦畿以后，王氏家族中能诗者甚众，其子王隼、儿媳潘孟齐、侄王鸣雷、孙子王客僧、孙女王瑶湘、孙婿李孝先、族人王佳宾等均有诗名。这么多诗人的涌现绝非偶然，这与王邦畿所开创的诗书传家的优良传统是密切相关的，更与其子王隼倾心编选诗集、弘扬纯正的家学传

---

① 沈德潜：《清诗别裁集》卷三十一，河北人民出版社1997年版，第649页。
② 沈德潜：《清诗别裁集》卷三十一，河北人民出版社1997年版，第649页。
③ 陈伯陶：《胜朝粤东遗民录》卷一，见周骏富《清代传记丛刊》第70册，台湾明文书局1985年版，第99页。
④ 任果等修、檀萃等纂：（乾隆）《番禺县志》卷十五，清乾隆三十九年刻本，见《故宫珍本丛刊》第168册，海南出版社2001年版，第311页。
⑤ 檀萃：《楚庭稗珠录》卷四，广东人民出版1982年版，第183页。
⑥ 王隼：《大樗堂初集》卷首，见《四库禁毁书丛刊》集部第166册，北京出版社2000年版，第463—464页。
⑦ 傅璇琮、许逸民等：《中国诗学大辞典》，浙江教育出版社1999年版，第604页。
⑧ 任果等修，檀萃等纂：（乾隆）《番禺县志》卷十五，清乾隆三十九年刻本，见《故宫珍本丛刊》第168册，海南出版社2001年版，第311页。

统的努力密不可分。王隼不仅著有《大樗堂诗集》《诗经正讹》等书，还编选了《唐诗五律英华》《岭南诗纪》《岭南三大家诗选》等诗集。其中，《岭南诗纪》是已成书的清代最早的一部广东省的通代诗歌总集，《岭南三大家诗选》的编选则隐然有抗衡江左三大家之意，对确立和提高岭南三大家诗人的地位起到了不可否认的作用。另外，乾隆《番禺县志》称王鸣雷康熙初也曾与邑人屈琚等修《广东通志》，时称典核。这些均充分体现出了王氏世家子弟对乡邦文化的热爱及自觉的乡邦文献存录意识，对推动岭南诗歌的发展是有积极意义的。其后王隼同乡黄登编纂《岭南五朝诗选》，多少也应该受到了王隼的影响。另外，梁佩兰《五律英华序》对王隼编选诗集的过程做了详细记载："（王隼）掩关西山，自架一小阁，屏幛帷榻皆诗。凡唐人《国秀》《才调》《中兴闲气》《河岳英灵》《极玄》《又玄》及《文苑英华》《唐诗纪》《唐诗纪事》《古今诗话》无不穷究冥搜，日尽而继之以夜，不数月而五律之集成，得诗七千五百首，以工费浩繁，剞劂有待，遂于选中拔其尤者，先刻问世"①；又说该集"大毋弗涵，纤毋弗现；精取其浑，朴取其完，能使读者见选者之心，与作者当日之心相遇"②。王隼对经典诗作的编选充分体现了他力图树立雅正的诗歌范式以传承家族诗学理想、宣扬岭南诗学传统的良苦用心，也集中体现了当时遗民诗人传继天下道统、以文化救国的人生理想。

　　王氏文学世家的诗学成就始创于王邦畿，并经王隼发扬光大，呈现出家学传承的鲜明特点。同时，王氏家族还通过广泛的交游与频繁的文学雅集活动来扩大文学世家对岭南诗坛的影响。他们与大批志同道合的诗人结社赋诗，在施展文学才华的同时，也找回了人生的意义与生命的价值。如王邦畿与程可则、方殿元及陈恭尹等诗人并称"岭南七子"，在当时诗坛较有影响。同时他还是清初岭南重要的遗民社团西园诗社的重要成员，谢国桢认为"西园诗社为屈大均、王邦畿所主办"③。王邦畿与屈大均交好，二人有意识地标举"祖述风骚，流连八代"④的宗旨，借诗歌酬唱传承《诗经》及《离骚》以来的诗歌传统，有意识地继承和发扬岭南诗风。在西园诗社的社集活动中，王邦畿经常与友人进行自觉探讨及自由论争，《胜朝粤东遗民录》载云："时同里屈大均为西园诗社，有举邝露诗贵声律语者，邦畿论诗则谓必敛华就实，如果熟霜红，甘美在中，悦目不足，而适口有余，

---

① 梁佩兰著、吕永光校点：《六莹堂集》，中山大学出版社1992年版，第409页。
② 梁佩兰著、吕永光校点：《六莹堂集》，中山大学出版社1992年版，第409页。
③ 谢国桢：《明清之际党社运动考》，上海书店出版社2004年版，第164页。
④ 屈大均：《广东新语》，中华书局1985年版，第357页。

乃为可贵。"① 王邦畿的诗歌主张对当时的诗社成员产生了一定的影响。西园诗社前后绵延约五十年,当时岭南很多优秀诗人如梁佩兰、陈恭尹、张穆、陈子升、梁琏、何绛、程可则、梁无技及释达津、释愿光等二十多人均参与过诗社的活动,西园诗社还吸引了朱彝尊、徐乾学、魏礼等大批外省诗人的关注与参与。在王邦畿的影响下,王氏家族的王隼、王鸣雷也成为西园诗社后期的重要成员。王氏家族的诗歌崇尚和文化人格与岭南的遗民诗人群体有着共同的特征,他们的诗歌活动对推动清初岭南诗坛的繁兴做出了一定的贡献。

  从王邦畿及王氏家族的发展中我们看到,文学世家的一门风雅和家学文化对于窥探社会历史文化有着极为重要的意义。世家文化既集中体现了地域特色,又是对时代文化的典型概括。特定的政治环境、伦理处境及时代风尚使得家族成员的发展既有个性特点又兼具一家之风,同时在一定程度上影响到家族文化的形成与传承。透过王邦畿及王氏家族"诗书传家"的一门盛景及其对遗民气节的坚守,我们能窥见明清之际岭南遗民士群整体的生活状态及真实的精神世界,而在特定的政治局势与社会背景的视角下考察家族文化的传承,也为理解传统文化的延绵兴衰提供了一种崭新的思路,有利于传统文化研究的深入开展。

---

① 陈伯陶:《胜朝粤东遗民录》卷一,见周骏富《清代传记丛刊》第70册,台湾明文书局1985年版,第92页。

第十章　王邦畿《岭南三大家诗选》的编选背景及编纂旨趣

清代文坛涌现了众多地域文人集团和地域文学流派，文人的乡邦意识及文献存录意识亦日益突出，出现了许多地域性的文学选集。其中，《岭南三大家诗选》的成书标志着"岭南三大家"诗人集团的形成，突显了岭南诗人的地位和价值，在一定程度上改变了清初诗坛的总体格局。可以说，《岭南三大家诗选》这一诗歌选集的出现，无论是对岭南诗坛还是对清代诗坛，都有着不同寻常的意义。惜目前学界较为关注岭南三大家的诗歌创作及诗学理论，对《岭南三大家诗选》的成书始末、编选背景及编纂旨趣却关注不多，本章试对此做初步探讨，以加深人们对明清之际岭南诗学思想递嬗的认识与理解。

第一节　成书始末及编者的选学观

王隼（1644—1700），字蒲衣，岭南诗人王邦畿之子。七岁能诗。父殁后弃家入丹霞，礼函昰为僧，法号古翼。后至庐山，居太乙峰六、七年。归乡后结湿庐于西山之麓，为隐士之冠，与屈大均、陈恭尹、梁佩兰辈交好酬唱。王隼通音律，好琵琶，其诗宛曲典赡，隐寄故国之思，深得陈恭尹、梁佩兰等人好评。王士禛对他亦颇为激赏，曾誉其为"广州英妙"①。著有《大樗堂集》《诗经正讹》《琵琶楔子》等书，编选《岭南三大家诗选》《唐诗五律英华》《岭南诗纪》等书。

《岭南三大家诗选》是王隼于清康熙三十一年壬申（1692）选刻。选集共二十四卷，依次收入清初广东诗人梁佩兰、屈大均、陈恭尹三人诗歌各八卷，诗歌依体裁细分为古乐府、五言古诗、七言古诗、五言律诗、七言律诗、五言绝句、七言绝句、五言排律、杂体诗等。诗集前有时任惠州知府王煐所作的序。选本刊行后，在当时诗坛备受关注，梁佩兰、屈大均、

---

① 陈伯陶：《胜朝粤东遗民录》卷二《王邦畿传》，见周骏富《清代传记丛刊》第70册，台湾明文书局1985年版，第551页。

陈恭尹三人更因"岭南三大家"这一称号而名声大振。有学者指出:"'岭南三大家'这一专称和屈、梁、陈作为一个固定的具有特定意义的三人组合皆始于王隼所编《岭南三大家诗选》。"① 可见,《岭南三大家诗选》的编选对确立和提高岭南三大家的地位起到了不可否认的作用。

但是,《岭南三大家诗选》的编选曾遭到当时广东文人廖燕的质疑。此段故事颇值得关注,姑将廖燕的论述摘录如下:

> 《琵琶楔子题词》赍上,乞赐斧削过,转送□□□,未审堪收用否,幸致意。闻其欲刻"岭南三大家诗",似不然。"大家"不仅一诗;即以诗论,亦宜事久论定,出之天下后世之人之口而后可。今以吾粤自赞见在诸公之长,疑涉于私。况粤人文蔚起,毋论先达多人,即后起亦指不胜屈,若遽创此名目,将置前后诸贤于何地?仁兄与□□为莫逆,幸婉商之,傅寝其事,庶免有识轩渠,亦友朋相规之义也。粤东有人,亦桑梓之喜,燕岂敢有他意,但以如前所疑,故迂论如此。即对□□言出燕意,亦无不可。②

从引文来看,廖燕对王隼编选《岭南三大家诗选》提出质疑,其理由有三:第一,"大家"不能仅以诗论,还应包括其他文体;第二,能否称得上"大家",应由天下后世之人来评定,而王隼编纂诗选之时"三大家"尚在人世,且编选者与入选者为广东同乡,此举不免有"涉于私"之嫌;第三,广东先达后贤诸多,独创"三大家"之名目,似乎无法涵括广东人文蔚起的整体水平,意即"三大家"不一定能真正代表岭南诗文的最高水平。对于廖燕的异议,有学者认为,"作为当时当地一位颇有名气的诗人,恃才傲物、文人相轻之气于他也不能尽免,但他冲口而出的爽直和坦诚绝非口是心非、阳奉阴违者可比,即使有意气之嫌,也是性情所致的真实表露,并不使人感到厌恶"③。朱则杰先生则认为王隼出生于明崇祯十七年(1644),对于"岭南三大家"来说属于后辈;并且他又与屈大均同县,其诗集曾邀屈大均、梁佩兰等人撰序;编纂《岭南三大家诗选》之际,"岭南三大家"确实都还在世,因而王隼此举的确不免有"涉于私"的嫌疑④。结

---

① 王富鹏:《岭南三大家合称之始及序第》,载《广州大学学报》2008年第2期。
② 廖燕:《二十七松堂文集》卷十《与朱藕男》,见林子雄点校《廖燕全集》上册,上海古籍出版社2005年版,第216页。
③ 李永贤:《廖燕研究》,巴蜀书社2006年版,第152页。
④ 朱则杰:《清诗考证》(上册),人民文学出版社2012年版,第614页。

合当时的实际情况而言,廖燕所言确有一定道理,是可以理解的。

从廖燕所述内容来看,当时廖燕与王隼并不相识,是因共同的友人朱蕖(字藕男)才有所交集。由于史料缺乏,目前已无法考证王隼是否接收到廖燕上文所传达出的反对意见,也无法考知王隼对此异议的反应。但客观事实是王隼的《岭南三大家诗选》如愿付梓。且客观而言,《岭南三大家诗选》的编纂扩大了三位岭南诗人乃至整个广东诗歌的影响,朱则杰认为"王隼此举显然以积极的因素居多"①。

众所周知,文人编纂诗文选集总会根据自己的标准而编选,因此每一本选集都自觉或不自觉地蕴含着编选者的选本批评观点。但较为特殊的是,与大多数编选者在序例中开诚布公地表达自己的编选理念和宗旨的惯常做法不同的是,在《岭南三大家诗选》中并没有见到体现编选者宗旨的自序或凡例,因而从该集的编选中很难直接看出王隼的选学观。

不过,除《岭南三大家诗选》之外,王隼还编选了《唐诗五律英华》及《岭南诗纪》二书。可惜此二书今未得见。据宣统《番禺县续志》卷三十二记载,《唐诗五律英华》由王隼编纂,友人陶璜、陈恭尹、梁渭、释古鹏、梁佩兰、吴韦参辑。关于该选集编纂的目的,王隼在《序例》中明言:"吴江顾氏《七律英华》,津逮海内有年,而五律未闻嗣响。譬之雌雄双剑,岂任孤飞;宫商两弦,自需同调。斯集本期合璧,难谢续貂,不留有漏之,因用公无价之宝。"②另清樊泽达为梁无技《唐诗绝句英华》作序时亦云:"《英华》之选,肇于宋李昉,集唐人诗文千卷为《文苑英华》,诗古律兼收,今顾独选律,律独七言,梁生同里蒲衣王君复集五律以补顾之不逮。"③可见王隼编选《唐诗五律英华》是受到时人顾有孝编选《唐诗英华》的影响。关于此点,后文将进行详细论述。《唐诗五律英华》原有四十卷,后来由于刊印经费不足,"遂于选中拔其尤者,先刻问世"④。此集既名"英华",刊印之作又经过王隼再次筛选,故所选诗作应是深得王隼推崇的优秀之作。惜该集现今未见流传。但从幸存下来的《序例》来看,王隼的编纂态度是较为严谨公正的,该集中很少有直接流露个人好恶的评点。如对诗人小传的处理,"或仍顾氏《前集》,或援证'本事''纪事'诸书,或采摘'艺文琐言'诸志,间有互见传疑,亦明胪简端,以公博考,不敢强作

---

① 朱则杰:《清诗考证》(上册),人民文学出版社2012年版,第614页。
② 辛朝毅:民国辛未年(1931)《番禺县续志》,广东人民出版社2000年版,第557页。
③ 孙琴安:《唐诗选本提要》,上海书店出版社2005年版,第219页。
④ 梁佩兰著、吕永光校点:《六莹堂集》,中山大学出版社1992年版,第409页。

解事，凭臆沽奇"①。在诗评的处理上，他自称"有去留而无褒贬，即有一二赏心评语，亦偶采名流旧刻，借他人笔舌，写我牢骚。虞山《列朝诗集》谓以'缮人'自命，余于斯编亦云"②。因此梁佩兰评价该集"能使读者见选者之心，与作者当日之心相遇"③，充分肯定了他客观严谨的编选态度。

在编纂《岭南诗纪》时，王隼的立场也较为客观。《岭南诗纪》是一部关于广东一省的通代诗歌总集，始于唐代，止于清初。惜该书现已亡佚。据学者朱则杰考证，《岭南诗纪》的编纂时间大约在康熙二十年辛酉（1681）前后，并且该书至少在乾隆初期还有传本。④该诗选的编纂与屈大均《广东文集》的编纂关系甚为密切。屈大均《岭南诗纪序》云："予时方撰次《广东文集》，集中人各有诗，然不专于诗。专于诗，则以属蒲衣，以为文集之夹辅，文集所不及者，借诗纪以补其阙，于是而吾粤之文献，庶几以备。"⑤可见，《岭南诗纪》的编纂可与《广东文集》互为补充，且其编纂目的也是一致的，即如屈大均所言："吾粤自郡县以来，在前有《交广春秋》《十三州记》，在后有《广东通志》《粤大记》，然文与诗百而录一，未有专书，斯乃人文之阙典，岭海之憾事也。予兹不揣愚蒙，谬有《广东文集》之役，思为同乡先哲罔罗放失，纂辑成编……志在广收以为富有，备史臣之肆考，资学士之多闻。"⑥他们编纂岭南的诗文集，更多的是出于一种文献存录意识，旨在对乡邦文献进行整理和保存。明清之际，不少人出于怀悼故国、保存明代典籍文献的目的，对诗文集的编选多采取"以人存文"的做法。如卓尔堪编选《明遗民诗》就是"以人传诗"，"虽有微瑕，亦所必录"⑦。在编纂《岭南诗纪》时，王隼也采用了此种"以人存诗"的方式，"宽以居心，严以命笔，纪其人以诗者，十而三四，纪其诗以人者，十而五六"⑧。对此，屈大均也明确指出："纪以其人，选以其诗。以人者，其法宜严于人而宽于诗；以诗者，其法宜严于诗而宽于人。"⑨可见王隼编纂《岭南诗纪》尚未以诗的好坏作为编录的重要标准，而是力图借文存人，以求全面客观地展现并保存岭南之地的诗人、作家。此与之前编

---

① 辛朝毅：民国辛未年（1931）《番禺县续志》，广东人民出版社2000年版，第557页。
② 辛朝毅：民国辛未年（1931）《番禺县续志》，广东人民出版社2000年版，第557页。
③ 梁佩兰著、吕永光校点：《六莹堂集》，中山大学出版社1992年版，第409页。
④ 朱则杰：《清诗考证》（上册），人民文学出版社2012年版，第392页。
⑤ 屈大均：《岭南诗纪序》，见欧初、王贵忱《屈大均全集》第3册，人民文学出版社1996年版，第57页。
⑥ 欧初、王贵忱：《屈大均全集》，人民文学出版社1996年版，第58页。
⑦ 卓尔堪：《明遗民诗》，中华书局1981年版，第3页。
⑧ 欧初、王贵忱：《屈大均全集》，人民文学出版社1996年版，第58页。
⑨ 欧初、王贵忱：《屈大均全集》，人民文学出版社1996年版，第58页。

选《唐诗五律英华》时的择优而选及屈大均后来在编选《广东文选》时"以文而存人""其文未能尽善,虽大贤不敢多录"① 的做法是不同的。由此可知,王隼有着明确的编造意识,即《岭南三大家诗选》与《岭南诗纪》体例不同,其处理方式及编选标准也是明显不同的。另外,从《岭南诗纪》后来被列入清代禁书书目、被烧毁净尽的情况来看,此书应该也蕴含着强烈的反清悼明的遗民情绪。

总体来看,《唐诗五律英华》《岭南诗纪》《岭南三大家诗选》三本书并没有过多直接表述王隼编选旨趣或诗学理念的文字。但若深入探究就会发现,三本书其实是自成体系的。《唐诗五律英华》选录的是诗歌历史上最辉煌时期的优秀作品,具有强烈的诗史意义,也明确透露出编者宗唐的诗学审美观;《岭南诗纪》是客观公正地实录唐代至清初岭南之地的诗人诗作,体现出鲜明的文献存录意识及成熟的地域诗学观念;《岭南三大家诗选》则选录当时岭南诗坛较有影响的诗人的诗作,洋溢着浓郁的乡邦意识,也体现出关注当时诗坛的时代精神。三部选集体现了编纂者由古到今、由全国到地方、兼顾点面的科学理念及编选方法,充分体现了其力图树立雅正的诗歌范式以传承诗学理想、保存并宣扬岭南诗学的良苦用心,也体现了当时遗民文人借选诗以传继天下道统、以文化救国的人生理想。在科学严谨的编选体例及宏大辩证的选学观面前,廖燕的重重顾虑似乎不再那么重要。因而作为王隼选学体系链的重要一环,《岭南三大家诗选》的价值及意义是毋庸置疑的。

第二节 编选背景及编纂旨趣

王隼对梁、屈、陈三位诗人的选择,曾遭到后人的不解甚至非议。如罗学鹏曾批评道:"王蒲衣选屈翁山、梁芝五、陈元孝诗号曰'岭南三大家',舍其父《耳鸣集》而不与,不知其命意何若也。夫居本朝而妄思前朝者,乱民也。翁山叫嚣狂噪,妄言贾祸,大失温柔敦厚之旨,其诗不宜入选……而说作以'耳鸣'名其集,其用意可想而知。乃舍而不录,律以善则归亲之义则不孝,律以为下不倍之义则不忠,泾渭莫辨则不明,是非倒置则不公。蒲衣子不知将何以自解也? 程湟溱称诗都下,为名流折服,才名宁出三家下? 而方九谷父子一家词赋实为岭海班苏,即其闺秀,亦可与曹大家、苏小妹抗行,乃概置弗录,岂得为持平之论哉? 兹不嫌唐突古人

---

① 屈大均:《广东文选》,见《四库禁毁书丛刊》集部第136册,北京出版社1997年版,第128页。

名，选而毛举其失，亦欲后贤阅鄙集，鉴其愚而纠其谬也。"① 他从自己的评诗标准出发，认为屈大均诗"大失温柔敦厚之旨"，不宜入选，也为王隼弃其父王邦畿之诗于不顾而愤然不平，同时认为程可则、方殿元等诗不在三家之下。由此可见，不同的政治历史环境下，对诗人及其作品的看法是不同的，而不同的选家，其必定有自己的评判标准和编辑旨趣。《岭南三大家诗选》的编纂，正是特定的社会文化背景、编选者独特的编纂旨趣及个人心态共同作用下的产物，主要受到以下几个因素的影响。

其一，诗歌选本高潮的出现与通达的宗唐观。

《岭南三大家诗选》的编纂与清初选诗高潮的出现息息相关。清康熙时期是清诗发展的又一个黄金时期。当时诗坛形成宗唐派和宗宋派两大阵营，为更好地宣扬诗学主张，一大批宋诗选本或唐诗选本应运而生，形成一个诗歌选本编撰高潮。而在宗唐派内部，又对唐诗是否以初、盛唐为尊的问题展开了激烈的论争。诗坛领袖钱谦益以其广博的胸怀及开阔的学术眼光重新发掘了唐诗的价值。他改变了明前后七子以来"诗必盛唐"的诗论主张，否定了高棅初、盛、中、晚的四唐分界说，对唐诗价值的体认从"盛唐"扩展到"全唐"。钱谦益在《唐诗鼓吹评注·序》中说："盖三百年来，诗学之受病深矣！馆阁之教习，家塾之程课，咸禀承严氏之《诗法》、高氏之《品汇》，耳濡目染，镂心刻骨。学士大夫生而堕地，师友熏习，隐隐然有两家种子盘互于藏识之中，迨其后时，知见日新，学殖日积，洄盘起伏，只足以增长其邪根缪种而已矣。嗟夫！唐人一代之诗，各有神髓，各有气候。今以初、盛、中、晚厘为界分，又从而判断之曰：此为'妙悟'，彼为'二乘'；此为'正宗'，彼为'羽翼'。支离割剥，俾唐人之面目，蒙幂于千载之上，而后人之心眼，沉锢于千载之下。甚矣！诗道之穷也！"② 在钱谦益的影响下，一批重视中、晚唐诗歌的选本纷纷问世，其中包括杜诏、杜庭珠的《中晚唐诗叩弹集》，顾有孝的《唐诗英华》等。其中《唐诗英华》一书颇值得注意。笔者认为，王隼《唐诗五律英华》选集的问世很可能就是受到该书的直接影响。关于顾有孝《唐诗英华》的编选时间，学界一般认为约在清顺治十四年（1657）。该诗选的问世振作了当时诗坛尤其是吴中地区的诗歌风气，同治《苏州府志》云："明末吴中诗习多渐染钟惺、谭元春，有孝与徐白、潘陛、俞南史、周安、顾樵辈扬榷风雅，一以唐音

---

① 罗学鹏：《国初七子集·王邦畿集》，见罗学鹏《广东文献》四集卷十九，清同治二年刻本。
② 钱谦益：《唐诗鼓吹评注》，河北人民出版社2000年版，第1页。

为宗，所选《唐诗英华》盛行于世，诗体为之一变。"① 同时也扭转了当时江南诗坛钟惺、谭元春竟陵诗风独专的局面，袁景辂《国朝松陵诗征》卷二云："明季钟、谭并起，流毒东南，钓叟选《唐诗英华》以矫之，风气为之一变。"② 此后，关注现实的风雅精神再度成为诗人的诗学追求，这对后世唐诗选本的编撰产生了深远的影响。从时间上推算，《唐诗英华》成书之时，王隼已十四岁，且其曾游历吴越之地，也多与江南诗人交往，对《唐诗英华》一书及其在当时诗坛的影响，应该是有所了解的。陈融《颙园诗话》云："南樵曾选刻《唐诗绝句英华》，求序于樊昆来泽达，启有云'吴江茂伦顾子，先有《英华》七律之编，故友王隼蒲衣继以五言《英华》之选。'"③ 可见，当时已有人注意到二书的联系。此外，如前所述，樊泽达为梁无技《唐诗绝句英华》作序时亦说："顾独选律，律独七言，梁生同里蒲衣王君复集五律以补顾之不逮。"④ 更是明确道出王隼编选《唐诗五律英华》就是受顾氏《唐诗英华》的影响，以补其只收七律之不足。此言洵为的论。

当然，更重要的是，在《唐诗五律英华》的编撰过程中，王隼无疑是钱谦益通达诗学观的追随者，论唐诗并不唯初、盛、中、晚是论。他的《唐诗五律英华·序例》云："向来唐选诸家，类分初、盛、中、晚，每借运会升降，以资轩轾雌黄。自虞山之《序》出，觉前人商论，总属镂冰，故旧分四唐，概从姑舍。"⑤ 在选诗时，王隼不再局限于四唐分界说，而是本着"大毋弗涵，纤毋弗现；精取其浑，朴取其完"⑥ 的原则，态度较为客观通达。同样，王隼后来编选《岭南三大家诗选》，能将风格迥异的"才人之诗"（梁佩兰）、"学者之诗"（屈大均）、"诗人之诗"（陈恭尹）合为一集，其思想与此也是一脉相承的。三家虽然均标举唐音，且诗风不尽相同，但其诗学主张均较为通达，不再汲汲于盛唐之说。如屈大均提出"《易》以变化为道，诗亦然"⑦；陈恭尹更能超越主流诗坛的种种争执，提出了"只写性情流纸上，莫将唐宋滞胸中"⑧，这些观点均能跳出前人世俗之习见，体现了豁达的诗学观念和强烈的独立意识。可见，《岭南三大家诗选》的编

---

① 冯桂芬纂：（同治）《苏州府志》卷一百零六，见《中国地方志集成》江苏府县志辑第9册，凤凰出版社2008年版，第692页。
② 袁景辂：《国朝松陵诗征》卷二，吴江袁氏爱吟斋，乾隆三十二年刻本。
③ 钱仲联：《清诗纪事》六，江苏古籍出版社1987年版，第3858页。
④ 孙琴安：《唐诗选本提要》，上海书店出版社2005年版，第219页。
⑤ 辛朝毅：民国辛未年（1931）《番禺县续志》，广东人民出版社2000年版，第557页。
⑥ 梁佩兰著、吕永光校点：《六莹堂集》，中山大学出版社1992年版，第409页。
⑦ 屈大均：《粤游杂咏序》，见屈大均《屈大均全集》第三册，人民文学出版社1996年版，第79页。
⑧ 陈恭尹：《次韵答徐紫凝》，见《独漉堂集》，中山大学出版社1988年版，第611页。

选是王隼通达的诗学观与选学观的鲜明体现。

其二，地域观念与乡邦意识的觉醒。

明清之际，传统诗学中的地域观念日益突出。而随着明末清初岭南诗学的迅速崛起，岭南诗人的乡邦意识也日渐强化。王隼的《岭南三大家诗选》正是岭南人乡邦意识觉醒的标志性产物，也是清初地域文学观念突出的鲜明表现。

清康熙六年（1667），顾有孝、赵沄将钱谦益、龚鼎孳、吴伟业诗编纂为《江左三大家诗钞》，江浙文人施闰章、吴绮、余怀、叶方蔼、吴兆宽等参阅。《江左三大家诗钞》的出现是清初地域文化意识高涨的结果。顾有孝曾指出，从《诗三百》十五国风缺乏吴风开始，江左就缺少一种特征鲜明的属于自己的文学风尚。他认为："（三家）虽体要不同，莫不源流六义，含咀三唐，成一家之言，擅千秋之目。江左之风于斯为盛，岂非数千季来江淮湖海所盘郁、林麓沃衍所秘藏，至今日乃发泄无余，而亦何非季札、言游二子之流风远韵所渐濡浸灌而出之者乎？吾所谓吴非无风，盖风之首者于三先生而益信也。"① 明确道出了编选诗集之初衷。从诗选的编撰来看，该集共九卷，每卷由四人参与评阅，参与评点者亦甚众，且皆为江南名重一时之士。"此集的编选在当时可谓是搅动江南文坛的一件盛事，足见重振江左风流是当时江南文人的一种共识。"② 正如郑方坤所云："吴门顾茂伦次先生集于虞山、娄东之后，有《江左三大家》之刻，纸贵一时，如鼎三足。"③ 由于《江左三大家诗钞》的推助，钱谦益、吴伟业和龚鼎孳在清初诗坛逐渐占据主导地位。

《江左三大家诗钞》的成功无疑让一直关注钱谦益、顾有孝的王隼深受触动，而顾有孝、赵沄在编辑诗选过程中传达出的张扬地域文学传统的需求也正与岭南诗人王隼的乡邦情怀相暗合。于是，王隼于清康熙三十一年壬申（1692）选刻成《岭南三大家诗选》，很有可能就是受到顾有孝编选《江左三大家诗钞》的启发。对于王隼编选《岭南三大家诗选》之目的，邓之诚先生就认为其"隐以抗江左三家"（邓之诚《清诗纪事初编》卷八"梁佩兰"条），其说不无道理。究其选诗之深层目的，即是宣扬乡邦文化、彰显岭南诗人诗作、扭转岭南诗坛长期受忽视的局面。

---

① 顾有孝、赵沄：《江左三大家诗钞》，康熙七年（1668）绿荫堂刻本。
② 万国花：《论龚鼎孳与〈江左三家诗钞〉的刊刻》，载《福建论坛》（社科教育版）2011年第10期。
③ 郑方坤：《国朝名家诗钞小传》，见钱仲联《清诗纪事》三，江苏古籍出版社1989年版，第1359页。

在王隼编选《岭南三大家诗选》之前，岭南诗人的地域观念与乡邦意识业已觉醒。彰显岭南文化、振兴岭南诗学是屈大均、陈恭尹、梁佩兰等岭南诗人的共同理想。他们自觉继承自唐张九龄至明南园前后五子以来的优良诗歌传统，旨在恢复风雅、"发摅性灵，自开面目"①。屈大均将岭南诗歌传统概括为"曲江规矩"，并指出："吾粤诗始曲江，以正始元音先开风气，千余年以来，作者彬彬，家三唐而户汉魏，皆谨守曲江之规矩，无敢以新声野体而伤大雅。"② 此外，三人曾次第主衡过明末南园诗社、西园诗社、东皋诗社、浮丘诗社、探梅诗社等，同气相求，广交诗友。以他们为核心，涌现出"岭南四大家""北田五子""西园诗社"等诗人集群，开创出迥异于中原的"雄直"诗风。诸人的努力使得岭南诗坛一改往日的沉寂，走在全国诗界的前列，并吸引了大批外省籍诗人的到来。王隼之父王邦畿也是当时重要的诗人，多与岭南三大家诗酒酬唱，感情深厚，年轻时曾与屈大均共创西园诗社，有意识地标举"祖述风骚，流连八代"③ 的宗旨，就是想继承《诗经》《离骚》以来的诗歌传统，重振岭南诗风。作为子侄辈，王隼多受父辈诗学理想与乡邦情怀的浸染，其三大家的诗选正是继承、发扬和光大岭南诗歌传统的重要表现。

其三，独特的编辑旨趣与晚年的心态转变。

《岭南三大家诗选》的编纂，体现了王隼既尊重社会评价和时代思潮，又具有鲜明个性化色彩的编辑旨趣，即体现了选者所属时代本位与选者个人本位的合一。

在王隼编选诗集之前，岭南诗人特别是三家的诗歌已颇受当时诗坛关注。邬庆时《屈大均年谱》认为："三家之称，似为当时评论……康熙二十三年甲子，朱彝尊有《王先生士禛代祀南海兼怀梁孝廉佩兰、屈处士大均、陈处士恭尹》诗。康熙三十年辛未王士禛有《闻越王台重建七层楼落成寄屈翁山、陈元孝、梁药亭》诗。殆三家之名早已蜚声岭外……此则时会使然欤。"④ 吕永光先生也提出："三家……在王隼编三家诗之前，先已并称于海内……王隼编定三家诗，实在是代表了当时诗界的普遍意见和看法，并非其个人所能私以相授的。"⑤ 虽在当时诗坛，与梁、屈、陈并称海内的还有程可则、王邦畿、陶璜、王鸣雷等人，但就对岭南诗坛的影响而言，三

---

① 陈恭尹：《梁药亭诗序》，见《独漉堂集》，中山大学出版社1988年版，第691页。
② 屈大均：《广东文选自序》，见屈大均《屈大均全集》第三册，人民文学出版社1996年版，第43页。
③ 屈大均：《广东新语》，中华书局1985年版，第357页。
④ 邬庆时：《屈大均年谱》，广东人民出版社2006年版，第265页。
⑤ 梁佩兰：《六莹堂集》，中山大学出版社1992年版，第22页。

家的地位与影响是其他诗人无法企及的。首先,三家具有高度的使命感和时代感,他们有意识地继承自唐张九龄以来的诗歌传统,标举"曲江规矩",强调"祖述风骚",主张有意识地继承风雅之道,并提出"发抒性灵,自开面目"的通达诗学观。同时,他们的诗歌多关注国计民生,抒发家国之悲和民生疾苦,以"雄直"之风横扫清初诗坛,颇具鲜明的时代气息。其次,三家是清初岭南诗坛的领军性人物,他们长期参与甚至主持当时岭南较有影响的诗社。如屈大均是西园诗社的创始人,陈恭尹是"北田五子"的核心成员,三人曾次第主持过兰湖白莲诗社、越台诗社、东皋诗社、浮丘诗社、探梅诗社等,梁佩兰更是清康熙后期岭南诗坛的盟主。再次,三家的交游十分广阔,当时的诗坛名士大都与其有所交往,特别是当时有"南朱北王"之称的诗坛巨子朱彝尊、王士禛也与三家交厚,大批江南文士也纷纷慕三家之名而来,交游往还。在三家的影响下,清初岭南涌现出一批优秀的诗人,开创了以"雄直"著称的一代诗风,确立了岭南诗坛的地位。因此,王隼选择梁、屈、陈三家,在很大程度上是受到当时诗坛公议的影响,是充分尊重社会评价与时代思潮的体现。

  要特别提出的是,对于三家之诗,后人亦曾有过异议甚至责难。如梁佩兰之诗作水平就曾颇受后人讥评,近代学者吴宓就曾说:"《六莹堂诗》乃词华文士游宦求名者之诗,无足取。"① 当然,今天看来,梁佩兰的诗歌成就确实稍逊屈、陈一等,但从对当时诗坛和岭南文人阶层产生的影响而言,他却是三家中万万不能忽视的一位。另如前文所提及,罗学鹏出于不同的诗歌审美理想与政治立场,对屈大均的诗歌多有讥评,并认为王隼舍其父王邦畿诗不录,于情理不合。关于屈大均诗歌的评价,学界多有辨析,此处不再赘述。但他提出的王隼为何不选其父王邦畿之诗这一问题,却少有人关注。笔者认为,王邦畿虽在当时诗名亦盛,且与屈大均同为西园诗社的创始人,但其影响却稍逊于梁、屈、陈三人,且王邦畿的诗风较为婉曲晦涩,与当时岭南整体诗坛的雄直之气不太相合,且多不易为外人所理解。《楚庭稗珠录》评邦畿诗云:"集中近体为多⋯⋯甚得风人之旨。不细论其身世,几以为体尚西昆,而不知故谬其辞而假以鸣者。"② 故王隼未将他人选入三家诗集。正如邬庆时《屈大均年谱》所说"非蒲衣所能私于其父"③。至于罗氏所提及的程可则、方殿元、方还等诗人,其成就及影响就更远不及三家了。

---

  ① 吴宓:《吴宓诗话》,商务印书馆2005年版,第310页。
  ② 檀萃:《楚庭稗珠录》卷四,广东人民出版社1982年版,第123页。
  ③ 邬庆时:《屈大均年谱》,广东人民出版社2006年版,第265页。

笔者认为，除却以上因素外，王隼编选《岭南三大家诗选》还有更深层次的政治文化内涵，即诗选的编撰突出体现了王隼遗民心态的明显转变。从王隼的人生轨迹来看，明清易代之际，受父亲王邦畿遗民气节的影响，王隼早年遁入缁流，长年栖隐山林，不仕清朝，其忠贞的遗民节操受到时人美誉。如清人赵执信就曾把王隼与陈恭尹比拟为"冰与雪"①，对他们不改父志的气节赞赏不已。但随着清朝统治的巩固，士人在政治身份、个人心理以及社会认同等诸多方面都悄然发生了转化，即使对降清者，在一定程度上似也采取了一种优容态度，如不少清初遗民均与贰臣或清吏有过亲密交往，这些史实说明在当时的历史环境下，社会上对降清者或者清政府也并非一味予以排斥。翻看王隼的《大樗堂初集》，我们会发现王隼毫不讳言自己晚年与清吏的交游酬唱。由此可见，王隼对清政府的态度已经有所转变，而编定于康熙三十一年的《岭南三大家诗选》正折射出他晚年淡化遗民与仕清文人界限、较为通达平和的遗民心态。而从三家在选集中的排序也可看出王隼的良苦用心。对于梁佩兰是否能排在三家之首，学界也多有讨论。笔者认为，梁诗在表现力及艺术性方面确与屈、陈有所差距，但屈、陈二人均以布衣终老，梁氏则在当时名驰京华，且执岭南诗坛牛耳，王隼把他排在首位，且收入的诗作也最多，其借梁氏之威望来推显岭南诗人的用意是非常明显的。正如近人邓之诚在《清诗纪事初编》中所说，王隼之所以编选《岭南三大家诗选》，其目的在于"隐以抗'江左三家'"（邓之诚《清诗纪事初编》卷八"梁佩兰"条）。可见，《岭南三大家诗选》的编成，既是对时评的尊重，也是王隼个人情感凝结与心态转变的呈现。

总之，王隼《岭南三大家诗选》的编定，确立了岭南三大家的地位，扩大了岭南诗坛的整体影响。如清末郭曾炘《杂题国朝诸名家诗集后》一百二十四首，开篇云："王李钟谭变已穷，岭南江左各宗风。六家诗继三家起，盛世元音便不同"②，将"岭南三大家"与"江左三大家"，施闰章、宋琬、朱彝尊、王士禛、查慎行、赵执信"国朝六家"，以及明"七子"、竟陵派相提并论，强调其地位之重要。"岭南三大家"的提出，标志着岭南诗人乡邦意识的觉醒，也体现了岭南人自信自强的意识，标志着岭南诗歌走向成熟。"岭南三家继承自唐张九龄至明南园前后五子以来的健康诗歌传统，崛起南疆，自成一派，在清代诗歌史上的地位也是不容忽略的。"③ 的

---

① 赵蔚芝、刘聿鑫：《赵执信诗集笺注》，黄河出版社2002年版，第675页。
② 郭曾炘：《杂题国朝诸名家诗集后》，见《匏庐诗存》卷七，民国十六年刻本。
③ 陈应潮：《论梁佩兰与岭南诗坛》，见《历史文献与传统文化》第4集，广东人民出版社1994年版，第290页。

确,《岭南三大家诗选》的问世与传播基本达到了王隼的编选目的。《岭南三大家诗选》的成书,有力地扭转了岭南诗坛长期的沉寂局面,使岭南地区诗体、风气为之一变;同时,王隼在编选过程中突显与确立了雄直诗风,使诗歌关注现实的风雅精神重新出现在世人的观念中,也对后世岭南的诗歌选本产生了深远的影响,极大地促进了岭南诗派的发展;更为重要的是,《岭南三大家诗选》的问世与传播宣告了岭南诗坛的崛起,其对具有岭南地域特色的诗风的刻意强调与规范化,引起了岭外人士对岭南诗坛的关注,更促进了岭南诗坛与全国诗坛的相互交流与融合。此外,《岭南三大家诗选》的编选是清初特定历史时期的产物,反映了清初的诗学思想,同时对清初乃至整个清代的诗歌选本有着不可忽视的影响。这些都应该引起清诗研究者的重视。

余论　乡邦意识与明末清初岭南地域诗学观之建构

相对于之前的长久沉寂而言，岭南诗坛在明末清初的繁兴是中国古代诗歌史上颇为醒目的景观。无论是岭南诗人群体的形成还是岭南诗风的成熟，均预示着以地域性为主要特征的诗歌时代的到来。明清易代的特殊时局、张扬个性的创作追求、岭南意识的自觉勃发，多种因素的融合，引发了岭南诗论对地域特征的充分关注，更激起人们对岭南地域文学传统的反思和自觉编纂，并在与经典诗学大传统及诗学时尚的离合交织中形成更系统的地域诗学观念。透过明末清初的岭南诗坛，我们可以清楚地看到乡邦意识在地域诗学观建构中的影响及表现，明清之际岭南诗坛的价值与贡献应该得到学界的认可与重视。

第一节　乡邦意识与岭南地方诗派之繁兴

所谓乡邦意识，笔者理解为人对自己生于斯长于斯的地域所拥有的亲近感、认同感、自豪感与归属感，具体表现为对家乡自然环境、风俗人情的由衷热爱及对乡邦先贤和地方文化传统的尊崇。唐宋以前，由于地域上的边缘化，岭南文化发展相对缓慢，岭南人的乡邦意识也较为滞后。学界一般认为岭南乡邦意识的勃发始于明代，如高建旺提出岭南意识源于明代广东才俊对柳宗元"岭南山川之气独钟于物，不钟于人"之说的反感与辩驳及明代广东人文之高涨①，其说法有一定道理。随着岭南地方文化全面繁荣，岭南人的乡邦意识亦随之高涨，到明末清初发展到巅峰。此点可从屈大均的一段论述中得到证实。其云：

> 广东居天下之南，故曰南中，亦曰南裔。火之所房，祝融之墟在焉，天下之文明至斯而极，极故其发之也迟。始然于汉，炽于唐于宋，至有明乃照于四方焉，故今天下言文者必称广东。盖其地当日月之所交会，

---

① 高建旺：《岭南意识的勃发——以明代广东作家为考察对象》，载《山西师大学报》（社会科学版）2007年第3期。

故陶唐曰南交,言乎日月之相交也。日在南则月在北,月在南则日在北,上下相望以为交。生其地者,其人类足智而多文,固日月之精华所吐吸而成者。汉曰日南,举日而月在其中矣。天之阳在南,故曰日南。又其时为夏,辰为午,位为丙午,于卦为火在天上之象。火丽为日,日在天上而天大有。其文明,君子当之,而以文章为富有之业,以大车载而享于天子。此文献金鉴之录、文庄衍义之补、文简格物之通、文襄皇极之畴之所以与皋谟伊训相彪炳也。自洪武迄今,为年三百,文之盛极矣。极而无以会之,使与汉唐以来诸书,其远而为王范、黄恭之所纪述,近而为泰泉、梦菊之所编摩者,悉沦于草莽,文献无稽,斯非后死者之所大惧乎。①

屈大均解释岭南文明之所以迟发,乃因"天下之文明至斯而极,极故其发之也迟",他认为岭南之地"当日月之所交会",岭南之人"足智而多文,固日月之精华所吐吸而成者","故今天下言文者必称广东"。屈大均站在文化史的高度来彰显岭南意识,虽然其溢于言表的乡邦自豪感略带一点自夸和张扬的意味,但因有了"文庄、文简、文襄、泰泉、梦菊"等大批优秀的明代岭南文人作为例证来支撑,其论断也确有很强的说服力。明末清初,在乡邦意识这一发酵源的催生下,以屈大均为核心的岭南地域文人集群得以形成,岭南地方诗派得以发展并繁兴,成为明清诗坛上颇为突出的现象。

从历史的脉络上看,岭南地方诗派在形成、发展的过程中始终渗透着一条重要的精神纽带——乡邦意识。岭南诗歌的影响始于初唐张九龄。明代岭南人邱濬曾高度肯定了张九龄在岭南乃至全国的地位,他说:"盖自三代以至于唐,人才之生盛在江北。开元、天宝以前,南士未有以科第显者,而公首以道侔伊吕科进;未有以词翰显者,而公首掌制诰内供奉;未有以相业显者,而公首相玄宗……由是以观,公又非但超出岭南,盖江以南第一流人物也。"②邱濬对张九龄的溢美之词无疑充满了浓郁的乡邦自豪感。虽然张九龄在初唐诗坛独领风骚,但当时岭南却并未形成诗人集团和诗歌流派。究其原因,盖其时岭南文坛整体较为沉寂,岭南人的乡邦意识尚未被唤醒。翁方纲尝言:"曲江在唐初,浑然复古,不得以方隅论。"③正说明当

---

① 屈大均:《广东新语》卷十一,中华书局1985年版,第316页。
② 邱濬:《曲江集序》,见屈大均《广东文选》卷八,转引自《四库禁毁书丛刊》集部第136册,第314页。
③ 翁方纲:《石洲诗话》卷一,见《清诗话续编》第3册,上海古籍出版社1983年版,第1366页。

时论诗并未引入地域观念。直至明初南园诗社成立,南园诗人们在集体性的创作实践中"形成了共同的审美情趣和鲜明的地域特质,通过家族传承、师门传唱和乡邦传播……提升了岭南文人的文化形象,实现了岭南诗派在南国崛起;而南园五先生及南园后学的南园情结,则强化了岭南文人的地域文化认同,也奠定了岭南诗派的文化和文学传统"[①]。

明末清初,具有鲜明地域特征的岭南地方诗派更是大放异彩。岭南诗派繁兴的重要标志是诗人集群及文学社团的全面繁荣。当时岭南之地卓有声名的诗人集群有"北田五子""西园诗社""南园十二子""诃林净社""浮丘诗社""东皋诗社"等。岭南诗人集群在成员构成、结盟宗旨和诗学理想的传承方面,均流露出自觉的乡邦意识。总体来看,雅集活动的参与者多以本地诗人为主,包括少量认同岭南地域文化的外籍诗人,成员较为固定且关系密切,多以家族、师友、乡邦地域为联系纽带,这是当时文人雅集的基本方式。如"南园十二子"中陈子壮、陈子升为兄弟;西园诗社中王邦畿与王隼为父子,梁无技、梁观与梁佩兰为同族,陈恭尹为屈大均业师陈邦彦之子;"北田五子"中何衡、何绛为兄弟,他们与陈恭尹、梁㯊为同乡。岭南诗人集群非常注重对前代诗社的传承,包括成员组成、结社宗旨、诗学追求,甚至社名的延续。如南园诗社经历了明初"南园五子"、明中期"南园后五子"、明末"南园十二子"三个阶段,均推崇雄直诗风,在岭南诗坛影响甚大。再如西园诗社,不仅在诗社成员的构成上继南园十二子而起,如西园诗人陈子升是南园诗人陈子壮之弟,且他自己亦为南园诗社成员,西园诗人陈恭尹、屈大均分别为南园诗社重要诗人陈邦彦之子及门生,且在结社宗旨上也与南园诗社一脉相承,旨在"祖述风骚,流连八代"[②]。诗社的世代承传使得岭南诗坛在一定程度上保持了纯正的地域气质与诗学理想。

岭南诗人通过诗歌创作完善地域文化特质的建构,具体表现为岭南山川风物、历史古迹、民俗风情等内容的大量融入。无论是意境的精心营造还是意象的精细描摹,均流露出诗人对乡邦的热爱,这种情愫与前代贬谪诗人对岭南穷山恶水、蛮烟瘴雨的描写及畏惧、抵触心理有着天壤之别。陈恭尹《石湖观梅花》《春夜集丹柯阁听虫分赋得心字》《集长寿禅林咏西番莲花歌》、陈子升《玄墓山探梅》《南海神祠古木棉花歌》《素馨鹦鹉》《端砚》《观斗蟋蟀》《听百舌鸟》《题故园龙眼树》、屈大均《题南园绿草

[①] 陈恩维:《论地域文人集群与地域诗派的形成——以南园诗社与岭南诗派为例》,载《学术研究》2012年第3期。

[②] 屈大均:《广东新语》卷十二,中华书局1985年版,第357页。

飞蝴蝶图》、王邦畿《海云寺咏木棉花》等诗流露出对岭南独特风物的赞美与喜爱；屈大均《过华林寺作》、陈恭尹《同邑中诸子登钟楼小酌》《阅江楼晚眺分赋》《雨中放舟同诸子登青云阁》、陈子升《露筋庙》《玩月山池》《山寺听蝉》《西樵大科峰》《碧玉洞作》《飞来寺》《宿栖贤寺》、何绛《宿华首台》《陈村夜泊》《登鼎湖山》、王邦畿《雷峰寺》《海幢寺》等诗刻画了岭南山川之佳丽，流露出游赏山林的爽朗情致与超然心态；屈大均《浮丘》《诃林》《花朝社集西禅寺》《东皋别业旧址》《西园》、陈子升《东皋观刈稻同诸从兄》《何仙姑祠》《楚云台》《元夜咏灯影》《韩公桥歌》、何绛《集南园五先生祠》、王邦畿《人日社集》等诗对岭南的历史古迹及民俗风情做了一定的描摹，体现出岭南人的乡邦自豪感。清人归允肃尝言："（今）仕宦者大率乐就外郡，而尤以南方为宜。五岭以南，珠崖象郡之饶，人皆欢然趋之，与唐宋间大异。"① 可知明清时期岭南的文化地位大幅度提升，甚至吸引了大量仕宦的外籍士大夫。这固然与岭南经济和交通的发展有关，但其中岭南诗人对本地风土人情的由衷赞美及文学性描绘也是一个不容小觑的因素。

　　岭南诗人还善于从本土的历史文化资源中挖掘、提炼岭南精神。尤其在明清易代之际，岭南诗人频繁凭吊本地的历史遗迹如广州越王台、新会厓门三忠祠、广西苍梧兴陵等地以作新亭之泣，并作诗颂扬历代英勇不屈之士民，以寄托悲壮慷慨的爱国之情和沉重压抑的亡国之恨，使诗歌具有了独特的时代意义。如左鹏军教授指出："厓山书写形成了一种具有明晰遗民文化色彩的厓山记忆，并得到岭南及岭南以外人士的广泛认同……在明末清初又一次重大世变之际，这种积蓄已久的厓山记忆及其间蕴含的岭南遗民文化色彩得到更加直接、更加充分的展现，并产生了深远的影响，标志着岭南遗民精神的形成。"② 何宗美先生认为岭南士民以殉死为荣、降附为耻之风俗之形成，"南园、西园二社实起到了推波助澜的积极作用"③。可见，对本地历史文化资源的发掘与书写不仅彰显了岭南地域的历史地位及政治意义，也催生和扩展了岭南精神。这其中无疑蕴含了岭南诗人们深沉的乡邦意识及寻源以自壮的隐微心理。

---

①　归允肃：《赵云六倚楼游草序》，见《归宫詹集》卷二，光绪刊本。
②　左鹏军：《厓山记忆与岭南遗民精神的发生》，载《华南师范大学学报》2012 年第 6 期。
③　何宗美：《明末清初文人结社研究》，南开大学出版社 2003 年版，第 346 页。

第二节　乡贤崇拜与岭南地域诗学传统之编纂

明末清初，岭南诗人交游广泛，对南北不同地域诗歌的多样性有了深入的感知，他们认真分析地域文化差异，并通过为先贤立传、编修方志、梳理乡邦诗学史等手段，发掘岭南精神，凸显乡贤作用，在不断的描绘与强化中编纂出具有岭南地方色彩的诗学传统。蒋寅教授指出："一个地域的人们基于某种文化认同———种姓、方言、风土、产业及在此基础上形成的价值观和荣誉感，出于对地域文化共同体的历史的求知欲，会有意识地运用一些手段来建构和描写传统。"①

吴承学教授曾提出，特定的自然地理环境影响着人们的性格品质和风俗，对于诗人的审美理想也产生潜移默化的作用，而地域的人文地理环境对于文学创作的影响更为巨大、深刻和直接②。明末清初，岭南诗人注意到自然环境和人文地理对地方文学的影响，特别是对独特的岭南地域文化，他们有着明确而强烈的体认。屈大均说："东莞为广东之东。东者，日之所始，其人之文明宜居天下之先……故自洪武开天之初，东莞伯即以功名显著。其武烈文谟，固将垂之百世，而其诗复尔可传。"③ 陈恭尹云："五岭之南，广州为一都会，三江汇其前，巨海环其外，山川清淑，气象开豁。天下省会语雄壮者，金陵而外，无所复让。仆生于斯，成童时犹及见吾郡声名文物之盛，绅士大夫尚风节而谈道义……虽时际衰晚，而其人犹有先正遗风。"④ 对于在此种地域文化影响下形成的独特的岭南诗风，陈恭尹也多次强调。他说："百川东注，粤海独南其波；万木秋飞，岭树不凋其叶。生其土俗，发于咏歌，粤之诗所以自抒声情，不与时为俯仰也。"⑤ "诗所以自写其性情，而无与于得丧荣瘁之数者也，故不以时代为升降。"⑥ 特征鲜明的岭南诗风也得到了岭外诗人的认可。曹溶《海日堂集序》云："吴越之诗矜风华而尚才分，河朔之诗苍莽任质，锐逸自喜。五岭之士处其间，无河

---

① 蒋寅：《清代诗学与地域文学传统的建构》，载《中国社会科学》2003 年第 5 期。
② 吴承学：《中国古代文体学研究》，人民出版社 2011 年版，第 201-204 页。
③ 屈大均：《东莞诗集序》，见欧初、王贵忱《屈大均全集》第三册，人民文学出版社 1996 年版，第 279 页。
④ 陈恭尹：《金花庙前新筑地基碑记》，见《独漉堂文集》卷五，转引自《四库禁毁书丛刊》集部第 183 册，第 651 页。
⑤ 陈恭尹：《征刻广州诗汇引》，见郭培忠校点《独漉堂集》，中山大学出版社 1988 年版，第 754 页。
⑥ 黄登：《岭南五朝诗选·序》，见郭培忠校点《独漉堂集》，中山大学出版社 1988 年版，第 892 页。

朔之疆立，而亦不为江左之修靡，可谓偏方之擅胜者也。"① 陆莹《问花楼诗话》云："国朝谈诗者，风格遒上推岭南，采藻新丽推江左。"②

岭南诗人不仅关注地域文化特征，还通过历史编纂的手段来建构地域文化传统。"历史编纂的任务是确立和完善关于过去的形象……批判的或科学的历史编纂所探究的，是已为人们接受的，或是传统的过去之形象，并且对它们进行考证和加以完善。"③ 而这种经过考证和完善后的历史往往更能有效地激发世人对乡贤英豪的景仰、崇拜与对乡邦文化的认同，由此达到弘扬地域传统的目的。为地方先贤立传是明清时期岭南诗人采用的最直接有效的历史编纂手段。他们通过传主选择与传述事迹的处理有意识地描绘、完善并延续地域文化传统。如潘楳元著有《广州乡贤传》四卷，该书凡例道明了编撰初衷："乡贤旧无特志，其间嘉言懿行，不过见于省志、郡志人物列传之内，然既崇祀郡学，若不表而出之，无以阐扬往哲，况省、郡诸志更修迭易，常有世远言淹之患，不揣固陋，辑成是编，昭明质也。……至如鼎革之际，先代遗臣、奇节堪录者，亦附人物以表孤忠。"④ 陈恭尹亦"以其父所与交游皆伟人雄杰，而与己琢磨晨夕者亦一时之选；变乱以来，其间毙死于桁杨，仆于草野，逃于浮屠、方士者相继；而毕命王事、自致青史者亦不乏人。乃搜录诗文，系之以传，分两世之交为上下，成《先友传》二卷"⑤。此外，屈大均撰《皇明四朝成仁录》、何绛著《皇明纪略》，皆感生民之疾苦，哀家国之沦丧，录誓死不屈之遗民，扬忠贞义勇之精神，对于明清之际岭南的遗民精神做了生动的描摹与诠释，这对成功构建岭南地域文化传统起到了不容忽视的作用。其后陈伯陶编纂《胜朝粤东遗民录》，说："盖明季吾粤风俗以殉死为荣，降附为耻……吾粤人心之正，其敦尚节义，浸成风俗者，实为他行省所未尝有也。"⑥ 其彰扬岭南遗民精神、承传岭南文化传统的宗旨无疑与上述先贤传的编纂目的是一脉相承的。

同时，编修方志也是岭南诗人用以考辨地域诗学流变、阐扬岭南诗学传统的历史编纂手段。其中，最有代表性的是屈大均的《广东新语》。该书

---

① 程可则撰、程士伟编：《海日堂集》卷首曹溶序，清道光五年刻本。
② 郭绍虞、富寿荪校点：《清诗话续编》第4册，上海古籍出版社1983年版，第2312页。
③ E. 希尔斯著，傅铿、吕乐译：《论传统》，上海人民出版社1991年版，第73页。
④ 潘楳元：《广州乡贤传》卷首，光绪六年双门底经韵楼校刊本。
⑤ 陈伯陶：《胜朝粤东遗民录》卷二《陈恭尹传》，见周骏富《清代传记丛刊》第70册，台湾明文书局1985年版，第150–151页。
⑥ 陈伯陶：《胜朝粤东遗民录·序》，见周骏富《清代传记丛刊》第70册，台湾明文书局1985年版，第13页。

"考方舆、披志乘，验之以身经，征之以目睹"①，不仅仅是纯粹的山川描绘、风情摹画、民俗记趣，还记述了广东历代的学术和文化状况，并梳理了岭南诗歌的发展历程。如他说："广东之诗，其始于乎乎？而孝惠时，南海人张买侍游苑池，鼓棹为越讴，时切讽谏。晋时，高州冯融汲引文华士与为诗歌。梁曲江侯安都为五言诗，声情清靡，数招聚文士……此皆开吾粤风雅之先者。"② 字里行间洋溢着浓郁的桑梓之情与乡邦自豪感。对明代广东诗歌的繁荣，《广东新语》也做了详细记载："叶石洞云：东广好辞，缙绅先生解组归，不问家人生产，惟赋诗修岁时之会。粤人故多高致乃尔。粤诗自五先生振起，至黄文裕而复兴。陈云淙云：太史公谓齐鲁文学其天性，粤于诗则有然矣。我国家以淮甸为丰镐，则粤应江汉之纪。风之所为首二南也。五先生以胜国遗佚，与吴四杰、闽十才子并起，皆南音。风雅之功，于今为烈。欧桢伯云：明兴，天造草昧。五岭以南，孙蕡、黄哲、王佐、赵介、李德五先生起，轶视吴中四杰远甚。……当世宗皇帝时，泰泉先生崛出南海，其持汉家三尺，以号令魏晋六朝，而指挥开元、大历，变椎结为章甫，辟荒藇秽于炎徼，功不在陆贾、终军下也。"③ 地方史志的编纂对传播岭南的地域文学史知识、彰显岭南地域诗学传统无疑产生了积极影响。

岭南诗人对岭南地域诗学传统的编纂，彰显出一种自觉的岭南意识，标志着明清之际岭南诗学的地域观念开始形成。他们还通过塑造地域文化偶像，利用其精神感召力树立起一致的诗学理想。其中屈大均的努力最为突出。屈氏对乡贤张九龄推崇备至，不仅肯定了他对唐代诗坛的贡献，更强调了他对岭南诗坛无可替代的影响。他说："东粤诗盛于张曲江公。公为有唐人物第一，诗亦冠绝一时。"④ 又说："吾粤诗始曲江，以正始元音，先开风气。千余年以来作者彬彬，家三唐而户汉魏，皆谨守曲江之规矩，无敢以新声野体而伤大雅。"⑤ 他把张九龄以来的以大雅元音、汉魏风骨及"唐音""正声"为基调的诗学规范誉为"曲江规矩"，并将之奉为粤诗之圭臬，一再加以强化和宣扬。如他称赞东莞诗坛："三百年来，洋洋乎家《风》户《雅》。为古体者，以两汉为正朔，为今体者，以三唐为大宗，固

---

① 屈大均：《广东新语》前附潘耒《序》，中华书局1985年版，第1页。
② 屈大均：《广东新语》卷十二，中华书局1985年版，第345页。
③ 屈大均：《广东新语》卷十二，中华书局1985年版，第355—356页。
④ 屈大均：《广东新语》卷十二，中华书局1985年版，第345页。
⑤ 屈大均：《广东文选自序》，见欧初、王贵忱《屈大均全集》第三册，人民文学出版社1996年版，第43页。

广东诗之渊薮也。"① 屈大均秉持的是一种时空交融的新型诗史观,他从整个诗史的角度对张九龄的历史地位做出评价,又从地域诗史的角度突显其影响,成功地塑造了张九龄这一岭南文化偶像,也确立了"曲江规矩"在岭南诗坛的领导地位。

屈大均的诗学理论得到明清之际岭南诗人的集体认同。在乡邦自豪感这一纽带的维系下,岭南诗人在诗学理想上达成共识并在诗论中反复描绘,使得以"曲江规矩"为核心的岭南地方诗歌传统不断得到强化、彰显和承传,"曲江流风"亦成为岭南诗人的精神家园。如顺德诗人薛始亨说:"洪、永、成、弘以迄于今,天下之诗凡数变矣。独吾粤犹奉先正典型……彬彬乎曲江流风,于斯为盛。"② 他所说的"曲江流风"与屈大均说的"曲江规矩",其内涵是一致的。对于薛氏的说法,朱彝尊非常欣赏,许其为"善言土风者"③。梁佩兰也说:"末世崇饰虚名,人鲜殖学。甫就捃摭,便尔扬诩。毋论其于《三百篇》比、兴、赋之义未识源流,即汉魏六朝、三唐以迄有明,亦未能望其墙仞而乃立壁分门,各自排诋。……如此而言诗,诗安得不亡?"④ 他认为明末诗风日下,其原因在于时人绝去依傍、追求虚名,不注重学问根柢之积累。他强调诗歌创作要"殖学",即必须深研《三百篇》及汉魏六朝、三唐以迄有明作者之精诣源流。此论颇为明切,其诗学主张实际上与"曲江流风"之内涵相一致。"曲江规矩"也是岭南诗人在创作实践中自觉恪守的规范。如陈子升诗"以《风》《雅》为第宅,以《骚》《选》为苑囿"⑤;陈恭尹诗"沉健有格,惟宗唐贤古体,间入《选》理,一时习尚无所染焉"⑥;梁佩兰诗亦"从汉魏入","取神于苏、李、枚、叔,取骨于三曹"⑦。作为岭南诗坛的重要诗人,他们的创作主张与创作实践自然受到乡里景从,并不断受到强化和承传,最终形成一个有理论主张、有清晰风格及鲜明风土特征的地域诗派。

综上所述,无论是对岭南地域文化特征和诗学特质的自豪,还是对乡

---

① 屈大均:《东莞诗集序》,见欧初、王贵忱《屈大均全集》第三册,人民文学出版社1996年版,第279页。
② 陈子升:《中洲草堂遗集》前附薛始亨《中洲草堂诗刻原序》,见《丛书集成续编》第151册,上海古籍出版社2001年版,第272页。
③ 朱彝尊:《静志居诗话》卷二十二,人民文学出版社1990年版,第665页。
④ 梁佩兰:《大樗堂初集叙》,见吕永光校点《六莹堂集》,中山大学出版社1992年版,第407页。
⑤ 陈子升:《中洲草堂遗集》卷首附钱谦益《中洲集序》,见《丛书集成续编》第151册,上海古籍出版社2001年版,第270页。
⑥ 温汝能:《粤东诗海》卷六十四"陈恭尹"条,中山大学出版社1999年版,第1202页。
⑦ 王隼:《六莹堂集·序》,见吕永光校点《六莹堂集》,中山大学出版社1992年版,第8页。

邦诗学辉煌历史的自矜，抑或对本地诗坛先贤的景仰，均源自岭南人内心的桑梓情怀，其目的是彰显本地域的诗学成就，扩大乡邦诗学的时代影响。因此，浓郁的乡邦之恋正是成功编纂岭南地域诗学传统的情感基础。

第三节 探寻经典大传统与地域小传统的完美契合

　　地域诗学观念的发展不能游离于经典诗学大传统而存在，它需要在广阔的诗歌史视野中吸取养料并延伸生命力。但同时，地域诗学观念的成功建构也离不开对地域诗学传统的体认与尊重。正如蒋寅先生所言："对地域文学传统的体认，不只激发乡邦文化的自豪感，更重要的是对传播地域文学史知识，培养地域文学观念产生积极影响。"① 相对于经典诗学大传统而言，以乡贤崇拜为底色的地域诗学小传统对地域诗学观念往往会产生更大的影响。因此，岭南诗人的地域诗学观念正是在经典诗学大传统与地域诗学小传统的离合间建构起来的，大传统与小传统的交织碰撞使得岭南地域诗学观焕发出动人的光彩。

　　明代以来，岭南诗人一直信奉经典诗学大传统，大力恢复《诗经》《离骚》以来风、雅、兴、寄的美学追求，主要表现在三个方面：其一，强调诗歌的观政、纪史等政治功能。如区大相说："夫诗者通乎政者也。政之所被而歌咏以导之，倡叹以遂之……是故先王之观政也，必陈诗焉。"② 屈大均说："士君子生当乱世，有志纂修，当先纪亡而后纪存，不能以《春秋》纪之，当以《诗》纪之。"③ 其二，重申诗歌的教化作用。如屈大均在《童子雅歌·序》中强调为人师者应以《诗经》为范本，引导孩童通过诵读有关人伦、日常用品的诗歌以陶冶其体貌性情；在《于夫人诗·序》中提出女子也能通过学诗而达至"性情正而礼义明"④。薛始亨也说："诗也者，先王所以正性情、宣志气，命輶轩而观风俗，纪盛德而格神明之具也。盖情文备美，多识庶类，弦而歌之，肆业及焉，谓之道学。"⑤ 他认为诗的最高理

---

① 蒋寅：《清代诗学与地域文学传统的建构》，载《中国社会科学》2003 年第 5 期。
② 区大相：《两越汇草·序》，见吴文治主编《明诗话全编》第十册，江苏古籍出版社 1997 年版，第 10534 页。
③ 屈大均：《东莞诗集·序》，见欧初、王贵忱《屈大均全集》第三册，人民文学出版社 1996 年版，第 279 页。
④ 屈大均：《于夫人诗·序》，见欧初、王贵忱《屈大均全集》第三册，人民文学出版社 1996 年版，第 84 页。
⑤ 薛始亨：《蒴猴馆十一草·明粤七家诗选序》，见《丛书集成续编》第 126 册，上海书店出版社 1994 年版，第 964 页。

想是达到"温柔敦厚",提出诗歌创作要"去委巷之陋而泽于温厚和平",使"匹夫匹妇之词"也能"合乎士君子之义"①。其三,追求汉魏以来的高古格调。薛始亨尝云:"格调之高不在字句,能于汉魏晋诸子深蕴而精涵之,则得矣。"② 朱彝尊指出:"自(孙)蒉以下,世所称南园五先生也……五古远师汉魏,近体亦不失唐音。"③ 清人韩海在《郭蕊亭诗集序》中指出:"吾粤诗多以唐为宗,宋以下概束高阁。远自南园五先生开其源,近则屈、梁、陈三大家树之帜。粤人士从之,翕然如水之赴壑。"④ 岭南诗人的上述言论旨在重申儒家诗教,虽无太大新意,但在公安派绝去依傍、创为新诗之际,他们能关注并宣扬经典诗学大传统,强调诗歌的社会功能,主张恢复风、雅之道,对推动晚明诗风嬗变还是起到了一定的积极作用。

岭南诗人在尊重经典诗学大传统的同时,并没有一味因循守旧,而是自觉发扬以"曲江流风"为核心的地域诗学小传统,并结合时代新变,不断寻求二者的完美契合,使之更符合诗歌发展的规律。其中最为突出的表现是对温柔敦厚诗教传统的突破。张九龄曾指出:"《诗》有怨刺之作,《骚》有愁思之文,求之微言,匪云'大雅'。"(《陪王司马宴王少府东阁序》)他在创作中发展了《诗经》摹写"怨情"及屈赋以来抒发幽愤的传统,抒写自己的穷通出处、孤忠气节及对国计民生的关注。他的诗学态度得到后代诗人的大力推崇。如区大相曾作《谒张文献祠》诗云:"一代孤忠在,千秋《大雅》存。诗才推正始,相业忆开元。"⑤ 认为张九龄是孤忠和大雅并存。屈大均评价区诗云:"即此一篇已工绝。"⑥ 对区诗中体现出的对张九龄孤忠气节、不媚世俗之精神的赞赏深表认同。随着明亡清兴的政局变动,在家国情怀、民族大义面前,岭南诗人突显了张九龄恢复"怨刺""愁思"抒情传统的诗学主张,建构出一套以忠义气节为先的新时代诗学理论。如屈大均对黎遂球为国捐躯的英雄气节及其绝命诗中悲怆激越的呼号和豪壮无畏的气势极为击赏:"美周诗,五古最佳,……其困守虔州,临危时,击剑扣弦,高吟绝命,有云:'壮士血如漆,气热吞无边。大地吹黄沙,白骨为尘烟。鬼伯舐复厌,心苦肉不甜。'一时将士闻之,皆为之祖裼

---

① 薛始亨:《蒯缑馆十一草·明粤七家诗选序》,见《丛书集成续编》第126册,上海书店出版社1994年版,第964页。
② 薛始亨:《蒯缑馆十一草·与朱锡鬯书》,见《丛书集成续编》第126册,上海书店出版社1994年版,第960-961页。
③ 朱彝尊:《静志居诗话》卷三,人民文学出版社1990年版,第70页。
④ 陈永正:《岭南诗歌研究》,中山大学出版社2008年版,第33页。
⑤ 区大相:《谒张文献祠》,见《明诗综》卷五十六,康熙四十四年六峰阁刊本。
⑥ 屈大均:《广东新语》卷十二,中华书局1985年版,第349页。

争先,淋漓饮血,壮气胜涌,视死如归。以视李都尉兵尽矢穷,委身降敌,韦鞴椎结,对子卿泣下沾襟,相去何啻天壤哉!"① 他还称僧函可所著《剩诗》"其痛伤人伦之变,感慨国家之亡,至性绝人,有士大夫之所不能及者"②。可见,屈大均对高风亮节的忠烈之士不吝赞扬,对诗中激荡情感之表现,也不再汲汲于儒家温柔敦厚、怨而不怒之苑囿。这种以忠义气节为先的所谓"大雅"之风,实则为变雅之体,或称"变徵之音",体现出明清易代的时代特色。

对于"变徵之音",岭南诗人大多是肯定的,故"变徵之音"在清初岭南诗歌比比皆是。如"乔生既东而粤会再陷,追西辙不及,流落山泽间,为诗多悲慨,为变《雅》之音"③;"蒲衣遇非其时,不得以忠厚和平之音,列清庙明堂正风、正雅、三颂之什,犹庶几于《匪风》《下泉》《繁霜》《楚茨》《板》《荡》,变风变雅之遗也"④;邝露诗中的缠绵悱恻之气"虽《小雅》之怨诽,《离骚》之忠爱,无以尚之"⑤。屈大均甚至提出变风、变雅之作应以杜诗为楷模:"吾欲邓子始终以少陵为归,从少陵以求夫变风变雅,斯无负平生之所用心也已。"⑥ 此种"变徵之音"也得到了岭外诗人的认同。如朱彝尊曾说:"甲申以后,屏居田野…………所交类皆幽忧失志之士,诵其歌诗,往往愤时嫉俗,多《离骚》、变雅之体。"⑦ 方以智说:"孤臣孽子,贞女高士,发其菀结,音贯金石,愤礜感慨,无非中和。"⑧ 认为直言变雅之体,并无妨于温厚之旨。此类观点明显不同于清初主流诗坛归于典雅的诗学主张,它们与明清易代之际飘摇的政治格局、士大夫忧国伤世的情怀相一致,具有强烈的时代意义。

但需要指出的是,对于变风变雅之体,岭南诗坛态度不一。如黎遂球极力维护儒家传统诗教,认为即使处在穷愁之际,诗人仍应做到"哀而不伤"。他批评韩愈"所作《别知赋》,以侣虫蛇于海陬为恧",赞扬方玉堂为

---

① 屈大均:《广东新语》卷十二,中华书局1985年版,第349页。
② 屈大均:《广东新语》卷十二,中华书局1985年版,第351-352页。
③ 陈子升:《中洲草堂遗集》卷首附薛始亨《陈乔生传》,见《丛书集成续编》第151册,新文丰出版公司1988年版,第273页。
④ 梁佩兰:《大樗堂初集叙》,见吕永光校点《六莹堂集》,中山大学出版社1992年版,第408页。
⑤ 屈大均:《广东新语》卷十二,中华书局1985年版,第351页。
⑥ 屈大均:《书淮海诗后》,见欧初、王贵忱《屈大均全集》第三册,人民文学出版社1996年版,第168页。
⑦ 朱彝尊:《王礼部诗序》,见《曝书亭集》卷三十七,世界书局1937年版,第455页。
⑧ 方以智:《诗说》,见《通雅》卷首三,中国书店出版1990年版,第47页。

诗"未尝有厌薄高凉意…………为雅人深致,所得于《三百篇》之教独远也"①。梁佩兰亦云:"不幸而时命限人,则拔剑斫地,发为哀吟。有如晓角秋笳,酸人心鼻。此亦变风变雅之一体也。然而未免有损天和,则又不如即现前之景物,写逸士之幽怀。"②他虽承认切直激愤之作品具有强大的艺术感染力,但也认为其情感恣肆,有违温和雅正之诗教传统。梁佩兰曾有仕清经历,其诗学观点不排斥有维护清朝统治的考虑,但也鲜明代表了清代诗歌向大传统回归的主流倾向。此种思想立场一直影响到清代中后期,以至于清嘉庆年间岭南文人罗学鹏编辑《广东文献》时,在《国初七子集》中收录了清初七位重要的岭南诗人的作品,包括王邦畿、程可则、梁佩兰、陈恭尹、方殿元、方还、方朝,却未收入屈大均诗作。对此,罗氏解释云:"夫居本朝而妄思前朝者,乱民也。翁山叫嚣狂噪,妄言贾祸,大失温柔敦厚之旨,其诗不宜入选。"③看来屈大均因大力推崇和践行"变徵之音"而遭到乡议的责难,甚至对其作品流传也造成一定程度的影响。可见,对于"变徵之音",岭南诗坛内部存在着严重的分歧。这种分歧正体现了岭南诗论界寻找地域诗学小传统与经典诗学大传统最佳契合点的努力。同时,从诗学观的分歧中我们也可看出,明末清初岭南诗坛的诗学主张是多元并存的。屈大均所推崇的"变徵之音"正是岭南"雄直"诗风的突出体现,但这种"雄直"之气不是生来就有的,也不是轻易为所有岭南人所认可的。它是在岭南诗歌的批评史与接受史中渐渐突显和形成的。这也充分说明,岭南诗派及岭南地域诗论观的形成是一个漫长的过程,是岭南诗人的不同审美追求在相互交织碰撞中最终得以和谐并存的结果。

岭南诗人的乡邦意识是随着明末清初岭南诗学的崛起而逐渐强化的,而在地域诗学观念的建构过程中,乡邦意识反过来又唤起了诗家弘扬地域诗学的信心及欲望,有力地催发了岭南诗人的文献存录意识。其具体表现为标准诗歌范式的确立及地方性诗集的编选。这也是岭南诗人探寻经典大传统与地域小传统完美契合点的另一重要表现。

诗集编选是诗学观念的理性化呈现。岭南诗人以经典诗学传统为标准编选了一些前人诗集,以期建立雅正的诗歌范式,为乡邦后学提供学习范本。如黎遂球在《九家集选序》中就明确表达了这一初衷:"近今之世,予

---

① 黎遂球:《莲须阁文钞》卷八《方玉堂诗序》,见《丛书集成续编》第187册,新文丰出版公司1988年版,第446页。
② 梁佩兰:《南塘渔父诗抄序》,见吕永光校点《六莹堂集》,中山大学出版社1992年版,第419页。
③ 罗学鹏:《国初七子集·陈恭尹集》附《陈恭尹列传》,见罗学鹏《广东文献》四集卷十九,清同治二年(1863)刻本。

每见一二后生，思力多有可为，乃以为非时所好，奔走利禄，汲汲沉没。否则矜立名誉，党同为群，高谈成风，莫之适从……吾以观之……能不忧之？舟中无事，为取九家者之所为著作，选而成集，使后生有一端之奇者知所依立……"①王隼编选《唐诗五律英华》八卷，梁佩兰对他大加赞赏："尝纵观有明三百年选家，若高廷礼之《品汇》、李于鳞之《诗选》、钟伯敬之《诗归》，率煌煌昭人耳目。然《品汇》味似和雅，而失之平；《诗选》志在声调，而失之板；《诗归》意主清矫，而失之佻薄委琐。蒲衣选一体诗……大毋弗涵，纤毋弗现；精取其浑，朴取其完。能使读者见选者之心，与作者当日之心相遇。"②梁无技也有感于清初诗坛"以庸俗为少陵，以卤莽为谪仙""以肤浅济其鄙怀""以饾饤惊其俗眼""风雅中衰，如江河之日下"③的状况，又苦于诸选本"限于各体，选殊未备……篇帙之浩繁，购之固难，读亦不易"④，故精选一千二百余首绝句，编成《唐诗绝句英华》十四卷。这些诗集的编选充分体现了岭南诗人希望通过选集来重申雅正诗风、确保岭南纯正诗学血统的良苦用心。

与此同时，岭南诗人也编选了大量地方性诗集，并开宗明义地表达了保存乡邦文献、宣扬岭南地方诗学传统的宗旨。如在《广东文集·序》里，屈大均就明确表示将终身致力于广东文献的搜集整理："广东者，吾之乡也。一桑梓且犹恭敬，况于文章之美乎！文者道之显者也，恭敬其文，所以恭敬其道。道在于吾乡之人，吾得由其文而见之……其不能一一镂版以传，则以贫也，有所待于有力者也。然予将终身以之，若愚公徙太行，精卫之填东海，不以其力之不足而中辍也。"⑤他还提出："不能述吾之乡，不可以述天下。文在于吾之乡，斯在于天下矣。惟能述而后能有文，文之存亡在述者之明，而不徒在作者之圣。"⑥他认为文学能否传播后世，不仅在于作者的创作水平，更依赖于整理者的鉴赏水平。因此，后人有责任对乡贤所创造的文化成果进行整理、研究和弘扬。这种别树一帜的创见是非常有价值的。对于文集整理之目的，他说："一以慰孝子慈孙之心，一以开后

---

① 黎遂球：《九家集选序》，见《莲须阁文钞》卷八，转引自《丛书集成续编》第187册，新文丰出版公司1988年版，第434页。
② 梁佩兰：《五律英华序》，见吕永光校点《六莹堂集》，中山大学出版社1992年版，第409页。
③ 梁无技：《唐诗绝句英华序》，见梁鼎芬《番禺县续志》卷三十二，民国二十年（1931）重印本。
④ 梁无技：《唐诗绝句英华序》，见梁鼎芬《番禺县续志》卷三十二，民国二十年（1931）重印本。
⑤ 屈大均：《广东新语》卷十一，中华书局1985年版，第319-320页。
⑥ 屈大均：《广东文选自序》，见欧初、王贵忱《屈大均全集》第三册，人民文学出版社1996年版，第42页。

生晚学之闻见。"① 屈大均还编录了《广东文选》，选录时虽旨在宣扬岭南诗文，但他谨守"以文而存其人，不以人而存其文"的标准，"其文未能尽善，虽大贤不敢多录"②。他多次强调："是选以崇正学、辟异端为要"，"是选中正和平，咸归典则，于以正人心，维风俗，而培斯文元气"③。体现出对经典诗学大传统的尊重。另外，屈大均的《广东新语》也是"思古伤今，维风正俗之意，时时见于言表"④。可见，屈氏在整理地方文献时，始终在努力探寻地域小传统与经典大传统的完美契合，体现了较为理性的文献存录意识。此外，王隼的《岭南诗纪》《岭南三大家诗选》、黄登的《岭南五朝诗选》、黎遂球后人的《番禺黎氏存诗汇选》等地方性诗集的编录都表达出保存乡邦文献、宣扬岭南诗学传统的意图，也体现了以经典诗学传统为基础的地域诗学观念。

岭南诗人还在地方性诗集的编选中表达对地域诗风及地域诗派形成规律的深刻而独到的见解。如薛始亨说："君子之学所以羽翼，夫道也。生今之世，欲复古圣贤之道，非一手一足之烈，盖必一大贤倡之而群贤者亦鼓吹应焉。如韩昌黎之文起八代之衰，而一时亦有李翱、张籍、冯宿、皇甫湜之流，以至柳河东且与之并起，不自寥寥也。"⑤ 他提出要想通过文学创作来恢复古圣贤之道，须有一大贤首倡而群贤和之，方能成其气候。这种观点实际涉及文风的形成与群众基础之间的重要关系。也就是说，只有出现一批有着相似审美理想的作家群时，一定的文学风气才能形成。为了强调自己的观点，薛始亨精心编选了明代粤籍诗人孙蕡、黄佐、梁有誉、欧大任、黎民表、区大相、邝露七人的诗作，合为《明粤七家诗选》，以示后学。从"明粤七家诗"这一提法来看，似是针对明前后七子而提出的。薛始亨说："是数公者，咸能渊源往哲，追逐其章……其于先民典型，斤斤乎若护气而不敢伤焉，功亦懋矣。虽未及成周之雅、南之奏，然驾唐轶汉有足观者。"⑥ 薛始亨对文风形成规律的认识是正确的，而他编选《明粤七家诗选》的目的，就是彰显历代岭南诗人一致追求的诗学传统，并使具有鲜

---

① 屈大均：《广东新语》卷十一，中华书局1985年版，第318页。
② 屈大均：《广东文选自序》，见欧初、王贵忱《屈大均全集》第三册，人民文学出版社1996年版，第43页。
③ 屈大均：《广东文选自序》，见欧初、王贵忱《屈大均全集》第三册，人民文学出版社1996年版，第43页。
④ 屈大均：《广东新语》前附潘耒《序》，中华书局1985年版，第1页。
⑤ 薛始亨：《与陆丽京书》，见薛始亨《蒯缑馆十一草》，上海书店出版社1994年版，第960页。
⑥ 薛始亨：《明粤七家诗选序》，见薛始亨《蒯缑馆十一草》，上海书店出版社1994年版，第964页。

明地域特征的岭南诗风通过"一大贤倡之而群贤者亦鼓吹应焉"的方式得到强化并定型。他的努力对推动岭南诗派的形成、扩大岭南诗群对诗坛的影响具有重要的意义和价值。可惜他的观点一直为岭南诗论的研究者所忽视。

第四节　在地域传统与诗学时尚的离合间游走

在诗学观念的建构中，除经典诗学大传统及地域诗学小传统之外，还有一个非常重要的影响源，即诗学时尚。在古代社会，时尚往往"代表特定时期社会心理和审美趣味的流行趋势"①。公安派、竟陵派是晚明诗学时尚的突出代表，在诗坛影响极大。其时诗人大多追随"独抒性灵"之说，对前后七子的摹拟之风进行大肆讨伐。然而，相对于江南诗人群在诗学宗尚上的紧追时代潮流来说，岭南诗坛似乎显得极度滞后。这种滞后正是其理性思考与选择的结果。这一时期岭南诗坛独立不迁，既能把握时代脉搏，又注重理性沉淀，在诗学时尚与地域传统之间坚持独立思考，建构出鲜明的地域诗学观念。

首先，岭南诗人们远离时尚，冷眼审视着新声屡变的主流诗坛，对诗坛弊端进行深刻的批判。他们既反对前后七子以来剽字窃句、缺乏真实艺术生命力的拟古诗风，又对公安派、竟陵派的一味求新深为不满；他们不盲从于复古派的宗唐诗观，而是坚持独立思考；对明末诗派的门户林立也深表痛惜。这是岭南诗坛自古以来就形成的崇尚自然、务实创新、不随波逐流的诗论思想的直接体现。在张九龄之后，陈献章提倡以自然为宗，黄佐论诗也不囿于门户之见，既能辩证地对待当时弥漫诗坛的复古风气，也十分赞赏在执守雅正之中进行的创新。因此，当岭外主流诗坛因追逐模拟、复古、分宗立派的时代风气而迷失本真时，岭南诗坛却在张九龄、陈献章、黄佐等先哲的影响下掀起了一股强劲的自然和理性之风。如区大相云："今搢绅学子用博士业起家致通显，乃始反舌学韵语。卑者字窃句剽，无所发明；高者乃恣睢于法度之外，按之而不合节，歌之而不成声。"②对前后七子剽窃蹈袭、盲目拟古的流弊及公安派矫枉过正、无视法度音律的倾向表示极为不满。针对明末诗坛流派众多的情况，黎遂球也指出学诗者要善于辨别其优劣，若能"以生得新，以新得生，为诗各有萌芽。苟取足而候至，

---

① 蒋寅：《清代诗学与地域文学传统的建构》，载《中国社会科学》2003 年第 5 期。
② 区大相：《张成叔诗序》，见吴文治主编《明诗话全编》第十册，江苏古籍出版社 1997 年版，第 10534 页。

何患不工,抑何必强同耶?"① 他认为时人对诸派诗家或"学",或"好",或"优孟",都未真正学到精髓。这就强调了诗歌的独创性。陈子升对前后七子以来字剽句窃的复古诗风及公安派、竟陵派的一味创新也深为不满,他说:"唐人作自己诗,有三唐之分。今人作唐人之诗,无一唐之合。是以不成其为唐诗,复不成为自己诗。"② 薛始亨也批评前后七子"应酬之作过多,则词旨或复、声调之平稳则数见不鲜",至公安、竟陵又"以剽流俗之誉,投轻浮之好,矫枉过正,若水火之易位",对于这种"不学之夫攘臂自列,俚语亵言宝为新尚,而风雅亡矣"③之诗坛现状,他尤为痛惜。屈大均也反对一味模拟,主张作诗要善于变化。他批评"何、李、王、李之流,伪为秦汉,斯乃文章优孟,非真作者"④,并说:"不善《易》者,不能善诗。《易》以变化为道,诗亦然。"⑤ 上述观点均能跳出世俗之习见,以追随摹拟为耻,以新生萌芽为尚,其高明之处在于不为世风所浸染,与同时代的人相比,其见识应是高出一筹的。

  对于诗歌是宗唐还是崇宋的问题,岭南诗人也进行了深入的思考。屈大均深受后七子重古轻宋倾向的影响,多次表达对宋诗的轻视与不满,"诗之衰,宋、元而极矣"⑥、"诗莫丑于宋人"⑦ 等观点在其诗论中在在皆是。但岭南诗人却并不完全盲从于前后七子的观点。如梁无技说:"孟郊、贾岛、李贺、王建、李商隐、温庭筠、李洞辈不无僻涩破碎之病,虽非风雅正宗,然而离奇矫异、别调新声,亦变风变雅之流而极者,已非宋人之浅率粗俚者所得而继,又岂卑陋庸俗者所可谬为訾议哉?"⑧ 他不苟同于前后七子"诗必盛唐"的观点,认为中晚唐诗仍属变风变雅之流,且高于浅率粗俚之宋诗,提出不能像批判宋诗那样随意批评中晚唐诗。陈恭尹则超越

---

  ① 黎遂球:《莲须阁文钞》卷八《徐无减诗序》,见《丛书集成续编》第187册,新文丰出版公司1988年版,第442页。
  ② 陈子升:《中洲草堂遗集》卷二十二《谭公子南征诗序》,见《丛书集成续编》第151册,新文丰出版公司1988年版,第415页。
  ③ 薛始亨:《蒯缑馆十一草·明粤七家诗选序》,上海书店出版社1994年版,第964页。
  ④ 屈大均:《广东文选自序》,见欧初、王贵忱《屈大均全集》第三册,人民文学出版社1996年版,第43页。
  ⑤ 屈大均:《粤游杂咏序》,见欧初、王贵忱《屈大均全集》第三册,人民文学出版社1996年版,第79页。
  ⑥ 屈大均:《荆山诗集序》,见欧初、王贵忱《屈大均全集》第三册,人民文学出版社1996年版,第66页。
  ⑦ 屈大均:《书淮海诗后》,见欧初、王贵忱《屈大均全集》第三册,人民文学出版社1996年版,第168页。
  ⑧ 梁无技:《南樵二集》卷十《与陈天草书》,清康熙五十七年(1718)刻本,中山大学图书馆藏。

主流诗坛的种种争执，表达了较为通达的诗学观："文章大道以为公，今昔何能强使同！只写性情流纸上，莫将唐宋滞胸中。"① 认为文章重在写出胸中性情，而不必介怀是宗唐还是学宋，体现了豁达开放的诗学观念和鲜明的独立意识。

其次，岭南诗人们提出作诗须有强烈的感情。强调真情的自然流露是中国传统诗论的核心观点，也是岭南地域诗学传统的重要观念。张九龄早就强调诗歌的有感而发和真情实感的自然流露的重要性，其《感遇》诗就是典型代表；陈献章认为"诗之工，诗之衰也"②，提出"七情之发而为诗"③，认为好诗是出于真情，而不在其形式之工巧；黄佐也强调体式为辅、性情为主，认为"诗三百"的情感流露是诗文创作的最高境界。明末清初，岭南诗人进一步发扬了这种诗学观。如邝露认为诗就是真实情感的表达，他说："诗之道，一喜一愠，尽之矣。无所喜，无所愠，无诗矣。喜斯陶，陶斯咏，咏斯犹，犹斯舞，八伯赓歌，明良喜起之所为作也；愠斯戚，戚斯叹，叹斯辟，辟斯踊，三百篇，圣贤发愤之所为作也。"④ 梁佩兰亦云："风雅之道，至今日发明无遗蕴矣。反观明代前辈，优孟汉唐之衣冠，而性情不属。"⑤ 他批评明代拟古派学汉魏、盛唐丧失情性，徒得形似，并指出情感是写作的基础："夫诗者，思也。人情有所感于中而不能散，则结而为思，而诗名焉。"⑥ 陈恭尹也认为真性情是诗歌创作之源泉，他说："性情者，诗之泉源也；气骨者，诗之鼓籥也；境物者，诗之高深夷险也。"⑦ 还说："诗之真者，长篇短句，正锋侧笔，各具一面目，而作者之性情自见，故可使万里之遥，千载之下，读者虽未识其人，而恍惚遇之。"⑧ 此种诗学主张虽在一定程度上与公安派"独抒性灵"的时尚观念相合，但岭南诗人

---

① 陈恭尹：《次韵答徐紫凝》，见郭培忠校点《独漉堂集》，中山大学出版社1988年版，第611页。
② 陈献章：《认真子诗集序》，见陈献章撰、孙通海点校《陈献章集》上册，中华书局1987年版，第5页。
③ 陈献章：《认真子诗集序》，见陈献章撰、孙通海点校《陈献章集》上册，中华书局1987年版，第5页。
④ 邝露：《峤雅·张穆之诗序》，广东高等教育出版社1990年版，第377页。
⑤ 梁佩兰：《中州草堂遗集序》，见吕永光校点《六莹堂集》，中山大学出版社1992年版，第414页。
⑥ 梁佩兰：《大桴堂初集叙》，见吕永光校点《六莹堂集》，中山大学出版社1992年版，第407页。
⑦ 陈恭尹：《梁药亭诗序》，见郭培忠校点《独漉堂集》，中山大学出版社1988年版，第690-691页。
⑧ 陈恭尹：《梁药亭诗序》，见郭培忠校点《独漉堂集》，中山大学出版社1988年版，第691页。

并未盲目遵从于诗学时尚，而是对当时诗坛之弊端保持着清醒的认识。陈恭尹就大胆指出，无论是前后七子对古人盲目地"模拟补绽"，还是公安派、竟陵派对复古派的矫枉过正而导致的"酸涩枯瘦"，甚或宋、元诗崇尚者的"枝蔓平衍，斩然无味"，都不是诗之真者，他认为真诗一定要"性情自见"①。他还提出，"文章以其性情为不朽"，作诗"当求新于性情，不必求新于字句；求妙于立言，不必专期于解脱"②。岭南诗人对诗歌性情的强调并非新鲜之谈，但其目的是纠正公安派"信心而出，信口而谈"（袁宏道《张幼于》）的率性浮滑之偏论，这在当时诗坛具有一定的积极意义。

再次，岭南诗人十分重视诗歌的音律，对本土的"入乐"之诗情有独钟。这是明末清初岭南诗论较为鲜明的特色之一。明代自黄佐开始即注意到音乐与诗歌、政治的辩证关系，并能站在历史的高度，客观地结合唐代不同时期的政治来探讨其诗歌风格，发前人之所未发。他说："唐诗以音名矣。音由心起，与政通者也。"③初唐诗"其音硕以雄，其词宏以达，洋洋乎其畅矣哉"；盛唐诗"玄宗为主，而张说、苏颋，世称'燕许'者，鸣于馆阁；李白、杜甫，各为大家者，鸣于朝野；王、孟、高、岑，名亦次之。然贵妃、禄山表里为乱，而词不能掩，故其音丰以畅，其词直而晦，文胜质矣"；中唐诗"其音悲以壮，其词郁以幽"；晚唐诗"其音怨以肆，其词曲而隐"④。梁佩兰亦云："古天子甚重夫诗：凡郊祀、朝会、燕飨、聘问，必歌焉；而又以其声合之于乐。故其时学士大夫率登高能赋，号称多材。下至民间闾阎，讴吟辄成音节，相与沐浴教化，而有以见其风俗之美、性情之正。"⑤认为诗歌之合律有助于世风教化、性情之正。邝露也从审美的角度强调了音律对诗歌的重要性："诗贵声律，如闻中宵之笛，不辨其词，而绕云流月，自是出尘之音。"⑥薛始亨甚至指出造成明代史学衰落、诗坛风雅消亡的根本原因是礼乐的严重遗缺。他说："国朝史学尚逊唐宋，无论两汉。而礼乐遗缺，较宋殆甚焉。"⑦

---

① 陈恭尹：《梁药亭诗序》，见郭培忠校点《独漉堂集》，中山大学出版社1988年版，第691页。
② 陈恭尹：《答梁药亭论诗书》，见郭培忠校点《独漉堂集》，中山大学出版社1988年版，第756–757页。
③ 黄佐：《明音类选序》，见吴文治主编《明诗话全编》第三册，江苏古籍出版社1997年版，第2968页。
④ 黄佐：《明音类选序》，见吴文治主编《明诗话全编》第三册，江苏古籍出版社1997年版，第2968页。
⑤ 梁佩兰：《大樗堂初集叙》，见吕永光校点《六莹堂集》，中山大学出版社1992年版，第407页。
⑥ 屈大均：《广东新语》卷十二，中华书局1985年版，第357页。
⑦ 薛始亨：《蒯缑馆十一草·与杨宪卿书》，新文丰出版公司1988年版，第961页。

岭南诗人对音律的重视远远超越了前后七子对格调法度的强调，他们推崇的是诗、乐浑然未分的状态。如对于近体诗不注重情感、徒取便于吟哦而一味追求排比声律的弊病，黄佐多有微词。他说近体诗"有意于摛词"①，"非声偶不以为诗"②，是刻意追求形式的失体之作，与《诗经》的自然宗旨和浑成境界大相径庭。张萱也批评明代乐府诗不入乐的现象，"后人作古乐府，止用其题，不袭其意，亦不谐其调"③，认为不入乐是"性情不足"的表现："音调出于性情，性情和而后音调谐，此天地自然之妙，不假安排者。"④ 他还将诗歌能否入乐作为评诗的一个重要标准，批评"后人作古乐府，止用其题，不袭其意，亦不谐其调"⑤。屈大均则提出作诗要用古音韵才能与《诗经》之旨相合："夫音惟古乃雅，音之圆者曰韵。韵字从员，员为天规，属阳；方为地矩，属阴……为诗者能善用夫一阴一阳之韵，使清浊高下以序相谐，大不过刚，细不过柔，其文辞复足以畅达其喜怒哀乐之志，斯则既和且平，而可与三百五篇不相悖也哉。"⑥ 可见，岭南诗人们强调诗歌入乐，重视古音韵，实质上是遵循古代的礼乐传统，追求一种诗乐合一的状态，这种状态非唐诗的格律所能替代。他们对近体诗及新乐府诗的批判，实际上是对唐诗盛行的一次背离和反叛，其目的是将诗歌从唯格律是从的藩篱中解放出来，注入新的生机和活力，回归到"诗三百"的最高境界。这种观点与李东阳、黄道周、王夫之等诗人力求恢复古典诗歌美学的观点相吻合，在明代形成另一股以"诗三百"的诗学范式为旗帜的潜流，与"诗必盛唐"的主流思潮并行，呈现出古体诗与近体诗在融合与背离中相斥相生的真实状态。

对于本地诗人大多精通音律，且本土诗歌普遍"入乐"的特点，岭南诗人也深为自豪。如陈子升说："南越之能诗者，莫若广州。广州多诗，而人人能以诗按声而歌，则莫若五羊城。城中歌诗凄凄婉婉，甚清以长，号

---

① 黄佐：《六艺流别》卷三，见《四库全书存目丛书》集部第300册，齐鲁书社1995年版，第111页。
② 黄佐：《六艺流别》卷五，见《四库全书存目丛书》集部第300册，齐鲁书社1995年版，第154页。
③ 张萱：《疑耀》卷六《乐府之误》，见《景印文渊阁四库全书》，台湾商务印书馆1986年版，第265页。
④ 张萱：《疑耀》卷二《诗叶管弦》，见《景印文渊阁四库全书》子部第856册，台湾商务印书馆1986年版，第194页。
⑤ 张萱：《疑耀》卷六《乐府之误》，见《景印文渊阁四库全书》子部第856册，台湾商务印书馆1986年版，第265页。
⑥ 屈大均：《怡怡堂诗韵序》，见欧初、王贵忱《屈大均全集》第三册，人民文学出版社1996年版，第278页。

曰'楚吟'。盖音之动人,以悲而委约,悲愁极于《骚》些,南越故楚地延迤而南所自来矣。"① 屈大均亦云:"大抵粤音柔而直,颇近吴越……歌则清婉溜亮,纤徐有情,听者亦多感动。……说者谓粤歌始自榜人之女,其原辞不可解,以楚语译之……则绝类《离骚》也。"② 他们能从声调与地域文化特征的对应入手,强调音节声调在体现诗风及地域文化特征方面的巨大功能,并从音调这一根源上阐释了岭南诗歌凄婉清长这一地域特征形成之原因,在一定程度上丰富了岭南地域诗学理论,这是很有价值的。

　　蒋寅教授曾言:"明清时代流派纷呈、门户林立的诗歌创作,不只引发批评对诗歌风土特征的注意,更激起对诗歌的地域文化、文学传统的自觉意识和反思,在传统的风土论基础上形成更系统的地域文学观念,并深刻地影响明清时代的文学创作和批评。"③ 的确,明清时期,传统诗学中的地域观念明显突出并直接影响到这一时期的诗歌创作与诗学批评。岭南诗人集群的形成与发展和岭南诗风的成熟是明清之际时代思潮、地域文化及诗学发展多方因素合成的必然结果,而岭南地方诗派之繁兴、地域诗学传统与经典诗歌范式之建立、诗学批评领域对地域特质的关注、文献整理时对郡邑乡贤诗作的选编等,无不渗透着诗论家以乡邦意识为核心的地域观念。从历史的脉络上看,岭南诗社的世代承传、诗歌创作中对地域文化特质的建构及对岭南精神的提炼均蕴含着岭南诗人深沉的乡邦意识及寻源以自壮的隐微心理。岭南诗人关注地域文化差异,并通过为先贤立传、编修方志、梳理乡邦诗学史等手段,在不断的描绘与强化中编纂和建构岭南地方诗学传统,其中也洋溢着浓郁的桑梓情怀。在地域诗学观念的建构中,岭南诗人努力探寻经典大传统与地域小传统的完美契合:突破"温柔敦厚"之传统,渴求"变徵之音";既确立标准的诗歌范式以维护大传统,也编选郡邑性、地方性诗集以宣扬小传统。他们冷眼审视新声屡变的主流诗坛,在诗学时尚与地域传统的离合间游走,建构出独特的地域诗学观念。透过明末清初岭南地域诗学观的系统化的建构过程,我们可以清楚地看到在乡邦意识的醇化下,传统诗论中的地域观念如何超越纯粹的自然地理空间,演变为富含多重意味的人文概念,并进一步影响到诗歌创作、诗学批评及诗集编选。这对我们突破经典诗学传统和时尚思潮的束缚,从地域学的角度重新认识多元化诗歌观念并存的清代诗坛无疑具有重要意义。

---

　　① 陈子升:《中洲草堂遗集》卷三《楚吟行》,见《丛书集成续编》第151册,新文丰出版公司1988年版,第289页。
　　② 屈大均:《广东新语》卷十二,中华书局1985年版,第361页。
　　③ 蒋寅:《清代诗学与地域文学传统的建构》,载《中国社会科学》2003年第5期。

参考文献

年谱类

李健儿. 陈子壮年谱［M］//广东文物：卷七. 上海：上海书店出版社，1990.

李君明. 明末清初广东文人年表［M］. 广州：中山大学出版社，2009.

吕永光. 梁佩兰年谱［M］. 中山大学古文献研究所藏手稿本.

汪宗衍. 屈翁山先生年谱［M］//沈云龙. 明清史料汇编七集：第9册. 台北：文海出版社，1984.

汪宗衍. 天然和尚年谱［M］. 北京图书馆藏珍本年谱丛刊：第69册. 北京：北京图书馆出版社，1999.

温肃. 陈独漉先生年谱［M］. 北京图书馆藏珍本年谱丛刊：第81册. 北京：北京图书馆出版社，1999.

邬庆时. 屈大均年谱［M］. 广州：广东人民出版社，2006.

吴天任. 邝中秘湛若年谱［M］. 香港：香港至乐楼丛书，1991.

史传类

陈伯陶. 胜朝粤东遗民录［M］//周骏富. 清代传记丛刊：第70册. 台北：明文书局，1985.

邓之诚. 清诗纪事初编［M］//周骏富. 清代传记丛刊：第20册. 台北：明文书局，1985.

陈田. 明诗纪事［M］//周骏富. 清代传记丛刊：第15册. 台北：明文书局，1991.

陈文忠公行状［M］//丛书集成续编：第120册. 上海：上海书店出版社，1994.

陈康祺. 郎潜纪闻初笔［M］. 北京：中华书局，1984.

陈垣. 清初僧诤记［M］. 上海：上海书店出版社，1990年.

林亚杰. 广东历代书法图录［M］. 广州：广东人民出版社，2004.
罗元焕. 粤台征雅录［M］. 北京：商务印书馆，1939.
罗志欢. 岭南历史文献［M］. 广州：广东人民出版社，2006.
钮琇. 觚賸［M］. 上海：上海古籍出版社，1986.
潘楳元. 广州乡贤传［M］. 光绪六年双门底经韵楼校刊本.
钱谦益. 列朝诗集小传［M］. 上海：上海古籍出版社，1959.
钱仲联. 清诗纪事［M］. 南京：江苏古籍出版社，1987.
清代粤人传［M］. 北京：中华全国图书馆文献缩微复制中心，2001.
檀萃. 楚庭稗珠录［M］. 广州：广东人民出版社，1982.
王士禛. 池北偶谈［M］. 北京：中华书局，1982.
王钟翰. 清史列传［M］. 北京：中华书局，1987.
吴绮，等. 清代广东笔记五种［M］. 广州：广东人民出版社，2006.
吴其敏. 文史札记［M］. 北京：中华书局，1976.
谢正光，范金民. 明遗民录汇辑［M］. 南京：南京大学出版社，1995.
杨天石，王学庄. 南社史长编［M］. 北京：中国人民大学出版社，1995.
张解民，叶春生，等. 顺德历史人物［M］. 北京：人民出版社，2005.
中山大学中国古文献研究所. 粤诗人汇传：第2册［M］. 广州：岭南美术出版社，2009.
朱端强. 布衣史官万斯同传［M］. 杭州：浙江人民出版社，2006.

方志类

冯桂芬. （同治）苏州府志［M］//中国地方志集成：江苏府县志辑. 南京：凤凰出版社，2008.
顾光，何淙. 光孝寺志［M］//岭南古寺志丛刊：卷十二. 广州：广东教育出版社，2015.
郭汝诚. 顺德县志［M］//中国方志丛书：广东省. 台北：成文出版社，1974.
阮元. （道光）广东通志［M］//修四库全书：史部第669册. 上海：上海古籍出版社，1995.
任果，等. （乾隆）番禺县志［M］//檀萃，等纂. 故宫珍本丛刊：第168册. 海口：海南出版社，2001.
王永瑞. （康熙）新修广州府志［M］//北京图书馆古籍珍本丛刊：第39册. 北京：书目文献出版社，1990.

江藩．（道光）肇庆府志［M］．清光绪二年重刻道光本。

李福泰．番禺县志［M］．台北：成文出版社，1966.

梁鼎芬．番禺县续志［M］．民国二十年（1931）重印本．

姚肃规．（康熙）顺德县志：卷八［M］．清康熙二十六年刻本．

屈大均．广东新语［M］．北京：中华书局，1985.

史澄．（光绪）广州府志［M］．影印清光绪五年刊本．台北：成文出版社，1966.

辛朝毅．番禺县续志［M］．广州：广东人民出版社，2000.

（宣统）番禺县续志［M］．清宣统三年刻民国二十年重印本．

汇编和总目类

龚鹏程．古典诗歌研究汇刊：第十辑第19册［M］．台北：花木兰文化出版社，2007.

李商隐资料汇编［M］．北京：中华书局，2001.

琴曲集成：第九册［M］．北京：中华书局，1982.

永瑢，等．四库全书总目［M］．北京：中华书局，1965.

总集类

陈恭尹．番禺黎氏存诗汇选［M］．清康熙三十三年（1694）刊本，广东省立中山图书馆藏。

陈永正．全粤诗：第17册［M］．广州：岭南美术出版社，2014.

陈永正．全粤诗：第18册［M］．广州：岭南美术出版社，2016.

陈永正．全粤诗：第20册［M］．广州：岭南美术出版社，2017.

陈永正．全粤诗：第21册［M］．广州：岭南美术出版社，2017.

方回．瀛奎律髓［M］．上海：上海古籍出版社，1993.

葛徵奇．南园前五先生诗：五卷［M］//四库全书存目丛书：集部第375册．济南：齐鲁书社，1997.

顾有孝，赵沄．江左三大家诗钞［M］．清康熙七年（1668）绿荫堂刻本。

黄登．岭南五朝诗选［M］//四库全书存目丛书：集部第409册．济南：齐鲁书社，1995.

黎遂球．南园花信诗［M］//广州大典：第501册．广州：广州出版社，2015.

刘彬华．岭南群雅［M］//续修四库全书：集部第1693册．上海：上海古籍出版社，2001.

罗学鹏．国初七子集［M］//广东文献：四集卷十九，清同治二年（1863）刻本。

马积高，曹大中．历代词赋总汇：明代卷第7册．长沙：湖南文艺出版社，2014.

明诗综［M］．康熙四十四年六峰阁刊本。

屈大均．广东文选［M］//四库禁毁书丛刊：集部第136册．北京：北京出版社，2000.

屈原．楚辞译注［M］．董楚平，译注．上海：上海古籍出版社，2006.

沈德潜．清诗别裁集［M］．上海：上海古籍出版社，2013.

温汝能．粤东诗海［M］．广州：中山大学出版社，1999.

阮元．十三经注疏［M］．北京：中华书局，1980.

阮元．学海堂集［M］．道光五年（1825）刻本．

徐作霖，黄蠡，等．海云禅藻集［M］．民国二十四年逸社石印本，中山大学图书馆藏．

殷璠．河岳英灵集［M］//元结．唐人选唐诗十种：上册．上海：上海古籍出版社，1958.

袁景辂．国朝松陵诗征［M］．吴江袁氏爱吟斋，清乾隆三十二年（1767）刻本．

卓尔堪．明遗民诗［M］．北京：中华书局，1961.

别集类
陈邦彦．陈岩野先生全集［M］．香港何氏至乐楼影印，1977.

陈恭尹．独漉堂诗集［M］//四库禁毁书丛刊：集部第183册．北京：北京出版社，2000.

陈恭尹．独漉堂文集［M］//四库禁毁书丛刊：集部第183册．北京：北京出版社，2000.

陈恭尹．独漉堂集［M］．郭培忠，校点．广州：中山大学出版社，1988.

陈献章．陈献章集［M］．孙通海，点校．北京：中华书局，1987.

陈遇夫．涉需堂集［M］．清光绪六年（1880）刻本．

陈子升．中洲草堂遗集［M］//丛书集成续编：第151册．台北：新文丰出版公司，1988.

陈子壮．陈文忠公遗集［M］//丛书集成续编：第149册．上海：上海书店出版社，1994.

杜登春．尺五楼诗集［M］．清康熙十九年（1680）刻本．

程可则．海日堂集［M］．程士伟，编，清道光五年刻本．

范成大．范石湖集［M］．北京：中华书局，1962.

顾炎武．顾亭林诗文集［M］．北京：中华书局，1983.

归允肃．归宫詹集［M］．光绪刊本。

归庄．归庄集［M］．上海：上海古籍出版社，1984.

郭曾炘．匏庐诗存［M］．民国十六年刻本。

函可．千山诗集［M］．哈尔滨：黑龙江大学出版社，2011.

何绛．不去庐集［M］．何氏至乐楼丛书，1973年微尚斋抄本影印本．广州：中山大学图书馆藏．

黄佐．六艺流别［M］//四库全书存目丛书：集部第300册．济南：齐鲁书社，1995.

邝露．峤雅［M］．黄灼耀，校点．广州：广东高等教育出版社，1990.

黎遂球．莲须阁集［M］//四库禁毁书丛刊：集部第183册．北京：北京出版社，2000.

黎遂球．莲须阁文钞［M］//丛书集成续编：第187册．台北：新文丰出版公司，1988.

李颙．二曲集［M］．北京：中华书局，1996年。

梁佩兰．六莹堂集［M］．吕永光，校点．广州：中山大学出版社，1992.

梁无技．南樵二集［M］．清康熙五十七年（1718）刻本．广州：中山大学图书馆藏．

林子雄．廖燕全集［M］．上海：上海古籍出版社，2005.

吕留良．吕留良先生文集［M］//四库禁毁书丛刊：集部第148册．北京：北京出版社，2000.

欧必元．勾漏草［M］//陈建华，曹淳亮．广州大典：第431册．广州：广州出版社，2015.

欧必元．璚玉斋稿［M］//陈建华，曹淳亮．广州大典：第431册．广州：广州出版社，2015.

欧必元．罗浮草［M］//陈建华，曹淳亮．广州大典：第431册．广州：广州出版社，2015.

欧初，王贵忱．屈大均全集［M］．北京：人民文学出版社，1996.

区大相．欧太史诗集［M］//伍崇曜．粤十三家集，清道光二十年

(1840）南海伍氏诗雪轩刻本.

区怀年. 玄超堂藏稿［M］. 清康熙年间刻本，广东省立中山图书馆藏.

区怀瑞. 琅玕巢稿［M］. 明天启崇祯间刊本，台湾"中央"图书馆藏.

区怀瑞. 玉阳稿［M］. 明崇祯间刊本，台湾"中央"图书馆藏.

欧主遇. 自耕轩诗集［M］//罗学鹏. 广东文献：四集，清嘉庆春晖堂刻同治二年（1863）印本.

潘耒. 遂初堂集［M］//续修四库全书：集部第1418册. 上海：上海古籍出版社，2002.

彭士望. 耻躬堂文钞［M］//四库禁毁书丛刊：集部第52册. 北京：北京出版社，2000.

钱大昕. 潜研堂文集［M］//续修四库全书：集部第1439册. 上海：上海古籍出版社，2002.

钱谦益. 牧斋初学集［M］. 上海：上海古籍出版社，1985.

屈大均. 翁山诗外［M］//续修四库全书：集部第1411册. 上海：上海古籍出版社，2002.

屈大均. 翁山文外［M］//四库禁毁书丛刊：集部第184册. 北京：北京出版社，2000.

万寿祺. 隰西草堂诗集［M］//续修四库全书：第1394册. 上海：上海古籍出版社，2001.

王邦畿. 耳鸣集［M］//四库禁毁书丛刊：集部第87册. 北京：北京出版社，2000.

王隼. 大樗堂初集［M］//四库禁毁书丛刊：集部第166册. 北京：北京出版社，2000.

魏礼. 魏季子文集［M］//四库禁毁书丛刊：集部第5－6册. 北京：北京出版社，2000.

魏世效. 魏昭士文集［M］//四库禁毁书丛刊：集部第6册. 北京：北京出版社，2000.

魏禧. 魏叔子文集［M］. 姚守仁，等校，北京：中华书局，2003.

康有为. 南海康先生口说［M］. 吴熙钊，邓中好，校点. 广州：中山大学出版社，1985.

薛始亨. 南枝堂稿［M］. 香港何氏至乐楼影印本.

薛始亨. 蒯缑馆十一草［M］//丛书集成续编：第126册. 上海：上海书店出版社，1994.

张履祥. 杨园先生全集［M］. 北京：中华书局，2002.

张穆. 铁桥集［M］. 香港何氏至乐楼丛书本，中山大学图书馆藏.

曾灿. 六松堂集［M］//四库未收书辑刊：第 7 辑第 25 册. 北京：北京出版社，2000.

赵蔚芝，刘聿鑫. 赵执信诗集笺注［M］. 济南：黄河出版社，2002.

郑思肖. 郑思肖集［M］. 上海：上海古籍出版社，1991.

周寅宾. 李东阳集［M］. 长沙：岳麓书社，1985.

朱彝尊. 曝书亭集［M］. 上海：世界书局，1937.

朱之瑜. 朱舜水集［M］. 北京：中华书局，1996.

诗话文论类

陈融. 读岭南人诗绝句：上册［M］. 香港 1965 年誊印本。

丁福保. 清诗话［M］. 上海：上海古籍出版社，1978.

方以智. 通雅［M］. 北京：中国书店出版，1990.

郭绍虞. 清诗话续编［M］. 富寿荪，校点. 上海：上海古籍出版社，1983.

郭绍虞. 中国历代文论选：第一册［M］. 上海：上海古籍出版社，1979.

何文焕. 历代诗话［M］. 北京：中华书局，2004.

胡应麟. 诗薮［M］. 上海：上海古籍出版社，1979.

黄培芳. 香石诗话［M］. 清嘉庆十五年岭海楼刻，嘉庆十六年重校本。

黄佐. 明音类选序［M］//吴文治. 明诗话全编：第三册. 南京：江苏古籍出版社，1997.

麦华三. 岭南书法丛谭［M］//张桂光. 岭南书论（上）. 哈尔滨：黑龙江人民出版社，2002.

区大相. 两越汇草［M］//吴文治. 明诗话全编：第十册. 南京：江苏古籍出版社，1997.

钱谦益. 唐诗鼓吹评注［M］. 河北人民出版社，2000 年。

施补华. 岘佣说诗［M］//王夫之. 清诗话. 上海：上海古籍出版社 1978

王夫之. 姜斋诗话［M］//丁福保. 清诗话. 北京：中华书局，1963.

汪辟疆. 汪辟疆说近代诗［M］. 上海：上海古籍出版社，2001.

王士禛. 带经堂诗话［M］. 北京：人民文学出版社，1963.

汪宗衍. 艺文丛谈［M］. 香港：中华书局香港分局，1978.

汪宗衍. 艺林丛录：第四编［M］. 香港：商务印书局香港分馆，1964.

吴宓. 吴宓诗话 [M]. 北京：商务印书馆，2005.

袁枚. 随园诗话 [M]. 扬州：广陵古籍出版社，1998.

张萱. 疑耀 [M]//景印文渊阁四库全书：子部第856册. 台北：台湾商务印书馆，1986.

钟嵘. 诗品集注 [M]. 上海：上海古籍出版社，1994.

朱彝尊. 静志居诗话 [M]. 北京：人民文学出版社，1990.

今人专著及编著类

蔡鸿生. 清初岭南佛门事略 [M]. 广州：广东高等教育出版社，1997.

陈山. 中国武侠史 [M]. 上海：上海三联出版社，1992.

陈滢. 岭南花鸟画流变（1368—1949）[M]. 上海：上海古籍出版社，2004.

陈永正. 岭南历代诗选 [M]. 广州：广东人民出版社，1985.

陈永正. 岭南诗歌研究 [M]. 广州：中山大学出版社，2008.

陈永正. 岭南文学史 [M]. 广州：广东高等教育出版社，1993.

陈垣. 明季滇黔佛教考 [M]. 北京：中华书局，1962.

陈泽泓. 广府文化 [M]. 广州：广东人民出版社，2007.

端木桥. 清初岭南三大家 [M]. 广州：广东人民出版社，2006.

E. 希尔斯. 论传统 [M]. 傅铿，吕乐，译. 上海：上海人民出版社，1991.

广东省文史研究馆. 岭峤拾遗 [M]. 上海：上海书店出版社，1994.

何天杰. 清初爱国诗人和学者屈大均 [M]. 广州：广东人民出版社，2006.

何宗美. 明末清初文人结社研究 [M]. 天津：南开大学出版社，2003.

黄海章. 明末广东抗清诗人评传 [M]. 广州：广东人民出版社，1987.

黄尊生. 岭南民性与岭南文化 [M]. 北京：民族文化出版社，1941.

孔定芳. 清初遗民社会——满汉异质文化整合视野下的历史考察 [M]. 武汉：湖北人民出版社，2009.

李焕真. 岭南书画考析——李焕真美术文集 [M]. 广州：岭南美术出版社，2006.

李小松，梁翰. 禺山兰桂 [M]. 政协番禺委员会文史资料研究委员会出版，1986.

李永贤. 廖燕研究 [M]. 成都：巴蜀书社，2006年。

李云逸. 王昌龄诗注 [M]. 上海：上海古籍出版社，1984年。

露丝·本尼迪克. 文化模式［M］. 北京：生活·读书·新知三联书店, 1988.

钱穆. 中国近三百学术史［M］. 北京：中华书局, 1986.

钱钟书. 宋诗选注［M］. 北京：生活·读书·新知三联书店, 2002.

孙琴安. 唐诗选本提要［M］. 上海：上海书店出版社, 2005.

覃召文. 岭南禅文化［M］. 广州：广东人民出版社, 1996.

王富鹏. 岭南三大家研究［M］. 北京：人民文学出版社, 2008.

王清毅. 客星集韵［M］. 杭州：浙江人民出版社, 2012.

吴承学. 中国古代文体学研究［M］. 北京：人民出版社, 2011.

谢国桢. 明末清初的学风［M］. 上海：上海书店出版社, 2004.

谢国桢. 明清之际党社运动考［M］. 北京：中华书局, 1982.

严迪昌. 清诗史［M］. 杭州：浙江古籍出版社, 2002.

叶春生. 岭南民俗文化［M］. 广州：广东高等教育出版社, 2011.

赵园. 家人父子——由人伦探访明清之际士大夫的生活世界［M］. 北京：北京大学出版社, 2015.

赵园. 明清之际士大夫研究［M］. 北京：北京大学出版社, 1999.

朱则杰. 清诗考证［M］. 北京：人民文学出版社, 2012.

顺德政协文史资料委员会. 顺德文史：第29期［M］. 佛山：顺德市文教用品印刷厂, 1998.

期刊论文类

张兵. 清初遗民诗创作的社会文化环境与遗民诗群的地域分布［J］. 兰州：西北师范大学学报, 1999（4）.

陈恩维. 论地域文人集群与地域诗派的形成——以南园诗社与岭南诗派为例［J］. 学术研究, 2012（3）.

高建旺. 岭南意识的勃发——以明代广东作家为考察对象［J］. 山西师大学报（社会科学版）, 2007（3）.

蒋寅. 清代诗学与地域文学传统的建构［J］. 中国社会科学, 2003（5）.

孔定芳. 论明遗民之出处［J］. 历史档案, 2009（1）.

孔定芳. 明清易代与明遗民的心理氛围［J］. 历史档案, 2004（4）.

孔定芳. 清初明遗民的身份认同与意义寻求［J］. 历史档案, 2006（2）.

梁鉴江. 浅谈邝露的生平思想和诗歌创作［J］. 岭南文史, 1987（2）.

宁祥. 明末广东诗人邝露［J］. 佛山大学佛山师专学报, 1988（1）.

孙立. "广东第一人"——陈献章与明清岭南诗论初探［J］. 广东社会

科学，1993（2）．

童宇．《南园诸子送黎美周北上诗卷》成卷考论［J］．美术学报，2011（3）．

万国花．论龚鼎孳与《江左三家诗钞》的刊刻［J］．福建论坛（社科教育版），2011（10）．

王富鹏．岭南三大家合称之始及序第［J］．广州大学学报，2008（2）．

汪聚应．唐代的任侠风气与文学创作［J］．兰州大学学报（社会科学版），2006（3）．

汪聚应．唐人咏侠诗刍议［J］．文学遗产，2001（6）．

吴承学，曹虹，蒋寅．一个期待关注的学术领域——明清诗文研究三人谈［J］．文学遗产，1999（4）．

赵园．游走与播迁——关于明清之际一种文化现象的分析［J］．东南学术，2003（2）．

朱丽霞．一个文化事件与一场文学运动——"黄牡丹状元"事件的文学史意义［J］．河南大学学报，2017（2）．

左鹏军．厓山记忆与岭南遗民精神的发生［J］．华南师范大学学报，2012（6）．

陈应潮．论梁佩兰与岭南诗坛［M］//历史文献与传统文化：第4集．广州：广东人民出版社，1994．

陈永正．岭南诗派略论［M］//左鹏军．岭南学：第一辑．广州：中山大学出版社，2007．

饶展雄．也谈广州南园诗社［M］//史志文稿．广州：广东人民出版社，1990．

屈雅君．明末女诗人张乔与南园诗社的关系考［M/OL］．https：//www.douban.com/group/topic/18922204/．

工具书类

傅璇琮，许逸民，等．中国诗学大辞典［M］．杭州：浙江教育出版社，1999．

王钊宇．岭南文化百科全书［M］．北京：中国大百科全书出版社，2006．

后　　记

　　时间是有重量的。

　　最后一次校对完文字、合上书稿的一瞬间，突然有一种如释重负的感觉。对明清文学的关注，始于 2004 年师从吴承学教授攻读博士学位之初；而明清之际的岭南诗坛，更是工作十多年以来一直吸引着我、让我持续葆有兴趣与热情的学术领域。这本书是我十多年来在相关研究领域的些许心得与收获，更是一段特殊的情感体验的结晶。

　　明遗民是一种特殊的存在。明清易代的沧桑巨变，打破了政治的一元化与文人人格的整齐划一的稳定状态，人生选择呈现出前所未有的多元化与复杂性，从此明遗民的生存状态与思想状态均处于一种动荡之中，对自我的身份探寻与价值认同成为他们一种日常的困惑与焦虑。在两种甚至多种政治势力相互斗争的格局中，他们必须做出仕与隐、抗拒或顺从，甚至生与死的抉择。陆游曾说："盖人之情，悲愤积于中而无言，始发为诗。"明遗民的郁勃忠愤之气及悲忧憔悴之叹盘踞于心无以排解，故借诗一以发之，使其诗歌创作蕴含了丰富无穷的艺术魅力，也具有了巨大的令人沉溺的学术魔力。而崛起于明清之际的岭南遗民诗群，更在岭南文学史上书写了浓墨重彩的一笔。变风变雅的诗学观念、感时伤世的诗史意识、讽喻美刺的批判精神、雄直尚气的诗学追求、慷慨激昂的情感倾向、委婉隐曲的表达方式……这一切均成为易代之际岭南明遗民的自觉选择，使其诗歌富有无穷的抒情张力。

　　人与人之间的悲欢难以相通。我本难理解几百年前明遗民的人生处境与心灵煎熬，但当穿越过人生中种种幸与不幸、获得与失去、欣喜与悲怆之后，重读岭南明遗民的文字，就能在那些看似波澜不惊的笔墨间体会生命的无常与真谛，找到那种感同身受的理解与共鸣。

　　王夫之说："圣人以诗歌以荡涤其浊心，震其暮气，纳之于豪杰而后期之圣贤，此救人道于乱世之大权也。"透过诗歌，我们可以进入一个真诚有情、充满生命智慧的世界。在明清之际岭南明遗民的人生与文字中，我看到了特定历史时局下社会文化与文学创作的和谐统一，看到了热情洋溢的情感抒发与冷静精辟的理性思考的相互交织，对人生有了更深的领悟，对生命多了一份敬畏与虔诚。那些不曾被岁月善待之人，偏在动荡的岁月中坚持活出最好的姿态；那一颗颗坚毅的心，始终在苦难中寻求希望与光明。而成就与超脱，往往就发生于穿越苦难之后。那些传世的文字，铺就了他们生命的延伸之途。这种沧桑中的美丽，逆境中的坚守，正是对生命价值的最美诠释。

读书与阅世，为文与为人，总有着牵扯不断的联系。读史以明智，知古而鉴今。东坡云："此心安处是吾乡。"大慧禅师说："好将一点红炉雪，散作人间照夜灯。"这些豁达的人生观与通透的生命意识，正是先贤们历经坎坷人生后的大彻大悟。从明清之际岭南明遗民的文字中，我同样感受到鲜活的生命力与超尘脱俗的人生智慧。将这种生命力与人生智慧呈现出来并传递给世人，这正是本书的初衷所在。希望其价值与意义不仅仅限于学术研究领域。

感谢吴承学教授，一位通达、睿智、儒雅、谦和的学者，是他将我引领进一个魅力无穷的明清文学世界。特别是当我初入职场为探寻新的学术研究领域而茫然、困惑之际，他及时为我指明方向，建议我结合学术志趣与工作环境开展明清之际的岭南文学研究，这使我在十余年间充满信心地潜心深耕于这个学术领域。感谢《学术研究》《中山大学学报》等学术刊物的支持，使书中部分内容得以先发表，及时得到学界的关注和指教。感谢广东省社科联的领导和评审专家，他们的认可使得本书荣幸地入选广东哲学社会科学成果文库并得以顺利出版。感谢中山大学出版社的金继伟和罗雪梅编辑，他们的细致审阅与认真校对，提升了本书的质量。感谢我的师长、同学、同事、朋友及家人们，近三年儿子重疾缠身，是他们的关心与鼓励支撑着我走过煎熬的岁月，使我得以继续撰写书稿。还有很多关心我的人，在此并致谢忱。

李婵娟

2021 年秋杪于禅城拂尘斋